Aşk Hırsızı

D1730046

AŞK HIRSIZI

Orijinal Adı: In The Princes Bed
Yazarı: Sabrina Jeffries
Genel Yayın Yönetmeni: Meltem Erkmen
Çeviri: Zeynep Yazıcı
Editör: Ayşe Tunca
Düzenleme: Gülen Işık
Düzelti: Fahrettin Levent

Cep boy: 1. Baskı: Şubat 2010

ISBN: 978 9944 82-240-4

YAYINEVİ SERTİFİKA NO: 12280

Türkçe Yayım Hakkı: Akcalı Ajans aracılığı ile
© Epsilon Yayıncılık Hizmetleri Tic. San. Ltd. Şti.

Baskı ve Cilt: Kelebek Matbaası
İstasyon Mah. Atatürk Sanayi Bölgesi
Mithat Martı Cad. No: 9 Hadımköy / İstanbul
Tel: (0212) 771 54 54

Yayımlayan:
Epsilon Yayıncılık Hizmetleri Tic. San. Ltd. Şti.
Osmanlı Sk. Osmanlı İş Merkezi No: 18 / 4-5
Taksim/İstanbul
Tel: 0212.252 38 21 pbx Faks: 252 63 98
İnternet adresi: www.epsilonyayinevi.com
e-mail: epsilon@epsilonyayinevi.com

Aşk Hırsızı

Sabrina Jeffries

Çeviri
Zeynep Yazıcı

Bölüm 1

Londra, 1813

*Uçkurunun peşinde olan adamların dikkatini çekmemeye
özen gösterin; zamparalıklarından aldıkları haz yok
olsa da sizi avlayacaklardır.*
– Anonim, *Zamparanın baştan çıkarma sanatı*,

Geç kalmışlardı.

Alexander Black, ışığın altında Wellington'ın
ona verdiği saate baktı. Lanet olsun. Şimdiden yirmi
dakika geç kalmışlardı. Ucuz fonlarını, dükkân sahibi-
nin elindeki en iyi Fransız konyağını almak için boz-
durmuştu ama şimdi de adamlar gelmiyordu.

En azından özel yemek odası bedavaya gelmiş-
ti. Alışkanlıktan olsa gerek, ahırlara kulak kabartarak
uzun adımlarla pencereye yürüdü. Fakat atların gece-
ye hazırlanırken çıkardıkları yatıştırıcı sesler, bekçinin
düdüğünü ve binek atının tekerleklerinin parke yolda
oluşturduğu takırtıyı bastıramıyordu.

Kapının çalmasını takip eden boğuk bir, "Lord
Iversley?" sesi onu ürküttü.

Evet, *o* Iversley'di. Yıllarca, sıradan bir Bay Black olarak yaşadıktan sonra bir lorda dönüşmesine alışması zaman almıştı. "İçeri girin."

Kapıyı bir delikanlı açtı. Alec, arkasında beliren adamı görene kadar delikanlının tedirginliğine anlam verememişti.

"L-Lord D-Draker sizi görmek için bekliyor." Namı, Dragon Vista olarak kendisinden önde yürüyen çocuk, korkudan sinmiş, biçimsiz bir figüre dönüşmüştü. "H-Hepsi bu mu L-Lordum?"

Draker, hizmetçiye vahşi bir bakış fırlattı. Mütevazı bir şekilde, pamuklu kadife giymiş olsa da, taranmamış saçlı, bu hayvan gibi adam, bir bakışıyla taşı toza çevirebilirdi. "Yıkıl karşımdan!" diye hırladı. Delikanlı, bir beygirden daha da hızlı merdivenlere doğru kaçtığında, Draker gözlerini devirdi. "Alnımda boynuzlar çıkacağını sanıyorlar."

"O zaman belki onlara karşı kaba davranmamalısınız," dedi Alec soğuk bir ses tonuyla.

Devin koyu kahverengi gözleri onu olduğu yere mıhladı. "Akıllı bir adam fikirlerini kendine saklardı."

"Akıllı bir adam sizi buraya çağırmazdı. Ama ben risk almayı severim."

"Ben sevmem." Bu değerlendirme üzerine bir an için duraksayan vikont dikkatle odayı inceledi. Askeri memurlarıyla ünlü olan bu otel, ağır meşe iskemleleri ve yarı kükreyen aslan kafasından ayakların taşıdığı masalarıyla ünlüydü.

Alec hafifçe gülümsedi. Draker, kendisini evinde gibi hissediyor olmalıydı.

Draker, "Bu toplantının sebebi nedir?" diye sordu.

"Diğer konuklar gelince açıklayacağım."

Draker sinirle derin bir nefes aldı ve konuşmaya başladı. "O da, 'hayatını değiştirmek istiyorsa' buraya gelmesini söyleyen gülünç bir not aldı mı?"

"Notun gülünç olduğunu düşünüyorsanız, niye geldiniz?"

"Hiç tanımadığım bir kont, her gün benim gibi ün sahibi bir adama bu şekilde yaklaşacak kadar aptal olmuyor."

Alec hiçbir açıklama yapmadı.

Yerine geçip başka bir sandalyeyi işaret etti. "Buyurun, rahat edin lütfen. İsterseniz konyak da var."

Uzun boylu kumral bir centilmen, sallana sallana açık kapıdan içeri girdiğinde Draker bir bardakla sandalyesine yerleşmişti. Onlara küstahça bakarak beyaz eldivenli eliyle masaya kapalı bir kâğıt parçası fırlattı. "Sanıyorum bu garip notu ikinizden biri yolladı."

"Evet, ben Iversley," diyerek ayağa kalktı Alec. "Siz Blue Swan'ın sahibi olmalısınız."

Adam teatral bir reverans yaptı. "Gavin Byrne hizmetinizdedir."

Draker'ın ciddileştiğini gören Alec, boş sandalyeleri gösterdi. "Geldiğiniz için teşekkürler. İstediğiniz yere buyurun."

"Benim yerime buyurun." Ayağa kalkan Draker kapıya doğru yöneldi. "Ben de çıkıyordum."

Alec, planlarının dağıldığını görünce birden telaşlandı.

Yavaşça, "Sorun nedir efendim?" diye sordu. "Benimle iş yapacak kadar cesur değil misiniz?"

Draker, Byrne'a bakarak kaşlarını çattı. "Ev sahibimizin bir işle ilgilendiğini sanmıyorum. Muhtemelen daha önce adımı duymuşsunuzdur, aynı benim sizinkini duyduğum gibi. Ben Draker."

Daha fazla bir şey söylemesine gerek kalmadı. Draker, Alec'e dönmeden önce, şok, Byrne'ın zayıf yüzünü kaplamıştı. "Nedir bu durum Iversley, bir çeşit bahis mi?" Dışarıya bakmak için açık pencereye yöneldi. "İngiltere'nin adı çıkmış iki üvey kardeşinin ilk buluşmasını izlemek için saklanan arkadaşların nerede?"

"Burada bizden başka kimse yok," dedi Alec tarafsız bir şekilde.

Byrne, hızla arkasını döndü, gölgede kalan gözleri parlıyordu. "Demek maddi bir ödül beklentisindesiniz, hatta belki şantaj?"

"Sizi hayal kırıklığına uğratmak istemem ama Londra'daki herkes benim düzgün soyumu bilir."

"Ve benimkini de." Draker, parmağını, sakalından zor görünen yarasının üzerinde gezdirdi. Draker'ın öz babası, onun annesiyle de evlenmemişti. Neyse ki, daha sonra başka bir adam annesiyle evlenmiş ve onu meşrulaştırmıştı. "Bu görüşmeyi sebepsiz yere ayarlamışsınız. Şimdi izin verirseniz…"

"Yani, korkusuz Draker aslında bir ödlek," dedi Alec tersleyerek. "İki kardeşiyle birkaç dakika geçirmekten bile korkuyor."

Draker hızla ona döndü. "Şimdi göreceksin, seni

pis…" Bir anda gözleri kısılarak durdu. "*İki kardeş* mi? Ne demek istiyorsunuz?"

"Görünürdeki meşruluğuma rağmen ben de ikiniz gibi bir piçim. Daha da önemlisi, sizinle aynı babayı paylaşıyorum." Alec titreyen eliyle bardağını havaya kaldırdı. "Tebrikler beyler. Yeni bir üvey kardeşiniz oldu. Ve Galler Prensi de yeni bir piç çocuk sahibi oldu."

Likörü aşağı indirdiğinde odayı Londra'nınki gibi kalın ve derin bir sis kapladı. Diğer iki adam, bir anlığına ona bakakaldılar.

Daha sonra Draker, işlemedeki aslanlar da bunu desteklermişçesine kaşlarını çatarak sessizce masaya yaklaştı. "Bu kötü bir şaka mı Iversley? Senin ailen hakkında *böyle* bir skandal hiç söz konusu olmadı."

"Belki de kimse bilmiyordu," diye ekledi Byrne. "Ama ben inanmak üzereyim."

Draker, Byrne'a baktı "Neden?"

"Yeni Lord olmuş biri, böyle bir konuda yalan söyler mi?"

Alec rahat bir soluk aldı. "Oturun beyler, biraz konyak alın ve beni dinleyin. Size yemin ederim, pişman olmayacaksınız."

Byrne omuz silkti. "Çok güzel. Sert bir içki alabilirim." Bardağına bolca konyak doldurdu, sandalyesine çöktü ve büyük bir yudum aldı. Bir süre duraksayan Draker da onu takip etti.

Buraya kadar her şey iyiydi. Alec sandalyesine oturdu ve kendisine biraz daha konyak doldurdu. Üçü de, sessizce birbirlerine bakıp benzerliklerini bulmaya çalışırcasına içkilerini içtiler.

Onların, kardeşleri olduğuna inanması zordu. Kaslı vücutlu ve kuvvetli olan Draker, Hanoverlar'ın kısa ama sağlam yapısını almıştı ama ataları gibi gösterişli bir vücudu yoktu. Ya da onlar gibi bir moda anlayışına sahip değildi. Draker'ın biçimsiz kestane rengi saçları, kaba sakalı, sönük pamuk kadifeden ısmarlama yapılmış takımı, toplumdan ve getirdiği kurallardan kaçan bir adam olduğunu gösteriyordu.

Diğer tarafta da, oldukça başarılı bir üne sahip centilmenler kulübünde öne çıkmış gibi görünen Byrne vardı. Beyaz pamuk kumaştan yeleği ve siyah ipekten Florentine pantolonu, Alec'in altından kalkabileceği türden değildi ve kravatında takılı yakuttan iğne dışında, Byrne'nın kıyafeti oldukça gösterişsiz sayılırdı.

Özellikle de, Byrne'ın yeni elde ettiği üstün şartlar dikkate alınırsa, bu doğruydu. İnce zekâsı ve kâğıt oyunlarındaki marifeti, onu Devonshire Dükü ve meşru olmaması gerçeği dışında, Whitelar'daki en düşük rütbeli hizmetçi kadar ünlü yapmıştı.

"Bu ifşanız, hakkınızdaki anlamsız dedikoduyu da açıklığa kavuşturuyor." Byrne bardağının kenarında parmağını gezdirdi. "Babanızın sizi Grand Tour'a★ yolladığı ve annenizin vefatından sonra dahi, orda keyif sürdüğünüz söyleniyor."

★Grand Tour, 1660'larda ortaya çıkıp 1840'lı yıllarda, demiryollarının gelişmesine kadar süren, Avrupa'daki yüksek sınıf insanların katıldığı bir gezi şekliydi.

Alec, bu söz üzerine içinde ateşlenen öfkesine hâkim oldu. Tabii ki, *"babası"* etrafa onun hakkında yalanlar söylemişti. Zaten yaşlı keçi kimseye doğruyu söylemezdi.

"Garip bir durum aslında," diye devam etti Byrne, "kimse şimdiye kadar sizi yurtdışında bir eğlencede gördüğünü söylemedi. Ve bir kere...hımm...babanızla tanışmıştım, varisinin kusurunu, uzun süre hoş görecek bir tipe benzemiyordu. Can sıkıcı bir gerçek olan ve hâlâ devam eden savaştan bahsetmeye gerek bile yok."

Alec bardağından büyük bir yudum aldı. Tanımadığı bu iki üvey kardeşin gözleri önünde hayatını anlatmaktan nefret ediyordu ama başka seçeneği de yoktu. "İngiltere'yi terk ettiğimde savaş yoktu. Amiens Barış Anlaşması zamanıydı."

"Tam olarak nereye gittiniz?" diye sordu Draker boğuk bir sesle.

"Portekiz'e. Yaşlı kont, beni kız kardeşiyle yaşamak üzere yollamıştı." Kız kardeşinin Portekizli kocası da, inatçı İngiliz gençlere sert cezalar uygulanması gerektiğine inanırdı. "Sadece birkaç yıl kaldım. Ama eve dönemedim. Babam, aile malikânesine girmemi ve annemle konuşmamı yasaklamıştı." Boğazında kötü bir tat hissetti. "Babam, annemin ölümünden sonra bana haber bile vermedi, ta ki o gömülene kadar."

"Bunları, sırf sen Prinny'nin piçisin diye mi yaptı?"

"Evet, halbuki ben o zamanlar bu gerçeği bilmi-

11

yordum bile." Alec konyağından bir yudum aldı. "Yaşlı kontun ölümünden sonra İngiltere'ye döndüm. Annemin benden sakladığı ve gerçeği açıkladığı bir mektup buldum." Bu mektupla birlikte, kendisi ve anne babası hakkında düşündüğü her şey değişmişti. "Anlaşılan, annem bana hamile kaldığında 'babam'la aylardır aynı yatağı paylaşmıyorlarmış. Harrow'da başıma gelen bir şaka yüzünden üniversiteden atılmama kadar ara sıra o evde kalmama göz yummuştu. Ama atılınca beni Edenmore'dan sonsuza kadar kovdu."

"Ne büyük saçmalık, nasıl bir şakaydı bu böyle?" diye sordu Byrne.

Alec, ışığın içkinin üzerinde gezinmesini izleyerek konyak bardağını parmaklarının arasında döndürüyordu. "Ünlü bir insanı...şey...taklit ederek, ben ve ahmak arkadaşlarım için pahalı bir yemek ayarlamaya çalışmıştım. O adama biraz benziyor olmama ve kıyafetlerime pamuk doldurmama rağmen, yine de ona göre fazla genç kalıyordum."

"Onu taklit etmeye kalkıştığını söyleme sakın..." diye lafa girdi Byrne.

"Evet." Alec, pişmanlık duyarcasına onlara baktı. "İstemeyerek, taklit *etmemem* gereken tek insanı seçtim. Bu durum da kontu çok eğlendirmedi."

İki adam önce şaşırdılar ve sonra birden kahkahalara boğuldular. Alec de onlarla gülmeye başladı. Hayatının en büyük felaketine gülüyor olmak ne kadar da garipti.

"Tanrım, ne ironik..." dedi Draker nefesi kesilmiş bir halde. "Baban...bunu sadece hayal edebilirim..."

Tekrar gülmeye başladılar, aralarındaki gerginlik artık yok olmuştu. Kahkahaları noktalandığında, aralarında neredeyse...kardeşçe bir sıcaklık oluşmuştu.

Eğlenmesi bitince, "Sen şimdi söyleyince fark ettim de, aranızda bir benzerlik var," dedi Byrne. "Gözlerini Prinny'den almışsın."

"Ama bize bunları neden anlatıyorsun?" diye sordu Draker. "İnsanların bunu bilmesi umurunda değil mi?"

"İnanın bana, ben ve ailem hakkında daha fazla dedikodu yayılmasına sebep olmayı hiç istemem. Ama işin aslı, yardımınıza ihtiyacım var."

Az önce aralarında oluşan ince bağ birden koptu.

Byrne, Alec'i hor gören bir bakış fırlattı. "Para; para koparmak için zengin *kardeşlerini* ele vermeyi mi düşünüyorsun?"

Alec gerildi. "Paraya ihtiyacım olduğu doğru, ama sizin paranıza değil." Draker, derin bir nefes aldıktan sonra onların yüzüne bakmak için ayağa kalktı. "Prinny'yle aramdaki bağı öğrenince, onun diğer gayrı meşru çocukları hakkında bilgi toplamak için bir araştırma yaptım. Ve öğrendiğime göre, bu bağdan kâr sağlamayan tek çocukları biziz." Draker'a bakarak kafasını salladı. "Anneni ve prensi Castlemaine'daki malikâneden çıkarttıktan sonra zorla toplumdan dışlandın."

Alec, Byrne'a döndü. "Ve Prinny, hiç aldırış etmeden aranızdaki bağlantıyı reddetti. Kulübünde düklerle yemek yiyorsun ama yüzüne karşı sana Bonnie

13

Byrne diye hitap etmelerine karşın, arkandan sana İrlandalı fahişenin oğlu Piç Byrne diyorlar."

"Sadece dillerinin kesilmesini isterlerse bunu yapabilirler," diye araya girdi Byrne.

Alec bu tehdide aldırış etmedi. "Ve, tahmin ettiğiniz gibi, tek kuruş param yok. Kont, annemin tüm malvarlığını harcadı."

Yaşlı keçi, düzenbaz hizmetçisinin çalamadığı aile malvarlığını, son günlerinde riskli yatırımlar için kullanmıştı. Bu sayede ve kontun kafasına taktığı, ve aynı zamanda pahalı, uydurma hastalıklara tedavi yöntemleri araması sayesinde Alec'e bir malikâne kalmıştı ama bunu korumayı becerememişti.

"Hepimizin ihtiyacı olan bir şeyler var. Benim param yok." Alec, Byrne'a baktı. "Senin meşru bir adın yok." Draker'a bakarak kafasını salladı. "Sen de toplumdan dışlanmışsın."

"Draker kafasını neden toplumun tavrına taksın ki?" dedi Byrne. "Castlemaine'de yaşıyor olmak, onu tatmin ediyor gibi görünüyor."

"Ama bence, dışlanmış olması, onun için bazen rahatsız edici olabilir." Draker homurdansa da, Alec onun bu gerçeği inkâr etmediğini fark etti. "Annenin kont için doğurduğu kızına da göz kulak olmuyor musun? Ve o da evlilik çağına yaklaşmıyor mu? Kendi durumunu umursamıyor olabilirsin ama eminin onun durumu senin için önemlidir."

"Tamam," diye söylendi Draker, "Kız kardeşim bir evlilik sezonu düzenlemekle ilgili delice fikriyle başıma bela oldu. Ona bunun yürümeyeceğini söyledim. Böyle bir şeyin ayarlanmasına kim yardımcı olacak ki? Ayrıca annemin benim hakkımda anlattığı yalanlar sebebiyle, Lousia da benim *günahlarım* yüzünden toplumdan dışlanacak."

"Ama ona bu fırsatı tanımazsan," diye vurguladı Alec, "ilk gördüğü ve ona ilgi gösteren bir uşakla, ya da mahalledeki bir aptalla kaçması ne kadar zaman alır ki?"

"Bir şey mi ima ediyorsun?" diye sordu Draker.

Alec, Byrne'a bir bakış fırlattı. "Eğer tek ihtiyacı olan, ona bakan biri ve davetlerse, Byrne'ın, ona minnettar oldukları için biz böyle bir şey sorduğumuzda hemen ikna olabilecek lordlar tanıdığına eminim."

"*Biz* mi?" dedi Byrne.

"Evet, biz. Normal ailelerdeki en avantajlı durumları yaşayamadığımız için babamıza teşekkür etmeliyiz; arkadaşlık, sadakat, karşılıksız destek. Ama bu, başarıya giden yolda bizi engelleyemez." Onu dikkatle dinlediklerini görüp cesaretlenerek devam etti. "Hepimiz, diğerinin ihtiyacı olanlara sahibiz, bu yüzden bir birlik kurmamızı öneriyorum. Bunu bir aile gibi düşünün; ne de olsa üvey kardeşleriz. Beraber olursak, geleceğimizi değiştirebiliriz. İstediğimiz şeyleri elde ederken birbirimize yardımcı olabiliriz."

Byrne tek kaşını havaya kaldırdı. "Ve bu da, bizi *senin* istediğin şeye getiriyor. Ama eğer ikimizin de Prinny'ye olan bağının, benim sana borç para vereceğim anlamına geldiğini düşünüyorsan…"

"Ben borç para istemiyorum," diye sertçe yanıtladı Alec. "Kont beni boğazıma kadar borçla bıraktı."

"Yine de bizden bir şey istiyor olmalısın. Ve biz de Prinny'nin gözde çocukları olmadığımıza göre, senin için ondan para alabileceğimizi düşünüyor olamazsın."

"Kesinlikle hayır," dedi Alec ciddi bir şekilde. "Benim, onun oğlu olduğumu bildiğini sanmıyorum ve bu şekilde kalması daha iyi. Ayrıca benim ihtiyacım kadar çok parası olduğunu da sanmıyorum."

Draker'ın gözleri kısıldı. "Ne kadar paradan bahsediyorsun?"

"Edenmore'u işe yarar bir malikâne ve evi yaşanılır bir hale getirecek kadar." Derin bir nefes aldı. "Yaklaşık yetmiş beş bin pound. Belki de daha fazla."

Draker sessizce ıslık çalarken, Byrne, "Çok haklısın, kimse sana o kadar çok parayı borç vermez. Kâğıt oyunlarıyla da o kadar kazanabileceğini sanmam," dedi.

"Eğer borç para almak beni batırırsa, kumar oynamak beni mezara gömer." Alec bardağını masaya bıraktı. "Hayır, ben bu konuyu düşündüm ve ihtiyacım olan paraya sahip olmamın sadece bir yolu olduğu sonucuna vardım; bir varisle evlenmek."

"Lousia'yla evlenemezsin, eğer düşündüğün buysa," diye homurdandı Draker.

Alec'in gözlerinde bıkkın bir ifade belirdi. "Tanrı aşkına, okuldan yeni çıkmış bir çocukla evlenmek istemiyorum tabii ki. İngiliz toplumunun kurallarını bilen olgun bir kadını tercih ederim, tedbirli olduğu sürece istediğini yapan bir kadın. Topluma karşı iyi görünen ama isterse özel hayatında kendi cehennemini yaratan. Sadece para ve statü için olduğunu bilmesine rağmen evlilik aşktan ibaretmiş gibi yapan."

"Kulağa biraz alaycı gibi geliyor," dedi Draker.

"Bunun ne kadar doğru olduğunu en iyi sen biliyorsun. Yoksa neden herkesten kaçmak için Hertfordshire'daki malikânende yaşayasın ki?" Draker kaşlarını çatınca Alec ekledi, "Seni suçlamıyorum. Ben de, hakkımı iddia edebileceğim yaşa gelsem de, buraya dönmek yerine yurtdışına kaçmayı tercih ettim. Bu yüzden de, nerdeyse her şeyimi yitirdim."

Zalimce gülümsedi. "Ben dersimi aldım. İstediğini almak için onların kurallarıyla oynayacaksın, en azından toplum içindeyken. Ve ben de Edenmore'u yenilemek istiyorum. Eğer bu, diğer kuruşsuz lordların yaptığı gibi bir servet avlamak anlamına geliyorsa, Tanrı şahidim, o zaman ben de bir servet avlarım."

Draker kafasını salladı. "Öyle bir varis, servet avcılarına karşı baştan aşağı zırhlı gezer. Eğer o böyle değilse, en azından babası hazırlıklı olur."

"Adam bir kont," dedi Byrne, Draker'a. "Bir sürü tüccar, kızlarını kontes yapabilmek için memnuniyetle para harcar."

"Bu kadar çok para için de yaparlar mı?" Alec, şömineye biraz odun ekledi. "Hangi aptal, hem değerli, kızını hem de yetmiş beş bin poundu, eğlence peşinde koşmak için ailesini terk etmekle ünlü servet avcısı bir lorda verir? Neden yurtdışına gittiğimi, babamla aramdaki soğukluğun gerçek nedenini söylemeden açıklayamam ve bunu da yapmak istemiyorum."

Gözü ateşe daldı. "Ama flört ederken yoksulluğumu sakladığım sürece, dedikodular tek başına bir işe yaramayacaktır. Malvarlığım hakkında bir şey öğrenmeden varisimi ele geçirmeyi planlıyorum." Yaşlı kontun yaptığı hatayı yapmazdı; müstakbel eşiyle parası için evlendiğini ona belli etmeyecekti. Bu sadece bir soruna sebep olurdu.

Ellerindeki tozu pantolonuna silerek diğerlerine döndü. "İşte bu yüzden yardımınıza ihtiyacım var. Hakkımdaki gerçek, Londra'ya ulaşmadan varisimi garantiye almalıyım. Sorunum hiçbir varisi tanımıyor olmam. Burayı terk ettiğimde topluma karışmış olmak için çok gençtim ve artık kimin kim olduğunu öğrenecek kadar zamanım da yok."

Gözlerini Byrne'a dikti. "Sen o çevrede yaşıyorsun ve her gün parasal konularla uğraşıyorsun. İstediğim bilgiyi bana verebilirsin."

Byrne donuk bir şekilde bakarken, Draker da boğazını temizliyordu. "Hayatımın yarısı boyunca toplumun dışında yaşamış bir insan olarak sana ne *faydam* olabileceğini anlamıyorum."

Alec, gözlerini Byrne'dan ayırdı ve açık açık, "Bana bir at arabası ödünç verebilirsin. İtibar kazanabileceğim bir şey, o kadar da büyük olmasına gerek yok," dedi.

"Bir at araban bile yok mu?" dedi Byrne inanamayarak.

18

Alec ciddileşti. Böyle yalvarmaktan nefret ediyordu. "Babam iki arabamızı da, Londra'daki evi de sattı ve ben de bu yüzden burada, Stephens Otel'de, kalıyorum. Yaşadığım yeri bir şekilde saklayabilirim ama sürekli kiralık bir at arabasıyla görülürsem, insanlar şüphelenebilir." Gözlerini Draker'a dikti. "Ben de senin durumunu düşününce…"

"Sana bir at arabası verebilirim," diye cümlesini tamamladı Draker.

Alec hızlı hızlı kafasını salladı. "Ona iyi bakacağıma söz veriyorum."

Draker, hor görüldüğünü düşünmüyor, aksine eğleniyordu. "Hasta ve yaşlı atlara koşum takacağına da söz verirsen…"

"Bana yardım mı edeceksin?" diye araya girdi Alec. "Bu birliğimize katıldığın anlamına mı geliyor?"

"Bir sakıncası olmayacağını sanıyorum. Hele bir de, bu işin sonunda sinir bozucu kardeşim düzgün bir koca bulacaksa." Draker kahverengi kaşlarından birini kaldırdı. "Ve bir servet avcısından da bahsetmiyorum."

Alec pişmanlık duyarak gülümsedi. "Umarım benim varisimin ilişkileri de bu kadar karmaşık olmaz."

"Senin istediğin gibi birini tanıyorum," diye araya girdi Byrne. Alec ona gözlerini dikmeye başlayınca omuz silkerek ekledi, "Kumarbazlar da konuşurlar."

Alec bir anda heyecanlandı. "Yani sen de birliğimize katılıyorsun?"

"Kraliyet Kardeşliği." Byrne'ın çenesindeki kaslardan biri tık etti. "Her şey sen ve Draker için çok iyi;

siz hukuken meşrusunuz. Ama beni meşrulaştıramazsınız ve Prinny, beni ve annemi reddettiğinde kaybettiğim saygıyı kazandıramazsınız."

"Tabii ki istediğin *bir şeyi* elde etmene yardım edebiliriz. Sana söz veriyorum, sen de bu ortaklıktan bizim kazandığımız kadar çok şey kazanacaksın."

"Ben de istiyorum," dedi Byrne gergin bir halde. "Ayrıca, muhteşem babamızın burnunun dibinde böyle bir başarıyı kazanmanızı izlemek çok da eğlenceli olacak."

Haftalar sonra ilk defa Alec'in içinde bir umut doğdu. "O zaman anlaştık mı? İstediklerimizi elde etmek için kardeşler olarak güçlerimizi birleştiriyoruz?"

"Anlaştık," diye mırıldandı Draker.

"Anlaştık." Byrne hepsine biraz daha konyak doldurdu. "Bunun için şerefe kadeh kaldırmalıyız." Ayağa kalktı ve kadehini kaldırdı. "Piçlerin Kraliyet Kardeşliğine ve onların gelecekteki başarısına."

Diğer ikisi de ayağa kalktı ve kadehlerini tokuşturdular.

İçtikten sonra Alec sinsice gülümseyerek kadehini tekrar havaya kaldırdı. "Ve Prinny'ye, bizim kral babamıza. Cehennemde çürüsün."

Bölüm 2

Hiçbir kadın, onu gözleriyle soyan bir erkeğe
karşı koyamaz.
- Anonim, Zamparanın baştan çıkarma sanatı

Katherine Merivale buna inanamamıştı. Görünüşe bakılırsa, Papa'nın destanlarla dolu kitabı gerçek olmuştu; işini bilen bir çapkın, bakışıyla bile bir kadına günah işletebilirdi. Çünkü Leydi Jenner'ın balo salonunun diğer ucundan gelen Iversley Kontu'nun bakışındaki güce sadece bir rahibe karşı gelebilirdi. Katherine, daha önce bir adamın bakışıyla hiç bu kadar sarsılmamıştı. Ama ayrıca hiçbir adam da ona bu şekilde bakmamıştı.

Onu görmezden gelmeye çalıştı. Yine de dans partneri Sör Sydney Lovelace'le yaptığı valsin her anında, Lord Iversley'nin onu soyan ve sırlarını açığa çıkaran mavi gözlerindeki bakışını hissedebiliyordu.

Ve aslında hiçbir *sırrı* da yoktu.

Lord, hakkındaki dedikodulara inanacak gibiydi; aslında bunlar sadece dedikodu olamazdı, egzotik limanlarda geçirdiği on yıl boyunca başından geçen vahşi ve umursamaz bir sürü macerayla ilgili sırları vardı. Ve bu on yılın her biri, bütün kadınların, okşanmayı arzulayacağına ikna eden karanlık cüretkâr gözlerinden belli oluyordu...

Adeta lordun gözlerinde hapsolmuş, kendisiyle beraber hayal gücü de uzaklara gitmişti! Ayrıca Iversley Kontu'nun onu gözleriyle soymaya ne hakkı vardı? Henüz onunla tanışmamıştı bile.

Balo salonunda bir tur daha attıktan sonra, elinde kadehiyle kapının önünde duran lorda gizlice baktı. Leydi Jenner onunlaydı ve gereğinden fazla büyük olan göğüslerini ona gösterebilecek şekilde öne eğilmişti.

Katherine gözlerini kaçırdı. Lord Iversley'nin, beyaz çizgili yelek ve simsiyah takım elbise giyen yakışıklı bir şeytan olması, kadınların kendilerini onun üstüne atması için yeterli bir sebep olamazdı.

Zaten kimin onun üstüne atladığı da, Katherine'in umurunda değildi. O Sydney'leydi; nişanlısıyla. Aslında henüz tam nişanlı sayılmazlardı; gayrı resmi arkadaşça anlaşmalarını resmi ve ömür boyu bir şekle sokana kadar.

Tamam, Sydney'nin omuzları o kadar da geniş değildi ve saçları, puslu siyah bir şekilde, gösterişle karmakarışık uzanmıyordu ama düzgün altından bukleler halinde omuzlarına dökülüyordu...

Sızlanmasını bastırdı. Karşılaştıracak bir şey yoktu. Sydney, centilmence bir kibarlığı temsil ediyordu. Lord Iversley tehlikeli görünüyordu, annesiyle bugün hayvanat bahçesinde gördüğü kafesteki panter gibi. Gerçek bir centilmenin teni bu kadar yanık, elleri bu kadar büyük, dizlerine kadar taşan kalçası bu kadar erkeksi olamazdı...

Tanrım, ne olmuştu böyle ona? Ve şimdi o ve Leydi Jenner ona bakarak mırıldanıyorlardı.

Kendisi hakkında mı yoksa? Tabii ki, hayır. Onun gibi vahşi hayatı olan bir adamı asla bunun için ikna edemezdi. *Zamparanın baştan çıkarma sanatı*na göre asla olamazdı, bu iğrenç kitabı babasının çalışma odasında bulmuştu. Kitaba göre, "gönüllü birçok dul kadın olduğu için, zevk düşkünü zamparalar soylu aileden gelen bakirelerden kaçınmalıdır. Bir masumu baştan çıkarmak, sonuçta elde edilebilecek keyfi yok eder."

O da resmen soylu bir bakireydi ve Lord Iversley de, Leydi Jenner'ın ona verebileceği zevki tercih ederdi.

"Kit?" dedi Sydney ona dönüşünde eşlik ederken.

Gözünü Lord Iversley'den ayırdı. Sydney, kontun ona baktığını fark edip delice kıskansa çok güzel olmaz mıydı? "Efendim?"

"Yarınki okuma seansıma katılıyorsun, değil mi?"

İç geçirmesini gizleyerek kendi yüzü gibi iyi bildiği bu tatlı surata baktı. "Elbette. Dört gözle bekliyorum."

Ona gülümsedi ve sonra tekrar dikkati dağıldı; muhtemelen son epik şiirindeki kafiyeyi düşünüyordu. Hayır, Sydney asla kontun bakışlarını fark etmezdi.

Ve eğer Sydney yakında harekete geçmezse, annesi tehditlerini yerine getirebilirdi. Katherine omuzlarını dikleştirdi. Belki de talibini zorlamanın tam zamanıydı. "Keşke önümüzdeki ay Argyle Rooms'da olacak okumana da katılabilsem."

Gözlerini kırpıştırdı. "Neden katılamayacakmışsın ki?"

"Londra'da daha fazla kalacak paramız yok. Tabii, bizim ilişkimizde bir şey değişmediği sürece." Daha ne kadar büyük bir ipucu verebilirdi ki?

Çatık kaşlarıyla Katherine'in annesine baktı. "Dedenin size bıraktığı paraya dokunamıyor musunuz? Avukatla görüştünüz mü?"

"Vasiyetin ihlal edilemez olduğunu söylüyor. Evlenene kadar servetime el süremem." İşte bu yüzden annesi geleceği hakkında karar vermesi için onu zorluyordu.

"Dedenin sana bunu yapması berbat bir düşüncesizlik örneği."

Katherine daha akıllıca düşünüyordu. Babasının yasadışı işleri ve annesinin savurgan harcamalarının sonunda kalan para, sadece haftalar sonra bitmiş olacaktı. Maalesef dedesi, Katherine'in evlenmesinin bu kadar uzun süreceğini düşünememişti. Ya da damadının onlara bir sürü borç bırakıp erken yaşta öleceğini.

Sydney, onu kiraz çiçekleriyle süslenmiş kristal avizenin altında hızla döndürdü. "Belki de annene bizimle yaşamanızı önermeliyim."

"Hayır, bunu ona kabul ettiremeyiz." Birden gözünün önünde, annesinin o evde uzun adımlarla yürüyüp mobilyaların ne kadar edeceğini hesap ederkenki hali canlandı ve korktu. Annesiyle geçireceği bir hafta, Sydney'yi çileden çıkarmaya yeterdi. "Ayrıca böyle bir şey uygunsuz olur."

"Doğru." Sydney, hemen bu düşünceyi bir kenara bıraktı. "Ne kadar farklı bir elbise giymişsin bu gece."

Konuyu değiştiriyordu ama en azından dikkatlice seçilmiş giysisini fark etmişti. "Beğendin mi?"

"Bunun rengi…biraz ilginç."

Yutkundu. "Kırmızının, Leydi Jenner'ın geleneksel Kiraz Çiçeği Balosu için uygun bir renk olacağını düşünmüştüm."

"Kiraz çiçekleri beyaz olur."

"Evet ama kirazlar kırmızı olur."

"Elbisen kıpkırmızı. Bu ton çok…hımm…"

Çekici? Kışkırtıcı?

"Çarpıcı," diye bitirdi cümlesini. "Ama zaten sen her zaman çarpıcı kıyafetler giyersin."

Sydney'nin mantığına göre, çarpıcı olmak iyi bir özellik değildi. "Beğenmedin," diye mırıldandı.

"Öyle bir şey söylemedim. Hatta *La Belle Magnifique*'teki Serena karakterime bu rengin çok yakışabileceğini düşünüyordum."

Katherine ona baktı. "Şu zenginlerle *yatıp kalkan fahişeden* mi bahsediyorsun?" Sesi müziği bile bastırmıştı. "Göze çarpması yüzünden kralı bile utandıran mı?"

Sydney gözlerini kırpıştırdı. "Ah, hayır…Senin ona benzediğini söylemedim…ben sadece…"

"Bu yüzden mi Serena'nın saçları da benimkiler gibi kızıl?" Acısı daha da arttı. "Beni de onun gibi mi görüyorsun, göze batan ve…"

"Hayır, hayır sen değil, sadece elbisen!" Yüzünün rengi attı. "Sadece renginden bahsediyorum… Demek istediğim… Her şeyi karıştırdın Kit, ne demek istediğimi biliyorsun. Biraz fazla kırmızı, sen de öyle düşünmüyor musun? Ve şu altın rengi kuşak da dikkat çekiyor. Taktığın parlak takılarla birleşince hepsi daha da abartı oluyor."

"Gerçek mücevher takmaya param yetmez, Sydney. Biz evlenene kadar da yetmeyecek."

Bu imayı duymamış gibi yaptı. "Genç bekâr kızlar genellikle bu kadar cüretkâr giyinmezler. İncileri ve beyaz elbiseleri olur…"

"O zaman, saçım ve bu tipimle tam bir muma benzerdim. Saçım çarpıcı görünüyor, istesem de istemesem de. Ama madem saçım yüzünden dikkat çekiyorum, insanlara bana bakmaları için başka nedenler de verebilirim."

"Başına eşarp takabilirsin," diye önerdi yardım etmek istercesine. "Moda olduğunu duydum."

Onurunun yaralandığını hissetti. "Eşarp takmayacağım, takılarımdan vazgeçmeyeceğim ve hiçbir havası olmayan elbiseler de giymeyeceğim."

Sydney'nin tüm yüzünü dehşet kapladı. Tartışmaya girmeyi hiç sevmezdi. "Tabii ki, hayır. Ben de bunları yapmanı söylemedim." Sesi yatıştırıcıydı. "Ben senin çok hoş olduğunu düşünüyorum. Sen benim ilham perimsin, kendimi geliştirmem için bana hep ilham veriyorsun."

Ona en ahlaksız karakterlerini oluştururken ilham veriyordu sanki. Sydney'nin, bu kırmızı elbiseyle onu bir kadın gibi göreceğini umut etmişti. Çocukken bir erkek gibi olan Kit'in değiştiğini görmüyor muydu? Hiçbir zaman onu öpmeye kalkışmamıştı. Nişanlısı gibi konuşur ama arkadaşı gibi davranırdı. Arkadaşıyla evlenmek istese de, en azından bir kere onu kollarının arasına alsa ve…

"Hadi ama, sen bana kızgın kalamazsın." Vals sona erdi ve Sydney ona her zamanki zarif hareketleriyle eşlik etti. "Biliyorsun, sensiz yapamam."

"Çünkü o zaman şiirlerin için bir ilham perin olmaz," diye homurdandı.

"Çünkü benim şiirim *sensin*."

Bu içten sözcükler bütün kızgınlığını alıp götürdü. "Sydney, bunlar çok güzel sözler."

Yüzü aydınlandı. "Evet, öyle değil mi? Ne kadar güzel bir mısra; hemen bir yere yazayım." Ceplerini aramaya başladı. "Tüh, üstüne yazabileceğim bir şeyim yok. El çantanda kâğıt yoktur herhalde?"

Sessizce başını iki yana salladı. Sydney'yi hiçbir zaman mihraba götüremeyecekti, hiçbir zaman. Annesi sürekli borçlarından bahsedecek ve parayı elde etmek için bir servet avcısıyla evlenmesini sağlayıp küçük kız kardeşlerinin mürebbiyeler olmasını engelleyecek ve beş yaşındaki erkek kardeşine harap bir malikânenin miras kalmasını önleyecekti.

Sydney, onun moralinin bozulduğunu fark etmedi. "Önemi yok. Sadece..." Yürürken durdu, onu da durdurdu. Ona hayretle bakarken, Sydney kızın arkasına geçti. "Sakın bakma ama Iversley Kontu bizi izliyor."

Gülmemek için kendini zor tuttu. "Gerçekten mi?" Sydney'nin anlaması çok uzun zamanını almıştı. "Muhtemelen benim arsız elbiseme bakıyordur."

"Arsız olduğunu hiç söylemedim," dedi. "Ayrıca ikimize birden bakıyor."

"İkimize mi?" Sydney'nin bakışını görünce aceleyle ekledi, "Iversley Kontu neden *bize* baksın ki?"

"Herhalde beni tanıdı...Bu kötü şeytanla Harrow'a gitmiştim. O ve arkadaşları, deli ve hiç kimseyi takmayan tiplerdi; hiç çalışmazlar ve işe yarar bir şey yapmazlardı. Iversley en kötüsüydü; çiğnemediği hiçbir kural yoktu. Ve başına hiçbir şey de gelmezdi çünkü o bir kontun varisiydi." Sydney'nin yüzünü kin kapladı. "Ona Büyük İskender derdik. Herhalde rahmetli babasının ona bıraktığı serveti yemek için Londra'ya gelmiş."

Kız, Lord Iversley'yi tekrar süzdü. Cana yakın Sydney'nin öfkesini kazanabilecek herkes kötü bir şeytandı.

Kont yine ona bakıyordu. Tanrım, elbisesinde gözünü gezdiriş şekli kızı utandırmıştı; bakışıyla değer biçmesi heyecan vericiydi ve kızın nefesini kesti. Gözleri yüzüne baktığı sırada kız iyice sersemlemişti.

Sonra, sanki ikisi bir sırrı paylaşıyorlarmış gibi kadehini şerefe kaldırdı. Sydney'nin şiirlerinden birindeki en sevdiği mısrada olduğu gibi; sadece iki tarlakuşunun bildiği şarkılarının sözleri gibi. Yüzü kızararak bakışını başka yöne çevirdi. Lord Iversley'ye bakmak yerine Sydney'yi tatlı sözleriyle ikna etmeliydi.

"Pis utanmaz." Sydney kızın koluna girdi. "Seni onunla tanıştırmam için yalvarmadan önce şu tarafa geçelim. Onun yakınında olmanı istemiyorum."

Eğer kont, sadece bir bakışıyla onu nefessiz bırakabiliyorsa, kim bilir yanındayken neler olurdu. Herhalde kalbi dururdu. Anlaşılan *Zamparanın baştan çıkarma sanatı*'nda açıklanan tüm sırları çok iyi biliyordu.

"Ayrıca," diye ekledi Sydney, "seninle konuşmak istediğim özel bir konu var."

Sydney onu salonun kapısına doğru çektiğinde yüreği hop etti. *Teşekkürler, Lord Iversley*. Kızın verdiği ipuçları, Sydney'nin aklındaki bulutları dağıtamamıştı ama biraz kıskançlık hayal edemeyeceği kadar iyi işe yaramıştı.

Artık tam zamanıydı.

Alec, sarışın baronetle uzaklaşan avını çatık kaşlarıyla izliyordu. Acaba Leydi Jenner haklı mıydı? Bayan Merivale bu adamla nişanlanmak üzere miydi? Byrne bundan bahsetmemişti.

Alec, kim olduğunu anlamadan önce bile bu alev saçlı kadınla tanışmak istemişti. Elbisesi, onu sönük benzerlerinden ayırıyordu. Bayan Merivale'in elbisesi, bakirelere özgü bir beyaz değildi. Alec'in Portekiz ve İspanya'da gördüğü tarzda zengin renkli kıyafetler gibi kırmızı desenli bir kostümü vardı.

Ve sonra da, Byrne'ın bahsettiği varisin o olduğunu öğrenmişti, nasıl bu kadar şanslı olabilirdi? Ya da lanetlenmiş miydi? Toprak ağasının kızı, o adını bile bilmediği lanet adamla şimdi balkonda beraberdi. Bunca olandan sonra, Alec'in başka bir varisin peşine düşmesi gerekirse pek de mutlu *olmayacaktı*. Çünkü bu varis ilgisini çekmişti. Diğerlerinin hiçbiri onda bu etkiyi bırakamamıştı.

Şampanya kadehini bırakarak balkona yöneldi ve çifti bulana kadar mermer yolda ilerledi. Sütunlardan birinin arkasına saklanarak konuşmalarını duymaya çalıştı. Çok da zorlanmamıştı.

"İtiraf et, Kit," dedi adam aksi bir tavırla, "üzgünsün çünkü sana şimdiye kadar...resmi bir teklifte bulunmadım."

"Üzgün değilim," diye cevap verdi Bayan Merivale. "Eminim senin de kendine göre sebeplerin vardır."

Net ama hâlâ dişiliğini koruyan sesi ve kendine has kullandığı kelimeleri, Alec'in hoşuna gitmişti. Aptal aptal sırıtıp boş konuşan kadınlara dayanamıyordu.

"Aslında var," dedi kendini korurcasına. "Annemin nevraljisi yine ortaya çıkıyor mesela ve o..."

"Beni affet, Sydney ama annenin sinir ağrıları gelip geçici kaprisleri sadece. Eğer o iyileşene kadar bana yapacağın teklifi erteleyeceksen, cenazem düğünümden önce olacak." Bayan Merivale'in sesi gittikçe alçaldığı için, Alec kulaklarını daha çok kabartmak zorunda kalıyordu. "Annenin beni istediğini de sanmıyorum."

"Sorun sen değilsin; senin ailen. Onların önemsiz...şey..."

"Görgüsüz."

Fısıldadığı kelimeyi duyunca Alec kaşlarını çattı. O kelimeyi hiç sevmezdi. Çocukluğunda bu terimi sıkça duymuştu.

"Tam olarak görgüsüz değil," dedi Sydney. "Ama annem, hiçbir zaman babamın senin babanla olan ilişkisini onaylamadı. Toprak ağası babanın, kaba ve ahlaki değerleri olmayan bir adam olduğunu sen de kabul etmelisin. Annenin ise nasıl olduğunu söylememe gerek yok herhalde…"

"İncelikten yoksun. Evet, ailemin kusurlarının farkındayım." Kızın sesinden, yaralanmış onuru o kadar belli oluyordu ki, Alec irkildi. "Ne demeye çalıştığının farkındayım ve evlenmememiz gerektiği yönündeki kararın için de seni suçlayamam."

"Hayır! Sorun bu değil! Benim için tek kadının sen olduğunu biliyorsun."

Alec dişlerini gıcırdattı. Yıkıldı. Sanmıştı ki…

"Annemi ikna etmek için biraz zamana ihtiyacım var," diye devam etti Sydney.

"Benim zamanım yok," dedi kadın pişman olurcasına. "Anneme göre, eğer önümüzdeki iki hafta içinde bana evlenme teklif etmezsen, herkese özgür olduğumu ilan edecek ve Cornwall'a dönmeden önce en iyi teklifi yapana beni verecek."

Alec kulaklarını dikti.

"Bunu yapamaz!" diye karşı çıktı Sydney.

"Elbette yapamaz. Böyle barbarca bir hareketi kabul etmeyeceğimi biliyor. Ama bana kabul ettirene kadar evdeki hayatım zindana dönecek. Ve paraya da ihtiyacımız var…"

"Biliyorum." Sydney derin bir iç çekti. "Tamam, annemi ikna etmek için bana iki hafta ver. Eğer ikna edemezsem de, annenden seni isteyeceğim."

Alec gözlerini devirdi. *Bu kadına evlenme teklif edecek ve işi hallolacaktı ya da ondan vazgeçip başkasıyla evlenmesine göz yumacaktı.*

"İki hafta neyi değiştirir ki?" diye sordu kadın sessizce.

Akıllı genç kız.

"Bırak bunları Kit, benden ne istiyorsun?" Sydney'nin sesinde acı hissediliyordu. "Fikrini değiştiren sensin. Belki de, kendi halinde bir şairle evleneceğine daha ilginç birini tercih ediyorsundur artık."

"Yalvarırım söyle, kim mesela?"

"Mesela Iversley, sana bakıyordu, değil mi?"

Alec gülmesini engellemek için dişlerini sigarasına geçirdi. Bu paha biçilmezdi. Bu sinir bozucu tipin perişanlığına sebep olduğu için üzülüyordu ama annesinin kendi hayatını yürütmesine izin veren her erkek perişanlığını kendi yaratırdı.

"Sadece bana baktığı için…" diye başladı.

"Sen de ona bakıyordun. O şeytanın, sana şerefe kadeh kaldırmasına nasıl izin verdin? Hem de herkesin gözü önünde."

"*Sana* doğru kadeh kaldırmadığını nerden biliyorsun? O senin okuldan arkadaşın."

Alec kaşlarını çattı. Harrow'dan Sydney diye birini tanıyor muydu acaba?

"Ben hiçbir zaman onun arkadaşı olmadım. Benim için asla şerefe kadeh kaldırmaz. Ve bunun sen de farkındasın, aksi halde sinirlenip kızarmazdın."

"Senin 'deli ve hiç kimseyi takmayan' dediğin bir adam bana baktığında başka nasıl davranabilirdim ki?"

Alec gözlerini kıstı. Bir dakika, Harrow'da ona sürekli hor görerek bakan, şiir yazan bir aptal yok muydu? Evet, Sydney Lovelace, bir baronetin oğlu ve anasının kuzusu.

"Iversley'ye cesaret vermene gerek yoktu," diye yakındı Lovelace.

"Onun gibi şeytani birinin cesarete ihtiyacı olduğunu sanmıyorum. Onun gibiler, eteği olan her şeyi baştan çıkarmanın hayatlarının amacı olduğunu sanmazlar mı? Tanrı biliyor ya, bu böyle."

"Dürüstçe söylemek gerekirse Kit," dedi Lovelace, "bazen bu tarz konularda…saygın genç bir bayanın bilmesi gerekenden fazla şey biliyorsun."

"Şimdi sorunun aslına gelelim. Kişiliğim ahlaksız babamınkine ne kadar benziyor," dedi acı bir şekilde. "Belki de haklısındır. Çünkü *bu tarz konularda* daha da çok şey bilmek istiyorum."

Alec her dakika bu konuşmanın daha da ilginç bir hale geldiğini düşünüyordu.

"Tanrım, sen neler diyorsun böyle?"

Senin ona bunları göstermeni istiyor, seni dangalak. O zaman yabancılarla flört ettiği için onu suçlayamazsın.

"Senin benim hakkımda ne hissettiğini bilmek istiyorum, diyorum," diye karşılık verdi kız.

"Ama zaten biliyorsun. Benim evlenmek istediğim tek kadın sensin. Yoksa neden yarınki okuma seansımdaki şiiri sana ithaf edeyim ki. Daha ne bekliyorsun benden?"

Adam bir duvar kadar hödüktü. Eğer rakibi buysa, Alec bir hafta içinde onunla evlenebilirdi.

"Bir şiirden daha fazlasına ihtiyacım var!" Sesi alçaldı, yalvarır gibi çıkıyordu. "Tanrım, yirmi iki yaşındayım ve hâlâ kimseyle öpüşmedim."

"Katherine!"

Sydney'nin akıl almaz şoku üzerine Alec başını salladı. Toplum içinde görgü kurallarını anlardı ama özel hayatta…

"Neredeyse nişanlı gibiyiz," diye bastırdı Bayan Merivale, "ve nişanlı insanlar bazen öpüşür. En ahlaklı olanları bile."

"Evet…yani…ama…ben sana böyle bir saygısızlığı asla yapmam. Ve eminim sen de böyle bir şey yapmamı istemezsin."

"Şaşırabilirsin," diye söylendi.

Alec gülmemek için kendini zor tuttu. Bu tartışmayı duymak istediği gibi aynı zamanda da görmek istediği için sütunun arkasından çıktı. Lovelace'in yüzünden paniklediği anlaşılıyordu ama Bayan Merivale pençe pençe kızaran yüzü ve rica eder bakışıyla bozuntuya vermeden duruyordu.

Bu adam aptal, kör ya da deliydi. Aklı başında olan hangi adam böyle bir kadına karşı gelebilirdi? Belki de başka bir kadın vardı? Gerçi Lovelace zampara bir tipe benzemiyordu.

"Sana neler olduğunu anlayamıyorum," dedi Lovelace tehditkâr bir şekilde. "Iversley yüzünden değil mi? Kafanı karıştırdı...düşünmemen gereken şeyleri düşündürdü sana. Sana kadeh kaldırıp flört etmesi..."

"Bunun onunla bir alakası yok," diye tersledi. "Onu tanımıyorum bile. Ama eminim ona sorsaydım, beni mutlaka *öperdi*."

Bunu söyler söylemez, dehşet içinde eliyle ağzını örttü.

Artık çok geç tatlım, diye düşündü Alec sakin bir şekilde. *Şimdi zavallı adamın onuruyla oynamış oldun. Lovelace gibi bir adam bile bu lafın altında kalmaz.*

Lovelace kendine çeki düzen verdi. "Eğer aradığın böyle umursamaz bir tavırsa, sanırım aradığın koca ben değilim. Ama eğer fiziksel özellikleri yüzeysel görüp zekâna ve sorumluluk sahibi karakterine hayran olan birini istiyorsan, beni nerde bulacağını biliyorsun," dedi Lovelace ve dönüp balo salonuna doğru ilerledi.

Bayan Merivale'i tek başına orada bıraktı.

Alec gölgelerin arasından çıktı. "Gerçekten haklısınız, Bayan Merivale. Eğer bana sorsaydınız, sizi mutlaka öperdim."

Bölüm 3

Bazen görgülü bir hanımefendinin toplum arasındaki davranışları, onun tutkuya duyduğu açlığı saklamaya yetmez.
- Anonim, Zamparanın baştan çıkarma sanatı

Katherine gözlerine inanamıyordu. Lord Iversley mi? Burada, balkonda? Sydney'le ettiği aptal kavga yetmiyormuş gibi, bir de aşağılanmasına şahitlik etmiş biri vardı... Hepsi bir kenara, bütün konuşmalarını duymuş muydu yani?

"Ne-ne kadar zamandır ordaydınız?" diye kekeledi.

"Yeterince uzun zamandır." Gözlerini dikmiş ona bakarken ay ışığı yakışıklı vücudunda parıldıyordu.

Ne kadar inanılmaz bir bakışı vardı böyle; doğrudan bakan ve gerçekdışı olacak kadar mavi. Yirmi yedi yaşından büyük görünmese de, gözleri, kızın hiç bilmediği bir dünyadaki hayatla ilgili birçok gerçek bildiğini söylüyordu. Ne kadar çok şey duyduğuna bağlı olarak, kız hakkında birçok şey biliyor olmalıydı.

Tekrar küçük düştüğünü hissetti. "Neden bizi gizlice dinliyordunuz?"

Sigarasını yere attı ve ayakkabısının altında ezdi. "Az önce bir sigara için dışarı çıkmıştım."

"Başka insanların konuşmalarını dinlemek gerçekten çok kaba bir şey."

"Başka insanların arasından konuşmaktan daha kaba değil. Bu kadar aşağılık bir serseri olduğumu da fark etmemiştim doğrusu."

Yüzü kızardı. Bu çok rezil bir durumdu. "Biz öyle demek...istemedik. Tanrım, aptal olduğumuzu düşünüyor olmalısınız."

"Çok da umursamadım. Özellikle de kötü durumunu duyduktan sonra."

Adamın alçak sesi ve cüretkâr gülümsemesi onu titretiyordu. "Kötü durumum mu?"

"Yirmi iki yaşında bir kere bile öpülmemiş. Size iyilikte bulunmak için hazırım. Söylediğiniz gibi sizi öpebilirim."

Vücudunda bir heyecan bulutu gezindi ama bunu bir şekilde bastırmayı başardı. İhtiyacı olan son şey onun gibi bir adam tarafından kovalanmaktı. Özellikle de, tek amacı onu baştan çıkarmak olan biri. Belki de Sydney elbise hakkında haklıydı ve kızın saflığı hakkında lorda yanlış fikirler vermişti. Eğer dikkatli olmazsa, hem Sydney'yi hem de kendi onurunu kaybedecekti.

"Teklifiniz için teşekkür ederim, lordum ama bir yabancıdan öpücük dilenecek kadar seviyemi düşürmedim."

"Ben tam olarak bir yabancı sayılmam." Bir aslanın

tembel inceliğiyle ona doğru ilerledi. "Son on dakikada sizin hakkınızda birçok şey öğrendim."

"Ne gibi?" Mermer parmaklıklara doğru geriledi.

Sadece ona birkaç adım kala durdu. "Çok dürüst ve mantıklısınız ve…"

"Ahlaksızlık? Burada olmanızın sebebi bu değil mi? Sör Sydney'den beni öpmesini isterken duyduğunuza göre…"

Gözlerini ona dikti. "Ben buna cesaret derim. Ve dürüstlük. Özür dilemeden istediğiniz şeyin peşinde koşuyorsunuz. Bu özelliği takdir ederim, özellikle de bir kadındaysa."

"Hımm, neden özellikle 'bir kadında'?"

Gösterişli gülümsemesinin üzerine bir gölge düştü. "Çünkü genelde, kadınlar hiçbir şey sormadan onlara söylenenleri yaparlar, diye düşünülür. Bu hiç kimse için akıllıca bir durum olamaz."

"Garip bir tavsiye, özellikle de yalnız genç bir bayana bu şekilde yanaşan birinden."

Gösterişli gülümsemesi tekrar belirdi. "Size yanaşmıyorum. Sizin de söylediğiniz bir şeyi onaylıyorum. Eğer bana sorsanız, sizi öperim." Bakışı, yavaşça kadının boynundan göğüslerine doğru indi, sonra beline, sonra daha da aşağıya. Cesur ve baştan çıkarırcasına, bakışlarının gezindiği her yer yanıyordu. "İnanın bana, eğer Lovelace'in yerinde olsaydım, sormanıza gerek bile kalmazdı."

Kulaklarına kadar çıkan kalp atışlarına rağmen yumuşak ve sofistike bir şekilde konuşmaya çalıştı.

"Hakkınızda duyduklarımı düşününce bundan hiç şüphe duymazdım."

Gözlerini kıstı. "Demek öyle?"

"Dedikoduyu bildiğinize eminim. Sorumsuz genç lord kötü davranışlar sergiler ve beladan uzak durması için yurtdışına yollanır; kıtanın diğer ucunda babası ölene kadar gönül eğlendirir ve büyümüş – ama muhtemelen akıllanmamış – lord nasıl bir hasarla öcünü alabileceğini görmek için evine döner."

Birden gözlerinde şaşkınlık belirdi. "Hayatımı bir klişeye dönüştürmeniz ne kadar da akıllıca."

"Asıl sizin kendi hayatınızı bir klişe haline getirmeniz ne kadar da sorumsuzca."

Şaşkınlığı kayboldu. "Yani hakkımda söylenenlere inanıyorsunuz?"

"Şu anki davranışınız söylenenleri destekler cinsten."

Çapkın bir görüntüsü olmasını sağlayan düzgün köşeli yanaklarına ve yay gibi kaşlarına bakmasını sağlayana kadar kadını süzmeye devam etti. "Ve ben de burada bir adamda oluşturabileceğiniz şüpheleri düşünüyordum. Lovelace'e düşünmesi gereken birçok şey söylediniz."

Yüzü kızardı. "Aramızda konuşulanlara rağmen Sydney'nin beni çok önemsediğine eminim."

"Sadece, sormanıza rağmen sizi öpecek kadar çok önemsemiyor."

"Anlamıyorsunuz…"

"Evet anlıyorum. Annesine karşı koyamayacak kadar korkak ve bu yüzden kendi kusurlarını örtmek için seni ve aileni suçluyor." Kulağına fısıldamak için öne eğildi, "Ama ben korkak değilim ve istediğim şeyin peşinden giderim, Katherine."

Aynı Büyük İskender gibiydi; sadece Asya'yı değil, birçok kadının kalbini de fethederdi. Son derece sıradan adı, onun lordlara özgü buğulu sesiyle kulağa nasıl da Cleopatra gibi egzotik gelmişti. "Adımı da nerden biliyorsunuz?"

"Lovelace'in adınızı söylemesi dışında, önceden Leydi Jenner'a da sizi sormuştum."

İçini heyecan kapladı. Daha önce hiçbir adam onun hakkında bir şey sormamıştı. Tabii, aslında bunun sebebi, toplum içinde de fazla bulunmayışıydı ama yine de gururu okşandı.

Zaten, muhtemelen amacı da buydu. Gözlerini kıstı. "Bana Katherine diye hitap edemezsiniz. Bu uygunsuz kaçar."

"Kit uygun olur mu? Katherine kadar çok yakıştığını düşünmüyorum aslında."

Gerçekten de çok iyi beceriyordu, herhalde *Zamparanın baştan çıkarma sanatını* daha on iki yaşındayken ezberlemişti. Mantıklı düşünmesi gerekse de, aldığı iltifatlar aklını karıştırıyordu.

Sesinin sakin ve etkilenmemiş çıkmasına özen gösterdi. "Ben 'Bayan Marivale'i tercih ederim. Aslında henüz resmen tanıştırılmadığımızı göz önüne alırsak, benimle hiç konuşmamanız gerekir."

Kıkırdayarak güldü. "Daha birkaç dakika önce, ay

ışığı altında bir öpücük elde etmeye çalışan bir bekâr bayan için şimdi biraz fazla katı değil misiniz?"

Çenesini havaya kaldırdı. "Sydney ve ben neredeyse nişanlı sayılırız."

"Ve görünüşe göre, Sydney ömür boyu öyle kalmayı planlıyor."

O da aynı şekilde düşünse de, bunları konuşmalarına kulak kabartan, işe yaramaz bir serseriden duymak sinirlerini bozmuştu. "Onun hakkında hiçbir şey bilmiyorsun. O başarılı bir şair, mısraları için saygı gören biri ve havalı unvanına rağmen senden daha iyi bir adam."

"Hiç şüphem yok. Ama o seni öpmeyecek. Ve ben öpeceğim." Beline bağlı altın rengi kuşağı tutup onu kendine çekti.

Nabzı çılgınca atmaya başladı. "Beni öpmenizi istemiyorum," diye karşı çıktı soğuk bir şekilde.

Alay edercesine gülümsedi. "Hayır mı? O zaman neden donuk sevgilinizin peşinden gitmek yerine hâlâ burada duruyorsunuz?"

Yanlış bir intiba uyandırdığını biliyordu. Kollarından kurtulup kuşağını çekti ve balkonun kapısına doğru ilerledi.

Henüz birkaç adım atabilmişti ki, onu dirseğinden yakaladı. "Gel lütfen, hemen gitme. Burada birkaç kuralı çiğnediğini görecek kimse yok."

Lord, eldivenli elini çıplak kolunda, dirseğinden eline doğru gezdirirken kız titriyordu. Acaba korkuyor muyum, diye düşündü. O zaman neden onu parmaklıklarla kendisi arasında sıkıştırdığında buna karşı gelmemişti?

Belki de bunun sebebi, bazen sorumluluk duygusu hissetmekten yorgun düşüyor olmasıydı. Dedesinin ölümünden beri hizmetçileri gözleyen, tacirlerle uğraşan ve ikizlerine öğretmenlik yapan hep o olmuştu.

Ama yine de, anne-babasının ona her gün öğrettiği ve bu umursamazın yıkmaya çalıştığı kuralları unutmamalıydı. "Sydney'nin söylediğine göre kuralları çiğnemekte üstüne yokmuş."

"Sydney, öpülmek istemenin saçma olduğunu da söylüyor. Ama sen istiyorsun."

Ellerini kızın iki tarafından geçirip mermere dayayarak onu kıstırdı. "O zaman neden isteğini yerine getirmek isteyen bir adamdan faydalanmıyorsun?"

Kızın ondan faydalanacağını söylemesi çok akıllıcaydı. "Zorlamak istemem," dedi alaycı bir şekilde. "Eminim, benim isteklerimle uğraşmak yerine Leydi Jenner'ınkilerle fazlasıyla meşgulsünüzdür."

"En azından annemin isteklerini yerine getirmekle meşgul değilim."

Bu onu yaraladı, özellikle de en büyük korkularının yankısı olduğu için. Yutkundu. "Sydney doğru an olduğunu düşündüğünde beni öpecektir."

Kont ikna olmamış gibi bakıyordu. "Diyelim ki, bir gün bunu yapabilecek kadar bağımsız hissedecek." Sıcak nefesi kızın yanaklarında geziniyordu. "Muhtemelen düğün gecenizde, tabii bu bir gün olursa. Ama bu, beni bu gece öpemeyeceğin anlamına gelmez... gelecekte bir karşılaştırma yapmak için kullanırsın."

"Neden böyle bir şey isteyeyim ki?"

"Böylece sıkıcı nişanlın Sydney ile sıkıcı evliliğin gerçekleştiğinde neler kaçırdığını biliyor olursun."

"Ve sanırım, siz de bana ne kaçıracağımı gösterebilirsiniz?"

"Kesinlikle."

"Söyler misiniz, genelde kadınlar kendini beğenmişliğinizi karşı çıkılamaz mı buluyor?"

Hüzünlü bir gülücük attı. "Bunu ilk defa senin üzerinde deniyorum."

"Gerçekten bundan şüpheliyim." Adamın gözleri kararırken ekledi, "Kadınlarla birçok deneyiminiz olduğunu duydum. Beni de bu listeye eklemeye ihtiyacınız yok."

"Ama senin beni kendi deneyimlerine eklemen gerek. Eğer Sydney'yi beklersen, ömrün boyunca beklemek zorunda kalabilirsin."

Söylediklerindeki gerçeklik payı onu susturdu. Ve Lord Iversley başını eğdiğinde de sessizliği devam etti.

Dürüst olmak gerekirse, ona karşı çıkması için bir sürü zaman vermişti. Adamın dudakları, uzun bir süre kızınkilerden bir nefes uzakta kaldı. Karşı çıkmadığını görünce adam bunu bir onay olarak düşündü. Bunca olandan sonra kadın meraklanmıştı.

Ama dudakları birbirleriyle buluştuğu anda merakın neden tehlikeli olabileceğini anladı. Aklı bu zulümle karışsa da, aynı Sydney'nin de belirttiği üzere, utanmaz, ahlaksız bir kadın gibi vücudu kendini ona veriyordu.

43

Sonra kont dudaklarını sıkıca onunkilere götürdü; artık Sydney konunun dışında kalmıştı. *Sydney* hiçbir zaman böyle sigara ve sır dolu kokmamıştı. *O*, hiçbir zaman Katherine'in nabzının bu kadar hızlı atmasını sağlamamıştı; rüyaları dışında.

Artık rüyaları aynı olmayacaktı. Ama öpüşmenin bu kadar…lezzetli olabileceğini nerden bilebilirdi ki? Yanlış adamla olsa bile… Ve Lord Iversley kesinlikle yanlış adamdı. Öpücüğüyle ona cenneti hissettirmesi ne kötüydü; dudakları, onunkilerin üzerinde yavaş ve usta hareketlerle geziniyordu…

Dudaklarını geri çekti. Bu kadar ileri gitmesine nasıl izin verebilmişti? "Yeter beyefendi. Bana öpüşmenin nasıl olduğunu gösterdiniz. Şimdi gitmeme izin verin."

Çenesini başparmağı ve işaret parmağıyla tutarak kızın yüzünü kendininkine çevirdi. "Ama öpüşmek sadece bu kadarla kalmaz. Bundan çok daha fazlası var."

"Daha ne olabilir ki?" diye ağzından kaçırdı istemeyerek. Bu soruyla kendi kendini tuzağa düşürmüştü.

Dudakları birleştiğinde içini bir ateş kaplamıştı. "İstersen gerisini de gösteririm."

Eğer *dahası* da varsa, belki onu da öğrenmeliydi. Böylece, Sydney sonunda onu öptüğünde beceriksiz görünmezdi. "Belki de gösterebilirsiniz." Hızlıca ekledi, "Ama sadece kısa bir süreliğine."

Gülerek başparmağını kızın alt dudağında gezdirdi. "Ne kadar tatlı dudakların var. Aralarından girmeme izin ver."

Aralarından mı? Merak uyandıran bu talebin ne olduğunu sorgulayamadan önce onu öpmek için tekrar eğildi ama bu sefer başparmağı, dudaklarını açmak için çenesine baskı yapıyordu. Ve sonra dili dudaklarının arasından girdi.

Dudaklarının arasında. Demek söylediği şey buydu. Ne kadar da…garip.

Ve ateşli. Ve cesur ve titreten ve…

Dili geri çekildi ama sadece yaptıklarını tekrarlamak için. Kadın düşünemeyecek kadar sersemleyene ve ayakta duramayacak kadar başı dönene kadar bu yakın teması sürdürdü. Kadın onun omuzlarına sarıldı, sanki bu güzel hayatı kucaklıyor gibiydi.

Sessiz bir iniltiyle, adam vücudunu kadınınkinin üzerine bastırdı. Kolu onu belinden tuttu; göğüslerinden kalçasına kadar onu kendine yapıştırıyor, vücutlarının birleştiği her yer alev alev yanıyordu.

Lord onu koruyor gibiydi, öpüşmenin bu kadar… muhteşem olabileceğini hiç tahmin etmemişti. Ve aynı zamanda da bu denli umursamaz olabileceğini... Bu kadar sıcak ve keyif veren bir şey umursamaz olmak *zorundaydı*. Artık onu durdurmalıydı, gerçekten durdurmalıydı.

Fakat aksine adamın boynuna daha da sıkı sarıldı, öpüşmenin her anının tadını çıkarmak istiyordu. Deneyimlerinin ötesindeki bu heyecan ziyafeti devam ediyordu. Nefesindeki sigara kokusunu alıyor, dilindeki şampanyanın mayhoş tatlılığını tadıyor, parmak uçlarıyla tuttuğu omuzlarındaki kasları hissediyordu;

öpüşmeleri daha sert, vahşi, hızlı bir hal alıyordu, ta ki başı dönene ve vücudu her seferinde ona daha çok yaklaşana kadar, aynı kafasında canlandırdığı gibi, aynı Sydney'le yapmayı hayal ettiği...

Sydney! Aman Tanrım!

Lordu geri itti ve öpüşmelerine son verdi. Bir daki-kalığına birbirlerine baktılar, ikisi de uygunsuz dene-bilecek derecede hızlı soluk alıyorlardı.

Birden sesi geri geldi. "Teşekkürler. Bu gerçekten çok aydınlatıcı...bir ders oldu. Şimdi izin verirse-niz..." Kalbi hızla çarpıyordu ve tamamen kontrolünü kaybetmeden önce oradan kaçmalıydı.

Ama adamın kolu onu sıkıca tekrar tuttu.

Kadın adama baktı. "Annem beni aramaya başla-madan önce gitmeme izin vermek zorundasınız." Ya da daha da kötüsü Sydney onların beraber olduklarını anlamadan önce.

Kızın sesindeki emreder hava adamı sadece gü-lümsetti. "Zorunda mıyım?"

İçini telaş kapladı. "Lütfen?"

Gülümsemesi geçti. Kadının yüzüne baktı. "Derse devam etmekten korkuyor musun canım?"

Bu sevgi sözcüğü kadını duraklattı. Herhalde aklı-na estiği için söylediği bir şeydi bu, ama daha fazlasını kast ettiyse...

Hayır, bu çok saçma olurdu. Iversley Kontu iste-diği her kadına sahip olabilirdi. Bir bakireyi baştan çıkarmaya ihtiyacı yoktu. Ve eğer herkesin söylediği kadar vahşi ve umursamazsa, bir kadınla hayatını bir-leştirmek için de hazır olmaması gerekirdi.

"Ders bitti," dedi ciddi bir şekilde.

"Kesinlikle tekrar edilmesi gereken bir ders."

"Kesinlikle hayır, Lord Iversley."

Alec birden öfkelendi. "Bana Lord Ivesley deme, Alec de. Beni Alec olarak tanımanı istiyorum." Onu kuvvetle çekti. "Dersi şimdiden tekrarlamaya hazır mısın?"

"Hayır, yapamayız." Başını sallayarak kollarından kurtuldu. "Gitmeliyim…Alec. Lütfen."

Adamın gözlerinde tehlikeli bir şeyler belirdi. Sonra, yerini, kadının hiç güvenmediği sıcak bir gülümsemeye bırakarak kayboldu. "Şimdilik tamam." Kolunu bıraktı. "Ama seni uyarıyorum. Bu beni son görüşün olmayacak."

"Olmak zorunda," diye karşı çıktı. "Ben Sydney'yle evleneceğim."

"Öyle mi?"

Sözler havada asılı kaldı; orada beraber durmaları, kadının gelecekteki bütün planlarını sorgulamasına sebep oluyor gibiydi. "Evet. Bu yüzden, beni şu andan itibaren yalnız bırakmanı öneririm."

Balo kapısına doğru ilerlerken onun kısık sesiyle mırıldandığını duydu; "Bunu yapabileceğimi sanmıyorum, tatlı Katherine."

Bölüm 4

Bir kadın, kapalı bir kutuya benzer. Kilidini kırarsanız,
onu yok etme riskine girersiniz. Akıllı olan anahtarı bulur.
- Anonim, Zamparanın baştan çıkarma sanatı

İçinde yükselen zafer duygusuyla kadının uzaklaşmasını izledi, parlak ipek elbisesi arkasına sıkıca oturmuştu. Bu görüntü, şakaklarına kan pompalanmasına neden oluyordu.

Şimdi, onunla sadece evlenmek değil, sevişmek de istiyordu. Hem de en kısa zamanda.

Onun tadına tekrar bakmak, ellerini uçuşan saçlarında gezdirmek istiyordu. Onu yere yatırıp çırılçıplak soymak istiyordu. Egzotik elbisesinin altındaki teninin, boynundaki ve göğüslerinin üst tarafındaki şişkinlikler kadar pürüzsüz ve kusursuz olup olmadığını öğrenmek istiyordu. Ya da burnundaki afacan çillerin, göbeğinde ya da uzun bacaklarında olup olmadığını...

Dikkatli olmalısın, kuralları hatırla; dürtülerinin seni ele geçirmesine izin verme. Kısa bir süre içinde ona sahip olacaksın.

Evet, ona sahip olacaktı. Katherine farkında değildi ama ona, kendini nasıl ele geçirebileceğini göstermişti. Görgülülüğü ve rastlanmaz anlayışlılığının altında, Lovelace'in tembihlerini ve Katherine'in terbiyesini alt eden vahşi tutkuları yatıyordu.

Onu boğan bir iple bağlıyken özgürlüğü bu kadar arzulamak nasıldır biliyordu. Lovelace'in aksine, onu bu ipten kurtarmayı ve onunla yalnız başına özgürlüğe koşmayı istiyordu; onun tek ihtiyacı olan buydu. Alec, vahşi bir kısrağı uzun süre bağlı tutamayacağını bilecek kadar çok at eğitimi almıştı. Katherine'in şaha kalkması gerekiyordu ve onu çayıra salacak kişi de Alec olacaktı.

Ama bu çayır *onun* çayırı olacaktı, sadece onun.

Kendini beğenmiş bir şekilde gülümseyerek balo salonuna döndü. Belki de onu dansa kaldırırdı. Böylece, üzerindeki baskı artmış olurdu.

Arkasından birinin geldiğini hissetti; kalabalığı gözleyen ve elinde bir kadeh şampanya tutan Gavin Byrne'ı gördü. Alec, üvey kardeşine bakıp tek kaşını havaya kaldırdı. "Beni mi gözetliyorsun?"

"Eleanor'un, söz verdiği gibi küçük varisimizi çağırıp çağırmadığına bakıyordum."

"Leydi Jenner bana çok yardımcı oldu." İstediğinden de fazla yardımcı olmuştu aslında.

Byrne güldü. "Sana yaklaşmaya çalıştı, değil mi?" Alec şaşırmış görünüyordu, Byrne ekledi, "Metresimin nasıl biri olduğunu biliyorum. Şehvetli bir iştahı var ve yaptıklarını umursamıyorum. Ben de ona karşı sadık değilim zaten."

"Sanırım bu beni şaşırtmamalı," dedi Alec.

Byrne bir kahkaha attı. "Yurtdışındaki hayatın, insanların söylediği kadar vahşi ve umursamaz değildi sanırım?"

Alec ona yan yan baktı. "Neden böyle düşünüyorsun?"

"Araştırdım." Byrne, elindeki şampanya kadehini çevirdi. "Küçük kardeşimin, tahmin ettiğimden daha ilginç biri olduğunu öğrendim. Neden bize eşkin giden bir atın üzerinde durabilen ve yüz adımlık mesafeden, bir borunun deliğine ateş edebilen şu ünlü Alexander Black olduğunu söylemedin?"

Burnundan soluyan Alec bakışını başka yöne çevirdi. "Ben ancak bir kavuna ateş edebilirim. Kulaktan kulağa gezdikçe abartıyorlar. En sonunda bir hardal tohumuna nişan almamı isteyecekler."

"Yine de etkileyici."

"Sadece bir numara, başka bir şey değil."

"Evet, ama bir lorddan beklenecek bir numara değil. Yurtdışında öğrendiğin bir şey mi?"

"Öyle de diyebiliriz." Alec'in amcası, onu yerli çingenelerden öğrendiği bir hareket üzerinde çalışırken görmüş ve bunu kendi arkadaşlarına göstermesini istemişti. Alec de başka işler için ata bineceğine bu gösterileri yapmayı kabul etmişti.

Ta ki, o on dokuz yaşındayken amcasının, arkadaşlarına Alec'in bir 'çingenenin piçi' olduğunu ve atlardaki yeteneğinin ve Portekiz'e sürgününün sebebinin de bu olduğunu anlattığını öğrenene kadar. Amcasının uydurduğu tüm yalanların yanında, bu yalanın gerçeğe bu kadar yakın olması ne kadar ironik ve acı vericiydi.

Alec, bunu öğrendiği gün amcasının evini terk etmiş ve 'babası' da özenle seçtiği bu kafese dönmesini sağlamak için harçlığını kesmişti. Ama Alec artık kafeslerden nefret ediyordu.

"At binme konusundaki yeteneklerimi nerden biliyorsun?" diye sordu Alec.

"Stephens Oteli'nin sahibiyle konuştum. O bir süvari eriyken onun hayatını kurtardığını anlattı. Eğer ona, onun söylediği gibi, böyle 'süslü' ata binmeyi öğretmeseymişsin, bir Fransız adamın kılıcından asla kurtulamazmış."

"Abartıyor."

"Bundan pek emin değilim, yoksa sana bedava kalacak yer vermezdi. Ayrıca ben, gözü pek Alexander Black'i daha önce duymuştum. Sen, atlı oyunlarda bir efsanesin."

"Sen atlı oyunlarda yoksun ki."

"Derbi'deki bahislerin sponsoru kim sanıyorsun?" Byrne biraz şampanya içti. "Wellesley'nin seni Portekiz askeri kuvvetlerinde görüp süvari birliğine öğretmenlik yapmak için kiraladığı doğru mu?"

Alec omuz silkti. "O işi seviyordum ve kendime de bakmam gerekiyordu."

"Bir Lord olduğunu söyleseydin, ona göre pazarlık edebilirdin."

"Unvanımı itibar kazanmak için mi kullanmalıydım yani? Ya da babam gibi insanların katıldığı şato partilerine davetiye kazanmak için? Hayır, teşekkürler. Atlarla çalışmayı tercih ederim. Ve durumumu kurtaracak kadar da iyi kazanıyordum."

Byrne, Alec'i baştan aşağı süzdü. "Ama bahse girerim, şu an giydiğin gibi güzel kıyafetleri alacak kadar da fazla kazanmıyordun."

Yüzünde küstah bir gülümseme belirdi. "Bir kontun, kimse onun iflas ettiğini bilmeden en iyi terzilerde nasıl itibar gördüğünü bilsen şaşardın."

"Borcunu kabartmak istemediğini sanıyordum."

"Bir varise paçavralar içinde kur yapamazdım, değil mi?"

"Doğru." Byrne uzaklara baktı. "Terzinin faturalarını bana yolla."

Alec ciddileşti. "Senin paranı istemediğimi söylemiştim."

"Geri ödeme için, sen evlenene kadar bekleyebilirim. Eğer parayı kabul etmezsen, evlenmen de uzun sürebilir."

Alec omurgasından aşağı bir titreme hissetti. İkiyüzlü üvey kardeşine borçlu olacağına, bir terziye borçlu olmayı tercih ederdi. Diğer taraftan da, daha fazla alacaklının borcunu ödemesi için kendisini zorlamasını istemiyordu. "Peki," dedi, "bu eli açık teklifini kabul ediyorum."

Byrne kahkaha attı. "Bundan nefret ediyorsun, değil mi?"

"Dilenmekten mi? Yardım almaktan mı? Tiksiniyorum."

Ama ayrıca "babası", bakım masraflarını karşılayamadığı için damı akan ve kırılmış pencereli köşkte oturan Edenmore'un kiracılarından da nefret ediyordu. Ve ahırdan da; bir zamanlar İngiltere'nin en iyi safkan atlarının barındığı bu ahırda, şimdi iki yaşlı beygir ve bir yük arabası atı duruyordu. Ve üstelik güney uçtaki ormanlık da, yasak yerde avlananlar tarafından öyle kötü yağmalanmıştı ki artık tavşan bile avlanamazdı.

Hayır, duygusal davranmamalıydı. Annesinin hatası, kocasından göremediği ilgi yüzünden kendini prensin yiğitliğine kaptırmasıydı. Alec hiçbir zaman bu kadar aptal olmayacaktı. O annesinin anlayamadığı kuralların hepsini biliyordu ve artık bu kurallara göre hareket edecekti. Ama malvarlığındaki durumu düzeltince de, herkese cehennemi boylamasını söyleyecekti.

"İşime dönmeden önce verdiğim bu ara hak ettiğimden daha fazla oldu," dedi ve ekledi. "Sözü açılmışken, bana neden Bayan Merivale'in 'neredeyse nişanlı' olduğunu söylemedin?"

Byrne öfkeyle burnundan soludu. "Söylemeye bile değmezdi. Herkes onların nişanını yıllardır bekliyor. O adamın onunla gerçekten ilgilendiğini sanmıyorum."

"Haklı olabilirsin." Alec'in bakışı Katherine'e kaydı. Herhalde şair sevgilisiyle arası düzelmişti çünkü artık Katherine'in annesi Bayan Merivale de onlara katılmış, hep beraber sohbet ediyorlardı. "Adamın onu, kendi sorunlarını halledip evlenecek kadar çok istediğini sanmıyorum ve sanırım paraya da ihtiyacı yok."

"Evet yok. Yılda yaklaşık yirmi bin pound geliri var. Ama yine de, bir anda gelen yüz bin pounda konmaya hayır diyecek bir adam da tanımıyorum."

Alec gözlerini kıstı. "O kadar çok olduğuna emin misin? Bayan Merivale bir varis gibi görünmüyor, Leydi Jenner'ın söylediğine göre, toprak ağası onlara sadece küçük bir servet bırakmış."

"Eleanor, Bayan Merivale'in evlendiği zaman dedesinden kalan bir mirasa konacağını bilmiyor."

"Annesinden böyle bir şeyi çatılara çıkıp ilan etmesini beklerdim."

"O umutlarını Lovelace'e bağlamış. Elinde zengin bir adayı varken neden servet avcılarını istesin ki?"

Alec kaşlarını çattı. "Yani annesi Lovelace'in tarafında."

"Ancak başarılı olursa. İnan bana, onun kapısı düzgün görünümlü her centilmene açık. Ama yine de, toprak ağasının borçlarını ödedikten sonra kızının servetinden geriye kalacak paraya ihtiyacı olmayan varlıklı birini tercih edecektir."

"Özellikle de sana olan borçları."

Byrne omuz silkti. "Merivale'in kumarda iyi olmaması benim suçum değil. Ya da kızının beklenen serveti eline geçmeden ve bana ödeme yapamadan ölmesi."

"Ve Lovelace'in evlenme teklif etmesi uzun süreceği için, sen de bahisten kazandıklarını beni oyuna sokarak garanti altına almış oldun."

Byrne'nın dudaklarında küçük bir tebessüm belirdi. "Yarışmanızın kimseye zararı olmaz. Bu yarışı sen kazanamasan da, belki Sör Sydney'nin ona evlenme teklif etmesini sağlamış olursun. Sonuç benim için aynı. Bayan Merivale servetine konacak, açgözlü annesi bana borçlu oldukları beş bini ödeyecek ve herkes mutlu olacak."

"Diğer bir deyişle," dedi Alec kısaca, "paranı aldığın sürece, benim kazanıp kazanmamam seni ilgilendirmiyor."

"Eğer yarışmayı sevmediysen, söyle. Sana başka bir varis bulurum."

"Hayır," dedi Alec, yanıtındaki inatçılık onu da şaşırtmıştı. "Hayır, istiyorum. Ama oyuna getirilmek hoşuma gitmiyor. Başından beri Lovelace'le beni yarıştırmayı planlamıştın, seni sinsi piç."

"Sinsi mi? Para için evlenmeye kalkan ve bu gerçeği Bayan Merivale'den saklayan ben değilim, değil mi?"

Alec ona baktı. "Neden şimdi söyleyip her şeyi mahvedeyim ki?"

"Çünkü eninde sonunda öğrenecek. Ve sevgili şairinden vazgeçip malvarlığı bir yıkıntı olan çulsuz bir kontla evlendiğini fark edince de bunu sana ödetecektir."

"Eğer ben elimden geleni yaparsam, bir şey olmaz," dedi Alec aniden "Evliliğimiz ve serveti hakkında şikayet edecek bir şeyi olmazsa sorun çıkmaz." Ona karşı, yaşlı kontun annesine davrandığından çok daha iyi olabilirdi. "Ben bir kadını mutlu etmeyi bilirim."

"Yurtdışında yaptığın onca zamparalık sayesinde."

Alec, Byrne'nın alaycılığını duymamış gibi yaptı. "Doğru, askeri kampta bunun için birkaç imkânım olmuştu ama ben kadınlara düşen payımı aldım." Kampta çalışan bir kadın, bir memurun sıkılmış karısı ve sonunda da Portekizli bir metres.

"Bayan Merivale'e, yurtdışında gerçekten ne yaptığını anlatmayı düşünüyor musun?"

"Ve bir kontun varisinin neden kendine bakmak zorunda kaldığını da mı anlatayım? Hiç sanmıyorum. Beni kendi erdemlerim için kabul etmeli."

"Ondan çok şey istemiş olursun." Byrne, ona alay eder gibi baktı. "Özellikle de yarışman gereken kişi, mükemmel centilmen Lovelace olunca. Ve eğer ona âşıksa…"

"Ona âşık değil." *Yoksa beni coşkuyla öpmezdi.* "Şansım olmadığını düşünüp bana gülüyorsun ama göreceksin, Lovelace ne olduğunu anlayamadan o yavru kısrağı elinden alacağım. Güzel boynundaki ipi öyle gevşek tutacağım ki, mutlu bir şekilde adımlarını atana kadar yakalandığını fark etmeyecek." Alec odada göz gezdirdi. "Şimdi izin verirsen, önce beni müstakbel eşime resmen takdim edecek birine ihtiyacım var."

En azından onu yalnız yakalayana kadar kurallara uymalıydı.

Katherine rahatlamıştı. Sydney onun "öfke krizi" olarak adlandırdığı durumunu affetmiş ve her şey kolayca eski haline dönmüştü.

Ne yazık ki, artık Katherine için her şey aynı değildi. Aklı Lord Iversley'nin öpücüğüne kayıyordu, şaşırtıcı derecede yumuşak, sonra sıcak, sonra...

Neden unutamıyordu ki? Farklı bir deneyimdi, o kadar. Tutkunun tadına bakmıştı ve bu yeterliydi. Yeterli olmak zorundaydı; o Sydney'yle evlenecekti.

"Oyun odasına uğrayalım mı, bir tanem?" diye sordu Sydney, kolunu her zaman olduğu gibi mükemmel bir centilmen gibi uzatmıştı.

Onu mermer parmaklıklara yaslayıp özgürlüğünü dudaklarıyla, elleriyle alıp götüren bir kont gibi değil.

Lanet olsun, diye düşündü. "Evet, bu çok güzel olurdu."

"Aslında hayır," diye böldü annesi. "Katherine'e bu kadar ilgi göstermeniz ne kadar kibarca Sör Sydney ama onun diğer talipleriyle sohbet etmesine izin vermelisiniz. Siz de biliyorsunuz ki, henüz nişanlı değilsiniz."

Sydney yüzünü buruşturduğunda Katherine yerin dibine girmek istedi. Annesi bir balyoz gibi şiddetli konuşmuştu. "Biliyorsun ki anne, benim başka bir talibim yok."

"Saçmalık," diye ısrar etti annesi. "Kibar Bay Jackson, daha az önce seni sordu. Ve ayrıca Iversley Kontu'nun seni izlediğini duydum; gerçi kim olduğunu henüz anlamadım. Bana kim olduğunu göstersene, böylece sizi tanıştırırım…"

"Anne!" Sydney'nin yüzü kızarmıştı. "Lord Iversley'le tanışmak istemiyorum. Onun hakkında söylenenleri biliyorsun."

"Leydi Jenner'ın söylediğine göre malvarlığı..."

"Sydney," Katherine araya girdi, "bana içecek bir şey getirir misin, lütfen? Dans etmek beni susattı."

Ona ve annesine tekrar bakarak kolunu Katherine'den çekip centilmence eğildi. "Sen ne istersen hemen yerine getirmekten mutluluk duyarım." Ve sonra elini alıp bir öpücük kondurdu; Katherine şaşkına dönmüştü. Sonra doğruldu ve ürkekçe gülümsedi. "Ayrı olacağımız dakikalar benim için çok zor geçecek."

Sydney, içeceklerin bulunduğu odaya giderken Katherine arkasından ağzı açık bakıyordu. Sydney gerçekten de onun elini mi öpmüştü? En sonunda onu nasıl ihmal ettiğini anlamış mıydı?

"Gerçekten çok güzel." Baronet, kiraz çiçekleriyle süslenmiş kemerli kapıdan geçip kaybolana kadar ona baktı. "Sanıyorum, Sör Sydney sonunda seninle..."

"Hiçbir şey sanma anne. Sydney henüz evlilikten bahsetmeye...hazır sayılmaz," dedi ve ekledi, "Ama annesi kendini daha iyi hisseder hissetmez..."

"Annesi mi? Hadi canım sen de! Sör Sydney'den vazgeçmenin ve başka insanlara bakmanın zamanı geldi. Onun etrafında birkaç yıl daha kaybetmek için fazla yaşlısın."

"Evet, artık her an sallanan sandalyemden düşüp kalçamı kırabilirim. O zaman ne yaparım?"

Annesi kaşlarını çattı. "O sivri diline dikkat etsen iyi olur, hanımefendi. Erkekler küstah kadınları sevmezler; babam kafanı saçma sapan kitaplarla ve rakamlarla doldururken sana bunları da öğretmeliydi."

"Bazı erkekler zeki kadınlardan hoşlanır." En azından Lord Iversley öyle gibi görünüyordu. Aslında onun düşüncesinin önemi de yoktu ama...

"Sör Sydney'den bahsediyorsun sanırım. Ama o sana evlenme teklif etmedi, değil mi? O zaman sen de başka erkeklere şans tanı. Eğer Sör Sydney'ye bunu yaptıramayacaksan, bir işine yaramaz."

Katherine omuzlarını düşürdü. "Yani, *senin* işine yaramaz."

Annesi irkildi. "Senin. Benim. Ailenin. Aynı şey." Sesini, kedi gibi, yalvarırcasına alçalttı; bu yöntem Katherine'in babasında işe yaramıyordu ama Katherine'in suçluluk duymasına sebep oluyordu. "Ben hepimiz için en iyisini istiyorum, canım benim. Erkek kardeşin mutlaka Eton'a gitmek *zorunda* ve kız kardeşlerin, evlenene kadar, her evlilik sezonunu burada, şehirde geçirmek zorundalar..."

"*Ben* burada geçirmedim," diye vurguladı Katherine.

"Çünkü sen Sydney ile birlikteydin ve bizim de bir evlilik sezonundan fazlasını karşılayacak paramız yoktu."

Doğru. Ve babası, şehirde bir bekâr gibi gezinirken, karısının ve kızının şehirde olmalarını istemezdi.

Çok da umursadığı yoktu. Cornwall'daki küçük hayatı onun için yeterliydi...gerçekten öyleydi. Ve ne zaman kız kardeşlerine bakmaktan ve tutumlu olmak için elbiselerini yenilemekten yorulsa, Sydney, şiirlerden bahsetmek için hep orada olurdu. Tabii, annesiyle ilgilenmek durumunda olmadığı zamanlarda.

Annesine karşı gelemeyecek kadar korkak olmuştu hep.

O lanet Iversley Kontu ve onun hastalıklı eleştirileriyle, kurnaz lafları. Uygunsuz ve aptalca ve – kendine itiraf etmek zorundaydı ki– *heyecan verici* öpücükleri; bunlar yüzünden, Sydney'le olan geleceğine beslediği umutların hepsinden şüphe duyuyordu artık. Annesinin hor görmeleri daha önce hiç işe yaramamıştı.

"Düzgün dur, Katherine," diye tısladı annesi. "Ev sahibimiz şu tarafta. Bizi davet ettiği için şanslıyız. Onun davetlerine en üst tabaka insanlar gelir ve…"

Annesi konuşmaya devam ederken Katherine, Sydney'nin gittiği yöne doğru uzun uzun baktı. Eğer çabuk olabilseydi, gülünç annesinin Leydi Jenner'a nasıl yağ çektiğini görmek zorunda kalmayacaktı.

"…ah, tüh, ama yanında şu adam var, şu kaba görünümlü olan."

"Kim?" Katherine, annesinin baktığı yönde, ev sahibinin Lord Iversley'nin kolunda onlara yaklaştığını gördü. Hayır, lütfen *o* gelmesin.

"O adama neden o kadar iyi davrandığını anlayamadım," diye devam etti annesi. "Muhtemelen sevgilisidir, eğitimsiz bir ordu memuru olsa gerek. Ama onlar genellikle üniforma giyerler …"

Katherine, Lord Iversley'yi üniforma içinde değil de, hoş bir giysi, bir puro ve konyak bardağıyla hayal ediyordu. Babasının o rezil kitabındaki fotoğraflarda gördüğü, ahlakı ince ağlar üzerine kurulu, kadınları eğlendiren erkekler gibi.

Balkonda, onun öpüşlerine izin verecek türde kadınlar, hem de iki kere.

Kalbi hızla atmaya başladı. Bu gerçeği söyleyecek kadar aşağılık olamazdı herhalde?

"Sorsa bile onunla dans etmek zorunda değilsin," diye devam etti annesi alçak bir sesle. "Gerçekten de, Leydi Jenner onu neden buraya getiriyor, anlayamadım."

"Anne…"

"Sus tamam, bırak ben halledeyim." Leydi Jenner ve kont, onlara yaklaşırken kibarca gülümsedi. "İyi akşamlar, hanımefendi. Ben de tam balonuzun ne kadar güzel olduğundan bahsediyordum. Özellikle de her yerde asılı duran kiraz çiçekleri öyle hoş görünüyorlar ki. Bunu kirazların kendisiyle yapmak, çok zor diye düşünmüşümdür ama kiraz çiçekleri…"

"Teşekkürler," diye lafa girdi Leydi Jenner. "Beğendiğiniz için çok memnun oldum."

"Her zaman söylerim; dans etmek için en güzel yer bir Londra balosudur," annesi telaşlı bir şekilde gevezelik etmeye devam ediyordu, "en iyi müzik, en iyi dans pisti ve en başarılı bayanlar ve baylar. Ben sana hep bunu söylemez miyim, canım?" Annesi Katherine'in cevap vermesini beklemedi çünkü zaten bir cevap için duraklamamıştı bile. "Heath's End'de dans etmek için çok imkânımız oluyor ama siz de bilirsiniz ki, dükkân sahipleri ve çiftçilerin kaliteli insanlarla kaynaşmaya çalıştığı bu partiler aynı tadı vermiyor." Lord Iversley'ye, onu hor gören bir bakış fırlattı. "Tabii, Londra'da bile farklı tabakadan insanların katılımını engellemek bazen mümkün olmuyor."

Annesi nefes almak için bir an durunca, Leydi Jenner aşağılayıcı sözleri durdurmak için hızlıca araya girdi. "Lord Iversley, sizinle ve kızınızla tanışmak için ricada bulundu ve elbette ben de buna aracı olmaktan memnun olacağımı söyledim."

"L-Lord Iversley?" Annesinin şaşkın bakışı kontun şaşkın bakışıyla karşılaştı. "*Siz* Iversley Kontu musunuz?"

"Bana böyle söylendi," dedi ironik bir durgunlukla ve mükemmel bir selamın ardından ekledi, "Ve sizinle tanışmaktan memnuniyet duyarım, madam."

Annesinin görgü kurallarını göre yaptığı hareketleri, etiketlerine uygundu. Ama Katherine reveransını bitirip gözleri kontun gözleriyle buluştuğunda henüz tehlikenin geçmiş olmadığını anladı. O gerçekdışı mavi gözlerde parlayan alaycılığı görebiliyordu. Hayır, bunu kesinlikle anlatamazdı.

"Sonunda sizinle tanışmak benim için bir zevktir, Bayan Merivale."

Birden içi rahatladı; arkasından da onu böyle korkuttuğu için yüreğinde bir kızgınlık hissi yükseldi.

Sonra ona cilveli bir gülücük attı. "Sizin hakkınızda o kadar çok şey duydum ki, sanki sizi önceden tanır gibiyim, lordum."

Lord Iversley tek kaşını kaldırdı. "Umarım duyduklarınızın hepsi kötü değildir."

"Yurtdışında gezmiş genç erkekler hakkında duyduğumuz olağan şeyler sadece."

"Yurtdışında '*tepinen*' mi demek istiyorsunuz?"

Katherine irkildi. Neden onu iğneleyerek aptallık ediyordu ki?

Annesi kaygılı bir şekilde kıkırdadı. "Tepinmek ha? Ne kadar da esprilisiniz, siz ve sözcükleriniz – *bonnes mottes.*"

"*Bon mots*, anne," diye düzeltti Katherine. Halbuki annesi, bir Fransız terimini neredeyse doğru tahmin etmesini bile yeterince iyi görüyordu.

"Hayır, anneniz haklı," dedi kont kibarca, "*Ben* sersemlik ediyorum. Hakkımdaki dedikodulara inandığınızı düşünmem benim hatam."

Şimdiye kadar son derece medeni olan bu adamın namından bahsederek asıl sersem kendisi olmuştu. "Hangi dedikodulardan bahsettiğinizi bilmiyorum, lordum."

"Bilmiyor musunuz?" Gözlerinden haylazlık okunuyordu. "Ama az önce dediniz ki – "

"Ben herkesin sizden bahsettiğini söylemek istedim. Ama ben…şey…hiçbir dedikodu duymadım. Ya da en azından duymamaya çalıştım."

"Sadece kendi hayatınızla ilgilendiğiniz için sizi takdir etmek gerekiyor. Sanırım ben öyle değilim. İnsanlar kolayca duyulabilecekleri yerde boşboğazlık yaparsa, onları ben de dinliyorum. Ve bu gece de, çok ilginç şeylere kulak misafiri oldum."

Katherine, bu sözcükleri hak ettiğini biliyordu.

Sonra sırıtarak ekledi, "Ne için geldiğimi unutacaktım az kalsın. Sizi bir sonraki dansa kaldırmayı umuyordum."

Tartışmalarına yeni bir ses eklendi. "Kusura bakma eski dostum ama Bayan Merivale bana söz vermişti."

Katherine arkasını döndüğünde Sydney'yi, elinde iki bardak içkiyle gözlerini Lord Iversley'e dikmiş bir halde buldu. Tanrım, her şey, her geçen dakika daha da kötüye gidiyordu.

"Pardon Sör Sydney," dedi annesi, "ama sanırım kafanız karıştı. Katherine sizinle zaten dans etti ve bildiğim kadarıyla sizinle yemekten önceki son dans için sözleşti." Annesinin zafer dolu gülüşü Katherine'in sinirlerini bozdu. "İkinizin daha fazla dans etmesi uygun düşmeyecektir. İnsanlar ne düşünür sonra? Zaten henüz nişanlı bile değilsiniz."

Lord Iversley neredeyse kahkahaya boğulacakmış gibi görünürken Sydney kızgın bir şekilde duruyordu. Katherine ise hangisini daha çok boğazlamak istediğini düşünüyordu; Lord Iversley'yi yanlarına getirdiği için Leydi Jenner'ı mı, yalan söylediği için Sydney'yi mi yoksa yalanını yakalamayı becerdiği için annesini mi?

Öfkesini konta odakladı. "Üzgünüm lordum ama şu anda pek de dans etmek istemiyorum."

Bir hanımefendi, bir centilmenden gelen dans teklifini asla *reddetmemeliydi*. Bu centilmenin aşağılanması anlamına gelirdi.

Bu kadar şanssız olamazdı. Her şey bir yana, lord şimdi daha da eğlenmiş görünüyordu. "Çok yazık. Size şu duyduğum ilginç dedikoduyu anlatmak istiyordum. Ama eğer bu dedikoduyu annenizle ve Sör

Sydney'yle de paylaşmamı tercih ederseniz, dansımızı erteleyebiliriz."

Tabii ki blöf yapıyordu. Eğer balkonda neler yaptıklarını anlatacak olursa, bu Katherine kadar onun için de kötü olurdu.

Iversley'nin çiğnemediği hiçbir kural yoktu.

Bunu şansa bırakamazdı. Ayrıca annesinin hançer gibi bakışlarından anlaşılacağı üzere, eğer bu dansı kabul etmezse annesi ömür boyu bunun hakkında dırdır edip duracaktı. "Siz böyle söyleyince düşündüm de, bu teklifi nasıl reddedebilirim?"

Sydney'nin yaralanmış bakışını ve annesinin ışıldayan gülümsemesini görmezden gelen Katherine, kontun uzattığı koluna girdi ve dans pistine doğru ilerlediler.

Bölüm 5

*Bir kadını baştan çıkarmak için komplo yapmak,
askeri seferberlik planlamak gibidir. Her kaçışında
onun etrafını sararsanız, teslim olmaktan başka şansı
kalmaz.*
- Anonim, *Zamparanın baştan çıkarma sanatı*

Alec, Katherine'i dans pistine götürürken,
Lovelace'in yüzünde gördüğü kızgınlıktan
zevk almıştı. *Ne kadar kötü "eski dostum". Sen şansını
kullandın. Şimdi bu kadın benim oldu.* Yeni valslardan bi-
rini yapmaya başlamışlardı.

Sonra Katherine, gözlerinden okunan bir isyan
duygusuyla onun yüzüne baktı. Belki de Alec'in şey-
tanca zevk alması için henüz erkendi.

Başını geriye attı. "Bir dans partneri elde etmek
için şantaj yapacak kadar umutsuz olduğunuzu bilmi-
yordum."

"Sana yalnızca bir dans teklif ettim," dedi, masum-
muş gibi davranarak.

"Ben de size, beni yalnız bırakmanızı söylemiş-
tim." Sivri sözcüklerine rağmen yanakları kızarmıştı.

Müzik başladı. Onu kasten, valsta uygun olandan daha da yakına çekti. "Öyle demek istemedin."

Adımlarını atarken kahverengi gözlerinden alevler çıktı. "Siz gördüğüm en kendini beğenmiş ve ukala adamsınız."

"Hımm, ama şair arkadaşınız yalnızca izlemekle kalırken sizinle dans eden benim."

Katherine, bir kasaba kızına göre çok güzel dans ediyordu; belirsiz adımları doğal zarafetiyle örtüşüyordu. Katherine adımlarını ritme göre mükemmel hale getirdiğinde, adam, acaba bunu yatakta da yapabilir mi, diye düşündü. Her içine girişinde arzuyla havaya kalkabileceği düşüncesi, adamın kadının elini daha da sıkı tutmasına sebep oldu.

Kadın ona rahatsız olmuş bir bakış fırlattı. "Sydney sizin hakkınızda haklıydı."

"Öyle mi? Eski dostum hakkımda sana başka neler söyledi?"

"Bir kontun oğlu olduğunuz için, her zaman utanmaz tavırlar sergilediğini söyledi."

Tanrım, Lovelace ve kendini beğenmişliği. Anılarındaki seçiciliğinden bahsetmeye gerek bile yok. "Arkadaşın Sydney'nin sana hikâyenin tamamını anlatmamasının başka nedenleri olabileceğini düşündün mü hiç?"

"Harrow'daki arkadaşlarınızın, siz her zaman istediğiniz gibi davrandığınız için size Büyük İskender dediklerini inkâr mı edeceksiniz?"

"Benim yeteneklerime hayran oldukları için öyle demediklerini nerden biliyorsunuz ki?"

"Sydney hiçbir zaman ders çalışmadığınızı, hiçbir yere başvurmadığınızı ve zamanınızın tümünü arkadaşlarınızla başınızı belaya sokarak geçirdiğinizi söyledi."

"Herhalde Lovelace de, o sırada *annesini* göremediği için ağlıyordu."

Tam on ikiden vurmuştu. Kadının yüzü soldu ve bakışını adamın kravatına çevirdi. "Küçük bir çocuğun…annesini özlemesi kadar doğal bir şey yok."

"Evet ilk başlarda öyle olabilir. Ama üçüncü döneminde bile, senin Sydney, her hafta annesine mektup yazıyordu. Ve annesinden de aynı sıklıkta paketler geliyordu."

Kendinden emin bir halde kızgın ses tonuna geri döndü. "Sizin anneniz de paketler yollamıyor muydu?"

Dişlerini gıcırdattı. "Ona izin vermezdim ki," diye yalan söyledi, bu yalanı Harrow'dayken de söylemişti. "Adam gibi bir erkek, annesinin üstüne titremesine asla izin vermez."

İşin aslı, yaşlı kont böyle bir şeye asla izin vermemişti. Lovelace evden gelen badem ezmesi, taze elmalar ve geleneksel safran kekiyle beslenirken, Alec böyle saçmalıkları umursamazmış gibi yapardı.

"Bu yüzden mi Sydney'yi sevmiyorsunuz?" Kadının sesindeki kibarlık fark ediliyordu. "O annesinden paketler alıyor ve siz almıyordunuz diye mi?"

"Saçma konuşma, lütfen. Lovelace'i sevmiyorsam, bunun nedeni hayatın güzelliklerini takdir etmemesidir."

Sinirli bakışı geri döndü. "Şarap, kadınlar ve şarkılar gibi mi?"

"*Senin* gibi. Sen Lovelace'den daha iyi birini hak ediyorsun ve ikimiz de bunu biliyoruz."

İrkilmiş bakışı ona döndü, arkasından da yumuşak bir mırıldanma geldi; adamı neredeyse insanlıktan çıkaran bir mırıldanma. Elini, kadının sırtından başlayarak, ipekle kaplanmış baştan çıkarıcı bel kıvrımına doğru yavaşça indirdi. Biraz daha aşağıya inse, cazibeli kalçasına ulaşacaktı. Böyle bir şey bütün kadınları şok eden…ve hak edilmiş bir tokatla sonuçlanan bir hareket olurdu.

Başını salladı. Portekiz'de bir kadını tavlamak, bundan çok daha kolay olurdu. Zaten onun bildiği kadınları tavlamaya çalışmaya gerek de olmazdı. Orada bir erkek, dans ve konuşmalara gerek olmadan direk kadınla gidip sevişmeye başlardı.

Ama eğer bir eş istiyorsa, kurallara uygun davranmak zorundaydı. Bayan Merivale'i balkona sürükleyip tekrar kendini bal gibi dudaklarında kaybedemezdi. Hanımefendiler iltifatları severdi. "Elbiseni çok beğendim."

Kuşkulu bir şekilde baktı. "Fazla kırmızı değil mi?"

"Neden fazla kırmızı olsun ki? Elbette hayır. Balonun temasına çok uygun."

Dudaklarında küçük bir gülümseme belirdi. "Kiraz çiçekleri beyaz olur."

"Kirazlar kırmızı olur." Sesini alçalttı. "Dudakların gibi."

Kabaca nefes verdi. "Bunu yirmi altıncı sayfada okumuş olmalısın." Adam gözlerini kırpıştırırken ekledi, "Kitabın birinde…şey…yağcılıkla ilgili."

"Âşığın kadar şiirsel olamadığım için beni affet," diye söylendi. "Elbisen hakkındaki gerçek fikrimi duymak istemeyeceğini düşünmüştüm."

"Yanlış düşünmüşsün; dürüstlüğü yağcılığa tercih ederim." İnik kirpikleri arasından ona bakarak, "O zaman elbisem hakkında *gerçekten* ne düşünüyorsun?" diye sordu.

"Bu şimdiye kadar gördüğüm en erotik elbise." Elini kadının belindeki kuşakta gezdirdi. "Göğüslerine yapışmasını ve…"

"Bu kadarı yeter." Öfkeyle kırmızıya döndü. "Böyle şeyler söylememelisiniz."

"Dürüst olmamı söylemiştin."

"Ama ben…demek istedim ki…" Gözlerinde saf bir çaresizlik belirdi. "Bunun senin için eğlenceli olduğuna eminim ama bu benim hayatım. Kendi eğlencen için benimle uğraşmana izin veremem."

Göğsünden bir kızgınlık yükseldiğini hissetti. "Seninle oyun oynadığımı mı sanıyorsun?"

"Sydney'yle alay etmekten büyük keyif aldığını biliyorum ama haylazlıklarının benim için her şeyi nasıl zorlaştırdığını anlamalısın."

"Senin kıskanç şair arkadaşın, benim çocukluğumdaki deneyimlerinden bahsetmiş olabilir ama dedikodular dışında, bir adam olarak nasıl birine dönüştüğümü bilmiyor. Saf ve temiz insanlarla oyun oynayarak 'eğlenen' biri değilim ben."

70

"O zaman sürekli benim peşimde koşmanın *sebebi* ne?"

"Her adamın bir kadının peşinden koşma sebebiyle aynı. Kur yapmak."

Kadının kahkahalara boğulması onu sinirlendirmişti. "Dalga geçiyor *olmalısın*."

"Kesinlikle hayır." Kadının kulağına doğru eğildi. "Belki de seni tekrar balkona çıkarıp ne kadar ciddi olduğumu hatırlatmalıyım."

Kaşlarını çatarak geriye çekildi. "Öpücük hakkında haklısın. Ama bu aynı şey değil. Senin gibi tiplerin ciddi olduğu tek şey öpüşmektir."

Gözlerini kıstı. "Nasıl bir tipmişim ben?"

"Bilirsin işte, adı çıkmış adamlar."

"Adı çıkmış adamların bile bir gün evlenmesi gerekir," dedi rahatsız olmuşçasına.

"Evet ama yoksul toprak ağalarının kasabalılara özgü tavırları olan kızlarıyla değil. Özellikle de, İngiltere kadar eski ve saygıdeğer bir unvanı olanlar."

"Senin peşinde olmamın başka ne gibi bir sebebi olabilir ki?"

"Ben kasabalı bir kız olduğum için saf olacağımı da zannetme. Senin gibi adamların sadece birilerinin peşinden koşmaktan zevk aldığını bilirim. Avınızı yakaladığınızda tüm eğlenceniz biter. Ve av da artık tavada pişirilmeye başlanmış olur."

Kadının adam hakkındaki olumsuz değerlendirmesi Alec'in her dakika daha da üzüyordu. Dönerlerken adam onu daha da sıkı tuttu. "Neden bilmiyorum ama seni bir av olarak göremiyorum, Katherine."

Kadın, becerikli bir hareketle aralarındaki mesafeyi açmak için geriye çekildi. "Çünkü ben bir av olarak görülmek istemiyorum. Hiçbir zaman."

Çok şiddetliydi, sanki kalkanları Portekiz'deki Peneda Dağı'ndan bile yüksek gibiydi. Onu balkonda öpmemesi gerekirdi. Bu sadece kadının kötü izlenimlerine bir yenisini eklemişti. Ama böyle bir davete kim hayır diyebilirdi ki?

Kadının onun hakkındaki fikirlerini değiştirmek için, maalesef yurtdışında nasıl yaşadığını anlatması gerekecekti ama bu aynı zamanda kadının kafasında yeni soruların oluşmasına sebep olacaktı. Hatta anlattıkları, şu anki malvarlığıyla ilgili sorulara bile sebep olabilirdi. Tabii, *eğer* kadın onun Portekiz'de yaptıkları hakkında anlattıklarına inanacak olursa.

Hayır, en iyisi, önce onun karakterini öğrenmesiydi. Zaten sonra önyargılarının yanlış olduğunu anlayacaktı. Ama bu yeter miydi? "Beni hor görmenin sebebi, baban ve onun 'hayatındaki tek amacının eteği olan her şeyi baştan çıkarmak olması' mı?"

Kadın kıpkırmızı oldu. "Aman Tanrım, dışarıda Sydney'yle olan bütün konuşmamı duydun mu sen?"

"Babanın erkekler hakkındaki fikrini etkilediğini anlayacak kadar çok şey duydum. Babanın herkesi ayartan bir adam olması…"

"Emin olun, büyürken birçok iyi örnekle de karşılaştım. Dedem altı yıl önceki vefatına kadar bizimle yaşadı, o iyi ve ahlaklı biriydi."

"Sydney gibi."

"Evet. Ve Sydney'nin babası gibi. Ne zaman Lovelace malikânesini ziyaret etsem, ne kadar dürüst ve namuslu insanlar olduklarını görüyorum. Birbirlerine saygı duyan, düşünceli ve kibar insanlar…" Birden durdu. "İlgimi, pişman olabileceğim şeyleri yapmama sebep olacak bir erkeğe yöneltmemeye karar verdim."

"Balkonda kurallarını çiğnediğin için gururlanmalı mıyım?"

Kadın çenesini havaya kaldırdı. "O sadece bir tecrübeydi, başka bir şey değil. Böylece, Sydney hakkındaki kararımın doğru olduğunu hatırlamış oldum. Ama bu tarz bir tecrübeyi bir daha yaşamayacağım. Sonsuza kadar."

Lanet olsun. Onu sorgulamadan cezasını vermiş ve infaz etmişti. Hemen bir şey yapmazsa, gelecekteki beraberlikleri yok olacaktı. O zaman nasıl olacaktı da kendi gerçek kişiliğini ona gösterecekti?

Özellikle de, onu kusursuz tavırları olan değerli Sör Mükemmel Şair'le karşılaştırıp dururken. Alec, sürekli ona bakıp durmaksızın konuşan anne Bayan Merivale'i göz ardı ederek Lovelace'in durduğu yere baktı.

Gidişatı değiştirmenin zamanı gelmişti. Lovelace iki haftalık zaman istemişti. İki hafta Alec'in yeni bir plan bulup kadını ele geçirmesi için yeterliydi. "Çok önemli bir imkânı kaçırıyorsun, haberin olsun."

Ona sorarcasına baktı. "Beni avlayıp tencerende pişirmeye başlaman için mi?"

"Hayır, Lovelace'i sana evlenme teklif etmek *zorunda* kalacağı bir duruma düşürmek için."

Eli sıkıca onunkini sardı. "Ne demek istiyorsun?"

"Kıskançlık çok güçlü bir silahtır canım. Muhtemelen, seni kaybettiğini düşününce sonunda yanına gelecektir."

"Ya da benim evlenmeye değmeyecek ahlaksız bir flört olduğumu düşünecektir."

"Uzun uzun oynadığınız arkadaşlık oyunu işe yaramadı, değil mi? Sen hâlâ onun resmi bir teklifte bulunmasını bekliyorsun."

Şehvetli alt dudağı titredi. "Yakında teklif edeceğini söylüyor."

"İki hafta sonra. Ve sadece sen bu kadar ısrar ettin diye. Yıllardır annesinin onun ihtiyaçlarını karşıladığını, sadece bu mefhum tarih için unutacağını mı sanıyorsun? Hayır, yapmak zorunda kalmadıkça teklif etmeyecektir. Bu yüzden onu teklif etmeye ikna etmelisin."

"Onu kıskandırarak."

"Kesinlikle."

"Bu konudaki önerin nedir acaba, çünkü ben sadece tahmin edebiliyorum," diye durakladı.

"Çok kolay, gerçekten. Lovelace'in kıskançlığı, onu sana teklif etmeye zorlayana kadar sana toplum içinde kur yapacağım."

Güzel kaşları havaya kalktı. "Bu durumdan senin kazancın ne olacak, merak ediyorum?"

Umarım evlilik. "Söylediğin gibi, benim gibi adamlar kovalamaktan hoşlanırlar. Yani..." Belini kavradı. "Ben de seni kovalayacağım."

Kadının gözlerinde bir korku belirdi. Güzel. En azından, adama karşı yapmaya çalıştığı kadar dokunulmaz değildi.

Abartılı bir şekilde omuzlarını silkti. "Ama eğer benim peşinden koşmam fikri seni endişelendiriyorsa, o zaman bu oyun işe yaramaz. Delice bana âşık olup sonunda kırık bir kalple kalabilirsin."

"Kendini bu kadar övme."

"Elbette, ben de bir risk alıyorum." Alec onu ele geçiremeden, Lovelace'in altında kaldığı baskıya dayanamayıp evlenme teklif etmesi gibi. "*Ben de* sana deli gibi âşık olabilirim ve sonra sen Lovelace'le kaçıp *benim* kalbimi kırarsın."

Nefes aldı. "Doğru tabii. Sen bütün malvarlığını yoksullara dağıtıp alçakgönüllü bir papaz olduğun zaman."

Adam gözlerini kıstı. "Benim gibi 'tipleri' çok iyi bildiğine göre bana karşı koymakta da zorlanmazsın. Bilgi en iyi zırhtır."

Vals adımlarını tamamlarken Katherine kaşlarını çatıyordu. Neyse ki adam, denge, uyum ve zamanlamada iyi olmayı gerektiren her şeyde çok iyiydi. Aksi takdirde, kadının aklını okumaya çalışırken eteklerine düzinelerce kez basmış olurdu.

"Kurallar olmalı," dedi kadın sonunda.

Zafer dolu bir şekilde gülümsedi. "Tabii ki."

"Öncelikle, beni öpemezsin."

Lanet olsun. "Ben böyle bir kuraldan nasıl keyif alabilirim ki? Senin peşinden koşmak istediğimi söylemiştim; arkanda evcil hayvanın gibi dolaşmak istediğimi değil." Ona dikkatlice baktı. "Ayrıca, madem benim gibi 'tip'leri iyi biliyorsun, birkaç öpücük kime zarar verebilir ki?"

"Öpüşmek yok," diye inatla tekrar etti. "Ya da anlaşma yok."

Önce bu kuralı reddetmeyi düşündü ama o zaman adamın evlilik teklifini tersleyecekti. Ayrıca bu güzel ışıklandırmalı, gürültülü balo salonunda onun öpücüklerini reddedebilirdi ama adam onu karanlıkta yalnız başına yakaladığında...

Öfkesini gizledi. Kadının kurallarıyla hareket edebilirdi. Ayrıca bir kadını baştan çıkarmanın öpmek dışında yöntemleri de vardı. Kadın yeni engeller koyup adamın işini zorlaştırabilirdi ama o engellerden atlamayı başarırdı. "Tamam." Kadın gülümserken o da ekledi, "Ama benim de kurallarım var."

Gülümsemesi kayboldu. "Senin kuralların olamaz."

"Sana bir iyilik yapıyorum farkındaysan. Ve seni öpmemeyi kabul ederek eğlencemin yarısının uçup gitmesine izin verdim bile."

Kadın yüzünü buruşturdu. "Peki, kurallarınız nedir lordum?"

Kadının resmi konuşma tarzı adamı sinir etti. "İlk kuralım, bana ikimiz yalnızken lordum demeyeceksin."

"Hiçbir görgü kuralını ciddiye almıyorsun, değil mi?"

"Dayanamadığım şeylerse, evet." Bunu kanıtlamak için kadının belindeki kuşağa elini dolayıp altındaki yumuşak ipeği eliyle sardı ve Katherine'in yüzü kızardı. Böyle kızaran kadınlara bayılırdı. Artık etrafta pek de böyle kadınlar kalmamıştı. "Bana yalnızken Alec demeni tercih ederim."

"Tamam...Alec."

Kadının, onun adını telaffuz etmesi, içinde onu çalılara sürükleyip tam da onun olduğunu sandığı erkek "tipi"nin yapacağı şeyleri yapma hissi uyandırdı.

Çok yazık ki, o bir centilmendi. "İkinci kural; bana bütün planlarını anlatacaksın. Bir baloya davet alırsan, bunu bilmem gerekir; böylece oraya gelip peşinden koşabilirim." Başparmağını kadının kaburgalarında gezdirdi.

"B-bu mantıklı gibi görünüyor," dedi adamın kanını sıcaktan eriten bir fısıldamayla.

Eline geçen avantajın üstüne gitti. "Senden her zaman dürüst olmanı istiyorum. Arkamdan iş çevirip Lovelace'i görmeyeceksin." Kadın kaşlarını çatarken, ekledi, "Eski alışkanlıklarına devam edemezsin. Eğer, etrafta ben yokken, sen de hemen sabırlı eski arkadaş rolüne girersen, o da eskisi gibi gönlü rahat gezinmeye devam edecek. Ve sen de başladığın noktaya geri dönmüş olacaksın."

"Ben de başladığım yeri terk etmemem gerektiğini *düşünmeye başladım*," diye homurdandı.

"Bir balkonda, öpülmemiş ve nişanlanmamış olarak durduğun yere mi?"

Kadın ona gözlerini dikti.

"Ve bir şey daha, benimleyken Lovelace'e olan karşı ataklarımız dışında onun hakkında konuşamazsın. İlk buluşmanızın unutulmaz anlarını ya da o senin ölümsüz aşkını takdir etmediği için senin sızlanmalarını dinleyemem." Sakince ekledi, "İkimiz de biliyoruz ki, ilk öpüşmeniz hakkında da abartmalar yapmayacaksın."

Yanakları al al oldu. "Öncelikle ben abartı yapmam ve sızlanmam. İkincisi, Sydney'den konuşup konuşmamam neden umurunda ki?"

"Çünkü bu oyunda ben de eğlenmeliyim, hatırladın mı? Ve eğer bir kadın başka bir adam hakkında gevezelik ediyorsa, eğlenebileceğimi sanmıyorum."

Aşağılanmış gibi görünüyordu. "Ben gevezelik de etmem."

"Mükemmel, o zaman ikimiz iyi anlaşacağız. Eğer *benim şartlarımı* kabul ediyorsan."

"Hâlâ neden Sydney hakkında konuşmaman gerektiğini anlayamadım…"

"Sydney hakkında konuşmak yok, yoksa anlaşma da yok." Katherine'in annesinin Lovelace'e, baroneti oradan kaçmak ister gibi gösteren enfes bir hikâye anlattığı tarafa baktı. "Sevgiline ve annene bak. Çok iyi anlaşıyorlar değil mi? Belki de benim yardımıma ihtiyacın yoktur."

Anne Bayan Merivale'in kahkahası odanın öbür tarafından duyulurken Katherine sızlandı. "O genç bayanlar annemi tanımadıkları için çok şanslılar. Annem en kararlı sevgiliyi bile deliye döndürüp kaçırmayı becerir."

Annesi, Katherine planlarına uygun hareket etmezse *çok* üzülürdü. "Yani?" diye sorusunu tekrarladı. "Benim kurallarımı kabul ediyor musun, etmiyor musun?"

Katherine, Alec'e sinsi ve kararlı bir şekilde gülümsedi. "Ne zaman başlıyoruz, lordum?"

Bir saat sonra, Katherine Alec'in planı hakkında tekrar şüpheye düşmüştü bile. Özellikle de Alec'in ilgisi Sydney'nin oyun odasına gidip ortadan kaybolmasına sebep olunca. Katherine'in Alec'in ikinci dans teklifini kabul edişini bile görmemişti. Dans bitmesine ve Alec kadını dans pistinden çıkartıyor olmasına rağmen hâlâ Sydney'den bir iz yoktu.

"Şimdi onu sonsuza dek kaçırdık," diye homurdandı, sohbet eden bir genç kız kümesinin ve onların refakatçilerinin yanından geçerlerken.

Alec ona esrarengiz bir bakış fırlattı. "Şimdiden vazgeçmiyorsun, değil mi? Kapıdan çıkar çıkmaz yenilgisini kabul eden bir binici yarışı da kazanamaz. Konuştuğumuz gibi devam et ve ona biraz zaman tanı. Sonunda istediğini elde edeceksin."

"Ya elde edemezsem?"

"O zaman, bu demektir ki, o aptalın tekiymiş ve sen de onsuz çok daha mutlu olursun."

"Anlamıyorsun. Sydney diğer erkeklere benzemez." Odaya bir göz gezdirdi ve ne Sydney'nin ne de annesinin orda olduğunu görünce siniri bozuldu.

"Ona göre, seninle flört etmem, ya ihanet ya da görgüsüzlüğümün bir kanıtıdır."

"Sen görgüsüz değilsin," diye tersledi. "Sakın sana böyle bir şey söylemesine izin verme."

Sesindeki keskinlik kadını şaşırtmıştı. Ona baktığında, Alec'in öfkeyle karşı tarafa baktığını ve çenesinin sinirden gerildiğini gördü.

"Neden umurundaki?" diye sordu yumuşak sesiyle.

Adamın berrak mavi gözleri onunkilerle buluştu. "Babam, annem için öyle derdi. 'Sen görgüsüz küçük Cit'sin' derdi ve o da, kafasını öne eğer, bu aşağılamayı kabul ederdi. Sanki bunu hak ediyormuş gibi... Sadece bir kere bir şey yaptığı için – " Sustu ve gözlerini başka yöne çevirdi. "O bunu hak etmemişti. Ve sen de hak etmiyorsun."

Alec'in geçmişiyle ilgili bir şeyler öğrenmek kadının ilgisini çekmişti. "Ben annenle senin aranın iyi olmadığını sanıyordum. Dedikodulara göre, annen hasta olduğunda bile İngiltere'ye gelmemişsin. Bir süre can çekiştiğini duymuştum."

Alec'in yüzünün rengi gitti. "O sırada savaş vardı ve ailem bana ulaşmakta…zorluk çekmişti. Onun vefatından çok sonraya kadar hastalığı hakkında tek kelime bile duymamıştım. Zaten ben duyduktan sonra da anlamı kalmamıştı."

"Anlıyorum." Aslında anlamamıştı. Annesinin kaba kahkahalarına ya da her şeyin fiyatına görgüsüzce şaşırmaları yüzünden zaman zaman ezilip büzülse de, aylarca süren bir hastalığı öğrenemeyecek kadar uzun süre, onunla bütün bağlantısının koptuğunu hayal bile edemiyordu. Ya da ölümünden sonra bile ailesinin yardımına gelememeyi...

Ayrıca, eğer Alec'in babası onun söylediği kadar garip bir adamsa... Aman, neden umursuyordu ki? Alec, sadece amacı için kullandığı bir araçtı.

"Annelerden bahsetmişken," dedi Alec, "herhalde seninki içecek odasında. Oraya bir bakalım."

Kafasını salladı ve adamın, onu kiraz yapraklarıyla süslenmiş kemerden diğer odaya doğru götürmesine izin verdi. Kemerin altından geçerken, bir çiçek eldivenli eline, oradan da kayıp koluna düştü. Alec onu alıp temizleyene kadar çiçek orada kaldı. Sonra da Katherine'in elini tuttu.

Kadın birden nefes almakta zorlandı.

Alec'in sıcak elinin kendi elinin üstünde olduğunun bilinciyle odayı gözden geçirdi ama annesi orada değildi. "Annemi tanıyorum, dans biter bitmez kasten kayboldu. Böylece beni ona geri götüremez ve benimle beraber daha fazla vakit geçirmek zorunda kalırsın."

"Ne büyük bir fedakârlık," dedi Alec alayla. "Annen ve ben çok kısa sürede arkadaş olacağız gibi geliyor bana."

"Henüz onu tanımadığın için böyle söylüyorsun. Hep böyle şeyler yapar. Hayatımın yarısı, tek başıma annemi aramakla geçebilirdi."

"Ama aramayacaksın çünkü…"

"Bu çok uygunsuz olur." İç geçirdi. "Yine de bu çok saçma bir kural, eğer gerçekten böyle bir kural varsa tabii. Bir kadının balo salonunda tek başına gezinmesinin kime ne zararı olabilir ki?"

"Görgü kurallarını ciddiye almayan yalnızca ben değilmişim, bunu bilmek hoşuma gitti."

"Ben ciddiye alıyorum. Sadece ciddiye almak zorunda kalmak istemiyorum."

Fısıldamak için başını öne eğdi, "Zorunda değilsin. Benimleyken zorunda değilsin."

Vücudunu baştan aşağı tehlikeli bir bekleyişin gerginliği sardı ve bu duyguyu yok saymakla uğraşırken ona sert bir bakış fırlattı. "Hangi görgü kurallarını görmezden gelmemi istediğinizi tahmin edebiliyorum."

"Ben pek de emin değilim." Elleri, kuralları ihlal edercesine onun ellerine bütünüyle temas etti. "Ama eğer bahçede bir gezintiyi kabul edersen, bunu sana gösterebilirim."

Kadın tamamıyla erimeden elini çekti. "Bir gece için o tarz derslerden fazlasıyla aldım, teşekkürler." Gözlerini odada gezdirirken, annesi ve Sydney'nin oyun odasından çıktıklarını görünce içini bir rahatlama sardı.

"Bak, ikisi de oradalar," dedi mutlulukla.

"Gördün mü?" diye gürledi Alec. "Telaşlanacak hiçbir şey yokmuş. Bunca olandan sonra Lovelace seni terk edip gitmedi."

"Aslında son dansta bana eşlik edip sonra da yemeğe geçirmek istediğini daha önce söylemişti. Ve Sydney sözüne bağlı bir insandır."

"Biri dışında hepsine bağlı." Alec eğilerek ona baktı. "Eğer sana evlenme teklif etmezse, bu senin için çok şey değiştirir mi? Bana sorarsan, birbirinize yakışmıyorsunuz."

"Neden, beni öpmediği için mi? Onu da biz evlenince yapacak zaten."

Alec adımlarını yavaşlattı. "Deneyimlerime dayanarak söylüyorum; evlilik bir erkeği değiştirmez. Sadece kötü taraflarını huzura dönüştürür."

"Gerçekten mi?" diye sordu alay edercesine. "Yani, daha önce sen de evlendin, öyle mi?"

Dudaklarında tereddütlü bir gülümseme belirdi. "Hayır. Babamı gördüm, o pek de…sevgi dolu bir adam sayılmazdı. Onun örneği bana yeter."

"Benim babamda olduğu gibi. İnan bana, gelişigüzel bir sevgi gösterisi de, hiç olmaması kadar acı verebiliyor."

"O zaman sen de, sana gelişigüzel sevgi gösterecek birini tercih ediyorsun."

"Ben arkadaş olabileceğim bir erkekte karar kıldım. Sevgi bitse bile, arkadaşlık sonsuza kadar sürebilir."

"Bu fikir bana biraz aptalca geldi," diye karşılık verdi.

Annesi ve Sydney onları görmüşlerdi ve annesi, bir hanımefendiye yakışmayacak şekilde, elini sallıyordu. Katherine irkildi. "Sana aptalca geldi çünkü sen neşeli toplantılarda gönül eğlendirirken bunun sonuçlarını umursamak zorunda değilsin. Kıskançlık patlamalarının ve Toprak Ağası Merivale'in son boşboğazlıklarıyla ilgili dedikoduların ortasında kalmıyorsun. Hiç evlenmemen iyi olmuş. En azından, talihsiz kadınlar için böyle bir hayat sağlamış olursun."

Hiç beklemediği bir anda Katherine'i kolundan çekip bir sütunun arkasına sakladı ve yüzünü onunkine yaklaştırdı; gözleri parıldıyordu. "Bir konuda anlaşalım. Hakkımda ne duymuş olursan ol, ben yurtdışındaki hayatımı kadından kadına koşarak ve onları umursamazca yüzüstü bırakarak geçirmedim."

"O zaman *nasıl* geçirdin?"

Çenesindeki kaslar oynuyordu. "Meşguldüm, hepsi bu. Bir adam zamanı olduktan sonra yurtdışında bir sürü şeyle uğraşabilir."

Umursamaz bir tavırla, "Ya tabii, eminim katedralleri ve müzeleri gezmekten büyük zevk almışsındır," dedi.

Bir an için aradığı sözcükleri bulamadı. Sonra kafasını salladı. "Aslında zamanımın çoğunu at üstünde geçirdim." Ona gizemli gizemli baktı. "Söylesene Katherine, ata biner misin?"

Bölüm 6

*Kadınları baştan çıkarmada kullanılan yöntemler, aşırı
korumacı annelerinin kuşkularını yatıştırmakta da
kullanılabilir; pohpohlamalar, hediyeler ve
bütün kadınların sevdiği küçük iltifatlar.*
- Anonim, *Zamparanın baştan çıkarma sanatı*

*B*ir sonraki öğleden sonra, Katherine, üzerin-
de en sevdiği kırmızı at binme kıyafetiyle,
şehirdeki kiralık evlerinin çalışma odasında oturu-
yordu. Cornwall'e, bugünün mektuplarını yazmayı
yeni bitirmişti. Bu yaptığı ne kadar da *faydasız* bir işti.
Merivale Manor, yeni doğum yapmış bir koyun için
kasaba fiyat teklif etmiş, onun parasıyla yeni yeni ser-
pilen kız kardeşi Bridget'e alacağı elbiselerin parasını
denkleştirmeye çalışıyordu. Elbiseleri birden o kadar
küçülmüştü ki, papaz bile, aynı zamanda dadıları,
mürebbiyeleri ve çocuk bakıcıları da olan Merivale'in
hizmetçisine bu durumu şikâyet etmişti.

Eski aile hizmetçilerine müteşekkirdi; onlar olma-
sa, o ve annesi, Sydney ile resmi olarak nişanlanacağı
ve servetine kavuşacağı bu geziye çıkamayacaklardı.
Acaba bunlar gerçekleşebilecek miydi?

Saatine bakıp iç geçirdi. Gitme ihtimali olmasına rağmen Sydney'nin yarım saat önce başlayan şiir okuma seansına gitmemişti ve ata binmek için Alec'i bekliyordu. Dün gece, nasıl olmuştu da, onu böyle bir şey yapmak için ikna edebilmişti?

Sadece kızgınlık duygusu, sebebi buydu. Sydney, balodaki yemek boyunca ona berbat davranmıştı. Eğer Sydney eve dönüş yolculukları boyunca surat asmak yerine bir kere olsun okuma seansından bahsetmiş olsaydı, Alec'e at binmek için verdiği sözden vazgeçebilirdi.

Ama hayır, Katherine'in, eski okul arkadaşı ve güçlü rakibiyle arkadaşlık etmesine o kadar kızmıştı ki, onu alıp almayacağından ya da ne zaman alacağından bahsetmemişti. Ve Alec de hiç yardımcı olmamış, Katherine'le flört ederek Sydney'nin öfkesinin üzerine gitmişti.

Siniri bozuldu. Nefes almakta güçlük çekiyordu. Hasta herif onu öpmüş ve her şeyi karmakarışık bir hale getirmişti. Katherine hâlâ babasının ahlaksız kitabından *bir şey* öğrenememiş miydi?

Anlaşılan, kendisini kıvrak zekâlı konttan kurtaracak kadar çok şey öğrenmemişti. Onun nasıl biri olduğunu anlayamaması, Katherine'e hiç yakışmıyordu.

Masanın en alttaki çekmecesini açıp babasının ahlaksız küçük kitabını saklı olduğu yerden çıkardı. Bu ucuz görünümlü kitapçığı sadece erkekler hakkında bir şeyler öğrenmek için kullanmıştı. Başka türlü, bir hanımefendi, zamparanın birinin onu baştan çıkarıp günah işlemesine nasıl engel olabilirdi ki? Alec'in dün gece söylediği gibi; bilgi en iyi zırhtı.

Etrafa bakıp yalnız olduğundan emin oldu – gerçi annesi hiçbir zaman buraya gelip işlerle uğraşmazdı – ve kitabın kapağını açtı. Sonra arkadaki ahlaksız resimlerden birini görünce yüzü kızardı.

Çıplak vücutları ilk gördüğünde bir çeşit Yunan sporu sanmıştı. Ne de olsa Yunanlar, sporlarını çıplak *yaparlardı* ve "Vahşi At Binme" ve "Yandan Saplanmalar" gibi başlıklar da, kulağa anlaşılmaz bir şekilde atletik geliyordu.

Sonra "El Arabası" başlığını görünce kalakaldı; o anda baktığı resim buydu. Kadın bir direksiyonu tutarken, adam da kadının ayak bileklerinden tutuyordu. Oldukça sportif görünüyorlardı. Sanki bir yarıştaymış gibi, adam, kadını bacaklarının arasından çıkan bir sopayla ileri doğru itekliyordu.

Biraz daha yakından bakınca bunun bir sopa olmadığını anladı. Bu çiftin sporla alakası da yoktu.

Resimlerin ne olduğunu anladığında aslında kitabı fırlatıp atmalıydı ama görmezden gelmek için fazla şaşırtıcılardı. Özellikle de, bu konudaki bilgisi sadece çiftlikteki atlar ve koyunlarda gördükleriyle sınırlı olunca.

Artık daha fazla şey biliyordu, *çok* daha fazla. Ama neden böyle…şey…garip pozisyonlarda seviştiklerini anlayamamıştı. Bazılarında inanılmaz acı çekiyormuş gibi görünüyorlardı. Mesela kadının ayak bileklerini adamın omuzlarına koyduğu resimdeki gibi. Bir kadın, *nasıl olur da,* bacaklarını o kadar havaya kaldırabilirdi?

Ve bir başka resim daha vardı…ama bir dakika, şimdi daha mantıklı gelmişti. Belki de, bir adam dilini *orada* gezdirmekten hoşlanabilirdi. Ve belki de, kadın da bundan zevk alabilirdi. Dün gece Katherine de, Alec'in dilini ağzının içinde hissetmekten büyük zevk almıştı; her yanını ateş sarmıştı. Anlaşılan erkekler dillerini belli yerlerde gezdirmekten zevk alıyorlardı ve kadınlar da erkeklerin dillerinin oralarda olmasından.

Bu resimlere bakılacak olursa, erkeklerin kadınların vücutlarına temas ettirmek istedikleri tek şey dilleri değildi. Kitaptaki resimlere inanamayarak bakıyordu.

Bu resimler gerçek olamazdı. Kitabı yan çevirip tekrar dikkatle baktı. Bu kesinlikle bir abartı olmalıydı. Resimdeki kadının, Katherine'in gösterişsiz göğüsleri yanında bir kavun kadar büyük kalan göğüsleri gibi.

Ama eğer kitap gerçekçi olmasaydı, babası almazdı. Acaba bu da, annesinin babasını suçladığı, opera dansçısıyla olan yaramazlıkları gibi, ahlaksız meraklarından biri miydi?

Katherine, evdeki bir kavga sonucu kız kardeşlerine *aşağılık orospunun* ne demek olduğunu açıklamak zorunda kaldığını hatırlayıp irkildi. Annesi zaten hiçbir zaman ağzından çıkana dikkat etmezdi ama Katherine'in dedesinin ölümünden sonra annesi içinde olan her şeyi bir çırpıda söyleyiverir olmuştu. Babasının etkisi altında kalmaktan kurtulan Katherine'in annesi artık kendini özgür hissediyor ve istediği gibi davranıyordu. Ve maalesef bu da çocukların önündeki hiçbir konuşmaya dikkat edilmemesine yol açmıştı.

Hâlâ, adamın dilinin, kadının ahlaksız bir yerinde olan resme baktığını fark eden Katherine, makaleler kısmına gelene kadar kitabın sayfalarını hızla çevirdi. Neyse ki, bütün kitap *terbiyesizlik* dolu değildi.

Mesela hediyeler hakkındaki bu bölüm gibi; bir adamın, bir kadının karşı koymasını, mücevher gibi şeylerle nasıl yumuşatabileceğini anlatıyordu. Çiçeklerle ilgili kısmı okudu: *Kadınlar, paragöz oldukları için, pahalı sera çiçekleri bir kadının kalbinin daha hızlı atmasını sağlar.*

Sinirle derin bir nefes alıp kitabın kapağını kapadı ve çekmecedeki yerine yerleştirdi. Nasıl olur da, bir adam, kadının kalbinin daha hızlı atmasını sağlamak için para harcaması gerektiğini düşünebilirdi? Ama anlaşılan, babası körü körüne bu öneriye uymuştu; yoksa Katherine aile borçlarını ödemek için, evlenmeden ulaşamayacağı kilitli bir servete sahip olmazdı.

Dışarıdan gelen bir at arabası sesi onu ürküttü. Tanrım, Alec erkenden gelmiş olmalıydı. Hay aksi, eldivenlerini nereye bırakmıştı acaba?

Birkaç dakika sonra kendi kendine kavga etmeye başladı: Bond Caddesi'ndeki olağanüstü dükkândan aldığı mor benekli eldivenleri, kırmızı binici kıyafetiyle uyuşur muydu yoksa diğer oturaklı olanları mı seçmeliydi, tam bunları düşünürken salondan sesler geldiğini duydu.

Sydney. Tanrım, bana merhamet et.

Eldivenleri kapıp aceleyle merdivenlerden aşağı inmeye başladı.

"Ne demek istiyorsunuz, Katherine, Iversley ile ata binmeye mi gidecek?" Sydney'nin sesini duyabiliyordu. "Benim şiir okuma seansıma gelmesi gerekiyordu."

Katherine annesinin cevabını duyamadı ama zaten herhangi bir cevabın onu yumuşatması da pek mümkün görünmüyordu. Katherine binici kıyafetinin uzun paçalarını elleriyle havaya kaldırdı ve son birkaç merdivenden zıplayarak indi.

Böyle aykırı bir düşünce üzerine Sydney felç olmuş gibi dururken Katherine aceleyle araya girdi, "Tünaydın Sydney. Ne yapıyorsun burada?"

Hızla döndü. "Neden burada olduğumu çok iyi biliyorsun. Okuma seansı bir saate kadar başlıyor."

Katherine sakinleşmek için bir nefes aldı. "Dün gece bizi eve bırakırken bu konu hakkında tek kelime bile etmedin. Ayrıca, saat kaçta başlayacağından emin değildim."

Sydney'nin yüzü buruştu. "Ben...şey...unuttum sana..."

"Ben de sana eşlik etmem fikrinden vazgeçtiğini düşünmüştüm."

Sydney, acıklı bir bakışla Katherine'in annesine döndü. "Bayan Merivale, Katherine'le yalnız konuşabilir miyim?"

"Sizi refakatsiz yalnız bırakmayı asla kabul edemem." Annesinin yüzünde düzenbaz bir ifade belirdi.

90

"Özellikle de henüz ikiniz de bir şeye *gebe* kalmadan," dedi Fransızca konuşmaya çalışarak.

Hamilelikten bahsedilince Sydney'nin benzi attı. "Böyle bir şey olamaz zaten!"

Katherine kahkahasını zar zor tuttu. "Annem hamile kalmak anlamında söylemedi; o kelimeyi 'nişanlı' anlamında kullandı." Zavallı Sydney, annesinin işkence gibi Fransızcasına kulak asmaması gerektiğini şimdiye kadar öğrenmiş olmalıydı.

"Ben de öyle dedim zaten," diye karşı çıktı annesi.

"Hayır, sen dedin ki, biz...neyse boş ver. Önemi yok." Ve zaten annesi de bunu anlamayacaktı. "Ama lütfen bizi bir dakika yalnız bırakır mısın?"

Annesi derin bir nefes aldı. "Peki, bakalım. Ama unutma ki, az sonra, lord ata binmek için burada olacak."

"Lordun cehennemin dibine kadar yolu var," dedi Sydney, Katherine'in annesi odayı hışımla terk ederken.

Katherine iç çekti. Kıskançlık, onu bir somurtkana çevirmek yerine Sydney'nin ilgisini Katherine'e odaklamalıydı. Zaten somurtmaya ne hakkı vardı ki? Katherine'in her zaman onun avucunun içinde olduğunu düşünen Sydney'di. Katherine bundan bıkmıştı.

"Görüyorsun ki," dedi Sydney annesi odayı terk eder etmez, "senin Iversley'nin yakınında olmanı bile istemiyorum."

Bu despot açıklama Katherine'i çok sinirlendirdi.

"Dün gece tek kelime bile söylemeyerek buradan çekip gitmeden önce düşünmeliydin bunları."

Kederli bir görüntüsü vardı. "Çok büyük bir kabalık ettiğimi biliyorum ama yine de…"

"Başka bir adamın teklifini kabul edeceğimi düşünmemiştin? Ya da başka planlar yapabileceğimi? Ya da yemekteki davranışlarını görüp benden bıktığını düşüneceğimi?"

"Ne? O şeytani Iversley mi soktu bu fikirleri senin aklına? Ben her zaman seninle evlenmek istedim, Kit. Bunu biliyorsun."

"Fakat bunu gösterirken çok garip hareketler sergiliyorsun."

"Bırak bunları artık, dün gece çok kırıcı davrandığımı biliyorum ama Iversley ile flört etmenden usanmıştım."

"Ben flört etmiyordum ki…"

"Benim yüzümden üzüldüğünü biliyorum ve haklıydın da." Sinirli sinirli kravatını düzeltti.

"Onunla dans ettin diye de seni suçlayacak değilim. Benim için ne kadar önemli olduğunu sana gösteremediğim için…şey…benden öç almaya çalıştığını anlıyorum." Kasvetli bakışları Katherine'inkilerle buluştu. "Ama şimdiye kadar kızgınlığının geçeceğini sanmıştım."

Nasıl olur da, Katherine'in haklı sorunlarının sadece kadınlara özgü kırgınlıklar olabildiğini düşünebiliyordu? "Ben dün gece bir öfke nöbeti geçirmiyordum ama şu anda gerçekten geçiriyorum. Ve her yere seninle birlikte gideceğimi düşünüyorsan…"

Ön kapıda gürültülü adımlar duyuldu. Katherine gururlu bir şekilde kafasını kaldırdı. "Bu Lord Iversley olmalı, at binmeye gitmek için beni almaya gelecekti. Yani, şimdi izninle…"

Hafifçe temas ederek Sydney'nin yanından geçti ama Sydney onun geçtiği yönde durdu. "Lütfen Kit, bana böyle küskün olma. Buna dayanamam."

Ona bakınca Sydney'nin yüzünde gördüğü acıklı şaşkınlık kadının bütün öfkesini ortadan kaldırdı. Girişteki kapı açıldı ve annesi yüksek sesle konta hoş geldin dedi ama Katherine, sevgili arkadaşını bırakamadı. "Sana dargın değilim. Sadece çok kızgınım. Ve sen de sebebini biliyorsun."

"Bu sabah, annemle bizim hakkımızda konuştum."

"Ne dedi?" Bu sorunun içinde umudun yanı sıra olumsuzluk da vardı.

Yüzünde inatçı bir ifade vardı. "Annem, neden bu kadar acele ettiğimizi anlamıyor. Neden o iyileşene kadar bekleyemiyormuşuz, diye sordu."

Katherine, midesinde yükselen rahatsızlık hissini görmezden geldi. *Oyuna uygun davran*, demişti Alec. Anlaşılan haklıydı da. Sydney, ciddi ciddi kışkırtılmadan asla annesine karşı gelemeyecek bir insandı. "O zaman sen de, durumu ona daha iyi anlatmalısın. Çünkü iki hafta sonra…"

"Tamam, tamam," diye geveledi. "Ama neden bu süre içinde beklerken…şey…benimle vakit geçirmiyorsun ki? Şeytan Iversley ile çıkmak yerine?"

"Ona neden şeytan dediğini anlamıyorum." Yapmacık bir kayıtsızlıkla eldivenlerinden birini çekiştiriyordu. "Bana çok da nazik biri gibi geldi."

Onu sarsmak istercesine kadının kolunu yakaladı. "O adam dünyadaki en rezil insan. Ve eğer bir an olsun onunla evlenmeyi düşünüyorsan..."

"Tünaydın, Bayan Merivale," dedi kapı yolundan gelen sert ses.

Katherine, Alec'in onlara baktığını görünce kolunu Sydney'nin elinden kurtardı. Katherine'in ağzının kurumasına sebep olan, Alec'in derin, sıcak ve samimi bakışları kendisine yönelmeden önce, dönüp Sydney'e kaşlarını çatarak bakmıştı. Alec'in bakışları Katherine'in üzerinde gezinince kadın yutkundu; birden, en sevdiği binici kıyafetinin, böyle sofistike bir adam için ne kadar eski ve demode gelmiş olabileceğini fark etti.

Ama Alec'in gözlerindeki hayranlık dolu ifadeyi görünce yanıldığını fark etti. "Bugün çok hoş görünüyorsunuz. Bu renk size çok yakışıyor."

"Teşekkürler, Lord Iversley. Çok kibarsınız." Sydney'e soğuk bir bakış fırlattı. "*Bazı insanlar* renk seçimimi pek beğenmiyor."

Sydney kıpkırmızı kesildi. "Belki de o insanlar, seni hoş bir şekilde pohpohlamak yerine daha önemli şeylerle meşgullerdir."

Alec'in arkasında duran annesi, önce Katherine'e sonra da Sydney'e kaşlarını çatarak baktı. "Önemli şeyler mi? Umarım şiirden bahsetmiyorsunuzdur. Moda, bütün aptal şiirlerden çok daha önemlidir."

Sydney, Katherine'in yüzüne baktı. "Sen öyle düşünmüyorsun, değil mi Kit?"

"Elbette hayır. Ama bunun bir şeyi değiştireceğini de sanmıyorum." Alec'e parlak bir gülücük attı. "Ben de tam Sör Sydney'ye bu öğleden sonra Freeman Assembly Odaları'nda yapılacak şiir okuma seansına katılamayacağımı söylüyordum."

"Orda sensiz gerçekten çok yalnız olacağım," dedi Sydney, Alec'i tamamen görmezden gelerek. "Ve hayatımdaki en önemli kadına bir şiir ithaf ederken onun zahmet edip okumaya katılmamış olması da insanlara çok garip gelecek."

"Yani annen de mi orada olmayacak demek istiyorsun?" dedi Katherine kibarca. Katherine, Sydney'nin yüzündeki ıstıraplı bakışı görünce hazır cevaplılığına lanet etti.

"Annemin bundan haberi bile yok," dedi. "Ben onun yerine seninle olmak istiyordum."

İnanamamıştı. Sydney gerçekten de annesi yerine onu mu tercih etmişti?

Hayır, herhalde, eğer annemi, Katherine ve onun görgüsüz ailesiyle çok fazla bir araya getirmezsem daha kolay ikna edebilirim, diye düşünmüş olmalıydı.

"Bayan Merivale," diye konuşmalarını kesti Alec kapının önünden, "eğer şimdi çıkmazsak, park, at binmek için fazla kalabalık olacak."

Katherine, kontun araya girmesine minnettar kalarak Sydney'ye, "Gitmek zorundayım," dedi.

"Zorunda mısın?" Yüzündeki sessiz itiraz,

Katherine'in kalbinin acıyla sıkışmasına sebep oldu. Çok mu acımasız olmuştu, ya da fazla hevesli?

Annesi neden bu kadar acele ettiğimizi anlamamış.

Nefesini verdi. Bazen insan hak ettiği şeyi talep etmek zorundaydı. Lord biliyordu ki, Katherine yıllarca bekledikten sonra Sydney'yi hak ediyordu. "Üzgünüm ama gitmek zorundayım."

"Okumanın nasıl geçtiğini söylemek için bu akşam sana uğrayayım mı?" diye sordu umutla.

Ani bir istekle uzandı ve kolunu tuttu. "Eğer istersen."

Annesi cıyaklayarak, "Görüşmek üzere, Sör Sydney," dedi.

Sydney duraksadı, ama istenmediğini açıkça anladı. Reverans yaparak mırıldandı, "İyi günler Katherine." Alec'i tek laf bile etmeden geçip Katherine'in annesiyle birlikte holde gözden kayboldu.

Alec arkasından seslendi. "İyi günler, Lovelace. Şiir okuma seansınızda iyi eğlenceler."

Katherine, Alec'e baktı. "Alay etmek zorunda mısın?" diyerek diğer eldivenini taktı. "Zavallı adam zaten perişan durumda."

"Tabii ki, buna hiç şüphem yok," dedi Alec, kadının etrafında gezinirken. "Biz bu müthiş bahar gününde ata binmeye giderken, o da küflenmiş bir toplantı odasında oturmak zorunda kalıyor."

Kadın alt dudağını ısırdı; üzgün Sydney'nin hali yüzünden duyduğu suçluluğu dindiremiyordu.

Annesi tekrar kapıda belirdi. "Katherine ata binmeye bayılır. Evdeyken, onu bulması için her zaman birisini kırlara yollamak zorunda kalırdım."

Alec ılık bakışlarla Katherine'e döndü. "O zaman Rotten Row yerine, St. James Parkı'nda ata binsek sizin için fark etmez. Bildiğim kadarıyla orası daha güzel ve yılın bu zamanlarında da o kadar kalabalık olmuyor."

"Katherine bütün parkları çok sever." Annesi ona ciddi bir bakış fırlattı. "Lorda parkları ne kadar çok sevdiğini anlat, bir tanem."

Kont Iversley gibi gururlu bir adamın ilgisini çekebildiği için ne kadar şanslı olduğunu anlatan annesinin sabahki söylevinden sonra, Katherine kendisini bir kavga başlatacak halde hissetmiyordu. "Evet, parkları gerçekten çok severim. St. James benim için de uygun olur."

"Gördünüz mü?" dedi annesi ortamı yumuşatırcasına. "Nerde ata bindiğiniz onun için fark etmeyecektir. Onu nereye isterseniz oraya götürün."

Alec, ateşli bakışlarla Katherine'i süzerken dudaklarında saçma bir gülümseme belirdi. "Kesinlikle, madam. Kızınızı…istediğim her yere götürebilmekten zevk duyarım."

Annesi hâlâ Katherine'in ne kadar iyi ata bindiği ve diğer başarıları hakkında gevezelik ediyordu ama Katherine oralı bile olmadı. "Götürmek" gibi sıradan bir sözcükle bile ahlaksız bir imada bulunur gibiydi. Nasıl oluyor da, bütün kelimelere ahlaksız bir anlam yüklemeyi başarıyordu? Ve ona sahipmiş gibi bakışları; sanki ellerini tekrar onun üzerinde gezdirmek için sabırsızlanıyormuş gibi...

Hoş bir heyecanla titrerken kaşlarını çattı. Alec'in söylediği ve yaptığı her şey onu kışkırtmak içindi. Ya da onu baştan çıkarmak için.

Tanrım, ışıltılı oturma odasında, gözlerini göl mavisi gibi gösteren gök mavisi ceketiyle her kadını baştan çıkarabilecek kadar yakışıklı olduğunun farkındaydı. Ve güderi pantolonuyla, askeri botlarıyla... Ona o kadar çok yakışmışlardı ki, özenle işlenmiş kaslarını müthiş bir şekilde kaplıyorlardı...

Ona baktığında Alec'in gizli bir tatminle onu izlediğini fark etti. Annesi konuşmaya devam ederken Alec'in fark ettirmeden Katherine'e göz kırpabilme cesareti göstermesi, yüzünün kızarmasına sebep oldu.

Sadece istediği erkeği ayartabilmek için, bu namussuz adamla başlattığı oyun çok tehlikeliydi. Böyle maskaralıklar yapıp evlenmeye çalışan kızların davranışlarını onaylamasa da, ne kadar etkili bir şey yaptıklarını inkâr edemezdi. Sydney, daha önce hiç böylesine bir kararlılıkla onun yanında olmasını istememişti.

Ve Katherine onu yüzüstü bırakmıştı. Okuma seansına gitmeyi reddettiğinde zavallı şey ne kadar da yıkılmış görünüyordu. İçine büyük bir korku düştü. Çok mu ileri gitmişti acaba? Bu kadar üzerine giderse, Sydney'i tamamıyla kaybeder miydi?

Hayır, bunu yapamazdı.

"Anne," diye araya girdi, "pembe şalımı yukarda bırakmışım. Benim için onu getirebilir misin acaba?"

"Tabii ki, canım benim. Dışarıda üşütmeni istemeyiz, değil mi?"

Katherine annesinden bu şekilde kurtulunca Alec bir şeyler olduğunu anladı. Müstakbel eşinin aklında bir şeyler olduğunu sezmişti ama ne olduğundan emin değildi. Annesi odayı terk eder etmez Katherine, "St. James Parkı'na gitmek yerine acaba…" dedi.

"Hayır."

Hayretle ona baktı. "Ne söyleyeceğimi bile bilmiyordun ki."

"Ata binmek yerine Lovelace'in şiir okuma seansına gidelim diyecektin. Ve cevabım hayır."

Samimi bir şekilde, inkâr etmeyeceğini belli edercesine devam etti. "Ama daha sonra parka da gidebiliriz. Freeman Assembly Odaları oraya sadece bir-iki kilometre uzaklıkta."

"Ne kadar yakın oldukları umurumda değil. Oraya gitmiyoruz."

Kadın ona baktı. "Neden olmasın?"

Çünkü birkaç dakika önce kadının yüzündeki ifadeyi görmüştü. Aptal Lovelace onunla gelmesi için yalvarırken Katherine de kalbi yerinden sökülmüş gibi görünüyordu. Ve ayrıca Alec'in içinde dalgalanan aptal huzursuzluk, onun hiç istemediği ve aslında daha önceden hissetmediği bir duygu olması sebebiyle de oraya gitmek istemiyordu. "Bütün öğleden sonrayı benimle geçirmek üzere sözleşmiştik, onunla değil. Ve ben de seninle geçirmek için söz vermiştim."

Dizginlediği öfkesi yüzüne yansımış olmalıydı çünkü kız korkarak yutkundu. "Bizim amacımız Sydney'yi kıskandırmak ve bunu ancak o ikimizi beraber görürse yapabiliriz."

"İkimizi burada beraber gördü ve beraber at binmeye gideceğimizi de biliyor." Ona alay edercesine baktı. "Eminim hayal gücü gerisini halledecektir."

Onu dinlemeyi reddeden Katherine, inatçı bir şekilde omuzlarını silkti. "Bu oyunun amacı benim Sydney'yi elde etmemdi. Ama eğer sen bunu bir çeşit yarışa dönüştüreceksen, oyunu hemen şimdi bitiririm."

Ona yaklaştı. Katherine blöf yapıyordu. Dün geceden bu yana, Sydney'yle arasında hiçbir şey değişmiş olamazdı, yoksa Alec'i ihmalkâr sevgilisine tercih etmezdi. Ve Katherine de, oyunu bu kadar erken bitirirse, kahrolası Sydney'nin hemen eski haline döneceğini biliyor olmalıydı.

Blöf yapmıyorsa ne olacaktı? Durumu kendi için bir avantaja çevirmek yerine bu riski göze almalı mıydı?

Yavaş yavaş dudaklarında bir gülümseme belirdi. "Tamam, değerli şairinin okuma seansına gideceğiz. Ama soğuk bir salona ve kötü dizelere katlanmak zorundaysam, bunun için bana bir ödül vermek zorundasın."

Ona kuşkulu bir bakış attı. "Ne gibi bir ödül?"

Gelip giden biri var mı, diye kontrol ederek sesini alçalttı. "Bir öpücük."

Bakışlarını başka yöne çevirirken kalp atışları hızlanmaya başlamıştı. "Hiç öpücük olmayacağı konusunda anlaşmıştık."

"Sydney hakkında hiç konuşmayacağımıza da anlaşmıştık ama sen onun dizeleriyle kendinden geçerken benim bütün öğleden sonramı orada geçirmemi bekliyorsun."

"Ben kendimden geçmem," dedi huysuzca kaşlarını çatarken.

"Bu gerçek, öğleden sonram için çok şeyi değiştirmedi açıkçası. Yani ne olacak şimdi? Şiir okuma seansı karşılığında bir öpücük mü? Yoksa öpücüksüz, St. James Parkı'nda keyifli bir at gezisi mi?"

Katherine'in seçeneklerini değerlendirmekte olduğunu anladı ama öpücüğü seçeceğinden de emin değildi. Belli ki, bu okuma seansı Lovelace için çok önemliydi.

Dün geceden bu yana, Alec ona bir kere daha dokunmak için yanıp tutuşmuştu; onun lezzetli dudaklarını tadıp gül suyu esanslı kokusunu içine çekerken titreyen ellerinin boynunda asılı olduğu anı tekrar yaşamak istiyordu. Ve şimdi bunun için bir şansı daha vardı.

"Peki, tamam." Katherine duyguları yerine cesaretiyle yaklaşarak kafasını ona doğru uzattı. "Al şu 'lanet' ödülünü de gidelim buradan."

Aptal kadın. Eğer gerçekten bu kadar ucuz kurtulacağını sanıyorsa, bir sürprizle karşılaşacağı kesindi. Alec onun, kendisine aşık olup yaralanmadan elinden kaçmasına izin vermeyecekti.

Teninin yumuşaklığının tadını çıkaran Alec, kıkırdayarak kadının çenesini tuttu. Sonra başparmağını baştan çıkarıcı bir hareketle kadının alt dudağına koydu. "Bunu çok isterdin, değil mi? Seni öpmeye başlayacağım, sonra annenin merdivenlerden geldiğini duyacaksın ve daha başlamadan öpüşmemiz sona erecek." Elini geri çekti. "Hiç şansın yok, canım. Zamanını, yerini ve öpücüğümü nasıl alacağımı ben seçerim."

Yüzündeki dehşet bir anda kızgınlığa dönüştü. "Nasıl istersen Büyük İskender. Peki ne zaman olacak?"

"Sana haber veririm," diye sırıttı, sonra ağzını Katherine'in saçlarındaki gül suyunun kokusunu alabilecek kadar kulağına yaklaştırdı. "Ama endişelenme, Merivale. Bugün, bir öpücük almadan eve dönmeyeceğinden emin ol."

Katherine, o kadar hızlı geriye çekildi ki neredeyse çay masasının üzerine düşüyordu. Kadının yanaklarının utançtan kızarması, Alec'e istediğini elde ettiğini göstermişti. Bunu itiraf etse de etmese de, Alec'in onu öpmesini istiyordu.

Yüzünü kaplayan, ben görgülü bir hanımefendiyim bunu-asla unutma bakışıyla kapıya yöneldi. "O zaman, artık gidebiliriz. Şimdi çıkarsak, her şeyi yapmaya zamanımız olur."

"Neyi yapmaya zamanınız olur?" diye sordu annesi, elinde kızının istediği pembe şalla kapı ağzında duruyordu.

Katherine'in yüzünü aniden telaş sardı. Alec'e, şiddetle, görmezden gelmek istediğini belirten bir şekilde, yalvarırcasına baktı. Ama Alec bunu görmezden gelemedi.

Alec, samimi bir şekilde Katherine'in annesine güldü. "Bir...hediye verebilmek için. Ben de tam kızınıza, Soho Pazarı'ndan sizin için yaptırmış olduğum hediyeyi anlatıyordum."

"Gerçekten mi?" Bayan Merivale'in yüzünde çocukça bir gülümseme belirdi.

Aslında hediyeyi Katherine için almıştı ama bu şartlar altında...

Ceketinin cebinden, üzerinde resim olan bir yelpaze çıkardı. "Oradaki adam herkesin isteğine göre üzerlerine resim çiziyordu; ben de dün gece Londra balolarını ne kadar sevdiğinizi duyunca...*voilà*." Birkaç gösterişli hareketle hediyeyi ona verdi.

"Lord Iversley, ne kadar da düşüncelisiniz." Bir esnaf gibi, yelpazenin çubuklarını inceliyordu. "Fildişinden oyulmuş, ne kadar da güzel. Size çok pahalıya patlamış olmalı."

Tanrıya şükürler olsun ki, kadının kemikten yapılmış çubuklardan haberi yoktu.

Bayan Merivale yelpazeyi açıp baktı. "Ama bu çift balkonda dans ediyor," dedi göz gezdirirken. "Herhalde *dans ediyorlar*. Tam da göremiyorum ama..."

"İki figürden fazlasını çizdirecek zamanım yoktu," çiftin öpüştüklerini anlamayacağını umarak hızlıca ekledi, "Ama eminim, sizinle dans eden her adam sizi sadece kendine saklamak ister."

Bayan Merivale kaba kahkahasını patlattı ve onun utanmaz bir çapkın olduğunu söyledi ama neyse ki, nereye gidecekleri hakkında bir soru sormadı.

Annesi ona şalı vermek istese de, Katherine artık vazgeçmişti ve şalı reddetti. Daha sonra, onlara refakat edecek bayan hizmetçiyle beraber merdivenlerden indiler. Neyse ki, yetersiz parasını bir at daha kiralayabilmek için kullanmıştı. Bu evlilik işi her saat daha da pahalı hale gelmeye başlamıştı.

"O yelpaze annem için değildi, değil mi?" diye fısıldadı Katherine merdivenleri inerlerken.

Anladığına sevinerek alaycı bir öfkeyle, "Beni yalan söylemekle mi suçluyorsun?" dedi.

"Seni ahlaksız amaçlarına ulaşmak için yaptığın şeylerle suçluyorum," dedi Katherine, muhteşem dudaklarındaki küçük bir gülümsemeyle.

"Bu işten tek kârlı çıkan sensin."

"Doğru." Gülücüğü daha da büyürken onun koluna girdi. "Beni okuma seansına götürdüğün ve ayrıca da bunu anneme söylemediğin için teşekkürler."

Birden içine bir muziplik düştü. "O zaman, bu daha sonra *iki* ödül alacağım anlamına mı geliyor?"

"Kesinlikle hayır!"

"Ne kötü. Şimdi o tek ödülün, başıma gelen bütün belalara değecek bir şey olması gerekiyor."

Bölüm 7

Tek bir kahramanlık gösterisi, bütün iltifatlara bedeldir.
- Anonim, *Zamparanın baştan çıkarma sanatı*

O tek ödülün başıma gelen bütün belalara değecek bir şey olması gerekiyor.

Freeman Assembly Odaları'na giderlerken bu kelimeler Katherine'in kulaklarında çınlıyordu. Tanrı onu korusun, bütün bir öğleden sonra, Alec'in "ödülünü" ne zaman isteyeceğini mi düşünecekti? Daha önce tattığı şeyi mi tadacaktı, diliyle o garip şeyi tekrar yapacak mıydı ya da...

Lanet eden Katherine ona yan yan baktı. At üstünde çok zaman geçirdiğini kanıtlarcasına büyük güçlü atı üzerinde kolaylıkla ilerliyordu.

Ne kadar da ilgi çekici bir adam. Jokey Kulübü'ndekilerden bile daha güzel gidiyordu at sırtında. Deriyle örtülü kalçaları semere o kadar iyi oturuyor, erkeksi uylukları atın yanlarını öyle mükemmel bir şekilde sarıyor ve sadece atı dürterek kontrol eden eldivenli elleri dizginleri öyle çaba harcamadan yönetiyordu ki, Katherine gözlerini ondan alamıyordu.

105

Ata hükmederkenki sesi de farklıydı. "Bu ne tür bir at?" diye cesaret edip sordu, Molly ile birlikte onu birkaç metre gerisinden takip ederlerken.

"Bir Lusitano. Beleza'yo, Portekiz'deyken almıştım." Alec eliyle atın kulağının arkasını kaşırken devam etti, "Her şeyin üstesinden beraber geldik, değil mi kızım?"

"Kıtanın öbür ucundan buraya da hoplayıp zıplayarak mı geldi?" diye dalga geçti Katherine.

Katherine'e yan bir bakış fırlattı. "Hoplayıp zıplamalarımla gereğinden çok ilgileniyorsun."

Gülümsedi. "Hoplayıp zıplamalarınla ilgilenmiyorum aslında, ilgilendiğim şey gezilerin. Ben de İtalya, Portekiz ve…bütün kıtayı görebilmek isterdim."

Bakışını yola çevirdi ve birden gülümsemesi yok oldu. "Korkarım, bugünlerde pek de görecek bir şey kalmadı."

Ah tabii, savaş. Ve birden Katherine'in aklına bir şey geldi…

"Napolyon'un ordularından kaçmak zorunda olan genç bir adam, eğlenmek için yurtdışında ne yapmış olabilir, merak ediyorum doğrusu."

"Savaş zamanında bile hayat devam ediyor," diye başından savdı. "İnsanlar yine de kumar oynuyor, içiyor…hoplayıp zıplıyor." Bir kavşağa vardıklarında atını yavaşlattı. "Hangi yöne?"

"Sol, sanırım."

Kaşlarını çatarak arkasına baktı. "Hizmetçiniz için beklesek iyi olur herhalde."

Katherine arkasına baktı. Tanrı aşkına, Molly ne zaman bu kadar geride kalmıştı? Ve tek yapması gereken onu hızlı hızlı koşturmakken neden atın ona diş bilemesine izin vermişti ki?

"Hizmetçinizin ata binmeyi bildiğine emin misin?" diye sordu.

"Bildiğini söylemişti," dedi Katherine, "ama o bir mutfak hizmetçisi ve korkarım onlar da pek ata binmezler."

Gözlerini Katherine'e dikti. "Neden annen kendi hizmetçisini yollamadı?"

Gerçek sebebi söylemek için fazla mahcup bir duyguyla titredi. "Çoğu hizmetçimizi Cornwall'de bıraktık."

Şüphelenmiş gibi görünse de, sadece Molly'ye bakmak için eyerinde yer değiştirdi. "İkimizden biri onun iyi olup olmadığına bir bakmalı."

"Ben giderim," diye atıldı Katherine. Katherine'in isteyebileceği son şey, Molly'nin, Merivale ailesinin korkunç maddi durumu yüzünden bir mutfak hizmetçisini aynı zamanda hanımefendinin de hizmetçisi yapmak zorunda kaldıklarını anlatmasıydı.

Dizginlenen atını döndüren Katherine, Molly'nin korkudan bembeyaz olmuş yüzüyle midillisi üzerinde zıplayıp durduğu yere doğru atını koşturmaya başladı. Katherine kızın yanına yanaştı ve kızın eyer kayışını ölesiye sımsıkı tuttuğunu fark etti. "İyi misin?"

Hizmetçi sarsılarak başını salladı. Molly'nin atının sola doğru dönmesi ve kızın da yan eyerin köşesine sıkı sıkı sarılması üzerine Katherine harekete geçti. At şimdilik diğer iki atı takip ediyordu ama biraz daha kalabalık sokaklara geldiklerinde...

"Molly, belki de sen..."

Teneke gibi bir korna sesi lafını kesti. Nereden geldiği belli olmayan bir at arabası onlara yaklaştı. İkisinin yolun yarısını kapladığını gören arabacı, daha da yüksek sesle tekrar kornasını çaldı. Kornadan ürken ve korku dolu bir binicisi olan Molly'nin midillisi kaçmaya başladı.

Molly'nin feryadı üzerine Katherine dörtnala gitmesi için atını kışkırttı. Fişek gibi giden midillinin eyerinin kenarından sarkan Molly, çığlıklar içinde Alec'in yanından geçerken, Alec de atını onların arkasından koşturmaya başladı.

At arabası gümbür gümbür Katherine'in yanından geçiyordu ve arabacı dizginler elinde ikisine bağırıyordu ama Katherine'in kalbinin beyninde atmasına sebep olan arabacı değildi.

Midillinin dizginlerinin yerde süründüğünü ve daha da kötüsü, Molly'nin ayağının yan eyerden kaymış olduğunu fark etti. Düşmesine engel olan tek şey, ölümüne tuttuğu eyerin kenarıydı. Dörtnala gelen at arabası ve ilerdeki kavşak da göz önüne alınacak olursa, eğer düşerse, kesinlikle yere düşer ve gelen başka bir arabanın altında kalırdı.

Umutsuzca duran Katherine, Alec'in atının midilliye doğru geldiğini gördü. Şaşkınlığa bürünmüş bir halde, Alec'in vücudunu düzeltip atının üzerinde neredeyse dimdik durmasını izledi. Molly eyerin kenarını tutamaz hale geldiği anda Alec de midillinin yanına yetişmişti.

Katherine, bundan sonra olanları kendi gözleriyle görmemiş olsa, hayatta inanmazdı. Neredeyse yere kadar eğilen Alec, Molly yere çarpmadan hemen önce onu yakaladı, sonra sanki Molly bir battaniyeymiş gibi onu havaya kaldırdı – havaya, inanılmaz! – ve kendi eyerine oturttu.

Katherine şaşkınlıkla olanları izlerken, Alec atının sağ tarafında, inanılmaz bir şekilde eyerine geri yerleşti. Sonra dörtnala koşmaya başladığı sırada, Molly'yi sabit bir pozisyona getirebilmek için eliyle sırtını tuttu. Eyerin üzerindeki kıza ve lanet eden arabacısıyla gümbür gümbür geçen at arabasına rağmen Alec kolayca atını kontrol edip onu yolun kenarına çekti ve yavaş yavaş yürütmeye başladı.

Molly'nin kurtulduğunu gören Katherine, binicisi olmayan midillinin arkasından dörtnala koştu. Neyse ki, sinir bozucu bir şekilde bağıran arabacı geçtiği için, küçük midilli de kendi kendine yavaşlamaya başlamıştı. Onu yakalayıp dizginlerini tuttuğunda ve hem onu hem de kendi atını idare eder hale geldiğinde Alec de atını durdurmuş ve kedi gibi koşan bir panter misali atından atlamıştı.

Elinde midilliyle ona doğru yavaş yavaş ilerlerken Katherine'in kalbi kulaklarında davul gibi atıyordu; bu, neredeyse birkaç dakika önce gerçekleşmekte olan felakete geç bir tepkiydi. Buna rağmen Alec, Molly'yi

Beleza'nın üzerinden indirmek için uzandığında inanılmaz sakin görünüyordu. Molly hıçkırarak ağlarken onun kollarına doğru düştü. Katherine yanlarına geldiğinde, Alec hafifçe Molly'ye sarılmıştı ve kız onun gömleğine yapışmış ağlarken yatıştırıcı sözler mırıldanıyordu.

Etraflarını bir kalabalık sardı ama Katherine yanlarına gelince ona kalabalık arasından bir yol açıldı. Atını izdihamın arasından geçirirken etrafından yardım teklifleri ve "büyük bir korku yaşadı", "zavallı bayan" gibi sözler duyuyordu.

"Cor, bu soylu beyin nasıl ata bindiğini gördün mü?" dedi bir delikanlı yanındaki arkadaşına.

"Evet. Böyle ata binen birini sadece Astley'nin Amfi Tiyatrosu'nda görmüştüm," diye cevapladı arkadaşı.

Kalbi hâlâ güm güm atan Katherine, dizginini çekti ve atından indi. Yanlarına geldiği sırada Alec Molly'nin ayakları üzerinde durmasına yardımcı oluyordu. Hizmetçi hıçkırarak ağlamaya devam ederken, Alec cebinden onun için bir mendil çıkardı.

Katherine, Sydney'yi bir mutfak hizmetçisine mendilini verirken hayal etti. Katherine'e olan nezaketine ve lordların alt tabaka çoban kızlarına ve süt sağan kadınlara olan aşkını anlatan şiirlerine rağmen Sydney gerçekte tam bir aristokrattı.

Diğer yandan Alec ise sadece lafta öyleydi. Kaç tane aristokrat *onun gibi* ata binebilirdi ki? Alec o kadar hızlı hareket etmeseydi ve binicilikteki yetenekleri ona yardımcı olmasaydı... Katherine gerçekleşebilecek olayları düşünmekten bile ürküyordu.

Foot Patrol'un bir üyesi Alec'le konuşabilmek için kalabalığı yardığında Katherine de aceleyle Molly'nin tarafına geçti.

"Ah hanımefendi," dedi hıçkırıklarının arasından Molly, "sizin gününüzü berbat etmek istememiştim. Yemin ederim böyle bir şey…"

"Boş ver şimdi." Katherine elini kızın titreyen omzuna koydu. "Bundan bahsetmeyelim, canım. Önemli olan senin zarar görmemiş olman."

"O midilliden neredeyse düşüyordum!" Bunu söylerken Molly'nin gözleri at arabasının tekerlekleri kadar büyümüştü. "Eğer lordum burada olmasaydı, ölmüş olabilirdim…"

Kız, memurla konuşmakta olan Alec'e taparcasına bakarken Katherine gülümsemesini durdurmaya çalıştı. Alec nereye giderse gitsin, herkesin gönlünü çeliyordu, öyle değil mi? Zavallı Molly'nin gelecek günlerde de bu cesur kurtarma anını tekrar tekrar yaşayacağından hiç şüphesi yoktu. Kızın ölüme bu kadar yaklaştığına hâlâ inanamıyordu.

Memur kalabalığı dağıtmaya başladı ve Katherine hizmetçinin omuzlarını tuttu. "Molly, neden anneme ata binebildiğini söyledin?"

Gözlerini yere diken Molly, elindeki mendili titreyen parmaklarında gezdiriyordu. "Sizinle birinin gelmesi gerekiyordu hanımefendi ve annenizin hizmetçisinin yedeği yoktu ve…şey…ata binip binemediğimin önemi olmadığını söyledi." Atına bakmakla meşgul olan Alec'e bakıp sesini alçalttı. "Bayan Merivale sizin izinizi kaybedince eve dönmemi söyledi. Böylece siz ve lordum yalnız kalabilirdiniz. Böylece bir şeyler olabileceğini ve sonra onun sizi kontesi yapabileceğini söyledi."

Katherine'in yüzü renkten renge girdi. Alec'in bariz bir şekilde söyledikleri her lafı duymuş olmasına rağmen kıpırdamadan öylece durması onu daha da çok sinirlendirdi. Ama kahkahaları yüzünden omuzları titremeye başlayınca, Katherine arkasından kaşlarını çattı. Kulak misafiri düzenbaz.

Annesi ve onun taktikleriyle sonra uğraşabilirdi. "Şimdi seni eve götürsek iyi olur," dedi hizmetçiye.

"Ben onu geri götürürüm." Alec onlara döndü. "Yalnız gitmemeli, hem senin okuma seansını kaçırmak istemediğini biliyorum."

"Hep beraber gideriz," dedi Katherine ciddi bir şekilde.

"Lütfen hanımefendi, sakın öyle bir şey yapmayın." Molly ağlamaya başladı. "Lordla olan gününüzü mahvettiğimi öğrenirse, anneniz beni kovar."

Meraklı seyircileri sokaktan temizleyen memur yanlarına geldi. "İsterseniz, genç bayanı evine ben bırakabilirim."

Katherine duraksadı, Molly'nin başının belaya girmesini istemiyordu. Haklı ya da haksız, annesi her şeyi *onun üzerine* yıkardı. Adama gülümseyerek, "Çok müteşekkir oluruz," dedi.

Para almak için elini çantasına attı ama Alec o işi

çoktan halletmişti. Molly'yi ve memuru götürmesi için geçmekte olan bir arabayı bile durdurmuştu. Birkaç dakika sonra midilli arabaya bağlanmış bir şekilde yollarına koyulmuşlardı.

Alec ona baktı, gözleri endişeyle doluydu. "Sen iyi misin?"

"İyiyim," dedi sahte bir gülümsemeyle.

"Hâlâ okuma seansına gitmek istiyor musun? Geç kalacağız ama eğer şimdi çıkarsak çoğunu izlemiş oluruz. Tabii, bu olay seni çok sarsmadıysa."

"Dürüst olmak gerekirse, beni sakinleştirecek bir şey olsa iyi olur ve okuma seansı da yardımcı olabilir, ne de olsa...hımm... daha az maceralı bir eğlence çeşidi."

Gülümsedi ve kalabalığın üstüne basarak ezdiği şapkasına eğildi. Düzleşen şapkanın yuvarlak kısmını düzeltmeye çalışıyordu.

"Görünüşe bakılırsa zavallı şapkan olmadan gitmek zorunda kalacaksın," dedi.

"Tabii ki, onunla gideceğim." Şapkayı kafasının üzerine oturttu. "Bu ve çamur sıçramış pantolonum, belki okuma seansına girmekten uzaklaştırılmamı sağlayabilirler."

"Orda kimsenin bunu fark edeceğini sanmıyorum."

"Evet, unutmuşum." Gözlerini kırpıştırarak mahvolmuş şapkayı bir kenara fırlattı. "Şairler, şiirleri modadan daha önemli buluyor."

"Olanlardan sonra nasıl hâlâ espri yapabildiğini

113

anlamıyorum," dedi Katherine, Alec ona yaklaşırken. "Kalbim hâlâ hızlı hızlı atıyor."

Kadının ata binmesine yardım etti. "Eğer kalbinin hızlı hızlı atması için yapmam gerekenin bu olduğunu daha önce fark etseydim, at üstünde birkaç kurtarma ayarlardım."

"Bunu gerçekten de yapabilirdin," diye tersledi, Alec de kendi atına yerleşip gitmeye başladıkları sırada. Bu sefer sanki buna beraber karar vermişler gibi daha yavaş gidiyorlardı; atları, dört nala koşturmak yerine kalabalık caddede yürütüyorlardı. "İnanılmazdın. Bu kadar müthiş ata binen birini daha önce hiç görmemiştim. Ve o düşmeden onu yakalayışın! Dünyanın neresinde öğrendin böyle bir şeyi?"

Alec yutkundu. En son istediği şey Katherine'in, geçmişini incelemeye başlamasıydı. "Önemli bir şey değildi. Yurtdışındayken öğrendiğim bir şey işte."

"Bence önemli bir şeydi," diye ısrar etti. "Hayatını eyerin üstünde geçirdiğini söylediğinde ben düşünmüştüm ki…"

"Sen de hiç fena bir binici sayılmazsın." Katherine'i, onun at biniciliği konusundan uzaklaştırması gerekiyordu. Ayrıca gerçekten de iyi at biniyordu, İngiliz kadınların kullanmak zorunda olduğu o yan eyere rağmen. "Sen de midilliyi hemen yakaladın."

Övgüleri üzerine kızardı. "Önemsizdi gerçekten. Herkes binicisi olmayan bir midilliyi yakalayabilir. Ama sen…"

"…ben bunu becerdiğine çok sevindim." Konuyu

değiştirmek zorundaydı. "O midilliyi kaybetmek istemezdim." Özellikle de ona çok pahalıya mal olacak bir midilliyi.

Kavşağa gelmişlerdi ve kadının ustaca binişiyle önden gidişini izleyen Alec, onun Cornish çayırında ata bindiğini, alev alev saçlarının arkasından dalgalandığını ve eyere yerleşmiş sıkı kalçasının atın hareketlerine uyumlu bir şekilde zıpladığını hayal ediyordu. Aynı onu yatakta altına aldığında Alec'in hareketlerine eşlik edeceği gibi…

Bu baştan çıkarıcı hayali içinde bastırdı. Ereksiyon olup ata binmek kadar rahatsız edici bir şey olamazdı.

Kavşaktan döner dönmez Katherine sordu, "Yurtdışında ata binmek için çok zamanın olduğunu mu anlamalıyım bundan?"

Aman Tanrım, tekrar mı bu konuya dönmüşlerdi? Bu konu hayallerinden uzaklaşmasına sebep olmuştu. "Evet, epey ata bindim. Ama görünüşe bakılırsa, sen de şehir dışında bir hayli ata binmişsin. Ya da annen böyle diyor."

Yüzü kızardı ve başını önüne eğdi. "Annem ve onun taktikleri için *çok* özür dilerim. Annemin böyle bir şey için bu kadar sorumsuz davranabileceğini hiç düşünmezdim…"

"Bizi yalnız bırakmak için mi demek istiyorsun?" Alec, hevesle değişen konu hakkında konuşmaya başladı. "Sadece bu yüzden mi Molly'yi yolladı? Doğruyu söyle, ailen bütün hizmetçileri Cornwall'da bırakmadı, değil mi?" İstenmeyen soruları değiştirmenin en iyi yolu kendi sorularını sormasıydı.

Bakışını yola çevirdi. "Bu sadece...demek istediğim..." İç çekti. "Senin de durumumuzu bildiğini sanıyorum. Babamın vefatı bizi maddi olarak sıkıştırdı. Ama bu yakın zamanda değişecek."

Acaba onun bu ani dürüstlüğü nereye kadar gidebilirdi? "Demek istediğin, sen aptal şairinle evlenince?"

"Sen nasıl bunu...bu ne..."

"Sör Sydney'nin epey zengin olduğunu biliyorum."

"Ah, evet, öyledir." Sonra yüzünde bir rahatsızlık belirdi. "Ama onunla evlenmemin sebebi bu değil."

"Tabii ki, değil, Bayan iyi-bir-eş," diye dalga geçti.

"Çok komik," diyerek kaşlarını çattı. "Ama onun parası umurumda değil çünkü ben..."

Sözünü bitirmediğini görünce adam ona hızlı bir bakış fırlattı. Ona kalan mirastan da bahsedecek miydi? Anlatmasını engellese iyi olabilirdi. Eğer bir miras beklediğini anlatırsa, Alec'in tek avantajı da yok olacaktı. "Anlıyorum, merak etme. Biliyorum, sen o tüccar kafalılardan değilsin."

Rahatlamış görünüyordu. "Kesinlikle değilim."

"O zaman *neden* Sydney ile evleniyorsun? Senin hayran olduğun, şu 'düzgün' adamlardan biri olduğu için mi?"

"Sadece o değil. Çocukluğumuzdan beri arkadaşız. Ve ona çok önem veriyorum."

"Ama ona âşık değilsin."

Bakışlarını tekrar yola çevirerek kekelemeye başladı. "Ş-şey, ben...evet, sanırım ona âşığım. Tabi ki ona âşığım."

Kadındaki bu rahatsız halin üstüne gitti. "Çok da emin gibi söylemedin."

Elinde olmadan iç geçirdi. "Dürüst olmak gerekirse, aşka inanıp inanmadığımdan emin değilim."

"Gerçekten mi? Bu beni şaşırttı."

"Neden, bir kadın olduğum için mi?" diye kendini korudu.

"Çünkü sen şiir gibi aptal romantik şeyleri seviyorsun."

Sinirlendi. "Güzel bir şiir beni sakinleştirir ve kafamı dertlerimden uzaklaştırmamı sağlar. Ama hayatın bir şiir gibi olduğunu düşünecek kadar aptal değilim."

"Senin adına sevindim." İçinde bir rahatlama hissetti. Hayatın gerçeklerini anlayıp onları kabul ettiyse, Alec'in de sorunları daha kolay hallolacaktı. "Bütün kadınlar evliliği senin gibi ele almalı; şiirlerin anlattığı gibi romantik bir rüyadan çok sorunlar için yaratılmış bir ittifak olduğunu bilmeliler."

Onu düşünceli gözlerle süzdü. "Ben ikisinin arasında bir şey olduğunu düşünmeyi tercih ederim. Bir rüya değil, ama sorunlar için yaratılmış bir 'ittifak' da değil. İnsanın eşine karşı özel bir ilgisi olması gerektiğini düşünüyorum."

"Ve fiziksel çekim de." Anlamaya çalışırcasına ona baktı. "Yoksa bu senin planına uygun değil mi?"

Bakışını başka tarafa kaçırdı. "Fiziksel çekim insanı

yoldan çıkarabilir. Annemin babamla evlenme sebebi buydu. Annemin ailesi, onun Sydney'nin zengin babasıyla evlenmesini istemiş ama o beş para etmez, en iyi arkadaşıyla evden kaçmış. Bunun da sonu felaketle sonuçlandı." Elleri dizginlerine yapıştı. "Aklı başında bir kadın kocasını seçerken...mantıklı hareket etmeli."

Tabii ki, mantıklı bir kadın bir unvanın prestijinden fazlası için evlenmeliydi, ki bu da Alec'in ona verebileceği tek şeydi. Neyse ki bunun farkında değildi. "Yani Sydney'nin parası ve saygıdeğer statüsü, senin için yeterli Bayan iyi-bir-eş."

"Bana böyle hitap etmekten vazgeç." Kaşlarını biraz çattı. "Sana söyledim, Sydney ve ben arkadaşız. Bana iyi bir eş olacaktır. Ben onu anlıyorum, o da beni."

"Seni anlıyor mu? Bu yüzden mi ona seni öpmesini sormak zorunda kaldın? Neden dün gece başka bir adam seninle flört ederken oturup somurtuyordu o zaman?"

Gözlerini ona dikti. "İkimiz yalnızken Sydney hakkında konuşmak istemediğini sanıyordum."

Doğru. Ama kadının onu büyük itibarlı biri gibi görmesi Alec'i sinirlendirmişti. Neden böyle olduğunu da anlayamamıştı. Bu kesinlikle kıskançlık değildi. O zaman neden kanayana kadar yarasının kabuğuyla oynanan bir çocuk gibi lafı dönüp dolaşıp aynı şeye getiriyordu?

Katherine gözlerini kıstı. "Neyse, Sydney hakkında konuşmak istemiyorum. Ben, senin hakkında konuşmak istiyorum. Böyle mükemmel ata binmeyi nasıl öğrendin?"

Tanrım, ne kadar da inatçı bir kadındı bu böyle. Bu konudan nasıl kurtulacağını düşünerek gözlerini tekrar yola çevirdi. Sonra ilerideki binadan sarkan levhayı görüp rahatladı.

"Biniciliğim hakkındaki tartışma beklemek zorunda, bir tanem." Başıyla, üzerinde FREEMAN ASSEMBLY ODALARI yazan levhayı gösterdi. "Geldik."

Bölüm 8

Baştan çıkarmaya giden yolda
kanundışı dokunuşlarla ilerle.
Anonim, *Zamparanın baştan çıkarma sanatı*

*K*atherine Alec'in baktığı yere döndü. Gerçekten de gelmişlerdi.

Ama biniciliğinden bahsetmek istememesi ne kadar da garipti. Erkekler genelde üstün yetenekleriyle böbürlenmeye bayılırlardı. Başkası olsaydı, şimdiye kadar, sarışın genç kızı nasıl kurtardığını en az üç kere anlatmış olurlardı.

Ya Alec aşırı derecede alçak gönüllüydü…ya da bir şeyler saklıyordu. Ama ne? Ve neden? Yurtdışında geçirdiği yıllar hakkında inanılmaz derecede ağzı sıkı biriydi. Bu dünyayı gezen bir insan için kesinlikle tipik bir davranış değildi.

Tabii ki, eğer zamanını düzgün İngiliz bayanlarının bilmemesi gereken bir şeyler yaparak geçirdiyse, bu neden böyle davrandığını açıklayabilirdi. Yüzünün rengi değişti. Herhalde bu yüzdendi.

Alec atından kolayca atladı ve Katherine'in inmesine yardım etmeden önce atını bağladı. Ama ayakları yere değip Alec onun kollarından gitmesine izin vermediğinde yurtdışındaki yılları hakkındaki merakı bir anda kayboldu. Sıcak ellerinin belinde olması nefesini kesti; özellikle de karanlık niyetini belli eden bakışlarını onun dudaklarına diktiğinde.

Lord gitmesine izin vermiyordu. Öpücüğünü burada mı isteyecekti, sokağın ortasında?

Nefesinin tuttu. Sonra elleri onu bıraktı ve kolunu uzattı. Katherine, kalbi yerinden fırlayacakmış gibi atarken onun koluna girdi. Onu öpmediğine sevinmişti, evet, sevinmişti. Hangi ahlaksız kadın, toplum içinde onu bir erkeğin öpmesine izin verirdi ki? Hem biri görüp Sydney'ye söylerse, bu öfkelenmesine ve ondan ayrılmasına sebep olurdu. Hayır, bu hiç de iyi olmazdı.

Salona girdiklerinde hoş giyimli bir adam onlara, "Yeni Şairler Topluluğu" yazılı programlardan verip girişle birleşik büyük bir odaya yönlendirdi. İçeri girdiklerinde ve bütün bakışlar onlara çevrildiğinde Katherine hafifçe gülümsedi. Alec'in eli, samimi bir şekilde onu hafifçe arkasından tutup kalabalık odada ona eşlik ederken Katherine, insanları görmezden gelmeye çalışıyordu.

En azından Sydney, odaya girdiklerini gördüğünde onlara kaba bir şekilde bakmamıştı. Sydney, odadaki homurdanan sesleri umursamayarak sahnede şiirlerini okumaya devam ediyordu.

Boşta kalan son yer olan en arka sıraya oturur otururmaz Alec, Katherine'e doğru eğildi ve fısıldayarak, "Bu tür şeyler, genelde bu kadar çok insanın ilgisini çeker mi?"

"Eğer Sydney okuyorsa, evet." Hafif bir gururla ekledi, "Biliyorsun ki, *Centilmenlerin Dergisi*, ondan 'Yeni Sözcüklerin Son Değeri' olarak bahsetti."

"Bu inanılmaz haberi gözden kaçırmış olmalıyım."

Önlerinde oturan kitapsever görünümlü genç bir adam Alec'e bakmak için arkasını döndü. Alec gözlerini kaçırarak sert sandalyede arkasına yaslanıp binici eldivenlerini çıkardı. Sonra rahatsız sert meşenin üstünde, her birkaç saniyede bir yer değiştirip programı inceleyerek zaman geçirmeye çalıştı.

Katherine ona gülümsedi. Zavallı adam, okuma seansının sonuna kadar dayanması imkânsızdı.

Maceracı bir adam için bu inanılmaz derecede aptal bir şey olmalıydı. Aslında kendisi de çoğunu aptalca buluyordu. Diğer şairler Sydney'nin yanında dizilmişti ve o da, dizilenlerden bir tanesi en iyi arkadaşı olduğu için buna katılmayı kabul etmişti. Aslına bakılırsa, Julian Wainscot, Napier Baronu, Sydney'nin yanında oturuyor ve genelde olmadığı kadar neşeli görünüyordu. Genellikle aksi tiplerdendi, en azından Katherine etrafta olduğu zamanlarda. Ama şimdi izleyicilerin ilgisinin tadını çıkarır gibiydi.

Sonra ufak tefek adam, Katherine'i gördü ve yüzü düştü. Katherine yine de ona gülümsedi ama o sırada Alec, "sevgili Sydney"sinin programın sonunda olduğunu şikâyet etmek için ona eğilince o da cevap vermek zorunda kaldı.

Bakışını tekrar Lord Napier'e çevirdiğinde, onun Sydney'yi dürttüğünü gördü. Sydney onu gördüğünde, yüzünü güneş gibi bir gülümseme kapladı...ta ki onun kiminle oturduğunu görene kadar. Katherine ona geri gülümsemiş olsa da, Sydney'nin mutluluğu aniden sessiz bir somurtmaya dönüştü.

Bu arada Lord Napier de halinden memnun görünüyordu. Lanet olası alçak herif. Muhtemelen o da, Katherine'in en iyi arkadaşına layık olmadığı konusunda Leydi Lovelace ile hemfikirdi. Lord Napier ya da Leydi Lovelace, onun hakkında ne düşünürse düşünsün Sydney ile evlenmeyi kafasına koymuştu.

Alec'in gürleyen sesi kadının düşüncelerini dağıttı. "Şairler topluluğu," diye geveledi programı ona savurarak. "Bu at sürüsü gibi bir şey mi? Ya da daha da iyisi, kaz sürüsü gibi mi?"

"Şşşt," diye fısıldadı Katherine.

Dişi bir hayvana benzer bakışları olan Lord Napier sahneye doğru ilerliyordu ve Katherine de onu dinlemek istiyordu. Kendini önemser bir havayla boğazını temizledi. "Şiirimin adı *Disk Atma Maçı.*"

Okumaya başladığında Katherine gülmemek için yanağını ısırıyordu. Tüm bu coşku bir spor müsabakası için miydi? Ne kadar da saçma. Ama sakalını yağlayıp kravatının kolası için endişelenen bir adamdan başka ne beklenebilirdi ki? Aşk, tarih ve trajedi gibi önemli şeyler hakkında yazan Sydney'den bir şeyler öğrenmesi gerekirdi. Ama Lord Napier hiçbir zaman o kadar derin olmamıştı.

Monoton bir şekilde okudu:

Adamın kuvvetli kolu, atış için geride duruyor.
Yükseklerdeki aya benzeyen disk parlıyor,
Ve disk havayı delmek için uçarken,
Kalabalık tabir edilemez bir şekilde iç geçiriyor.

Hemen yanındaki Alec sordu, "Tabir edilemez bir şekilde iç geçirmek ne anlama geliyor burada? Nefesin ne kadar çabuk dudaklardan çıktığını mı? Ne kadar yüksek bir sesi olduğunu mu? Ya da nefes alıp vermenin müziksel olarak ne kadar…"

"Şşt," diye fısıldadı, gülmemek için kendini zor tutarak. "İnsanlar bize bakıyor."

Aslında Sydney dışında kimse bakmıyordu. Onun kaşlarını çatmasıyla uslanan kadın, etkilenmiş görünmeye çalışarak yerinde doğruldu. Neyse ki, Lord Napier'in şiiri kısaydı. Hatta daha da iyisi, Alec, şiirin geri kalanı ve bir sonraki iki şiir boyunca da sessiz durmuştu.

Sonra kalabalığın en kötü şairi sahneye çıktı. Katherine'in alışageldiği üzere derin duyguları ifade eden titrek bir sesle şiiri öyle bir okumaya başladı ki, Sydney bile irkildi.

Alec fısıldamak için eğildi, "Bu eski kelimelerin modası geçmedi mi?"

"Şairlerin modayı önemsemediğini unuttun galiba," dedi. Alec gözlerini ona diktiğinde, adamın saçmalıklarını cesaretlendirdiği için bunu söylediğine pişman oldu. Bakışını tekrar sahneye çevirerek ekledi, "Ama o kadar da kötü değil aslında."

Alec burnundan soludu ama en azından başka bir şey söylememişti. Ta ki, on beşinci dizeye gelindiğinde şair şu sözleri söyleyene kadar:

Sen baştan çıkarıcı, güzel ve akıllı,
Sen gönülsüzlüğümü küllere dönüştürürsün
Ve ben gözlerinin ateşine bakıyorum…

"Ve güzel kirpiklerinin yanmaması için dua ediyorum," diye sonlandırdı Alec.

Katherine dayanamadı ve kahkahayı patlattı. Öyle yüksek sesle gülmüştü ki, tüm bakışları üstüne toplamıştı. Yüzü kızararak koltuğunda büzüldü ve Alec'i susturdu, "Sus artık, Tanrı aşkına."

Ama artık Pandora'nın kutusunu kapatmak için çok geç kalmıştı. Esprilerinin onu ne kadar eğlendiğini anlayan Alec sürekli espriler yapmaya devam ediyordu. Sonunda kadın kahkahasını bastırmaktan yorgun düştü; belli ki neşesine engel olmak onu mahvediyordu.

"Hatırlat da, o adamı bir daha atımın yanına yaklaştırmayayım," diye fısıldadı Alec, tıpkı berbat bir şairin dizelerine devam ettiği gibi. "Eğer *benim soylu atım* Beleza'yı, *tesadüfi parlayan topuklarıyla ve ışıltılı yeleleriyle, cennet gibi düzlüklerde yolculuk etmek* için isterse, atım onu nalları altında ezebilir. Zaten yelelerinin ışıldamasından ve topuklarının parlamasından nefret eder çünkü o zaman diğer atlar onunla dalga geçer.

125

Ayrıca tam olarak hangi at *seyahat eder*? Tırıs giden atla dörtnala giden at arası bir şey olmalı, sanıyorum…"

"Dur lütfen, yalvarırım," diye fısıldadı, kıkırdamasını engellemeye çalışarak. "Bu bittiğinde seni öldüreceğim."

Alec ona şeytani bir bakış attı. "Peki *Demokles'in keskin kılıcı*'yla mı yoksa *Vezuv'un öcünün dumanı*'yla mı?"

"Merivale'in keten mendiliyle. Seni onunla boğmalıyım." Konuşmacı kürsüsüne baktı. "Şimdi sus – Sydney'i takdim edecekler. O okurken kabalık yapmamaya çalış olur mu?"

"Ben ve kabalık mı?" diye itiraz etti Alec. "*Kabalık*, bu aptalların şiir dedikleri berbat saçmalık. Ve eğer senin Sydney…"

Uzanıp adamın çıplak elini sert bir şekilde çimdikledi.

"Ah!" diyerek kaşlarını çattı.

"Başka bir şey söyleme, yoksa yemin ederim bu bitmeden elini mosmor yaparım."

Katherine elini geri çekerken adam elini yakaladı. "Sessiz olurum…ama eğer elini tutmama izin verirsen." Ona ateşli ateşli bakarak kadının eldivenli elini kendi geniş çıplak elinde tuttu, sonra onu ahlaksızca kendi bacağına yerleştirdi. Güderiyle kaplanmış ve gittikçe ılıklaşan bacağına.

Kadının nefesi ciğerlerinde sıkışır gibi oldu. Tanrı korusun…o bunu yapmamalıydı…

Etrafa kaçamak bir bakış attı ama kimse onlara bakmıyordu. Son sırada, yalnız oturdukları için ellerini

126

kimse göremiyordu. Ama düşüncesi bile kadının kalbini durduracak gibi oluyordu.

Özel. Gizli. Yasaklanmış. Neden bu kadar cazip geliyordu ki? Suçluluk hissederek Sydney'nin kâğıtlarını düzenlemeye çalıştığı sahneye baktı.

Sonra vazgeçti. Sydney'nin sunumunu bozacak bir şey yapmak istemiyordu ve eğer onun sunumunu bozmamak, Alec'in elini tutmasına izin vermek demekse, kendini feda edebilirdi. Bunun kalbindeki çarpıntıyla hiçbir ilgisi yoktu. Ya da Alec'in eliyle neler yapabileceği hakkında yürüttüğü tahminlerle.

Sydney boğazını temizleyince, Katherine o ana dek Alec'in elini izlemekte olduğunu fark etti. Elinin onun sert kaslı bacağı ve sıcak parmakları arasında kalmış olmasının verdiği, vahşice bir zevk hissine kapılmıştı. Dikkatini Sydney'ye vermeye çalıştı, ona gülümsemek ve ne yaptığını *dikkatle izlemek* için.

Sydney iki tane şiir okuyacaktı; biri Truva'nın düşüşüyle ilgiliydi, diğeri ise sadece "başlık anons edilecektir" diye yazılmıştı. Hikâyenin hangi versiyonuna dayanarak yazdığını anlatıp Truva şiirini okumaya başladı.

İşte o zaman Alec'in eli onunkinin üstünde ilerlemeye başladı. Önce kadının eldivenli elindeki hatları kendi çıplak elinin başparmağıyla okşamak yeterli olmuştu fakat bu Alec'i ancak bir süre oyalayabildi. Birleşmiş ellerini, kadınınkini üste alacak şekilde hareket ettirdi ve diğer eliyle kadının eldivenini çıkarmaya başladı.

"Hayır!" diye fısıldadı.

"Evet." Alec gülümsedi; aynı Büyük İskender'in ilk fethinde güldüğü gibi.

Katherine elini kaçırmaya çalışıyor ama Alec sıkı sıkı tutmaya devam ediyordu.

Katherine ona dik dik bakarken Alec fısıltıyla ekledi, "Bu yaptığım, benim için adil bir şey, bir tanem. Diğer eğlence kaynağımı elimden aldın." Başıyla konuşmacı kürsüsünü işaret etti. "Tabii, eğer dizeler hakkında yorum yapmamı istiyorsan…"

Dişlerini gıcırdatarak elini gevşek bir şekilde avucunun içine bıraktı.

"Şimdi çok daha iyi," diye mırıldandı Alec ve Katherine'in diğer eldivenine uzandı. Parmaklarını tek tek soydu; aynı Büyük İskender'in kadın esirlerini, eşleri soyarken yaptığı gibi.

Katherine, Sydney'nin söylediklerini güçlükle anlamaya çalışıyordu. Sahneye bakarken birden yüzünü ateş bastı. Maalesef, Sydney bu şiiri ona daha önce okuduğundan, şimdi aklı Alec'in çıplak elinin hissettirdiği titremeye kayıyordu.

Yumuşak eldiveni Katherine'in kucağına savurdu. Ve asıl dikkatini dağıtan şey o zaman başladı. Katherine'in elini çevirerek bacağına yasladı ve yumuşak avuç içi adama doğru korunmasız kaldığında Alec elini Katherine'in parmaklarının üzerinde gezdirmeye başladı.

Güçlükle yutkundu. Hiçbir erkek ona böyle dokunmamıştı. Kim tahmin edebilirdi ki, bu kadar…bu kadar…

128

Erotik. Bu, babasının kitabındaki resimler kadar ahlaksızdı; özellikle de şimdi bunu kendisi yaşarken.

Katherine'in parmaklarının arasındaki boşluklarda hafif dokunuşlarla yollar açıp avucunun içinde yuvarlaklar çizdiğinde kadının nefesi kesilecek gibi oldu ve sonra da başparmak tırnağını, bileğinde çılgınca atmakta olan nabzına doğru ilerletti. Kalp atışlarından keyif alırmışçasına başparmağını bileğine bastırıp okşamasını dört kat daha etkili bir hale getirmek için diğer parmaklarını kadının avucunun içine yaydı.

Tanrı korusun, neredeyse bayılacaktı. Hayır, bu çok aptalcaydı. Hangi ahmak, bir erkek elini tuttu diye bayılırdı ki...tenini sardı diye...her bir çıplak parmağıyla sevişti diye...

"Helen artık Paris'in dokunuşlarından nefret mi ediyordu / Dumanlı yıkıntıya doğru bakarken?" Sydney, sahnede şiirini okumaya devam ediyordu.

Bir kere bile öyle olmadı, diye cevap verdi. Eğer Paris'in dokunuşları Alec'inkilere birazcık benzeseydi.

Katherine bu yaşadığı duygudan nefret etmek istiyordu. Bunu yaptığı için ondan da nefret etmek istiyordu. Ama nasıl yapabilirdi ki? O kadar da uygunsuz bir durum değildi bu. Ve *Zamparanın baştan çıkarma sanatı*, el tutuşmanın baştan çıkarmak için bir taktik olduğundan bahsetmiyordu. Gerçi, açıkça öyleydi.

Parmaklarının her dokunuşu bir fısıltı, başparmağının her bastırması onun duygularını ateşleyen bir okşamaydı. Okuma seansı bitmeden, bu ateşin sandalyesini yakarak bir delik bırakacağını hissediyordu.

Geçen her dakika, *onu* keşfetmek için bir acı duyuyordu. Ona sinsi bir bakış atarak Alec'in elini durdurdu ve kendi keşfini başlattı.

Adamın gözleri onunkilerle kitlendi. Yüzünde bir kibir ifadesi sezmiş olsaydı, kadın onun elini başka tarafa savurmuş olurdu. Ama kadının parmakları adamın sert erkeksi teninde yavaşça gezinirken onun gözlerinde muhtaçlık ve ateş vardı.

Katherine'in dokunuşu daha cesur bir hal aldığında adam da derin bir nefes aldı. Elleri kesinlikle bir centilmeninkine benzemiyordu. Teninde büyük nasırlar ve başparmağının oyuğunda da bir yara izi vardı. Elinin yükselen sırt tarafını, işaret parmağıyla okşarken Alec de kendi parmaklarını onunkilere doğru kıvırdı; okşayarak, arayarak.

Sydney, Truva şiirini bitirdiğinde kadının kalbi hızla atıyordu. Şimdiye dek, hiçbir zaman, bir adamın *erkekliğinin* bu kadar farkında olmamıştı. Acaba Alec'in güçlü ellerini omuzlarında, kaburgalarında, göğüslerinde hissetmek nasıl olurdu?

Alkış başladı. Yanakları yanıyormuşçasına kıpkırmızı olmuştu. Alkışlayabilmek için, elini hemen Alec'inkinden çekti.

Ve adamın yaptığı büyü bozulmuştu, tam da kadının eriyip gitmesini sağlayamadan önce. Çünkü eğer Katherine dikkatli olmazsa, yakın zamanda adamın öpücükleri için yalvarır olacaktı ve yalvardığı tek şey bununla sınırlı kalmayacaktı.

Bölüm 9

Kadınlar, özellikle romantik dizelere karşı duyarlı olurlar.
Çiçekli sonelerin gücünü hiçbir zaman küçümseme.
Anonim, *Zamparanın baştan çıkarma sanatı*

*E*lini bırakmış olmak, Alec'in hiç hoşuna gitmemişti. Parmakların mükemmel oyunu, sadece onun arzularını kışkırtmaya yaramıştı. Tüm gücüyle kadının elini alıp bacaklarına sokup pantolonunun içinde büyüyen utanç verici aptallığa doğru çekmemek için kendini zor tuttu. Hayatında hiç böylesine masum bir olaydan bu kadar tahrik olmamıştı.

Tanrı şahidiydi ki, bu kadın onu mihraba götürmeden deliye çevirirdi. Onda bir masumun merakı ama deneyimli bir kadının da arzu dolu dürtüleri vardı. Eğer şimdi, burada böyleyse, yatakta nasıl olabilir, diye hayal ediyordu. Birden bu düşünceyle sertleşti.

Alkışlar biter bitmez, pervasız yakınlaşmalarını yinelemek için kadının elini tekrar kaptı. Sonra Lovelace'in sesi bilincini yerine getirdi.

"Bu şiiri hayatımdaki en önemli kadına ithaf ediyorum," dedi adam.

Alec, çatık kaşlarla sahneye baktığında Lovelace'in gözlerinin Katherine'e kilitlendiğini fark etti.

"Başlığı *İlham*," diye ekledi şair.

Alec gözlerini devirdi. Eğer bu aptal, Katherine'in böyle bariz bir numaraya kanacağını düşünüyorsa...

Sonra kadının parmakları onunkilerin arasından kayıp gitti. Alec gözlerini ona diktiğinde kadının yüzündeki keyif ve suçlulukla karışık ifadeyi görünce irkildi. Amansız bir kararlılıkla elini tekrar tuttu ama kadın geri çekildi.

"Lütfen, Alec..." diye fısıldadı.

Lanet olası Sydney Lovelace. Demek şair, kadının düşkünlüklerinin ne olduğunu biliyordu. Alec'in okşamalarına yanıt vermiş olabilirdi ama bu lanet olası baronet, kolaylıkla kadının suçluluk duymasını sağlayabilmişti.

Merhamet göstererek Katherine'in elini bırakınca kadınının istemeyerek eldivenini geri takması sırasında sesli sesli iç çekmesi Alec'i keyiflendirdi.

Ama Katherine'in onunkilere geçmiş parmaklarından mahrum kalmıştı. Sydney'nin kendinden emin ve güçlü sesi de, Alec'in kendisini daha iyi hissetmesine yardımcı olmuyordu.

Sydney hükmeder bir sessizlikle okudu:

Bütün önsezilerim sessizce uzaklaşırken
Dizeler ateşli beynimden kaçıp giderken
Ben tesellimi onun sesinde ararım,
Bu tınıdır benim acıma ilacım.

Lanet olası Sydney Lovelace. Çok basit, asil ve daha da önemlisi aptalca olmayan bir şiirdi. Hatta...

O benim şiirim, şarkım
Onun sayesinde zarafete dönüşür acıyla iç çekişlerim
Ve onun gülüşlerinde yatar benim hayallerim,
Ümidim, onun güzel yüzünde gerçekleşmesidir hepsinin.

Neden bu adam ortalama saygınlıkta bir şair olmak zorundaydı ki? Sadece tavernalardaki sarhoş süvarilerin dizeleriyle eğlenen Alec bile, Sydney'nin yeteneğinin çoğu amatörden daha iyi olduğunu söyleyebilirdi.

Sinirlenmiş olan Alec, ümidin "onun güzel yüzünde" gerçekleşip gerçekleşmeyeceğini anlamak için baktı. Kadın, Alec'in değil, Sydney'nin onunla ilgilenmesini, onunla evlenmesini...ona âşık olmasını ümit ediyordu. Alec onu izlerken Katherine'in yanağından aldırış etmediği bir gözyaşı süzüldü.

İşte o zaman kıskançlık her yanını sardı; o kadar güçlüydü ki, artık inkâr edemiyordu. Sonunda Alec, onun Lovelace'te ne gördüğünü anladı. Bir ordu mensubunun kılıcıyla gösterdiği erkeksi yeteneklerinin diğer kadınları baştan çıkarması gibi, onu da bu adamın sözcüklerle yaptıkları baştan çıkarıyordu. Kadın Alec'in onun elini okşamasına izin verebilirdi ama dinlediği ve hayranlık duyduğu kişi Sydney idi. Lanet olası adam, o kadının istediği Lovelace'ti.

Lovelace şiirini bitirdi ve kendinden geçmiş kalabalığın merakıyla oluşan sessizlik, bir anlığına havada asılı kaldı. Sonra sessizlik coşkulu bir alkışa dönüştü.

Bazıları ayakta alkışlıyordu, Katherine de onlardan biriydi. Alec de, gönülsüz bir şekilde onun yanında ayağa kalktığında Lovelace'in gürültülü alkış karşısında karakterini ele verecek küstah bir bakış atmasını umuyordu.

Ama Lovelace, sanki sözcüklerinin, dinleyenler üzerindeki etkisi yüzünden, mutlulukla şaşırmış gibi tereddütlü bir şekilde gülümsedi. Kalabalığın içindeki Katherine'i bulan Lovelace, ona sanki öğretmeninden onay almış bir çocuğun keyfiyle ışık saçarak baktı.

İşte Alec o zaman anladı.

Şiirin başlığı *İlham*dı; *Âşık* ya da hatta *Nişanlı* bile değildi. Sydney, yarattığı şeylere ilham veren ve yeteneğini öven ve mısralarından birinde dediği gibi, "kalemin ve şairin kendinden geçişi arasındaki zarif dansı anlayan," birini istiyordu.

Alec'in keyfi yerine geldi. Lovelace, öpülmeye, dokunulmaya ve arzulanmaya can atan tutkulu Katherine'i istemiyordu. Onu kendi kaidelerine uygun bir şekilde dondurup elinde tutmayı istiyordu ama bu durum o kadına göre değildi.

O benim şiirim, şarkım.

Alec bu kahrolası dizeyi amansızca aklından uzaklaştırdı. O Lovelace'in *şiiri* olmayacaktı. O bundan çok daha fazlasını hak ediyordu; arkadaşlık, ayrıca yanında heyecan ve tutku. Ve Tanrı'ya şükür, bunu ona verebilecek tek kişi Alec'ti.

Okuma seansı bitince alkışlar da konuşmalara dönüşüverdi. Kadınlar şallarını ve çantalarını almaya başlamış, erkekler de ellerindeki programları ceketlerinin iç ceplerine sıkıştırıyorlardı. Birkaç kişi de sahnede dolanan şairlerle konuşmak için kürsüye doğru ilerliyordu.

Katherine, adamın yüzüne bakmadan ayağa kalktı. "Hemen dönerim. Sydney'yi tebrik etmek istiyorum. Çok uzun sürmez." Oluşan sıranın arkasına doğru hızlıca ilerledi. Ama öne doğru ilerlemek yerine toplantı salonunu bölen kapıların arasından geçip okumadan sonra şairlerin toplandığı yere girdi.

Alec afallamış bir şekilde kalakaldı. Onun birkaç dakikasını Lovelace'le yalnız geçirmesine izin verebilir miydi?

O benim şiirim, şarkım.

Alec gözlerini kıstı. Onlara böyle bir şansı veremezdi.

Eldivenlerini ceplerine tıkıştırarak daha az kalabalık olan ve diğer toplantı odalarını birleştiren hole gelinceye kadar insanları yararak yürüdü. Biraz sonra onun nerde olduğunu görmüştü. Kalabalığın gittiği yönün tersinde ilerlediği için fazla ilerleyememişti ve holün diğer ucunda duruyordu. Sydney'nin olduğu yere doğru; lanet adam.

"Bayan Merivale, bekleyin!" diye bağırdı.

Bir mucize eseri kadın onu duydu ve durakladı. Yaklaştığını görünce yanakları al al oldu ama en azından ondan kaçmamıştı. Hatta gözleri parıldayarak onu bekliyordu.

"Ne oldu, Lord Iversley?" diye sordu resmi bir tavırla.

Alec, ancak o zaman hiçbir plan yapmadan kadının peşinden gelmiş olduğunu fark etti. Dilinin ucunda, söylemek istediği bir sürü şey vardı. *Sydney pisliğin teki... Sen daha iyisine layıksın... Seni istiyorum ama o sadece sana hayranlık duyuyor.*

Ama güzel sözcüklerde, onun şair âşığı kadar yetenekli sayılmazdı. Onun yetenekleri başkaydı. Boş toplantı odalarına giden açık kapılara göz attı. "Bu taraftan," dedi, onun kolunu tutup şimdi azalmakta olan kalabalığın trafiğinden çıkararak en yakın odaya geçirdi.

Tanrı'ya şükür, o da isteyerek gelmişti. Ama kapıyı kapar kapamaz, kadın omuzlarını düşürdü. "Ne istiyorsun? Sana birazdan geleceğimi söylemiştim."

"Ben anlaşmamıza sonuna kadar uydum. Şimdi ödülümü hak etmiş oldum."

Her şeyi anlayınca fark edilir bir şekilde yutkundu. "Neden burada? Neden şimdi?"

Çünkü Sydney'yi düşüncelerinden uzaklaştırmak istiyorum. "Neden burada ve şimdi *olmasın* ki?" diye karşı çıktı kadını kollarına almak için ona doğru uzun adımlar atarken.

Kadın ona yalvaran gözlerle baktı. "Lütfen, Alec..."

"Hayır," diye kızdı. "Senin diğer 'Lütfen, Alec'lerini bugün fazlasıyla dikkate aldım. Bu yüzden sen Sydney'ye koşmadan önce, burada olmamın sebebi olan şeyi alacağım." Kadına karşı çıkacak zaman tanımadan onu öptü.

Aslında biraz karşı koymasını bekliyordu ama kadının yaptığı daha da kötüydü. Öylece durdu, kavga etmiyordu ama karşılık da vermiyordu. Bu bir heykeli öpmek gibiydi.

Siniri tepesine çıkmış bir halde geriye çekilip ona ters ters baktı. "Beni geri öp, lanet olasıca."

Elleri birbirini okşarken ne kadar da ateşliydi, oysa ki şimdi... "Benim de seni geri öpmemle ilgili bir şey söylememiştin. Sen sadece bir öpücük istedin, hepsi bu. Ve şimdi de onu almış oldun."

"Ben bir ödül demiştim. Ve bu bir ödül sayılmaz."

Yanaklarındaki kızarıklık bunun doğru olduğunu onaylasa da, adamın kolundan kurtulup kapıya doğru ilerledi. "Benden alabileceğin ödül bu kadar."

Kadın eliyle kapı tokmağını tutarken adam onu tuttu. Kolunu yakalayarak küçük odada olabildiğince kapıdan uzağa çekti. Sonra karşı koymasına aldırış etmeden onu bir masaya oturtup ellerini masada kadını sıkıştıracak şekilde iki yanına koydu.

"Beni iki saatlik aptal bir şiir seansı için ikna etmene izin verdim, o yüzden şimdi, Tanrı şahidim olsun, seni burada bütün gün tutmam gerekse bile bana hak ettiğim ödülü vereceksin."

Kadının yüzünde meydan okuyuş vardı. "İstersen beni tekrar öp ama karşılık veremeyeceğim. Senin için o tarz duygular hissetmiyorum."

"Hissediyorsun işte," diye haykırdı ve sonra kadının omuzlarından tutup dudaklarını onunkilerin üstüne koydu.

Sinirden köpürmesi, onu daha sert, daha vahşi öpmesine sebep oldu ve sonunda, kadın bu sefer ona karşı gelmeden yumruklarını adamın göğsüne koydu ve adamın dudaklarını vahşi bir hayvan gibi ısırdı.

Kadının direnişi, adamın öfkesini anlamasını sağladı ve adam patlamaya hazır duygularını dizginlemeye çalıştı. Ona karşı daha kibar olup hak ettiği ilgiyle öpmeye başladı. Böylece sonradan, sadece kadının sözünü gerçekleştirmek isterken onu aynı zamanda aşağıladığını söylemeyecekti.

Dudaklarını, yumuşaklıklarını hissederek onunkilere sürttü. Dişleriyle alt dudağıyla oynadı. Ve dudaklarıyla onun dudaklarına taparken narin dudaklarını aralamayı başardı. Onun sıcak küçük nefeslerini yutarken kadın hâlâ karşı geliyordu; ta ki, artık o da adamı geri öpmeye başlayana kadar.

Ancak o zaman Alec öpücüğünü derinleştirdi. Yanıt almasının sevinciyle onun ipeksi dudaklarındaki tatlı sıcaklığı tekrar keşfetmeye başladı. Kadın, adamın göğsüne koyduğu ellerini düzleştirdi; dudaklarını yukarıda tutmaya çalışırken avuçlarıyla adamın ceketini yakalamıştı.

Tanrı şahit, kadının her yeri yumuşacıktı; sadece dudakları değil, elleri, beli, kalçası... Bu çarpıcı zevk ona hiçbir zaman yetmeyecekti; onun lezzetli dudaklarını, hiçbir zaman ağız dolusu öpebileceğini sanmıyordu.

Kadın kaskatı kesilip dudaklarını onunkilerden ayırınca onun göğsünü avuçlamış olduğunu anladı.

Acı verecek derecede yumuşak göğsünü. Dudaklarına yaklaştırıp öpmek istediği göğsü…

"Bana dokunmak…ödülünün bir parçası değil," dedi, nefesi kesilmişti.

Ama elini oradan kaldırmadı ya da ona tokat atmadı. "Biliyorum." Eli hâlâ onun göğsünü okşarken boynunu öpmeye başladı.

"Bunu…yapmamalısın."

"Neden? Bana karşı 'o tarz' duyguların olmadığı için mi?" diye kulağına fısıldadı. Başparmağını göğsünün ucunda gezdirdi ve meme ucunun sertleşmesi onu mutlu etti.

"Lütfen…Alec…"

Küçük ama sesli iç çekişi, adamın ihtiyaçlarını ateşledi. "Tekrar söyle, nasıl nefret ettiğini; ellerimin üzerinde olmasından, dudaklarımın seninkilerin üstünde…"

"Oyunu adil oynamıyorsun," diye mırıldandı.

"Adil oynayan adam hep kaybeder bir tanem ve ben de kaybetmekten nefret ederim." Aralık dudaklarıyla kadının kızarmış sıcak boynuna bir öpücük kondurdu. "Bana bundan nefret ettiğini söyle." Bütün gününü emerek geçirebileceği hassas kulak memesini dişiyle yakaladı. "Ve bundan." Göğsünü okşadı. "Ve bundan."

"Bundan nefret…ben…istemiyorum…"

"Bana ne *istediğini* söyle." *Böylece ben de, lanet Lovelace'i ömür boyu aklından silebilirim.*

Ama Katherine'in aklı, Sydney'den kilometrelerce

139

uzaktaydı. Alec'in eli, o sıcak el, tüm okuma seansı boyunca onu deliye çevirmişti, şimdi ise vahşi bir keyifle göğsünü kavramış okşuyordu.

Bu davranışa engel olmalıydı. Onu geri itmeliydi.

Kadınların, kitaptaki erkeklerin mahrem dokunuşlarıyla nasıl kendilerinden geçtiklerini şimdi anlıyordu. Bu hayatındaki en mutlu edici, en utanmaz duyguydu. Bir de onun çıplak tenine dokunsa nasıl hissedecekti kim bilir...

Alec, sanki kadının düşüncelerini okumuş gibi binici kıyafetinin düğmelerini açmaya başladı.

"Alec, ne yapıyorsun?" Şaşırmış bir halde, fısıldayabilmek için dudaklarını onunkilerden ayırdı. Etkilenmişti. Ne kadar ileri gidebileceğini ve bunun nasıl hissettireceğini görmek için sabırsızlanıyordu.

Ne zaman böyle ahlaksız bir kadına dönüşmüştü ki?

Bütün sinirlerine bir elektrik dalgası yayarcasına yine kulak memesini emmeye başladı. "Bana ne istediğini söyle."

Nefes alamıyordu. Bir düğme daha açıldı. Ve o utanmaz bir bekleyişle dururken bir tane daha. "Bunu değil," dedi kuvvetsizce.

"Değil mi?" Korsajı sonuna kadar açıldı ve Alec, elini içeri sokup kombinezonun içinden onun çıplak memesini avuçladı.

Nefesini tutup adamın ceketinin üstündeki parmaklarını sıktı.

"Bu hoşuna gitmedi mi?" diye sordu Alec, gırtlağından gelen yavaş bir sesle.

"Ah, Tanrım," diye mırıldandı. Günah bu kadar tatlı ve muhteşem olamazdı, ve inanılmaz derecede erotik. Adamın sıcak eli kadının tenini ısıtıp eritti. Çıplak meme ucunu parmakladığında ise kadın neredeyse masadan düşecek gibi oldu. Cennet, gerçekten de cennet. Başka bir şey değildi bu.

Burnuyla yanağına dokundu; nefesini onun tenine verdi. "Sana dün gece de böyle dokunmak istemiştim, bir tanem. Ama cesaret edemedim."

"Şimdi mi cesaret ediyorsun?" diye fısıldadı ve sonra Alec, diğer göğsünü avuçlamak için elini oynattığında zevkle titredi.

"Eğer, benim seni istediğim kadar senin de beni istemeni sağlayacak olan buysa, o zaman bunu yapmak zorundayım."

Henüz cevap bile veremeden kadını tekrar öptü; o kadar derin ve güzeldi ki, vücudunu onun bacakları arasına yerleştirebilecek kadar paçalarını kaldırdığını fark etmemişti. Sonra onu kalçasından tutarak kendine çekti; o kadar yapışmışlardı ki, yukarı doğru toparlanmış binici kıyafeti ve iç etekliğine rağmen adamın pantolonundaki şişkinliği hissedebiliyordu.

"Alec, artık durmalısın." Adamın dudaklarına doğru nefesini bıraktı.

"Henüz değil." Erkekliğini kadına dayadı ve kadının bacak arasında, farklı ve yeni bir acı uyandırdı. "Ellerimin ve dudaklarımın üzerinde dolaşmasından; sana dokunmamdan zevk aldığını itiraf edene kadar olmaz."

Onun çıplak memesini o kadar baştan çıkarıcı bir şekilde okşuyordu ki, kadın sesli sesli inledi.

"Söyle bana," diye ısrar etti. "Bana, beni istediğini söyle, Katherine."

"Ben...ben...."

"Söyle!" Bacaklarının arasına o kadar sert bir şekilde bastırıyordu ki, Katherine'in her yanını saran zevk bir çığlık atmasına sebep oldu.

"Evet, seni şeytan, evet! Seni istiyorum!" diye bağırdı.

Adamın gözleri, sanki bir savaş kazanmış gibi zaferle parladı. Gerçi bir savaş kazanmıştı.

Utanç içindeki kadın, yüzünü adamın ceketine sakladı. "İşte, istediğin şeyi aldın."

"Tam olarak değil," diye mırıldandı. "Bundan çok daha fazlasını istiyorum."

Bu açıklaması, birden kadının aklını başına getirdi. "Ama başka bir şey alamayacaksın." Adamın elini alıp giysisinden çıkarmaya çalıştı. "Bana dokunma artık."

"Katherine..."

"Şimdi Alec! Biri burada bizi görüp tüm itibarım yok olmadan önce dur."

Adam duraksadı, onun yüzündeki şiddet dolu açlık, kadının aniden paniklemesine sebep olmuştu. Sonra, sanki kendini kontrol etmek için uğraşırmışçasına ciddileşti.

Sonunda adam elini korsajından çekince rahatladı. "Teşekkürler," diye fısıldadı. Yavaşça düğmelerini kapadı ama masadan inmeye çalışınca vücudu onu masaya mıhladı. "Lütfen, inmeme yardım et."

Kadını belinden tuttu ve onun, etekliğinin altından bile hissedebildiği, vücudunun her santimindeki sert çıkıntılara sürtünerek aşağı doğru kaymasını sağladı.

Gözleri kısıldı. "Bir öpücük daha," diye fısıldadı, "sonra gideriz." Ve karşı çıkmasını bile beklemeden tekrar kadının dudaklarına yapıştı.

Bölüm 10

*Zamparanın cephaneliğinde kıskançlık yoktur
çünkü bu bir erkeğin aptal olmasına ve
hatasından sorumlu tutulmasına sebep olur.*
- Anonim, Zamparanın baştan çıkarma sanatı

Sydney, bütün şairlerin toplandığı arka odada dururken saatine baktı. Katherine'in, Iversley'yi bırakıp hole doğru ilerlediğini görmüştü. Peki, nerde kalmıştı o zaman? Onu tebrik etmek için gelmiyor muydu?

Sydney içeri girdiğinde kadın onu beklemiyordu ve seyrelen kalabalıkta, Iversley'nin toplantı odasında olduğunu gösteren bir iz de yoktu. Sydney kaşlarını çattı. O alçak adam, aynı Katherine'in okuma seansına katılmasını engellemeye çalıştığı gibi, bu odaya dönmesi için onu ikna etmiş olmalıydı.

Tabii ki, başarısız olmuştu. Katherine'in gülümsemesini hatırlayınca Sydney'nin içi tatminle doldu. *Al bakalım, Iversley. O yine de geldi, değil mi? Beni görmeye geldi.* Ve büyük ihtimalle, şimdi de holde, Sydney'yi bekliyordu…

Sydney kapıya doğru ilerlerken Julian önüne geçip yolunu kesti. "Tanrı aşkına, bu deli kız için kendini aptal yerine koyma."

"Sen karışma, Napier. Bu seni ilgilendirmez."

Jules ürktü. "Şimdi 'Napier' oldum ha? 'Benim biricik Jules'uma ne oldu?"

"Kes sesini!" diye haykırdı. "Yalnız değiliz."

"Bunun farkındayım." Odadakilerin fark edip etmediğine bakan Jules ona biraz daha yaklaştı ve sesini alçalttı. "Senin de bildiğin gibi, inkâr etmeye devam etsen de, seni ilgilendiren şey beni de ilgilendirir."

Sydney'nin içi ürperdi. Jules'un aralarındaki arkadaşlığın boyutu hakkındaki tanımlamaları gün geçtikçe daha cesur ve, en kötüsü de, daha doğru bir hal alıyordu.

Hayır, ne düşünüyordu ki? O, Jules hakkında *o tarz şeyler* hissetmiyordu. Bu konuşulamaz, hoş görülemez bir şeydi. Sydney, Kit'i seviyordu. Her zaman onu sevmişti ve sevmeye devam edecekti. Jules, *Napier*, bir kadınla erkek arasında yaşanabilecek saf ve kutsal aşkı anlamıyordu... Jules'un istediği, kadınla erkek arasındaki ahlaksız arkadaşlıktan daha da kutsaldı.

"Bırak beni." Sydney eski arkadaşını geçip gitti. "Ben ve Kit hakkında yanılıyorsun. Son derece yanılıyorsun."

Jules'un yüzünde acı belirdi. "Sen sadece yanıldığımı umuyorsun çünkü o zaman sen de benim gibi bilirdin ki..."

"Sakın bir şey söyleme!" dedi kızgınlıkla. "Sana

daha önce de söyledim ve yine söylerim, tek istediğim Kit'le evlenip bir aile kurmak. Ama sen bunu anlamıyorsun."

"Çünkü asıl istediğin bu değil. Bu sana öğretildiği için yapmak istediğini sandığın şey. Ama ben bundan daha iyisi olduğunu biliyorum."

Sydney yutkundu. Birkaç hafta önce Jules'un sürpriz öpücüğüne cevap vermemeliydi. O zamandan beri bu konu hakkında konuşmamış olsalar da, artık aralarındaki her şey değişmişti. Daha da kötüsü, bu olay sonucunda bütün hayatı boyunca yanlış giden her şeyi daha açık bir şekilde görmüştü ve bu da onu olabilecekleri istemeye…

Hayır, *böyle bir şey* istemiyordu. İsteyemezdi. Ama Jules, öpüşmelerini sadece bir hata olarak görmeyi reddediyordu.

"Ben senin istediğin insan olamam Jules," diye fısıldadı Sydney. "Bunu anlayamıyor musun?"

"Hayır anlayamıyorum." Kıskançlık, Jules'un sesinin daha acılı bir hal almasına neden oldu. "Ben, sana o kadının umursayabileceğinden çok daha fazla önem veriyorum. Tanrı aşkına, buraya bile Iversley ile geldi."

Sydney ona gözlerini dikerken, Jules zalimce ekledi, "Yoksa onu elinde tutmanın asıl amacı bu mu? Çünkü o kızı *o adam için* kaybetmekten korkuyorsun. Ve sadece aptal bir öğrenci rekabeti…"

"Saçmalama." Ama kapıdan çıkıp hole doğru ilerlerken Julian'ın sözleri kulaklarında çınlıyordu. Doğruydu, Iversley, Kit'in etrafında gezinmeye başladıktan sonra onunla *evlenememe* fikri kafasını meşgul ediyordu.

Ama kont unvanı, rahat tavırları ve kuralları umursamaz bir şekilde görmezden gelen haliyle onu çılgına çeviriyordu. Sydney her zaman kurallara uyar ve yanlış yapmaktan çok korkardı.

Sadece Jules'la ilgili kurallar dışında.

O kadar güçlü bir şekilde beyninden vurulmuşa dönmüştü ki, kimsenin fark edip fark etmediğini anlamak için holde gözlerini gezdirdi. Ama hol boştu. Iversley'le Kit de dâhil, hiç seyirci kalmamıştı.

Lanet bir rahatlık hissetti. Tüm olanlardan sonra bir rahatlama! Nasıl bir adama dönüşmüştü böyle?

Duvarın karşısındaki bir sandalyeye oturup yüzünü ellerinin arasına sakladı. Ne zaman her şeyi bu kadar eline yüzüne bulaştırmıştı? Kit onu evlilik için zorluyordu, annesi buna karşı çıkıyordu ve Jules...

Derin bir nefes aldı. Jules, gerçekten de onun kuralları çiğnemesini istiyordu; onunla birlikte İngiltere'yi terk edip Yunanistan'da uzun bir tatil geçirmek istiyordu. Sydney deliye dönmüş gibi güldü. Aslında annesi de *bu fikri* coşkuyla karşılamıştı. Böylece Kit'ten kurtulup oğlunun kendine "daha iyi" bir kadın bulabileceğini düşünüyordu.

Annesi Jules'un ne istediğini bilseydi...

İçini amansızca bastırmaya çalıştığı bir korku sardı. Jules hakkında böyle şeyler düşünmemeliydi. Düşünmemek *zorundaydı*. Bu yanlıştı. Adamın planları im-

147

kansız şeylerdi. İngiltere dışında onunla bir hayat... Hayır, yapamazdı.

Ayrıca annesi tek başına nasıl yaşardı? Ve Kit'i de düşünmesi gerekiyordu. Sydney onu asla Iversley'ye bırakamazdı. Bu rezil adam Kit'in hayatını başına yıkardı. Onu hiçbir zaman mutlu edemezdi.

Evet; ama ya sen edebilir misin?

Onu mutlu etmek istiyordu. Gerçekten. Sorun Kit'in...farklı bir kadına dönüşmüş olmasıydı. Ona masum ve çocukça aktivitelere – tekneye binmek, balık tutmak ve ağaçlara tırmanmak gibi – katılan sevimli oyun arkadaşı birden bariz bir dişiye dönüşmüştü ve bu Sydney'nin ödünü koparıyordu. Ama Kit'le – Katherine'le – bir yatağı paylaşma fikri, ter basıp kaçmasına neden oluyordu.

Bu sadece daha önce bir kadınla beraber olmadığın içindi. Jules kafanı karıştırmıştı, hepsi bu. Sadece senden istediği gibi, o kadını öp. Bu bütün buzları eritecek ve sonra her şey yoluna girecek.

Ama ya öyle olmazsa? Ya, Tanrı korusun, bundan nefret ederse?

Hayır, Jules onun hakkında yanılıyordu. Sydney ayağa kalkıp holden aşağı doğru gitti. Bunu kanıtlayacaktı. Kit'i bulup artık Iversley ile vakit geçirmemesini söyleyecekti. Sonra da onu kollarının arasına alacak ve...

Yan odalardan birinden gelen boğuk gürültü düşüncelerini dağıttı. Merakla kapıya yaklaştı, holdeki tek kapalı kapıya, ve içeri açılan küçük pencereden odayı gözetledi.

148

Kalbi durdu. Iversley Kit'i öpüyordu. Sydney'nin her yanını öfke sardı. O alçak herif nasıl olur da, *onun* Kit'ine dokunurdu?

Sydney kapıyı açtı. Adamın bu ahlaksız ilgisine bir son verecekti.

Sonra Kit'in kollarının adamın omuzlarını sarmış ve boynuna asılı durduğunu gördü. O da adamı geri öpüyordu. Ve Iversley onun boynunu ve kulaklarını öpmeye başladığında, kadının kendinden geçmiş bir halde dudaklarının aralık olduğunu ve sanki cennetteymiş gibi göründüğünü fark etti.

Ve Sydney hiçbir şey…hissetmedi. Ne bir kıskançlık ne de nefret…hiçbir şey.

Aslında bu tamamıyla doğru değildi. Böyle tutkulu bir arzu, ona oradaki insanın yerinde olma isteği aşılamış, ona gıpta etmişti.

Ve korkarak gıpta ettiği kişinin Iversley olmadığını fark etti.

"Bayandan uzak dur, aşağılık herif!"

Bu sözcükler tensel büyüyü delip geçince Alec kadından uzaklaştı ve Katherine ona yolu gösterdi. Ne göreceğini düşünerek dehşete düşmüş bir halde bakışını kapıya çevirdi.

Bu Sydney'ydi! Ne kadarına tanık olmuştu? Alec birkaç dakika önce korsajından elini çıkarırken de burada mıydı? Öfkeli bakışlarını görünce orada olmuş olabileceğini düşündü.

Hiddeti, ondan çok Alec'e odaklanmış gibiydi.

Alec, yüz ifadesini dikkatlice kontrol ederek adama

döndü. "Tünaydın, Lovelace," dedi. "Senin zannetti-
ğin gibi değil," ya da, "Üzgünüm Sydney, kadınını çal-
mak istememiştim," gibi bir şey demedi. Anlaşıldığı
üzere, Alec arzuları hakkında her zaman dürüsttü.

Katherine şimdi ne yapmalıydı? Sydney böyle bir
şey için onu asla affetmezdi, asla.

Sydney, bir intikam meleği gibi onlara yaklaştı.
"Yeter Iversley, onu öpmeye hakkın yok!"

Katherine'in içini bir rahatlama sardı. Tanrıya şü-
kür, Sydney sadece öpüşmelerini görmüştü.

"Senin kadar, benim de hakkım var, *eski dostum*,"
diye yanıtladı Alec. "Bayan benim öpücüklerime karşı
koymadığı sürece aramızda geçenler seni ilgilendir-
mez."

"Öpücükler mi?" Sydney'nin bakışı kadına döndü.
"Bu ahlaksız herifin seni öpmesine birden çok kez mi
izin verdin?"

Tek şansı Alec'in yalancı olduğunu ve onu zorladı-
ğını söylemesiydi.

Ama söyleyemedi. Alec'in sinsi bakışından, onun
da böyle bir şey beklediğini anlasa da, böyle bir yalan
söyleyemezdi. Bu yalan onun gururunu kurtarabilirdi
ama aynı zamanda Sydney'yi kadının onuru için sa-
vaşmaya zorlamış olurdu ki, bu da düşünülemez bir
şeydi. Alec gibi maceracılar iyi atış yaparlardı.

"Lord Iversley," diye fısıldadı, "Sör Sydney ile bir-
kaç dakika yalnız kalabilir miyim?"

Alec, şaşkınlıkla kırpıştırdığı gözleriyle kadının yü-
züne baktı. Sonra sinsice kafasını salladı. "Ben atlara

bir bakayım," dedi ve her adımında ona gözlerini dikmiş bakan Sydney'yi geçip gitti.

Alec'in adımları holde uzaklaşırken, Sydney ona yaklaştı. "Bırak artık, aklını mı kaçırdın sen? Ona seni öpmesi için izin verirken aklından neler geçiyordu ha?"

Kıskanmış olması gereken bir erkek için garip bir konuşma. Bir âşıktan çok, aşırı korumacı bir erkek gibi konuşuyordu.

"Hiçbir şey düşünmüyordum, Sydney. Bu...bu birden oldu." Ona Alec'le olan anlaşmasını anlatmayacaktı. Sydney, böyle bir şeyin rezillik olduğunu düşünürdü.

"Öpmen gereken tek erkek *benim*," dedi Sydney, şaşırtıcı bir azgınlıkla.

Katherine ona baktı. Alec'in planı işe mi yarıyordu? "Çok haklısın," dedi kuvvetli bir sesle. "Ve ben de, beni öpecek kişinin sen olmanı tercih ederim."

Yalancı, diye fısıldadı vicdanı.

Kes sesini, dedi kadın ona. Bunu öylesine söylememişti, o sadece Sydney'yi istiyordu. Gerçekten de. Alec'le ahlaksız bir utanmaz gibi *davranmış* olsa da.

Yüzü kızardı. "Benim Al-, Lord Iversley'yi öpmem hataydı. Bir daha böyle bir şey olmayacağına söz veriyorum." En azından böyle bir şey olmaması için gayretle dua ediyordu.

Birden Sydney'nin yüzüne kan hücum etti. "Bunu duyduğuma sevindim."

"Beni affedebilirsen…"

"Seni affedebilirim. Seni *affediyorum*." Sydney ona belirsiz bir ifadeyle bakıyordu, sonra okşamak için yanağına uzandı. "Sen de beni, geçen birkaç hafta ihmal ettiğim için affedebilirsen."

Aslında daha çok aylar gibiydi ama şimdi bunu söylemesine gerek yoktu. Hayatının yarısı boyunca bu anı beklemişti. "Affedildin bile."

Sanki bir göreve hazırlanıyormuş gibi çenesini oynattı ve dudaklarını onunkilerle birleştirmek için kafasını eğdi. Öpücüğü dikkatli, saygılı...ve tamamıyla tutkusuzdu.

Ama onun gibi düşünceli bir centilmenden de bu beklenmez miydi zaten? Onun öpücükleri hiçbir zaman Alec'inkiler gibi bir bütün olamazdı ve ona hiçbir zaman öyle sarsıcı bir şekilde dokunamazdı. Herhalde bu yüzden nabzı hızla atmıyor ve kalbi göğsünden çıkacakmış gibi olmuyordu.

O zaman neden öpüşmelerini istemişti ki? Sydney geriye çekildiğinde kadın ona kaşlarını çatarak baktı. Sydney'nin öpüşmekten anladığı şey *bu muydu*? Onu kollarını arasına alıp daha yakınına çekemez miydi?

Görünüşe bakılırsa hayır. Sanki bittiğine sevinmiş gibi ondan uzaklaşmıştı bile. Ah hayır, bu kadarla kurtulamazdı.

Katherine, onun ellerini yakalayıp kendine çekti ve ellerini beline yerleştirdi. Sonra o da kollarını adamın boynuna doladı. "Hadi, tekrar deneyelim Sydney," diye fısıldadı adamın şaşkın suratına.

Ve adam tepki bile veremeden onu tekrar öptü.

Güçlü. Bütünüyle. Dudaklarını onunkilerden ayırıp Alec'in öğrettiği mimikleri yaptı. Ama kararsız bir şekilde, dudaklarına diliyle dokunduğunda Sydney, sanki kadın onu dövmüş gibi irkildi ve onu geri itti.

Baştan aşağı kıpkırmızı olan adam fısıldadı, "Bu gibi şeyler...biz evlenene kadar beklemeli, canım."

Şimdi utancından kızarma sırası ondaydı. Bilinen bir hergeleden aldığı öpüşme dersleri ancak bu kadar işine yarayabilmişti. Sydney'nin onun hızlı ve bayağı olduğunu düşünmesini sağlayarak yine büyük bir hata yapmıştı. "Özür dilerim, Sydney..."

"Hayır, özür dileme," diye yanıtladı hemen. "Sen doğru davrandın. Sorun bendim. Ben...bunu..." Parmaklarını, karmakarışık olmuş saçlarında gezdirdi. "B-Ben bu gibi şeylerde...çok da iyi değilim sanırım."

Bu doğruydu.

Hayır, böyle düşünemezdi. Bu sadakatsizlik olurdu. Gerçi ondan gelecek *azıcık* bir coşku bile iyi olabilirdi. "Sadece pratik yapmamız gerekiyor, hepsi bu," dedi oynak bir edayla.

"Sanırım." Adamın kızarıklığı gitgide artıyordu. "Söylemeye çalıştığım, böyle şeyler için acele etmesek... Bu biraz..."

"Şaşırtıcı derecede kendini ifade etmekten yoksun arkadaşımın söylemeye çalıştığı," dedi kapıdan gelen bir ses, "biz bu yaz Yunanistan'a bir yolculuk planlıyoruz. Ve bir düğün, bu planlara pek de uygun düşmüyor."

Sydney'nin yüzündeki değişim dehşet vericiydi. Hızla kapıya doğru döndüğünde siniri aşağılanmaya dönüşmüştü. "Kes sesini Napier, git buradan!"

Ama Katherine, hâlâ Lord Napier'in söylediklerini anlamaya çalışıyordu. Kesinlikle Sydney böyle bir şey yapmazdı. "Bu doğru mu Sydney?"

Öfke dolu bakışları ona döndü. "Hayır!"

"Tanrı aşkına, ona yalan söyleme," diye araya girdi Napier.

Sydney çılgına dönmüş gibi görünüyordu. "Tamam, belki Napier ve ben bu konu hakkında konuşmuş olabiliriz ama daha kararlaştırılmış bir şey yok…"

"Bunun hakkında konuşmuş olmanız bile," dedi Katherine, sanki yeryüzü ayaklarının altından kayıyormuş gibi hissederken, "yakın bir zamanda evliliği düşünmediğini gösterir."

"Geçen geceye kadar…annenin sana bu kadar baskı yaptığını fark etmemiştim." Sydney tedirgin bir şekilde kravatını tuttu. "Eğer evlilik için bu kadar acele ettiğini bilseydim…"

"Ne olursa olsun, annene benimle evleneceğini söylerdin, değil mi?" diyerek burnundan soludu. "Ben bunu sana söyledikten sonra bile, yine de annene bir şey söylemedin. Ve burada duran arkadaşın da, hâlâ Yunanistan gezinizin gerçekleşeceğini zannediyor."

"Napier'i boş ver. O sadece…"

"Benden nefret mi ediyor? Aynı annenin benden nefret ettiği gibi mi?" Boğazında düğümlenen gözyaşlarıyla boğulacakmış gibi oldu. "Biliyor musun Sydney, kendimi arkadaşına, annene ve hatta…sana kanıtlamaya çalışmaktan bıktım. Eğer benimle evlenmek istiyorsan, bana bir teklifte bulunman gerekiyor. Ve sen teklif edene kadar, aramızda hiçbir şey olmadığını varsayacağım, anlıyor musun? Hiçbir şey."

"Böyle demek istemiyorsun, değil mi?" dedi Sydney kısık bir sesle.

"Evet, istiyorum." Artık bu işkenceye dayanacak hali kalmamıştı. Gözleri yaşlarla doldu ama onun görmesini istemiyordu. "İyi günler, Sydney." Hızla kapıya doğru ilerledi.

"Bekle, Kit…" diye bağırdı Sydney arkasından.

"Bırak gitsin," dedi Napier hırçın bir tavırla. "Ona istediği şeyi veremezsin."

Verebilirdi; eğer diğer insanlar buna izin verseydi, diye düşündü odanın çıkışına yaklaştığında.

Aşağılandığı zamanlarda hep bir şahidi olmak zorunda mıydı? Önce Alec, sonra Sydney'nin iğrenç arkadaşı? Hızlıca Napier'in yanından geçti; en azından onun önünde ağlamamak için dua ediyordu.

"Biliyorsunuz, onsuz çok daha iyisiniz Bayan Merivale," dedi Lord Napier kısık bir sesle.

Kadın durdu sonra bu adamın şeytanca aldığı zevki görmeye kararlı bir şekilde ona doğru döndü. "Demek istediğiniz *onun bensiz* daha iyi olduğu mu, Lord Napier?"

Ama Napier zevk alır gibi değildi. Saçma bir şekilde sempatik görünüyordu. "Hayır. Siz ve ben, Sydney'siz çok daha iyi olabiliriz. Ama sizin başka seçenekleriniz var. Benimse yok."

Bu açıklama öylesine açıktı ki, cevap bile veremedi. Gururunun kalıntılarını toplayarak döndü ve hole doğru ilerlemeye başladı.

Ne kadar budala bir adamdı bu. Arkadaş olarak tabii ki başka seçenekleri vardı. Ayrıca onun diğer seçeneğinin kim olduğunu düşünmüştü ki?

Alec, tabii ki. Ama Napier Alec'in bir seçenek olduğunu düşünüyorsa delirmiş olmalıydı. Sydney onun için doğru insan olmayabilirdi ama Alec de değildi. Tabii, yıkılmış ve terk edilmiş olmak *istemiyorsa*. Bir savaşçı gibi ata biniyor ve onu güldürüyor olabilirdi ama bunlar onun kollarına koşmak için yeterli sebepler olamazdı. Babası da kendi zamanında onun gibi atılgan biri olmuştu ama annesine neler yaptığını da biliyordu.

Ayrıca Alec'in ona olan ilgisi evliliğe gitmelerini sağlayacak türden bir şey değildi. O sadece "kovalamak" istiyordu.

Midesinin dibinde derin bir acı hissetti. Alec onu kovalamak istiyordu ve Sydney de ondan kaçmak. Alec'in gevelediği saçma evlilik laflarının önemi yoktu; hiçbiri ciddi ciddi onunla evlenmeyi düşünmüyordu.

İkisine de lanet olsun. Gözlerindeki yaşları silip başlığını düzeltmek için giriş kapısının iç kısmında durdu. Sydney'nin onunla evlenme fikrini belirsiz bir zaman için erteliyordu. Bu yetmiyormuş gibi, Alec'in bu konuda haklı olduğunu öğrenmesine de izin veremezdi. Tanrı'ya şükür hâlâ biraz gururu vardı.

Dışarıda Alec'in atları tuttuğu yere doğru ilerledi. Öfkeli görünüyordu. Güzel. O da kendisini öfkeli *hissediyordu* zaten. Eve dönüş yolunda müthiş bir çift olacaklardı.

"İçeride uzun kaldın," dedi kadının ata binmesine yardım ederken. "Büyük bir tartışma oldu sanırım."

"Evet, öyle." Eğer olanları ona anlatacağını sanıyorsa sürprize hazır olmalıydı.

Katherine'e kaşlarını çatarak baktı. "Değerli Sydney'nin ne yaptı? Ahlaksız kişiliğin için seni cezalandırdı mı? Vahşi ve umursamaz okul yıllarımla ilgili hikâyeler anlatıp seni eğlendirdi mi?"

Öfke başına sıçradı. "Eğer bilmek zorunda hissediyorsan, beni öptü." Alec'in gözleri kısılırken kadın ekledi, "Görünüşe bakılırsa zeki planın işe yaradı. Teşekkürler, lordum. Size minnettarım."

Bölüm 11

Kadınların çoğu maymun iştahlıdır,
kolayca yönlendirilebilirler. Böyle olmayan kadınlardan
uzak durulmalıdır çünkü sizin onları evlilik prangalarına
kadar kovalamanızı sağlarlar.
- Anonim, *Zamparanın baştan çıkarma sanatı*

*A*lec hayretle Katherine'e baktı. O aptal Lovelace gerçekten de onu öpmüş müydü? Ve o da izin mi vermişti? Hem de Alec onu öpüp bir âşık gibi okşadıktan sonra...

İçini öfke sardı. Eğer bir saniye bile Lovelace'in bunu yapabilecek biri olduğunu düşünseydi, kadını asla o adamla yalnız bırakmazdı. Lovelace'in dudaklarının onun üzerinde olmasını düşünmek bile onu çılgına çevirmeye yetti.

Bu şaşkınlığı kafasından attığında Katherine yola çıkmak için atını dürtmüştü. Kendi atına binmeye çalışan Alec lanet edip duruyordu. Birkaç dakika sonra ona yetiştiğinde, Katherine'in yüzünde nasıl hissettiğine dair bir ifade aradı. Kadının yüzündeki sert ifade onu biraz yatıştırdı.

"Lovelace'in öpücüğünden sonra çok da mutlu görünmüyorsun," dedi sakin bir şekilde.

Kadının yüzünün rengi değişti. "Tabii ki mutluyum. Neden mutlu olmayayım ki?"

"Çünkü beklediğin gibi bir şey değildi?"

Kadın sırtını dikleştirdi. "Beraberken Sydney'den bahsetmeyeceğimiz konusunda anlaştığımızı sanıyordum."

İyi deneme bir tanem ama bundan kaçamayacaksın. "Bu benim kuralımdı, senin değil. Eğer istersem bu kuralı çiğneyebilirim."

"Kuralları çiğneme konusunda oldukça yeteneklisin, değil mi? Ne de olsa sonuçlarıyla sen başa çıkmak zorunda değilsin. Diğer tarafta bizim gibiler…"

"Bırak artık bunları, hep aynı şeyler, yeter. Lovelace'in ne dediğini söyle bana."

Artık kadının gözünden süzülen yaşları görebiliyordu. Onun bu halini görünce geri dönüp Sydney'nin çenesine bir yumruk patlatmak istemişti. Ne cüretle onu üzebilmişti? Ne cüretle?

Katherine ona sahte bir gülücük attı. "Sizinle konuşacak havamda değilim, lordum. Güzelce ata binmeyi tercih ederim. Şimdi izin verirseniz…"

Adamı tozların içinde bırakarak atını dörtnala sürdü.

Bir anlık şaşkınlıktan sonra, sanki onu yakalamaya yemin etmiş gibi Beleza'yı koşturup onu takip etti. Lanet kadın, bu kadar hızlı giderken konuşamayacaklarını biliyordu. Şanslıydı çünkü şehrin bu kısmında çok trafik yoktu, yoksa böyle ata binmesi, tehlikeli olduğu kadar sinir bozucu da olurdu.

En azından adam artı konun başının belaya girmesine engel olabilirdi. Kadının adımlarına bakıyor ve kavşağı kazasız belasız dönebileceğinden emin olmaya çalışıyordu.

En sonunda eve vardıklarında Katherina, Alec'in ona inmesi için yardım etmesine izin vermek yerine atından atlayıp dizginleri bekleyen seyise verdi ve hızla merdivenlere gitti. Alec kaşlarını çatıp peşinden gitti. Eğer lanet kadın annesinin korumacı gözleriyle onun sorularından saklanabileceğini sanıyorsa delirmiş olmalıydı.

Merdivenleri arkasından ikişerli çıkarak onu kapının önünde yakalamayı başardı. Katherine elini kapı tokmağına götürdüğünde onu durdurdu. "Tanrı aşkına, bu acelen ne?"

"Beni kovalamak istiyordun, değil mi?" dedi titreyerek.

"Böyle değil."

"Garip olan ne Alec?" Ses tonu azarlar gibiydi. "Oyunumuz beklentilerine uygun bir şekilde ilerlemiyor mu?"

"Bu benim için bir oyun değil canım, sen nasıl düşünürsen düşün. Ve seni böyle üzgün görmek hiç hoşuma gitmiyor."

"Üzgün değilim," dedi ama titreyen sesi her şeyi ele veriyordu. "Evlenmek istediğim adam beni öptü. Nasıl üzgün olabilirim ki?"

Alec onun elini sıkı sıkı tuttu. "Bana sadece bir tek şey söylemeni istiyorum. Sydney'nin öpücüğü hoşuna gitti mi?"

Yutkundu ve uzaklara baktı. "Bu işten istediğin şeyi aldın. Neden öpücük için ne hissettiğimi öğrenmek istiyorsun ki?"

"Çünkü eğer hoşuna gittiyse," dedi ölümcül bir sessizlik içinde, "onu öldürmek zorunda kalabilirim."

Kadının bakışı tekrar ona döndü; fal taşı gibi açılmış gözlerle inanamayan bir bakış. Sonra arkasındaki kapılar açıldı ve Bayan Merivale yüzü gülücükler içinde girişte belirdi. "Sonunda gelmişsiniz. Bu kadar uzun süre nerelerde at koşturdunuz tahmin bile edemiyorum."

Katherine'i kapıya doğru çeviren Alec, kadının elini kendi bileğinin üstündeki kıvrıma yerleştirdi. Kadına son merdivenlerde eşlik etmeye devam eden adam annesine de tatlı bir gülücük attı. "Kızınız bir şiir okuma seansına gitme fikrini öne sürdü ve ben de onunla gittim."

Katherine bu ihanet yüzünden iç çekti ve sonra elini serbest bırakmaya çalıştı ama adam elini bırakmayarak kolunda tutmaya devam ediyordu.

Annesi kaşlarını çattı. "Gerçekten mi? Umarım lord hazretleri bunu aptalca bulmamıştır."

"Hiç de değil," diye yanıtladı Alec. "Bir adam için, kur yaptığı kadının zevklerini olabildiğince erken öğrenmesi çok önemlidir."

"K-kur yapmak mı?" diye kekeledi annesi.

"Elbette. Kızınız hakkındaki niyetlerim oldukça

161

onurlu şeyler, Bayan Merivale." Müstakbel kaynanasına gülümsedi. "Aslında ona eşlik etmek için sizin izninizi rica ediyorum."

Katherine parmaklarını adamın koluna geçirdi ama adam bunu görmezden geldi. O asla Sydney Lovelace gibi olamazdı. Baronetin onun için uygun olmadığını o da biliyordu. Alec'in yapması gereken tek şey, onu iyi bir koca olabileceğine ikna etmekti.

Mırıldanan annesini mutlu bir şekilde evin içine doğru takip ederken Katherine'in parmaklarını adamın koluna geçirmesinden bunun biraz zaman alacağı anlaşılıyordu. Adamın parası olmadığını öğrenince Katherine'in nasıl bir tepki vereceğini sadece Tanrı bilebilirdi.

Alec'in tüyleri birden diken diken oldu. Kadını garantiye almadan önce bunu öğrenmesine izin vermemeliydi.

"Oturun, oturun Lord Iversley," dedi annesi sevinçle onları küçük oturma odasına davet ederken. "Bu durum bir kutlamayı hak ediyor."

"Anne!" dedi Katherine, annesinin uygunsuz tepkisi üzerine. Donuk yanakları kızarmıştı. "O böyle… demek…"

"Anneniz haklı," dedi Alec kibarca. "Bu kesinlikle bir kutlama sebebidir."

"Gördün mü Katherine? Lord hazretleri işlerin nasıl yürüdüğünü biliyor. Şimdi siz iki aşk kuşu oturun, ben de çay ve kek getireyim." Annesi kapıya yöneldiğinde hâlâ konuşuyordu. "Ah, bir de Pollock'un yerinden şampanya getirteyim…"

Sesi holde uzaklaşırken Katherine elini kurtardı ve hızla Alec'e döndü. "Tanrı aşkına, sen ne yaptığını sanıyorsun? Bu kovalama oyununu daha eğlenceli hale mi getirmeye çalışıyorsun?"

"Hiç de değil. Sana kur yapmak için izin almam, beni toplumda bir hergele gibi gösterecektir."

"Toplum zaten sana hergele diyor."

"Hayır, bunu diyen sadece arkadaşın Sydney."

"O benim arkadaşım değil; o benim…benim…"

"Nişanlın mı? Ben dışarıda atlarla beklerken sana evlenme mi teklif etti?" Kadının yüzünün rengi gitti ama bir şey söylemedi, adam ekledi, "Ben öyle zannetmiyorum. Eğer teklif etmiş olsaydı, deli bir kadın gibi eve doğru at koşturmazdın."

Kaşlarını çatarak şapkasını çıkarıp yandaki koltuğa fırlattı. "Neden yapıyorsun bunu? Ciddi değilsin ki."

"Ne kadar ciddi olduğumu seni öptüğümde gösterdim. Hatta birkaç kere gösterdim."

"Evet ama bu sadece…şey…"

"Fiziksel bir arzu mu?" diye kadının üzerine gitti. "Bu birçok evli çiftin elde edemediği bir şey."

"Ama benim istediklerimden çok daha azı," diye fısıldadı.

"Bu Sydney'den alabileceklerinden çok daha fazla."

Parmak uçlarını şakaklarına dayayıp daireler çizerek ovmaya başladı. "Seninle evlenemem Alec."

Tanrı aşkına, adam daha sormadan onu geri çevirecekti. Buna izin veremezdi. "Ben sana evlenme teklif etmedim."

Çenesi titredi. "Bana eşlik etmek için izin istedin ve bu da mantık olarak aynı şeydir. Zaten hiçbir anlamı da yok. Seninle evlenmeyeceğim."

Düşünmelisin. Ona bunu devam ettirmesi için öyle bir neden ver ki, kabul etsin. "Zorunda da değilsin. Annenden sana eşlik etmek için izin aldım çünkü Sydney ile ilişkin hakkındaki kararının zayıfladığını fark ettim. Yani ben de, ikimizin devam edebileceğinden emin olmak için uğraşıyordum."

Kadının yüzünden karışık duygular içinde olduğu anlaşılıyordu. "Eğer planın buysa, seni bu sorunundan kurtardığımı söyleyebilirim. Gerçek şu ki, sanırım Sydney'yle ben ayrıldık."

"Gerçekten mi?"

"Ona aramızdaki her şeyin bittiğini söyledim. O bana bir teklifte bulunmadığı sürece onunla hiçbir ilişkim olmayacak ve teklif etmekte bir acelesi varmış gibi görünmediğine göre…" Adama hafifçe gülümsedi. "Yani görüyorsun ki, bu zorba muameleye gerek kalmadı. Onu kıskandırmaya çalışmaktan vazgeçtim."

Kadının sesindeki acılı ton söylediklerinin gerçek olduğunu belli edince Alec zaferle coştu. Ta ki kadının onun bu "hizmetine" ihtiyacı olmadığını söylemeye çalıştığını anlayıncaya kadar.

Tabii ki ihtiyacı vardı. "Ah, ama hâlâ onunla evlenmek istiyorsun, değil mi?"

"Ben…ben…bu umutsuz bir durum. Benimle asla evlenmez o."

"Dün gece de, seni asla öpmeyeceğini söyleyebilirdin ama öptü. Seninle flört ettiğimi öğrenince nasıl bir tepki vereceğini nerden biliyorsun? Eminim annen bu haberi en kısa zamanda yayacaktır ve o da bunu öğrenecektir. Ve sonra…" Omzunu silkti.

Kadın ona şüphelenen gözlerle baktı. "Neden umurunda olduğunu anlamıyorum."

Kadını kollarına çekip saçlarını okşadı. "Kovalamadan vazgeçmeye hazır değilim bir tanem. Neden vazgeçeyim ki, daha yeni tanışıyoruz." Artık niyetini belli ettiğine göre bunun da bir çaresini bulmalıydı.

"Bana sorarsan, seninle fazlasıyla tanışıyoruz," diye tersledi ve kapıya sinsi bir bakış attı. "Bırak beni Alec. Annem görebilir."

Annesinin görmesini umuyordu; böylece Katherine onunla evlenmek zorunda kalırdı. "Sence annenin umurunda olur mu? İkimizin evlenmesini o kadar çok istiyor ki, görse sevinçten uçar."

Katherine ciddileşti. "Benimle hemen evlenmen için ısrar ederdi." Kadının sıcak bir fısıltıyı andıran sesi adamı heyecanlandırıyordu. "Bu seni endişelendirmiyor mu?"

"Risk almayı severim," diye mırıldandı ve sonra dudaklarını kadının yanağına kondurdu.

Adamın kafasını ona bakabilmek için geriye itti. "Ama ben sevmem."

"Sevmez misin? Pervasız bir şekilde tüm Londra'yı geçerek ata binmeyi seviyorsun, bu da bir risktir." Başparmağını kadının dudaklarında gezdirdi. "Beni

165

öpmeyi seviyorsun – bu da bir risk. O zaman neden en büyük riski almıyorsun ki? Seninle flört etmeme izin ver. Bu Sydney'yi deliye döndürecektir." Şeytani bir havayla gülümsedi.

Kadının kalp atışları hızlandı. "Ama bu bana evlenme teklif etmesini sağlayacak mı ki?"

"Sağlamazsa da, en azından onu kazanmak için elinden geleni yapmış olursun." Annesinin holden gelen ayak seslerini duydu. "Şöyle düşün bir tanem, böylece, bir süreliğine annenin seninle uğraşmasından da kurtulmuş olursun. Diğer taraftan, eğer Sydney'nin seninle ilgilenmediğini söylersen, tanımadığın adamların teklifleriyle ilgilenmeni isteyecek. En azından benimleyken başına gelecekleri biliyorsun."

Katherine bir kaşını havaya kaldırdı.

"Sana zarar vermeyeceğimi biliyorsun. Ve eğer bu da bir işe yaramazsa, kaybedecek neyin var ki?"

Katherine iç çekti. "Tamam. Sanırım denemeye değer." Sonra adamın kollarından çıktı. "Ama daha fazla, bu…umursamaz tavırlarını görmek istemiyorum, beni duyuyor musun? Yoksa istesen de istemesen de, kendini benimle evlenmiş bulursun."

Sırıtmasını engellemeye çalıştı. Zaten o da bunu istiyordu.

Daha sonra geçen sürede Katherine gülümseyerek annesinin bariz bir şekilde kontun hayatını sorgulamasına katlandı ama beyni telaşlı düşüncelerle doluydu.

Ve bu işe yaramazsa ne kaybedeceksin ki?

Kalbini mi? Hayır, böyle bir düzenbaz onun kalbini kıramazdı, buna izin vermezdi. Ama kendi kocasını seçme şansını kaybedebilirdi.

Kadının onun hareketlerine duyarsız olmadığını çoktan kanıtlamıştı. Onunla öpüşmelerinin her anında... Aslında kadının yapması gereken tek şey, öpüşme yok kuralına sadık kalmaktı.

Tabii, Alec de bunu bu kadar zor hale getirmeseydi. Özellikle de büyüleyici tarafını ona gösterdiğinde işler zorlaşmıştı. Mesela Molly'ye ne kadar kibar davranmıştı. *Zamparanın baştan çıkarma sanatı*'ndaki tüm prensipleri düşününce kadın bütün zamparaların bencil hödükler olduğuna karar vermişti. Babası da, kendi ihtiyaçlarını her zaman diğer insanlardan üstün görenlerdendi.

Ama Alec onunla biraz daha zaman geçirebilmek için okuma seansına katlanmıştı. Evet, aslında şairlerle dalga geçmiş ve zahmet edip geldiği için bir öpücük talep etmişti ama...

Kadın kaşlarını çattı. Etmişti değil mi? Bir öpücük ve hatta çok daha fazlası. Onun gibi erkeklerin sorunu da buydu işte, bir kadını baştan çıkarmak için ellerinden geleni yaparlardı. Yavaşça adamın daha önce tutmuş olduğu elini ovalamaya başladı. Katherine'in tüm zırhlarını kolayca aştığına bakılırsa, kadın bu adamın planına uymakla aklını kaçırmış olmalıydı.

Ama yine de...onunla olmak hoşuna gidiyordu. Onu güldürmeyi becerebiliyordu ve bugünlerde en çok ihtiyacı olan şey de buydu. Ve eğer sonunda onu baştan çıkarmayı planlıyorsa – açıkça tek amacı da buydu zaten – buna direnebilirdi. Alec'in nasıl biri olduğunu biliyordu ve onun da söylediği gibi bilgi en iyi zırhtı.

Yoksa bu da onu baştan çıkarmak için kullandığı taktiklerden biri miydi?

"Çok sessizsin, meleğim," dedi annesi. "Lord Iversley'ye Suffolk'taki malikânesi hakkında tek bir soru bile sormadın."

"Çünkü sen konuyu yeterince açıklığa kavuşturdun anne."

Ayrıca nasıl olsa malikânesini hiçbir zaman göremeyecekti. Ama görmeyi çok isterdi.

Adamın hararetli anlatımlarına bakılacak olursa, Edenmore, adından anlaşılacağı üzere, cennet gibi bir yer olmalıydı ve bundan fazlasıyla gurur duyar gibiydi.

"Tabii ki merak ediyorsundur," diye ısrar etti annesi. "Senin evlerin düzenleriyle ne kadar ilgilendiğini bilirim, aşçıya her zaman bu konuda sorular sorarsın."

Katherine annesine gergin bir gülücük attı. "Birinin sorması lazım."

"Saçmalık. Eğer iyi bir hizmetçin varsa, bu tarz şeyler zaten kendiliğinden hallolur." Alec'e döndü. "Ona her zaman yeterince keyifli zaman geçirmediğini söyleyip duruyorum. Her zaman her şeyi fazla ciddiye alır, kömürün falan fiyatına endişelenir."

Alec'in sıcak bakışı kadına yöneldi. "Bundan hoppa bir kadın olmadığını mı anlamalıyım?"

"Hayır, hiç de değil. Biraz hoppalık işine yarayabilirdi. Bu kız çok da sıkıcı olabiliyor."

Katherine sinirle konuşmaya başladı. "Bu doğru değil. Ben ata biniyorum ve kitap okuyorum."

Annesi kafasını salladı. "Ben buna eğlenmek demem, saatlerce ata binip küçük sorunlarımız hakkında derin düşüncelere dalmak...ya da kötü havalarda cam kenarında oturup şiirler okuyup dalıp gitmek."

"Ben dalıp gitmiyorum, düşünüyorum." Aslında, annesi ve babası yüzünden hayatında oluşan kasırgalardan kaçıyordu. "Düşünmek hiç de yanlış bir şey değil."

Annesi reddedercesine elini salladı. "Sana söylüyorum, bu hiç de sağlıklı bir durum değil. Genç bayanlar 'düşünmek' yerine dans etmeli ve genç beylerle pikniklere gitmelidir."

Alec Katherine'e sempatik bir bakış attı. "Birazcık düşünmenin kimseye zararı olmaz."

"Ama o *saatlerce* dalıp gidiyor. Ben o kadar ısrar etmeme rağmen Heath's End'deki toplantılara neden katılmıyor, anlamıyorum."

Bugünlerde ailenin maddi durumu, birden fazla hoppa insanı kaldırabilecek gibi değildi. "Basitçe söylemek gerekirse ben seninle aynı aktivitelerden zevk almıyorum anne."

"Şiirmiş, hıh. Çok da moral bozucu bir şey bana sorarsan."

"Şimdi size katılmak zorundayım," diye araya girdi Alec.

"Bugün çok da moraliniz bozulmuş gibi görünmüyordunuz," dedi sertçe Katherine. "Aslına bakarsanız, çok da eğlenceli buldunuz."

"Benim eğlenceli bulduğum şiirler değildi," dedi rahat bir tavırla. "Eğlenceli olan yanımdaki kişiydi."

Kendi düşündüklerine rağmen kadın da gülümsedi.

"Hep aynı şey, onun sizi şiir okuma seanslarına sürüklemesine izin vermemelisiniz lordum," diye devam etti annesi, "yoksa sizi sıkıcı ve fazlasıyla ciddi bir insana dönüştürür."

"Bu konuda çok da şansım yok," dedi Katherine. "Hayatı söz konusu olsa da, Lord Iversley asla sıkıcı olmaz. Ve hiçbir zaman ciddi olamadığının da farkında."

"Hiç de değil. Belli konularda *çok da* ciddiyimdir." Bakışını kadının vücudunda gezdirirken sesini de alçalttı. "Hem de çok ciddi."

Neredeyse ona dokunduğunu hissetti ve yüzünün kızarmasını engellemek için tırnaklarını avuçlarına geçirdi.

Gözleri yerlerinden oynayarak sözcükleri uzata uzata konuşmaya devam etti, "Ama bu hafta benimle daha az ciddi eğlencelere katılmanızı ümit ediyorum."

"Aa?" diye sordu annesi.

"Eğer mekanik müzesini görmediyseniz oraya gitmeliyiz. Ve Madame Tussaud sergisi, hatta rezil Ayrı Oda'ya da göz atabiliriz. Ve bir de Vauxhall Bahçeleri var…"

"Ya da Astley'nin Amfi Tiyatrosu?" diye ağzından kaçırdı Katherine.

Adam güldü. "Neden olmasın?"

Annesi, bilmiş gözlerle Katherine'e yan yan baktı. "Görüyor musun, *bazı* beyefendiler *diğerlerine* kıyasla ne kadar da nazik olabiliyorlar?"

"Anne lütfen…" diye karşı çıktı Katherine.

Alec alay eder gibi Katherine'e gülümsedi. "Lütfen bana başka birinin Bayan Merivale'e nazik olamayacak kadar aptal olduğunu söylemeyin."

"Ah, evet," dedi annesi Katherine'in üzüntüsüne karşılık. "İlk Londra'ya geldiğimizde Sör Sydney'yi, Royal Amfi Tiyatro'ya gitmeleri için ikna etmeye çalışmıştı ama o reddetti; hem de çok ters bir tavırla. Oranın genç bayanlar için fazlasıyla kaba bir yer olduğunu söylemişti."

Ki bu da, Katherine'in içindeki oraya gitme isteğini daha da arttırmıştı ama bunu asla Alec'e itiraf edemezdi. "Bu konuda haksız da değil. Sydney kadınların…"

"Şımartılmış ve üzerine titrenmiş olması gerektiğini düşünür," diye cümleyi tamamladı Alec.

"Korunmuş," diye düzeltti Katherine.

"Eğlenceden ve maceradan, ve hatta hayattaki ilginç her şeyden korunmuş."

Aslında o da inkâr edemezdi; Alec çok da yerinde bir laf söylemişti."Neyse ki," diye devam etti Alec, "bence maceradan anlayan bayanlara her zaman nazik davranılmalıdır."

"Tabii ki öyle düşünürsünüz," dedi dalga geçer gibi. "Böylece onları şiir okuma seansı gibi şeylere götürmekten kurtulmuş olursunuz."

"Bana güvenin Bayan Merivale," dedi Alec, "Astley'de daha da çok eğleneceksiniz."

Zaten o da bundan korkuyordu.

Kadının beklediğinin aksine Alec o akşam evlerinde uzun süre kaldı. Annesinin yemek davetini kabul etmiş ve onu o kadar çok güldürmüştü ki, annesi de adamın maddi durumunu sorgulamayı tamamen unutmuştu. Alec evden gittiğinde kadının annesini çoktan esareti altına almıştı.

Katherine, yatmak için üstünü değiştirirken olayın ne kadar da garip olduğunu düşünüyordu. Annesinin ele geçirilmiş olması değildi düşündüğü: Alec kafasına koyduğu zaman her kadını avucunun içine alabilirdi. Ama eğer amacı sadece baştan çıkarmaksa, neden böyle yapıyordu? Annesinin kaba sorularıyla dalga geçip aptal şakalarına neden gülüyordu? Öyle garip davranıyordu ki…

Ona gerçekten kur yapar gibi.

Hayır, bu nasıl mümkün olabilirdi? Ona servetinden başka sunabileceği hiçbir şey yoktu ve bunu da kimse bilmiyordu. Yoksa biliyorlar mıydı?

Kapısı aralandı ve annesi içeri girdi. Saçma sapan tartışmalarından birine başlamadan önce Katherine sordu, "Anne, dedemden bana kalan paradan kimseye bahsetmedin değil mi?"

"Hayır, bahsetmedim. Bana, Sör Sydney sana ev-
lenme teklif edene kadar beklememi söylemiştin."

"Evet, ama yine de, üstü kapalı da olsa kimseye bir
şey söyledin mi? Hani bilirsin işte, onları etkilemek
için falan? Hani Leydi Jenner'a mesela ya da…"

"Sanırım ağzımı ne zaman kapalı tutacağımı bile-
cek kadar kafam çalışıyor," dedi annesi kızgın bir sesle.
"İki beyefendi senden hoşlanırken servet avcılarının
dikkatini çekmenin bir anlamı yok, değil mi?"

Tabii ki hayır. Bu konuda annesiyle Katherine'in fi-
kirleri aynıydı. Teknik olarak para Katherine'in olacak
olsa da, annesi o paraya kendisininmiş gibi bakıyor,
Sydney gibi zengin biriyle evlenince de onu kandırıp
parasını elinden almayı planlıyordu.

Ya da Alec. Ama yine de düşününce, Katherine
onun malvarlığı hakkında hiçbir şey bilmiyordu. "Bu-
gün Alec'e bu konudan bahsetmedin, değil mi?"

"Hayır. Ama şimdi lord hazretleri seninle flört et-
tiğine göre, sanırım babanın avukatıyla görüşmesini
sağlamak gerekiyor."

"Hayır, henüz değil. Onun hakkında daha fazla şey
öğrenene kadar olmaz."

Annesi surat astı. "Lord Iversley'nin servetinin pe-
şinde olduğunu sanmıyorsun herhalde. Eğer adamı
bu akşam az da olsa dinlediysen, Suffolk'taki büyük
malikânesini de duymuş olmalısın. On iki bin dö-
nümlük bir arazisi var! Bu bizim küçük arazimizin
on katı eder. O arazinin ne kadara mal olduğunu bir
düşünsene."

"Eğer iyi idare edilirse tabii. Belki de bunu yapmak için yeterince parası yoktur."

"Böyle bir şeyin olma ihtimali çok az. Giydiği kaliteli giysilere baksana."

"Herkes kredi karşılığında güzel giysiler alabilir."

"Evet ama geçen gece Leydi Jenner'a sordum. Annesinin büyük bir mirasçı olduğunu söyledi, bir tüccarın kızıymış ya da öyle bir şey." Annesi iç çekti. "Sanırım annesinin ailesi ticaretle mi ne uğraşıyormuş…"

"Bunlar umurumda değil. Leydi Jenner onun malvarlığı hakkında ne söyledi?"

"İtiraf etmeliyim ki, çok da kulak vermedim. Lord hazretlerinin parasız olabileceğini düşünme…" Özür dilercesine gülümsedi. "Sen mükemmel derecede tatlı bir kızsın, tabii ki, ama…şey…bu talihsiz saçların ve çillerinle çılgına döndüren bir güzelliğin yok. Güzel giyiniyorsun, doğru, ama ne piyano çalabiliyorsun ne de şarkı söyleyebiliyorsun! Ve bütün bayanlar bunları yapabiliyor."

Katherine sabırsızca annesinin her zamanki eleştirilerini bitirmesini bekledi. "Bir kurbağa gibi şarkı söylüyorum biliyorsun. Benim de demek istediğim bu, her çeşitten müthiş kadınları elde edebilecekken kont neden beni istesin ki?"

Annesi gözlerini düşürdü. "Bir adamı neyin etkilediğini kim bilebilir ki canım benim? Senin de güzel özelliklerin var ve çok da hoş dans ediyorsun. Ve senin küstah yorumlarından hoşlanır gibi görünüyor, tabii neden böyle olduğunu ancak Tanrı bilir. Benim zamanımda bir koca elde etmeye çalışan kızlar böyle terbiyesiz konuşmazlardı…"

"Anne! Bana sadece şunu söyle, benim servetimle ilgilenmediğine emin misin?"

"Evet, meleğim. Çok eminim. Onunla tanışmadan önce bile Leydi Jenner adamın yılda on beş bin değerinde olduğunu söylemişti."

O kadın Alec'le arkadaşmış gibi görünmeseydi, Katherine belki buna inanabilirdi. Ya Leydi Jenner'ın annesine serveti hakkında yalan söylemesini tembihlediyse?

Hayır, bunu sadece Katherine'in beklentilerini bilseydi ve onu baştan beri kovalıyor olsaydı yapabilirdi. Annesine bakılırsa, adamın bunu bilme şansı yoktu. Ve onunla balkonda tanıştığında da, onun adı dışında ve Sydney'le konuştukları dışında…

Ah, hayır, acaba Alec kulak kabartırken onun Sydney'ye söylediği bir şeyleri duymuş olabilir miydi? Kendini kaybetmişçesine dünkü konuşmalarını kafasında tekrar etti. Ama serveti hakkında bir şeyler tartışmadıklarına neredeyse emindi. Ve bugün de sürekli bu konudan bahsetmekten kaçındığını düşününce Alec'in gerçeği bilme ihtimali olmadığına karar verdi. Ve bu da, onunla flört etmesi için hiçbir sebebi olmadığı anlamına geliyordu.

Tabii, gerçekten onu arzulaması dışında. Ama o sadece bu yüzden evlenebilecek adamlardan değildi. Onu kovalamaktan bahsettiğinde aslında yatağa kovalamaktan bahsediyordu.

Birden içinde büyük bir hayal kırıklığı hissetti. Adamın tek istediğinin onu baştan çıkarmak olmasını umursamamalıydı ama umursuyordu işte. Bu yaptığı tam bir aptallıktı çünkü o ciddi bir şekilde sorsa da, onunla evlenmeyecekti. Ama yine de evlenme teklif etmesini de istiyordu.

Onur, işte hepsi buydu. Onu bir koca olarak istemese de, adamın onu bir eş olarak istemiyor olması gururunu zedeliyordu.

"Şimdi Lord Iversley'nin niyetiyle ilgili merakın tatmin olduysa," dedi annesi, "umarım tavırlarını ona göre ayarlarsın."

Tanrı aşkına, annesi bir şekilde o utanç verici öpücükleri ve okşamaları mı öğrenmişti yoksa? "N-ne demek istediğini anlamıyorum."

"Ah, evet anlıyorsun." Annesi ellerini beline yerleştirdi. "Lord hazretlerini bir şiir okuma seansına götürmek... Ne düşünüyordun ki?"

Katherine'in içi rahatladı. "Sydney'ye gideceğime dair söz vermiştim."

"Evet ve o da şimdiye kadar bütün *sözlerini* yerine getirdi, değil mi?" Katherine iç çekerken ekledi, "Eğer kendin için neyin iyi olduğunu biliyorsan, şimdi lord hazretleriyle beraber olduğuna göre Sör Sydney'yi unutmalısın. Zengin bir kontes olmak istemiyor musun?"

"Pek de istemiyorum." Ortada olmayan bir evlilik hakkındaki beklentilerle telaşlanan Katherine ekledi, "Ben olsam kontun ilgisini çok da ciddiye almazdım anne. Belki de sadece benimle oyun oynuyordur. Onun hakkında söylenenleri biliyorsun."

"Bir *rouille* olması gibi mi?"

"*Roué** anne. *Rouille* 'küf' demek." Katherine durakladı. "Gerçi...aslında haklısın. O bir küf."

"*Roué, rouille* – bunlar sadece dedikodu. Eğer öyle olsa bile bu neyi değiştirir ki? Her adam kendi yabani otlarının tohumlarını atar ama bir kere evlilikten bahsettiklerinde her şey değişir."

"Demek öyle?" Katherine saçlarını taramak için yatağına yaslandı. "Bazı erkekler evlendikten çok sonra da tohum ekmeye devam ediyorlar. Ben böyle bir koca istemiyorum."

"Aptal olma. Erkeklerin hepsi böyle. Kadınlar gözlerini başka tarafa çevirmeyi öğrenirler."

Katherine annesine dik dik baktı. "Senin yaptığın gibi mi?"

Annesi yüzünü buruşturdu. "Böyle mi düşünüyorsun? Babanla, onu ve onun...küçük fahişelerini kıskandığım için mi kavga ettiğimi sanıyorsun? Seni temin ederim, bu bir nebze bile umurumda değildi. Benim canımı sıkan paraydı; beni sezon açıldığında bile şehre getirmez, bütün paralarını onlarla yerdi." İç çekti. "Ve bir de kumarı."

Katherine'in yüzü kızardı. Babasının düşüncesizliklerine karşı annesinin samimiyetine ve böylece onun da ders almış olmasına minnettar mı olmalıydı yoksa annesinin utanmazlığıyla rezil olması yüzünden

---

*Çapkın adam.

dehşete mi düşmeliydi, bilemiyordu. "Yine de babamla olan deneyimlerine bakacak olursak, Lord Iversley hakkındaki çekincemi anlıyor olmalısın."

"Bu aynı şey değil. Babanla benim etrafı gezecek kadar bile paramız olmadı ama senin bunun için endişelenmene gerek olmayacak. Lord Iversley'nin geliri ve annesinden kalan servetiyle babamdan kalanları düşünecek olursak, paraya bile ihtiyacın olmayabilir."

Katherine iç çekti. Annesinin düşünceleri ne kadar da saydamdı. "Yine de hâlâ babamın borçlarını ödememiz lazım. Bir de şu oyun arkadaşına olan beş bin pound borcu var. Onu hemen ödememiz gerekiyor."

Annesi kaşlarını çattı. "Baban o iğrenç adama nasıl borçlanabildi?"

"Aslında Bay Byrne çok da kibar davrandı. En azından sürekli olarak ödeme yapmamız için bizi sıkıştırmadı."

"Haklı olabilirsin. Ama yine de bir dulun borçlarını affetmesi gerekirdi."

"Beş bin poundu mu? Böyle bir şey için delirmiş olması lazım. Ayrıca bir beyefendinin öldükten sonra bile borçlarını ödemesi gerekir."

"Belki de, ancak başka bir beyefendiye borçlandıysa ama Bay Byrne gibi bir yaratığa? Onun soyu hakkında neler söylendiğini biliyorsun…"

"Evet anne. O adam neden kontla evlenmem gerektiğinin yaşayan bir örneği."

"Saçmalık." Katherine'in yatağına yerleşen annesi şefkatle kızının bacağına dokundu. "Prensin bile süs-

178

lü kadınları var, bundan kaçamazsın. Senin aradığın ihtiyatlı bir adam. Baban gibi biri değil." Dudaklarını büzdü. "Alçak herif ölürken bile ihtiyatlı olamadı."

Adam metresiyle akşam yemeği yerken boğazına kaçan kılçık yüzünden boğularak ölmüştü; ailelerinin en son rezaleti buydu.

Annesi kızının dizini okşadı. "Ama Lord Iversley ihtiyatlı olacaktır. Ben böyle şeylerden anlarım bilirsin. O özelini kendine saklayan bir adam, baban gibi başarılarıyla övünecek biri de değil."

Bu tarz bir sağduyu şekli midesini bulandırdı. "Ben kocamda sağduyu istemiyorum. Ben sadakat istiyorum."

"Bunu hepimiz istiyoruz meleğim. Ama erkekler bunu bize veremez."

Gözlerini isyankâr bir şekilde annesine dikti. "Sydney verebilir."

"Bu doğru olmuş olsa bile, onun sadakati kötü özelliklerini telafi edebilecek gibi değil. Öncelikle iğrenç bir annesi var."

Katherine gülmemek için kendini zor tuttu. Bu, Cengiz Han'ın Attila'ya zalim demesi gibi bir şeydi. "Bir zamanlar o senin arkadaşındı."

"Evet ama bu evlenmek için babanla kaçmadan önceydi. O hiçbir zaman babanı onaylamadı. Ve daha önce reddettiğim adamla evlenmiş olmasından da nefret ediyor. Onun Lovelace'de ne gördüğünü asla anlayamadım. O bir bulaşık suyu kadar renksizdi." Katherine'e küçümser bir bakış attı. "Aynı oğlu gibi."

Katherine'in tüyleri diken diken oldu. "Senin Sydney'yi sevdiğini sanıyordum."

"Diğer seçenekleri görene kadar. Biz şehre gelip bizi salonlara ve derslere götürene kadar ilişkinize daha farklı bakıyordum. Onunla nasıl bir hayatın olabilir ki? Toplumda bir prestiji var, emin olabilirsin, çünkü ailesi köklü ve saygın ama bunların Lord Iversley'nin sahip olabilecekleriyle ilgisi yok."

"Toplum umurumda değil anne."

"Sör Sydney'nin Cornwall'daki malikânesinde, annesi her yaptığın şeyi kontrol edip kapana sıkıştığında toplumu da umursamaya başlayacaksın." Çocukları için gelecek planları yapan diğer anneler gibi ezbere kutsal sözcükleri söyleyen annesinin yüz ifadesi değişmişti. "Ama eğer lord hazretleriyle evlenirsen, sadece davet edileceğin partileri ve baloları ve bunun gibi şeyleri düşünmen gerekecek. Belki de prensin kendisiyle bile tanışabilirsin."

"Evet, bu muhteşem olmaz mıydı?" diye somurttu Katherine.

"Her yıl sezonda şehre gelip kardeşlerini doğru düzgün dışarı çıkarabilir…"

"Tabii, bu da senin de onlarla şehre geleceğin anlamına geliyor."

Annesi gözlerini kırptı ve sonra gözlerini kızının kucağına odakladı. "Elbette." Eteklerini telaşlı telaşlı yavaşça düzeltti. "Bunu söylememe bile gerek yok ki. Ayrıca sen de annenin yanında olup kendi partilerin ve baloların için sana yardım etmesini istemez misin?"

"Ben balo ya da parti yapmayı düşünmüyorum."

"Aa, ama yapmak zorundasın! Herkes yeni Iversley Kontesi'nden bunu bekleyecektir." Annesi kutsal sözcükleri bir kez daha söyledi. "Sana Leydi Iversley diyecekler."

"Eğer Sydney'yle evlenirsem, bana Leydi Lovelace diyecekler."

Annesi eline hafifçe vurdu. "Bu aynı şey değil, bu sadece bir baronetin eşi olmak. Ama bir kontes…" Uzunca iç geçirdi. "Ve oğullarınız da 'Lord' olacaklar ve en büyükleri de varis…"

"Ve ben de, kocam tüm zamanını kulüpte geçirdiği için yalnız ve kalbi kırık olacağım çünkü onun bir metresi olacak."

"Yalnızmış! Londra'da mı? Saçmalıyorsun. Londra'da kim yalnız olabilir ki? Kırılmış kalbine gelince, kimse sana…şey…kendi arkadaşların olamayacağını söylemiyor. Tabii, varisi ve onun yedeği bir çocuğu daha doğurduktan sonra."

"Anne!" Katherine baştan aşağı kıpkırmızı kesildi. "Ben asla…"

"Aa, budala olma. Modern bir kadın olacaksın, istediğini yapabilirsin."

"Modern olmak buysa, ben istemiyorum." Annesinin, o ve Alec'in gelecekteki hayatları için çizdiği resim midesini bulandırmıştı. Sydney'yle sahip olmayı düşündüğü hayatının tam tersiydi bu. Ama eğer Alec'in ona eşlik ettiği haberini duyan Sydney ona evlenme teklif etmezse, o zaman ne yapacaktı?

Annesi dimdik ayağa kalktı, çok öfkeliydi. "Görüyorum ki, seninle konuşmam da bir işe yaramıyor. Kucağına bir anda düştüğü için bu güzel şeyin farkına varamıyorsun."

Başını hızlıca çevirip kapıyı açmak için hızlı adımlarla yürüdü ve sonra Katherine'e döndü. "Böyle devam et ve baronetini seç, sonra da sıkıcı bir hayat yaşa. Ama seni uyarıyorum: Eğer önümüzdeki iki hafta içinde Sör Sydney ya da Lord Iversley'den gelecek olan evlenme tekliflerini kabul etmezsen, bütün dünya varisi olduğun servetten haberdar olacak. O zaman seçmek için birçok kocan olur, değil mi? Çoğunlukla da servet avcıları ve entrikacılar. Ve ben de karşı koymalarına karşı sağırmışım gibi davranırım. Çünkü öyle ya da böyle hanımefendi, bu sezon sona ermeden *biriyle* evleneceksin."

Bölüm 12

Kadının zırhını delmek için ona hediyeler verin.
- Anonim, *Zamparanın baştan çıkarma sanatı*

*B*ir hafta sonra, Alec'in Draker'dan ödünç aldığı güzel at arabası kalabalık Londra sokaklarından Merivaleler'in evine doğru ilerlerken, Alec çok ciddi bir taktik hatası yaptığını anlamıştı. Katherine'e olan ilgisinin sadece şeytani olduğunu düşünmesine izin vermiş ve ona göre kendini korumaya almasına sebep olmuştu.

Nedenini bilmese de, bir sürü para sayıp seradan aldığı çiçekler kadını sadece kızdırmaya yaramıştı. Kadınların çiçekleri sevmesi gerekmez miydi? Ona aldığı şiir kitabını nispeten daha iyi karşılamıştı, ta ki kitabın Byron adında korkunç bir ünü olan bir adama ait olduğunu fark edene kadar. Tanrı aşkına, bir şiir kitabının sorun yaratabileceğini kim düşünebilirdi ki?

En azından adamın onu ve annesini götürdüğü eğlencelerden keyif almıştı ama oralarda da bütün zamanını annesi Bayan Merivale'in yanında geçirmişti. Ve refakatçi kimse olmadığını ileri sürerek onunla ata binmeye gitmeyi kesinlikle reddetmişti.

183

Adam yüzünü astı. Kadının yaptığı sadece onunla yalnız kalmaktan kaçınmaktı. Ve Bayan Merivale'in onları yalnız bırakma çabaları da, Alec'in bunu sağlamak için yaptığı diğer şeyler de bir işe yaramamıştı. Katherine en katı görgü kurallarına göre davranır olmuştu. Gizlice bir öpücük kondurmak bir yana, kadının elini tutmayı bile başaramamıştı.

Bu durum adamı deliye döndürdü. Kadının tatlı ve saf dudaklarından bir öpücük çalabilmek için her şeyi yapardı. Ve eğer bu gece her şey planladığı gibi giderse bunu başaracaktı. Kadını yakın zamanda ele geçirmeliydi. Edenmore'daki meseleler ümitsiz durumdaydı. Londra'da daha fazla kalmayı başaramazdı.

En azından Sör Sydney uzakta durmaya devam ediyordu. Ama bu kötü de olabilirdi. Eğer Katherine bu flört etme numarasının artık işe yaramadığını düşünürse, Alec'i reddedebilir ve adamın günlerdir harcadığı çaba bir işe yaramayabilirdi.

Belki de adamın ilgisini ve yönlendirmesini kabul edecek...onu yatakta ve yatak dışında sıkıntıdan gözyaşlarına boğacak şu aptal gibi sırıtan kadınlardan birini seçmeliydi.

Lanet olsun, bunun önemi olmamalıydı. Önceliği Edenmore'u kurtarmak olmalıydı. Ama Katherine'i, Edenmore'un çamur topraktan vahşi tepelerinde ata binmeyi arzuladığı gibi şiddetle arzuluyordu. Onunla beraber olmak adamı mutlu ediyor, onunla konuşmak tahrik ediyor...ona dokunmaksa uyarıyordu.

Bunun bir önemi olmamalıydı. Çiftçileri ve hizmetçileri, Edenmore'u ayakta tutmak için ona güveniyorlardı. Yani eğer planı işe yaramazsa, Katherine bu gece Royal Amfi Tiyatrosu'nda ona karşı yumuşamazsa, ondan vazgeçmesi gerekecek ve Bryne'a bunun bir işe yaramadığını söyleyecekti.

Planı işe yaramak zorundaydı. Kadının tek şüphelendiği konu, adamın neden yurtdışında olduğunu anlatmamak için uydurduğu bahanelerdi. Sebebin bir serserinin malikânesiyle ilgilenmek istememiş olduğunu düşündüğü sürece kadın adama hiç yüz vermeyecekti. Bu yüzden kadına gerçeğin birazını anlatmalıydı; birazcık yalanla işlenmiş olmasına rağmen.

Merivale'lerin kiralık şehir evine ulaştığında, erkek uşakları Thomas adamı içeri aldı. "İyi akşamlar, lordum. Bayan Merivale biraz rahatsız ve kızı Bayan Merivale ise salonda başka bir beyefendiyle birlikte. Burada beklemeyi mi tercih edersiniz yoksa geldiğinizi haber mi vereyim?"

Bir beyefendi ha? Sadece bir tek beyefendi günün bu saatinde buraya gelebilirdi, o lanet Lovelace. "Ben haber veririm, teşekkürler. Yolu biliyorum."

Alec salona doğru yürümeden önce sadece ceketini ve şapkasını bırakmak için durakladı; her adımında siniri daha da çok tepesine çıkıyordu. Kadının sevgisi için o lanet şairle yarışmak zorunda olması onu iyice usandırmaya başlamıştı. Bu gece gerçek niyetini açıklığa kavuşturup Lovelace'in zapt etmesine sonsuza dek engel olmak için sabırsızlanıyordu.

Ama salondaki beyefendi Lovelace değildi. "Alec! Y-yani ben Lord Iversley demek istemiştim. Buradasın demek."

Gözleri Byrne'a döndü. "Sizi ve konuğunuzu rahatsız ettiğim için özür dilerim," dedi pişmanlık duymadan.

"Hayır hiç önemi yok." Byrne ayağa kalkıp selam verdi. "Bayan Merivale ve ben işimizi bitirdiğimize göre artık çıkabilirim."

"İş mi?" dedi Alec.

"Bu Bay Byrne," dedi Katherine hemen. "O… şey…babamın bir iş arkadaşıydı. Annemle konuşmak için gelmiş ama o da rahatsız olduğu için, ben…"

"Bayan Merivale benimle görüşme nezaketini gösterdi," diye tamamladı Byrne.

"Anlıyorum." Adam gözlerini kıstı. Üçkağıtçı üvey kardeşi ne yapmaya çalışıyordu acaba? "Ben Iversley, ailenin yakın bir dostuyum. Ve eğer Bayan Merivale kabul ederse daha da yakın olmayı ümit ediyorum."

Byrne gülümsedi. "Peki o zaman, anlıyorum ki ziyaretim gereksizmiş. Size iyi şanslar lordum." Katherine'e reveransta bulundu. "Çay için teşekkürler madam."

Byrne yanından geçerken, Alec Katherine'e "Ben Bay Byrne'ın çıkışı bulmasına yardım edeyim," dedi. Ve sonra üvey kardeşini hole doğru takip etti.

Salondan duyulamayacak kadar uzaklaştıklarında Alec Byrne'ı kenara çekti. "Tanrı aşkına sen ne yaptığını sanıyorsun?"

Byrne omuz silkti. "Sana yardım ediyorum. Bir haftalığına Bath'e gitmeden önce durumun ne kadar acil olduğunu hatırlatmak için Bayan Merivale'e uğrayayım dedim."

"Senin yardımına ihtiyacım yok," diye tersledi Alec gururu zedelenmiş bir halde, "Katherine'i kendi başıma kazanabilirim."

"Sydney Lovelace meydanı boş bırakmış gibi görünse de, henüz gazetelerde bir nişan duyurusu görmedim."

Alec gözlerini kıstı. "Ne demek istiyorsun?"

"Duyduğuma göre, bütün hafta Kent'teki Napier Malikânesinde konuk olacakmış."

Alec'in içinde güçlü bir zafer coşkusu belirdi. Yani Lovelace inzivaya mı çekilmişti? Bu her şeyi açığa çıkartıyordu. Alec, neye mal olursa olsun Katherine'in onunla evlenmesini sağlayacaktı. Evlenmesinin tek şansının o olduğunu anlayınca kadın da artık karşı koymayacaktı.

"Artık bu kızla evlenip paramı almamı sağlamak senin elinde." Byrne çenesini ovdu. "Ne yazık ki, annesi ve o saygıdeğer bir evlilik peşindeler yoksa ben kendim onunla evlenebilirdim. İtiraf etmeliyim ki, Bayan Merivale daha önce fark ettiğimden daha da tatlıymış."

"Ondan uzak dur," diye uyardı Alec. "Onun evleneceği tek erkek *benim*."

Byrne'ın kahkahasından sadece Alec'i sinir etmek istediği anlaşılıyordu. "Bilmiyorum, benimle pek de evlilik arifesindeki bir kadınmış gibi konuşmadı."

"Bu geceden sonra öyle konuşacak."

"Bol şans. Bana Bayan Merivale çok da kolay egemenlik sağlanacak bir kadınmış gibi görünmedi."

Tahminler üreten aptal üvey kardeşi kendinden emin yürüyüşüyle uzaklaşırken Alec de dişlerini gıcırdatıyordu. Tekrar salona girdiğinde Katherine'in kaşlarını çatmış olduğunu gördü.

"Byrne neden buraya geldiğini söylemedi," diye yalan söyledi Alec, "senin söyleyeceğinden eminim."

Kadın yanakları kızararak durakladı. "Seninle ilgili bir durum yok."

"Adam saygıdeğer bir tip değil; yani eğer sana sorun yaratıyorsa..."

"Onu tanıyor musun?"

Alec bir an sustu. Şimdiye kadar bariz yalanlar söylemekten kaçınmıştı. Ama durum ümitsizdi. "Onu tanıyorum. Duyduklarıma göre baban hiçbir zaman onu bir iş arkadaşı olarak görmemiş."

Katherine ona sırrını söyleyecek miydi? Alec'e o kadar çok güveniyor muydu?

İç çekti. "Bay Byrne babamın alacaklılarından biri."

"Biri mi?" Kalbi duracak gibi oldu. Eğer evlenirlerse, babasının borçlarını ödedikten sonra kadının servetinden Edenmore'u kurtaracak kadar para kalacak mıydı?

Ciddileşti. "Birkaç tane daha var, ama en çok ona borcumuz var."

Rahatladı. "Ne kadar sıklıkla gelip parasını istiyor bu adam?"

"Benim bildiğim kadarıyla bu sadece ikinci defa oluyor."

"Bana göre yeterince sık," diye homurdandı.

"Endişelenmene gerek yok; o iyi bir beyefendiydi. İnsanlar sadece onun doğum şekli yüzünden garip şeyler söylüyorlar."

Adam durdu. "Bu konuyu biliyor musun?"

"Ekselanslarının tanınmamış oğlu olduğunu mu? Bu konuda dedikodular duydum, evet."

Zorla nefes aldı. "Böyle bir adamı salonunda ağırlamak seni rahatsız etmiyor mu?"

"Elbette ediyor. Galler Prensi, İngiltere'nin en zampara adamıdır. Eğer Bay Byrne da onun gibi biriyse, muhtemelen zamanını tanıştığı her kadının peşinden koşarak geçiriyordur."

Alec, sinirini gizlemek için çabalıyordu. "O zaman böyle bir adamla neden yalnız buluştun? Eğer annen onunla konuşamayacak kadar hastaysa, ona başka bir gün gelmesini söylemeliydin."

Katherine acı bir kahkaha attı. "Annem hasta değil. Onunla uğraşmamak için böyle bir şey uydurdu."

Adamın siniri tepesine çıktı. "Ve onun yerine sen mi uğraştın?"

"Hayır!" diye iç çekti. "Annem onunla görüşmeyi reddetmeye devam ederse, adamın da sıkılıp gideceğini düşünüyor. Maalesef, bu sadece kaçınılmazı erteliyor. Parasını alana kadar tekrar tekrar gelmeye devam edecek."

"Sen de onu vazgeçireceğini mi düşündün? Borcu affedeceğini mi sandın?"

Kendini korumaya alırmış gibi çenesini havaya kaldırdı. "Onun gibi bir şey."

"İşe yaradı mı peki?"

Çenesi titredi. "Şey…hayır ama bize biraz daha zaman tanıması için ikna oldu."

"Zengin bir koca bulmanın tam sırası," dedi.

Kadın uzaklara baktı. "Evlenmem sorunun ek çözümü."

Adamın siniri bir kez daha tepesine çıktı. "Bu annenin sorunu, senin değil. Neden anne babanın hatalarının sorumluluğunu sen üstleniyorsun ki?"

Gözleri adama döndüğünde gözyaşlarıyla parlıyorlardı. "Biri üstlenmek zorunda."

Lanet olsun, annesi Bayan Merivale sorunlarla kendi uğraşacağına nasıl olurdu da kızının Byrne gibi bir adamla buluşmasına izin verebilirdi? "Yani hiçbir zaman talep etmediğin borçları ödemek için kendi mutluluğunu feda edebiliyorsun. Annen gibi boş bir kadının, Byrne'ın zevkleriyle canının sıkılmasını engellemek için."

"Bunu annem için yapmıyorum – ailemin geri kalan üyeleri için yapıyorum. Eğer maddi durumumuzu düzeltemezsek, kız kardeşlerim karlı evlilikler yapmak zorunda kalacaklar, ki bu da imkansız görünüyor, ve erkek kardeşime de harap bir malikâne miras kalacak. Ayrıca Sydney'le evlenmem kendimi feda etmem anlamına gelmiyor. Onu önemsiyorum ve o da beni."

Kadının bu küçük hayaline bir son verecekti. "Seni ne kadar önemsediğini anlıyorum," dedi sakin bir şekilde. "Sen vefat etmiş babanın mirasıyla uğraşırken o da seni bırakıp arkadaşının malikânesine kaçıyor."

"Ne demek istiyorsun?" diye sordu. "Sydney hakkında ne duydun?"

Istırap çeken bakışı adamı bir anlığına durdursa da devam etti. "Dedikodulara bakılırsa son bir haftadır Napier'in Kent'teki malikânesindeymiş."

Gözlerinde parlayan yaşlar fazlasıyla akıllı görünen gülümsemesini maskeliyordu. "Görüyor musun? Sana bunun işe yaramayacağını söylemiştim. Bizim beraber olmamız bile onun umurunda değil. Bu *sahte* birliktelikle kendimizi kandırıyoruz, Alec."

"Benim için hiç de sahte bir birliktelik değil."

Kadının dudaklarında üzgün bir gülücük belirdi. "Böyle söylemen çok hoş ama ikimiz de biliyoruz ki öyle. Ve ben iyiyim, gerçekten iyiyim." Omuzlarını gerdi. "Bu gece daha fazla bu konuyu tartışmayalım. Son bir kez beraber eğlenelim. Ben annemi…"

"Henüz değil." Kadın yanından geçerken adam onun kolunu kavradı. Başka bir hediyenin tam zamanıydı. Eğer bunu da sevmezse… "Sana bir şey getirdim."

Kadın ona hoşgörülü bir bakış attı. "Başka ünlü bir zamparadan şiir kitabı mı?"

"Hayır, şiir değil." Cebindeki kadife kutuyu çıkarıp kadına uzattı.

"Anlıyorum." Yüzünde hâlâ o lanet olası, hoşgörülü gülümseme vardı. "Mücevherler. Ne kadar da orijinal."

"Aç hadi."

"Biliyorsunuz lordum," dedi kutuyu açarken, "paranızı boş yere benim için harcıyorsunuz. Ben mücevherlere kolayca kanan kadınlardan..." Kutudakileri görünce cümlesini bitiremedi. "Aaa...bu çok..."

"Orijinal mi?" dedi kendini beğenmiş bir tavırla.

Kadının yanakları kızardı. "Şimdi sen öyle söyleyince...evet. Çok hoş. Hiç bunun gibi bir şey görmemiştim."

Hediyeyi Katherine'in elinden aldı, siyah ve altından broşu içinden çıkarıp kutusunu kenara koydu. "Bu harelidir. Senin bulunmadık mücevherleri tercih ettiğini fark etmiştim." İğnesini açtı, altının üstünde, karartılmış demirden karmakarışık bir ormana doğru dörtnala giden bir at vardı. "Bunu birkaç yıl önce İspanya'ya yaptığım bir seyahatte almıştım."

Ciddileşti. "Başka kadınlar için. Metresin bunu beğenmedi mi yoksa..."

"Bunu anneme almıştım."

"Ah," dedi kısık bir sesle.

"Bunu Toledo'da yaparlarken izlemiştim," dedi, kadının elbisesinin köşesine iğneyi takmaya çalışırken. Yivli demir tasarımının üstüne altın teller koyuyorlar. Sonra tasarımı geliştirmek için kabartma desenlerle altını süslemeden önce hepsini yakıp açıkta kalan demiri karartıyorlar. Bu eseri tamamladıklarında onu almak zorunda olduğumu hissettim."

"Bunu annene verdiğinde ne dedi?"

"Hiçbir zaman veremedim. Postayla yollamak istememiştim."

"Özellikle de yaşlı kont bunu alıkoyacağı için. Bir süre sonra vefatını öğrenince, ben de onu sakladım."

Katherine'in eli korsajının üzerinde kalakaldı. "Bunu kabul edemem."

"Beğenmedin mi?"

"Hayır...B-ben, evet beğendim. Hatta bayıldım ama bu kadar manevi değeri olan bir şeyi karın için saklamalısın."

"Ben bunun senin olmasını istiyorum, tamam mı?" diye homurdandı kadının ona inanmayarak baktığını hissederek. "Sana yakıştı." Ve bu gerçekten de doğruydu.

Kadın tereddüt eder gibi dururken adam ekledi, "Ayrıca, herkesin buna hak ettiği değeri gösterebileceğinden şüpheliyim."

Tereddütlü bir gülümsemeyle elini aşağıya indirdi. "Bu gerçekten de çok güzel."

"Özellikle de senin üzerinde." Taktıktan sonra Alec elini kadının köprücük kemiğindeki yumuşak ipeksi teninde dolaştırdı. "Sen de bunun gibi harelisin, anlıyorsun ya... Demir ve altın birbirine dolanmış, güç güzellikle yumuşatılmış."

"B-ben güzel değilim," adam parmağını kadının deliler gibi atan nabzına bastırmış boynunu okşarken kadın nefesi kesilmiş bir halde fısıldamıştı.

"Eğer ben bir şair olsaydım, güzel sözcüklerle ka-

193

rım olmanı ne kadar çok istediğimi anlatabilirdim ve sen de belki o zaman bana inanırdın." Parmaklarını kadının boynunun arkasına götürdü. "Ama ben ancak sana bunu gösterebiliyorum." Ve sonra günlerdir beklediği öpücük için kadını yakınına çekti.

Bir anlığına kadının dudakları uysallaştı ve adamınkilere cevap verdi. Sonra ciddileşti ve yanakları öfkeden kızararak adamı geri itti. "Beni öpemezsin."

"İstediğim şeylere karşı gelemiyorum, Katherine. Bunun kuralları çiğnememle ya da senin lanet Sydney'ninle ya da benim kişiliğimle ilgili korkularınla ilgisi yok. Seninle evlenmek istiyorum ve sen de bunu değiştiremezsin."

Bu sefer onu şiddetli bir şekilde öptü; sanki karşılık vermesini emreder gibi. Ve Katherine, bir anlık tereddütten sonra dudaklarını ayırıp içeri girmesine izin vererek ona karşılık verdi.

Tanrı aşkına, dudakları adamın hatırladığından da yumuşak, şevkli ve sıcaktı. Sanki kadının da onu hâlâ istediğini gösteren bir delil ararcasına, onu uzun uzun öptü.

Sonra holden gelen ayak seslerini duydu ve inledi.

Katherine adamın kollarından kaçtı. "Biri geliyor." Gözlerini kapıya dikti. "Merhaba anne."

"Aa, Lord Iversley," diye bağırdı annesi. "Geldiğinizi fark etmemiştim. Hımm...daha yeni gelmediniz, değil mi?"

"Bay Bryne giderken onunla karşılaştı," dedi Katherine ifadesiz bir ses tonuyla.

Annesinin yüzü soldu. Anlaşılan o ki, Katherine'in flörtünün aile borçlarından haberdar olmasını istemiyordu. "Anlıyorum."

"Sizi bir daha rahatsız etmeyecek," diye araya girdi Alec. "Bunu ben hallederim."

Katherine'in şaşkın bakışları üzerine dikildi ama adam görmezlikten geldi. Kadının bu borcu, adamın kendi parasıyla ödeyeceğini düşünmesine izin verdi. Aslında bir bakıma da öyleydi. Tabii evlendiklerinde.

Ve evleneceklerdi de. Lovelace ortadan kaybolunca artık meydan ona kalmıştı. Yani kadın ne kadar zorluk çıkarsa da, onu kazanmak ne kadar uzun zaman alsa da, teklifini kabul edene kadar peşinde olacaktı.

Bölüm 13

*En ağırbaşlı görünen kadınlar genellikle gizlice macera pe-
şinde olanlardır.*
- Anonim, *Zamparanın baştan çıkarma sanatı*

*K*atherine, Alec'in gerçekten de onun peşinde
olmasının şaşırtıcı gerçeği karşısında ne dü-
şüneceğini bilemiyordu. Ciddi olabilir miydi? Ama
eğer değilse, neden Bay Bryne'a olan borçları hakkın-
da öyle havalı bir açıklama yapmıştı ki?

Ve bir de hediye konusu vardı. Onun mücevher-
lere olan düşkünlüğünü fark ettiğine inanamıyordu.
Ve annesi için olan bir hediyeyi ona vermiş olması…
Başka ne düşünebilirdi ki?

Zenginliğini gösterircesine müsrifçe döşenmiş
yastıklarla dolu at arabasında yaslanmış bir şekilde
oturan adama bir bakış attı. Adamın gözleri onunkile-
re kitlendi; kadının salonda da hissettiği ateşli bakışlar.
Adam gözlerini kadının dudaklarına kaydırdığında,
kadının içini bir titreme sardı. Tanrım, bu adam bir
kadını nasıl baştan çıkaracağını biliyordu.

Bu sadece onun öpücükleri ya da okşamaları da değildi, beraber geçirdikleri her gün kadın ondan daha da çok hoşlanır olmuştu. Ve hâlâ hakkında çok fazla bir şey bilmiyordu. Adam lanetlenmiş, kapalı bir kutu gibiydi. "İspanya'ya gittiğinizi söylemiştiniz. Bir İngiliz için orada olmak tehlikeli değil miydi?"

"1805'te değildi. Napolyon henüz kardeşini İspanya tahtına oturtmamıştı."

Katherine hızlıca kafasını çalıştırdı. Eğer Alec Sydney ile aynı yaşlardaysa... "O zaman siz oraya gittiğinizde yaşınız..."

"On sekiz, evet."

Alec'in gençken annesine broş alıp sonra öldüğünü öğrenmesi olayı, Katherine'in boğazının düğümlenmesine neden oldu.

Sonra adam ekledi, "Ben oraya at almaya amcamla gitmiştim."

"Bir amcanız mı var?" diye sordu Katherine şaşırarak.

"Eniştem. Babamın kız kardeşinin kocası bir Portekiz kontudur." Bakışları kadınınkileri yakaladı. "Portekiz, on yıl boyunca benim yurtdışındaki evim oldu."

Yeni sürprizler. "Ama ben sandım ki...herkes diyor ki..."

"Kıtanın her yerinde zıplayıp durduğumu mu?" Gözleri ışıldadı. "Bu dedikoduyu ben de duydum."

"Yani bu gerçek değil?"

"*Zıplamak*tan ne kast ettiğinize bağlı. Ayrıca kıtayı gezdiğim doğru."

"Siz Grand Tur'a katılmıştınız," diye adamın konuşması için teşvik etti. Daha önce hiç kendini bu kadar açmamıştı ve kadın da bu durumdan faydalanıyordu.

"Aslında hayır. Ama babam insanlara gerçeği anlatamayacak kadar gururluydu."

"Yani gerçek de…"

"Küçük bir kabahatten dolayı okuldan atılınca benim kuralları delen tavrıma karşılık olarak beni teyzem ve amcamla yaşamam için yolladı."

Sözcüklerde gizlenmiş acı sahte olacak kadar aşikârdı ve bu yüzden kadın da açıklamasına inanmamıştı. "Ve siz de on yıl boyunca orada mı kaldınız?"

Omuzlarını silkti. "Londra'daki toplumun deliliğini düşününce bunu tercih ettim. Eniştem hobi olarak yarış atları yetiştiriyordu ve ben de ata binmeyi sevdiğim için kalmaya devam ettim."

"Savaş süregelirken."

"Portekiz'in neredeyse Napolyon'un ordularından hiç etkilenmemiş bir bölgesinde yaşıyorduk."

Kadın ona kuşkulu gözlerle baktı. Böyle bir bölge var mıydı ki? Gazetelerdeki savaşla ilgili haberlere daha dikkatle bakmalıydı. "Neden daha önce bunu kimseye söylemediniz?"

"Konusu geçmedi ki," dedi sakin bir şekilde.

"Konusu geçti," diye ısrar etti. "Birçok kere."

"Ne söylersem söyleyeyim gönül eğlendirdiğimi düşünmeye kararlıydınız."

"Siz bana İngiltere'de olmayışınız için başka bir sebep söylemediniz de ondan."

"Öf Katherine," diye araya girdi annesi. "Zavallı adam kendi açıkladı işte. Ona bu kadar eziyet etmek zorunda mısın? Portekiz'de ne yapmış olduğu umurumda değil. Tek umurumda olan Fransa'ya gidip gitmediği ve orada *le beau mont*un ne giydiği."

*Güzel dağ*ın ne giydiğini umursamayan Katherine öfkeyle annesine bakarken Alec Bayan Merivale'in çatlak Fransızcasını önemsemeyerek sakince ona cevap verdi. Fransa'ya gitmediği için özür diledikten sonra Portekiz şapkalarının nasıl olduğunu anlatmaya başlayarak onu teskin etti.

Böylelikle Katherine'e bu açığa çıkanları düşünmekten başka bir seçenek bırakmamıştı. Kadın onun hâlâ bir şeyler sakladığını biliyordu. Hikâyesi gerçek olamayacak kadar uyduruktu. Kontun uzağa yollanmış varisi, Portekiz romanlarında sözü geçen basit yaşamdan zevk mi almış? Bu kültürlü adamın, bilgilerini at yetiştirerek edindiğine inanmak zordu.

Aslında bu gerçek, nasıl bu kadar iyi ata binip Lusitano'sunu aldığını açıklıyordu; o zaman neden ilk başta gerçeği söylememişti? Neden *herkese* gerçeği söylemiyordu? Hiç de aşağılık bir durum yoktu ortada. Belki biraz alışılagelmişin dışındaydı ama aşağılık değildi.

Adam tam bir bilmeceydi. Bazen ona annesi için olan bir broş verip ya da aile borçlarını ödeyeceğini söyleyip tam bir centilmen oluyordu. Bazen de aynı atıyla başa çıktığı gibi annesiyle de ustaca başa çıkıp şüphe uyandıracak kadar sakin olabiliyordu.

Bazen onu kollarına alıp öpülmeyi...hatta belki daha fazlasını bekleyen cesur bir savaşçı oluyordu. Ne yazık ki kadın savaşçıyı da centilmen kadar çok seviyordu...hatta belki daha da fazla.

Doğruyu söylemesi gerekirse, kadının savaşçının öpücükleri için can atmaları artık doyumsuz bir hal almıştı. Genellikle geceleri saatlerce uyanık kalıyor, aşağılık bir herifin şehvetli okşayışlarıyla rahatlamanın verdiği hissi hatırlamaya çalışıyordu.

Eğer Alec gerçekten de aşağılık bir herifse. Artık o kadar da emin olamıyordu.

Royal Amfi Tiyatrosu'na ulaştıklarında sürprizler devam etti. Burada daha önce hiç yapılmamış olmasına karşılık özel bir loca rezerve etmişti. Kişiler için biletler çıkarılır ama localar kiralanmazdı. Eğer onları etkilemeye çalışıyorsa, kesinlikle başarıyordu.

Muhteşem bir locaları vardı. Bir at tarafından sürüklenip başka bir ata da bağlı olan ve açık pencereden gelen bir üçüncü at tarafından kovalanan şaklaban *terzi*nin abartılı yüz ifadesini görebilecek kadar yakınlardı. Arkasından drama başladı; "Kan Kırmızısı Şövalye" güzeller güzeli Isabella'nın şeytani eniştesi tarafından şatoya yollanmasıyla ilgiliydi.

Annesi sıkılmıştı, tabii ki, o Vauxhall Bahçesi'ni tercih ederdi ama Katherine tozla kaplı sahnedeki aksiyondan ya da koca sahnede geride işlenen romantik hikâyeden gözlerini alamıyordu. Cornwall'in bununla uzaktan yakından ilgisi yoktu. Sessiz kasaba hayatını özlese de, Londra eğlencelerinden de çok keyif alıyordu.

Şekerleme yapan annesine baktıktan sonra Alec elini Katherine'in sandalyesinin arkasına attı ve yakınlaştı. "Evet?" diye mırıldandı sessizce. "Hayal ettiğin gibimiymiş?"

"Daha da güzelmiş. Bu kadar çok atı nasıl eğitebilmişler?"

"Bir sürü havuçla," diye şakayla cevapladı.

"Çok komik. Ama gerçekten, nasıl yaptıklarını biliyor musun?"

Adam gülümsedi. "Bir atı eğitmek, sabır ve bir sürü de ödül gerektirir. Örneğin eğer bir atı silahların çınlamalarına alıştırmak istiyorsan – ya da bir askerin tertibatına – atın eyerine içinde madeni para olan bir metal matara asmalısın. Matarayı sallayarak atı yürütürsün. Tıkırdayan madeni paraya bir kere alıştı mı daha çok madeni para koyarsın, sonra daha çok matara takarsın, ta ki at binicisinden gelecek herhangi bir metalik sesi görmezden gelinceye kadar. Ve silah seslerine alıştırmak için de…"

"Gerçekten de atları eğitmekle ilgili çok şey biliyorsun."

Alec gözlerini kırptı. "Kusura bakma, ben…bu konu açılınca kendimi kaptırabiliyorum."

"Önemi yok. Ben bunu çok etkileyici buluyorum. Bu kadar çok şey bildiğini fark etmemiştim."

Adamın bakışları sahneye odaklandı. "Enişteme yardım etmiştim."

Kadın hızlıca ekledi, "Atları eğitmenin insanları eğitmekten çok daha kolay olduğunu sanmıyorum.

201

Sahnedeki şu adama bir bak…" Diğer atlar neşeli bir şekilde sahnedeki köprüyü geçerlerken köprüyü geçmekten ürken bir atın binicisine işaret etti. "Ne yaptığını biliyormuş gibi görünmüyor."

Alec kafasıyla onayladı. "Ata karışık sinyaller veriyor, dizginlerini fazlaca idare ederken bir de topuklarıyla aşırı derecede baskı yapıyor. Belli ki bu tarz binicilikte pek de deneyimi yok. Neden Astley bu adamı oynatıyor anlamadım. Astley çalışanları konusunda çok seçicidir."

"Bay Astley'i tanıyor musun?"

"Ben…şey…onu bir kere görmüştüm." Kadının omzunu tutmak için elini kaydırdı. "Ama ünlü Bayan Woolford hakkında ne düşünüyorsun? Çok iyi değil mi?"

Sinsi şeytan, kadının soruları karşısında lafı çeviriyordu. "Gerçekten de öyle. Onun gibi ata binmeyi öğrenmek isterdim."

Kadının omzunu kavrarken ona ateşli bir bakış attı. "Sana öğretebilirim."

Kadının ağzı kurudu. Alec'le beraber yalnız kaldığını, adamın büyük ellerinin kadının oturuşunu düzeltmek için bacaklarında gezdiğini, ellerinden birinin emir verirken kalçasının üstünde olduğunu düşündü…

"Neden bu tarz derslere ihtiyacım olacağını anlamadım," dedi yüzünün kızarmasını engellemeye çalışarak.

"Neden sadece eğlenmek için olmasın ki?" Sanki kadının aklındakileri okumuşçasına ona fısıldamak için eğildi, "Sana söz veriyorum seni çok eğlendireceğim." Bu sözünü kadının kulağına kondurduğu bir öpücükle noktalandırdığında kadının içinde o an için bir bekleyiş hissi uyandı.

"Dur Alec." Annesine gizlice baktı. "Bunu gerçekten de yapmamalı…"

Localarının kapısı büyük bir güçle birden ardına kadar açıldı ve kırık kolu askıda olan esmer bir adam içeri daldı. "Senhor★ Black!" diye bağırdı adam aceleyle Alec'in yanına yaklaşırken. "Tanrı'ya şükür Senhor Astley haklıymış ve gerçekten de buradaymışsınız."

Alec bu yabancıya yakından bakabilmek için ayağa kalktı. "França? İngiltere'de ne yapıyorsun?"

"Senhor size artık onun için çalıştığımı söylemedi mi? Neyse önemi yok, sizi bulmam için gönderdi çünkü…" Adam Katherine'i görünce sözünü yarıda kesti. "Affedersiniz senhorita ama acilen Senhor Black'e ihtiyacımız var."

Alec kaşlarını çatmıştı ve Katherine de, onu unvanıyla çağırmasını emredeceğini düşündü. Fakat bunun yerine, "Ben Bay Astley'le daha önce konuştum…" dedi.

"Onun için başka bir zaman binicilik yapacağınız konusu hakkında, evet. Ama kesinlikle bu gece yapabilirsiniz. Dün gece akrobatik bir numara yaparken kolumu kırdım ve durumumuz ümitsiz."

★Portekizce'de bay anlamına gelir.

Gürültü anneyi uyandırdı ve dili dolanarak sandalyesinden fırladı, "Ne...kim...genç adam, bizim locamızda ne yaptığınızı zannediyorsunuz?"

Alec gerildi. "Bayan Merivale, Bayan Katherine Merivale, bu Bay Miguel França, benim Portekiz'den bir arkadaşım. O buraya...şey..."

"Senhor Black'e bize yardım etmesi için yalvarmaya geldim." Bay França kibarca gülümsedi.

Ama kadının umurunda değildi. "Eğer lord hazretlerinin size yardım etmesini istiyorsanız ona doğru düzgün hitap etmelisiniz."

"Efendim?" Sonra adamın kafasının karışması keyifli bir şaşkınlığa yerini bıraktı. "Yani Senhor Astley dalga geçmiyordu? Gerçekten de bir lord musunuz dostum? *Magnificio!* Sanırım artık size Lord-Bilmem ne diye hitap etmem gerekiyor..."

"Buna gerek yok França," dedi Alec.

"Ona Lord Iversley demelisiniz," dedi anne yardım edercesine.

"Teşekkürler senhora. Şimdi izin verirseniz, Lord Iversley'nizi alıkoymam gerekiyor. Bu gece yerimi alması gereken süvari memur henüz gelmedi. Süvari klişelerini ve at üstünde başka birkaç numarayı yapabildiğini düşününce belki Senhor Black – yani Lord Iversley –..."

"Bu söz konusu bile olamaz, França," diye araya girdi Alec. "Bu duruma uygun giyinmedim ve misafirlerimi de bırakamam."

"Bizim için endişelenme," diye ayağa kalktı Katherine meraklanmış bir halde. "Meydanda ata bindiğinizi görmek çok hoşuma gider." Ve böylece adamın tutkuyla onu avlama çabalarından da kurtulmuş olacaktı.

Alec gözlerini kısarak ona baktı. Acaba kadının onu yollamaya neden bu kadar hevesli olduğunu anlamış mıydı?

"Evet, evet Lord Iversley," dedi annesi, "bunu yapmalısınız, mutlaka. Ne eğlenceli!"

"Benim sizi burada yalnız bırakmam kabalık olur," diyen Alec França'ya döndü. "Astley'e derin üzüntülerimi ilet lütfen ama bu akşam ona yardımcı olamayacağım."

França sinirden kırık koluyla oynamaya başladı. "Aa, ama Bay Astley dedi ki eğer reddederseniz onun sizin için yaptıklarıyla ne kadar da nazik olduğunu hatırlatmamı…"

"Doğru," dedi Alec sert bir tavırla. "Peki o zaman, sanırım bunu ayarlayabilirim."

Bay França'nın yüzünde bir rahatlama ifadesi belirdi. "Benim üniformamı giyebilirsiniz. Ve eğer güzel senhorita ve annesini yalnız bırakmak istemiyorsanız onları da bizimle getirebilirsiniz. Sahne arkasından izleyebilirler."

Alec Katherine'e düşünceli düşünceli baktı. "Benim daha iyi bir fikrim var. Bayan Merivale'in de antraktta katılması nasıl olur?"

Bay França'nın yüzü aydınlandı. "*Magnificio*, senhor! Bu ateş gibi yanan saçlar ve gülümseme…bu bayan seyircileri etkileyecektir."

205

Alec kafasıyla onayladı. "Seyircilerin hatalarımı fark etmesini engelle, lütfen."

França elini umursamaz bir tavırla salladı. "O zaman 'Kızgın Kadın'ı sahneleyebiliriz, bu onun için de yeterince kolay olacaktır, ne dersiniz?"

"İkiniz de delirdiniz mi?" diye araya girdi Katherine. "Ben numara yapabilecek kadar iyi ata binmiyorum."

"Sizin ata binmenize gerek yok senhorita," dedi Bay França. " 'Kızgın Kadın' daha çok…"

"Tiyatro," diye tamamladı Alec. "Ben ata binip senin şapkanı falan kılıcımla çalarken siz kıpırdamadan duracaksınız. Yani genellikle oyunculuk gerektiriyor, sadece bana kızgınmış gibi yapmanız lazım," dedi ve sırıttı. "Eminim bunu yaparkcn çok da çaba harcamanıza gerek kalmayacak."

"Ama – "

"Bayana uygun bir kostümünüz var mı?" diye sordu Alec Bay França'ya.

"Elbette. Ama saçının farklı şekle sokulması gerekecek."

"Bir dakika," diye onların sözünü kesti Katherine. "Buna izin veremem. Ben…"

"İzin verebilirsiniz." Alec kadının bakışını yakaladı. "Dahası, siz de bunu yapmak istediğinizi biliyorsunuz."

Kadın derin bir nefes aldı. Adam haklıydı. Gerçekten de istiyordu. Bu şimdiye kadar başına gelen en heyecanlı şeydi. Ama yine de… "Böyle bir şey uygun düşmez ve siz de bunu biliyorsunuz. Eğer beni birileri tanırsa, bana eğlence düşkünü; hatta belki de daha kötü şeyler diyecekler."

"Bu kadar da namus timsali olma," dedi annesi. "Kulağa çok da eğlenceli geliyor."

Katherine hızla annesine döndü. "Böyle bir şeyi nasıl kabul edebilirsin anne…"

"Size bir maske takabiliriz," diye araya girdi Bay França. Görünüşe bakılırsa Alec'i oynatabilmek için her şeyi yapabilirdi ve eğer Alec kadını da istiyorsa, o zaman onu da oynatacaktı. "Eğer isterse Senhor Black de maske takabilir."

Annesi adama kaşlarını çattı. "*Lord hazretleri* kızıma göz kulak olacağına söz verdiği sürece, her şeyin iyi olacağına eminim."

"Tabii ki ona göz kulak olacağım." Alec, Katherine'e sıcak bir bakış attı. "Size zarar verecek ya da sizi utandıracak her şeyi engelleyeceğime söz veriyorum." Sesini alçalttı. "Bir risk al, bir tanem. Belki de eğlenirsin."

Bu merak uyandıran fikre karşı koyamıyordu. "Tamam. Ama bana maske takmalısınız. Ve elbise de fazla…şey…"

"Çok güzel olacak, merak etmeyin," dedi Bay França, kadının isteğini tam olarak yanıtlayarak. "Şimdi gelin, acele etmeliyiz." Yanan şatodan gösterişli binici tarafından kurtarılan güzel bayanın canlandırıldığı sahneye baktı. "Antrakt bitmeden hazırlanmamız için çok az zamanımız kaldı."

Onlar aceleyle kapıya doğru giderken annesi tekrar yerine oturdu.

Katherine durdu. "Sen gelmiyor musun anne?"

"Hayır gelmiyorum. Sahne arkasından her şeyi nasıl görebilirim ki? Burada kalıp sizin maceranızı izleyeceğim. Git meleğim. Ben iyiyim."

Katherine tereddüt etti. Ama annesiyle tartışmanın bir faydası olmadığı için o da Alec ve Bay França'yla çıktı.

"Bir dakika bekleyin," dedi Katherine. "Onun bu süvari numaralarını bildiğinden emin misiniz?"

"Tabii ki," diye yanıtladı Bay França. "Bunlardan ikisini Senhor Black icat etti zaten."

"Gerçekten mi?" Kadın onun bakışını görmezden gelmeye çalışan Alec'e gözlerini dikmişti. Adamın gözleri kısıldı. "O da süvari miydi?"

"Hayır, Wellington onu birçok kereler ikna etmeye çalışmasına rağmen süvari olmadı. Ama Senhor Black inatçıdır ve sadece acemi erlere eğitim vermeyi kabul etti." Bay França gülümsedi. "Biz de böyle tanışmıştık. Ben Portekiz süvarilerindendim ve o da benim öğretmenimdi. İyi ata binme konusunda bildiğim her şeyi ona borçluyum."

"Saçmalama," dedi Alec ciddi bir tavırla, alt kata ulaştıkları sırada. "Şimdi bu antrakt hakkında…"

"Ama ben atları yetiştirmek için eniştesine yardım ettiğini sanıyordum?" dedi Katherine konuyu değiştirmesine olanak vermeden.

"Yardım etti, ilk Portekiz'e geldiğinde. Ama onu ordu kiraladıktan sonra değil." Bay França bir kahkaha attı. "Tabii eğer her gece bir Pegasus'la güney Portekiz'e uçmadıysa. Süvari eğitim kampı Lizbon'daydı, batıda. Ve o da orda bir yerde yaşıyordu...otelin adı neydi Alec?"

"St. John's." Alec kadının arkasında dudaklarını ısırıyordu. Sonra büyük ihtimalle Portekizce olan bir şeyler söyledi.

Bay França sonunda anlamıştı. Ve adamın cevap verirkenki ses tonuna karşılık bir de özür diledi. İngilizce konuşmaya başladıklarında söyledikleri her şey, Alec'in yapacağı süvari numaraları hakkındaydı.

Ama Katherine birçok şeyi açığa çıkarmıştı bile. Alec'in bir şeyler sakladığını düşünmekte haklıydı ama onun sandığı gibi bir şey çıkmamıştı. Neden savaşa katıldığını söylememişti ki?

Çünkü kont çocuklarının para karşılığında çalışmaları uygun düşmezdi. İronik olarak, toplumda kınanmadan memur olarak çalışması mümkündü ama para karşılığı öğretmenlik yapması onun düzeyinden aşağıdaydı.

Belli ki kadının bunu önemsemediğini fark etmişti. Ama herhalde *önceden* kadının adamlayken abartılı bir şekilde her şeyi uygun yapmaya çalışması yüzünden böyle olmuştu. Yoksa neden kadının onun orduya kiralık olarak çalıştığını bilmesi yerine aşağılık bir herif olduğunu düşünmesine izin vermişti ki?

Bu olay bittikten sonra her şeyi düzeltecekti. Ona ne şekilde olursa olsun ülkesine hizmet etmiş olduğu için onunla ne kadar gurur duyduğunu söyleyecekti. Çünkü işin doğrusu kadın da artık onunla kavga etmekten, sürekli cevap vermeye hazır beklemekten, daha da kötü şeyler sakladığını zannetmekten yorulmuştu; hem de adam aslında hiç de onun düşünmüş olduğu gibi biri çıkmayınca.

Birden dikkati Bay França'nın söylediği bir şey üzerine dağıldı. " 'Senhoritanın son sahneye kadar kalması şartıyla' demekle ne kast ediyorsunuz?"

Alec kadını sahnenin arka kapısına doğru yönlendirirken sırıtıyordu. "Bu 'Kızgın Kadın'ın son sahnesi bir tanem. Ben dörtnala giderken sen elinde bir nesne tutuyorsun ve ben de onu parçalara ayırıyorum."

Kadının nefesi kesildi. "Bunu yapabilir misin?"

"Hiç tereddüt etmeden."

O zaman bu çok büyük bir nesne olmalı, diye düşündü. "Ne tutacağım? Çünkü eğer çok ağırsa…"

Alec ve Bay França kahkahalara boğuldular. "Ağır olmayacak," dedi Alec ek binaya ilerlerken. "Bir armut taşıyacaksın."

Bölüm 14

*Bir kadını, erkeksi gücün sergilenmesinden daha çok etki-
leyebilecek bir şey yoktur ve eğer siz bunu güzel safkan bir
atın üstünde
yapabiliyorsanız, çok daha etkili olabilirsiniz.*
- Anonim, *Zamparanın baştan çıkarma sanatı*

*B*ir süre sonra, Alec ve França, Katherine'i bı-
raktıklarında Alec hâlâ sırıtıyordu. Astley'nin
arka tarafındaki binada, hizmetçi ona giyinmesinde
yardım ederken sesi hâlâ yankılanıyordu.

"Unutma Alec," diye bağırıyordu Katherine arka-
larından, "Christendom'daki en büyük armut olsa iyi
olur! Ve eğer parmaklarımı çizersen, seni kılıçla ken-
dim şişlerim, bilmiş ol!"

Adam güldü. "Beni nasıl bir işe bulaştırdığını gör-
dün mü, França?" dedi arkadaşına ahırın olduğu bah-
çeye doğru ilerlerken.

França, endişeli bir halde ek binaya baktı. "Senho-
rita çok kızgın görünüyor. Bunu yapmak istediğine
emin misin?"

"Sen ona rolünü açıkladığın sırada bu konuda

hemfikirdi değil mi? Onun seni kandırmasına izin verme. O karşı çıkar ama bunu yapacaktır. Onun vahşi bir tarafı vardır." Bu, adamın da anlamaya çalıştığı bir yönüydü.

"Ben seni…şey…at binmeye ikna ettiğim için kızgın değilsin yani."

"Artık değilim." Küçük Bayan iyi bir eş'in biraz sarsılması gerekiyordu ve bu da tam ona göre bir şey olmuştu. "Ayrıca biliyorsun ki, başka seçeneğim de yoktu."

"Bunun için çok üzgünüm. Senhor Astley zorlamak istemedi ama başka da şansı yoktu."

Astley'nin Alec'in hizmetini istemeye hakkı vardı. Alec'in bir gösteride ata binmesine karşılık onlara bedavadan özel loca ayarlamıştı. Ama Alec bunun ileri tarihteki bir gösteri olmasını kast etmişti ama görünüşe bakılırsa Astley bu şart üzerinde anlaşmamıştı.

França ahırın kapılarını açtı. "Demek senhorita atlar konusundaki yeteneklerini bilmiyordu?"

"Çoğunu biliyordu." Ama hepsini değil ve sonrasında da bir kontun oğlunun neden kiralık bir iş yaptığı konusundaki sorularıyla baş başa kalacaktı.

Belki de çok da kötü olmazdı. Hatta onun yararına da olabilirdi. Alışılagelmişin dışında adamları tercih ediyordu, o lanet şair Lovelace gibi. Kadın ona aile durumu hakkında çok fazla derinlemesine araştırma yapmadığı sürece bu durumu kazasız belasız atlatabilirdi.

Ahıra girdiklerinde Alec rahatladı. Sesli sesli nefes

alan atlar, tepinen toynaklar, saman, at teri ve gübre kokuları arasında, evinde gibi hissediyordu. Evlenir evlenmez yapacağı ilk iş, Edenmore'un ahırlarını düzene sokmaktı.

Ama şimdilik ancak Astley'nin iyi eğitimli atlarından birini seçebilir ve França'nın ondan gösteride ne beklendiğini anlatmasını dinleyebilirdi.

Alec atına binip amfi tiyatroya açılan arka kapıların aralanmasını beklerken kendisini hazır hissediyordu. Kapılar açıldı ve Alec dörtnala gitmesi için atını dürttü. Dramatik bir giriş olmuştu.

Alec talaş tozuyla kaplı sahneye çıktığında kalabalık çılgınca bağırdı. Bir daire yapmak için yavaşça atını yürütürken França hızlı hızlı sahnenin kenarından konuşuyor ve o da kılıcıyla gösterişli hareketler yapıyordu.

Bunu özlemişti. Yaptığı en iyi iş buydu; balolar ve şiir okumaları değil. Oralarda hiçbir zaman rahat hissedemezdi. *Burası* onun eviydi. Süvari numaralarını uykusunda bile yapabilirdi.

Görüşünü daraltacağı için maske istememişti ama kimse tüylü asker şapkası ve mavi panço ceketiyle "Kaptan Black"in Iversley Kontu'yla bir ilgisi olduğunu anlayamazdı; özellikle de uzaktan.

Tiyatral bir hava vermek için sahnenin köşesinde durdu ve gösterisine başladı. *Gardını almaya hazır ol. Gardını al. Saldır. Solunu koru.* Bunları günlerce, yıllarca öğretmiş olan bir adam için her hareketi içgüdüseldi.

At dizginlerini silahtan koru. Kılıçtan koru. Saint Geor-ge. Arka tarafa doğru. Gardını al. Kılıcını eğik tut. Beşinci bölümün beşinci ve altıncı sahnelerine geldiğinde, ka-labalık macera dolu biniciliği görmeye hazırdı.

Şimdi numaralar başlıyordu. Bunlar ona süvari nu-maraları kadar tanıdık gelmiyordu ama eğittiği adam-ları eğlendirmek için bunları da yapmıştı. Bir daire içinde atı sürmek işini kolaylaştırıyordu. Philip Astley, yıllar önce merkezkaç kuvvetinin, at üstünde inanıl-maz beceriler göstermesini sağladığını keşfetmişti. Alec atın üstünde havaya kalkıp kılıcını savuruyor, at dörtnala giderken o da oturup kalkıyordu. Başı yerden birkaç santim havadayken yaptığı ata binme numarası çılgın bir alkış tufanına sebep olmuştu.

Selam vermek için sahnenin üst tarafında atını dur-durduğunda França maskeli Katherine'i anons ediyor-du: "Bir sonraki eğlencemiz için tatlı Bayan Encanta-dor, Kaptan Black'in karısını oynamayı kabul etti."

Alec gülümsedi. Şansı yaver giderse bu rolü sahne dışında da oynamaya devam edecekti.

"Kızgın Kadın" vatansever askerlerin görevlerini yerine getirişiyle oyunun sonundaki saf drama ar-sındaki komediyi ortaya koyan bir eğlenceydi. Ayrıca sahne şefi, kadrosunun Salamanka Savaşı'nın setini hazırlamasını sağlıyor ve bu da perdenin önüne on beş at ve iki tepenin kurulmuş olmasını gerektiriyordu.

França sunumuna başladığında – ki bu da Bayan Black'in süvari memuru kocasını evde beklemekten yorulup onu almaya gelmesini anlatıyordu – Katheri-

214

ne sahnenin ortasından biraz uzakta, kocaman pelerini ve komik şapkasıyla yerini almıştı.

França, Bayan Black'in sinirden köpürdüğünü anlatırken kadın da elindeki güneş şemsiyesini sallayarak Alec'i azarlarmış gibi yapıyordu. Alec, şemsiyeyi ikiye bölmek için dörtnala koştuğunda kalabalık kahkahaya boğuldu.

Katherine hakaret edermiş gibi mimikler yaparken França da bağırıyordu, "Bayan Black çok kızmış, bu onun en sevdiği şemsiyesiydi." Başlama işaretiyle birlikte, Katherine şemsiyenin diğer yarısını da Alec'in arkasından fırlatıp mimikleriyle nutuk çekmeye devam etti.

Adam bu sefer, kadının şapkasını, kılıcının ucuyla alıp onu França'nın kafasına doğru fırlattığı ikinci dairesini yaptı. Katherine'in saçları kalabalıktan daha da çok kahkaha gelirken olması gerektiği üzere düşüverdi.

Ama bunun Alec'in üstünde tamamen farklı bir etkisi olmuştu. Onun saçlarını daha önce hiç açık görmemişti. Tanrı yardımcısı olsun, çok güzel görünüyordu. Ve ışıklar sanki bu rengârenk dağınık saçlarını, örtülmüş omuzları üzerinde dans eden alevler gibi gösteriyordu. Bu mükemmelliğin içinde parmaklarını gezindirmek için neler vermezdi ki…

Hayır, şu anda bunu düşünemezdi. Konsantre olmalıydı.

Katherine başını yokladı ve sonra ayaklarını yere

vurup şapkasını işaret etti. Adam kahkahasına engel olamadı. Bayan iyi bir eş'in böyle iyi bir tiyatrocu olacağını kim bilebilirdi ki?

Kadın maskaralıklarına devam ederken adam atını yavaşça ona doğru sürdü ve kolunun daha da aşağısında kalan pelerininin kıvrımına kılıcını doğrulttu. Normalde, kılıç kullanan kişi özellikle uzun bırakılan kuşağı keser ve böylece de pelerin yere düşerdi ama Katherine, Alec kılıcının ucunu kadının boynuna uzattığında bunu engellemişti.

Boyun bağlarını gevşetmesi gerektiğini hatırlamış olmasını uman adam, geçerken kılıcıyla pelerini yakaladı. Tanrıya şükür hatırlamıştı ve pelerin o kadar kolay üzerinden çıkmıştı ki, França'nın açık kollarına doğru savurmakta hiç zorlanmamıştı.

Alec bir sonraki daireyi çizerken França parçasını ezberden okumaya devam etti. "Korkarım ki, Kaptan Black'in başı, karısının en sevdiği pelerinini mahvettiği için büyük derde girecek."

Lanet olasıca doğruyu söylüyordu. Çünkü şimdi Alec pelerinin *altındaki* kostümü görmüştü, Tanrı yardımcısı olsun.

Ne yaptığından emin olmayarak Katherine'e baştan aşağı bakarken atını yavaşlattı. Bu şaşırtıcı turuncu elbise her adamın konsantrasyonunu bozabilirdi. Üzerine yapıştırılmış yeşil ve altından mücevherler olan elbise, üstüne o kadar güzel oturmuştu ki, kadının her kıvrımını görebiliyordu. Özellikle de düşük kesimli korsajının içinde beliren iki kıvrımı. Katherine, adamın akıl sağlığının yerinde olabilmesi için elbiseyi fazlasıyla güzel taşıyordu.

Ateşlenen arzusunu uysallaştırmak çok yüksek bir çaba gerektirmişti; sahnede fazladan bir tur daha. Tek istediği kadını çırılçıplak soyup ona sahnenin ortasında sahip olmakken nasıl olacaktı da düşünebilmeyi başaracaktı? Bu tarz bir şey, kalabalığın görmek isteyeceği türden bir gösteri *olamazdı*.

Adamın tahrik olmasından bihaber olan Katherine, pelerininin altında saklamış olduğu armudu sallamaya başladı. França'nın yüksek sesi kalabalığa seslendi, "Bayan Black kocasına kış armutlarından sonuncusunu onun için sakladığını söylüyor ama artık onu alamayacak. Bayan onu kendisi yiyecek."

Bu Alec'in başlama işaretiydi. Ama kadına doğru atını sürerken havada armudu sallayan Katherine'in kolunun titrediğini fark etti. Kadın meyveyi parmaklarının ucuyla tutmuştu. Armut adamın amacına ulaşabilmesi için gereğinden fazla büyüktü ama kadının, adamın gelişini telaşla izleyen gözlerine bakılacak olursa, o buna hiç de inanmıyordu.

Sadece bana güven bir tanem, diye sessizce tembihledi kadına yaklaşırken.

Birkaç saniye içinde armudun tepesinden yarısını keserek ilk geçişini yaptı. Kalabalık gürültülü bir alkış kopardı.

Katherine'in öfkesini mimikleriyle anlatması gerekiyordu aslında ama adam sahnede tekrar bir daire çizerken donmuş bir şekilde kalakalmıştı. Neyse ki seyirciler bunu rutinin bir parçası sanarak güldüler.

217

Ama Alec bir sonraki bölüm için korkuyordu; bu bölümde kadın armudun kalan diğer yarısını ağzında tutacak, adam kılıcıyla armudu şişleyecek ve sonra da kadın onun peşinden koşarken adam da atına binip sahneden uzaklaşacaktı.

Kadın adamın ikinci gelişini eğlenceli bir havada beklese de gözleri dehşet içindeydi. Lanet olsun. Ya o kılıcını saplarken kıpırdarsa? Bu durumda gerçekleşecek en iyi sonuç kadının bu rutini bozması olurdu. En kötü sonuç ise kadını tehlikeye sürükleyebilirdi.

Adam bunu riske atamazdı. Planı değiştirme zamanıydı.

Bölüm 15

Baştan çıkarmak için şartların en ideal olduğu zamanı bekleme.
Ne zaman olursa, o zaman şansını kullan.
- Anonim, Zamparanın baştan çıkarma sanatı

O ne yaptığını biliyor, diye tekrarlıyordu Katherine kendi kendine, Alec ona doğru dairesini tamamlarken. *Sana zarar vermez, vermez.*

Şimdi sadece elini ikna etmesi gerekiyordu. Elini kıpırdatmadan duramıyordu. Armudun yarısı *fazla* küçük görünüyordu. Ama onu daha da ucundan tutmaya kalkarsa düşürecekti. Büyük ihtimalle, bu, tam da kılıcını saplayacağı sırada olacaktı ve o zaman da kılıcı, armut yerine kadının eline saplayacaktı.

Armudu ağzına koyması gerekiyordu değil mi? *Armudu kaldır,* diye emretti eline.

Eli bu emre aldırmadı. Görünen o ki, parmakları kesilmelerine engel olmaya çalışıyorlardı.

Çok geç... Adam geldi, kılıcı elinde...üzengisinden havaya kalktı...daha da yaklaşıyor...daha da... Ama, neden öyle aşağı doğru eğiliyordu ki?

Kadın tepki bile veremeden önce adam armudu ağzıyla almak için başını eğmişti.

Kalabalık alkışlıyordu ama adam daireler çizmeye devam ederken hayretler içinde olduğu yere mıhlanmıştı. Adam kılıcını talaş tozlarının arasına saplarken kadın da onu izliyordu. Ne yapmalıydı? Asıl plana uygun olarak onun peşinden mi koşmalıydı? Ama adam sahneyi terk etmediği için bu çok aptalca görünebilirdi. Tabii bunun komik görünmesi gerekiyordu…

Daha sonra, ağzında ısırdığı armudun yarısıyla tekrar kadına yaklaşmaya başladı ve kadının fark edebildiği bir sonraki şey adam tarafından havaya kaldırılıp fazlasıyla derin olan numara eyerinin ön tarafına oturtulmuş olmasıydı.

Bay França'nın doğaçlama konuşması araya girene kadar, kadının düşmemek için kollarını adama dolamasıyla kalabalık deliler gibi bir alkış kopardı. "Bayan Black dik başlı kocasını affedecek mi?" diye bağırdı kalabalık onu duyabilmek için sessizliğe bürününce. "Yoksa bavulunu toplaması için onu yollayacak mı?"

Katherine, Alec'le birlikte sahnede yavaşça bir daire daha çiziyordu. Gözleri haylazlıkla parlayan Alec, ağzındaki yarım armudu kadına teklif etti. Adamın sıcak mavi bakışlarıyla bu davet üzerine kendisini mecbur hisseden kadın meyveyi ısırdı ve böylece dudakları bir öpücük için birleşmiş oldu.

Bu güzel aşkı seven kalabalık bağırmaya başladı. Alec, kolları kadının üzerine dolanmış ve dudakları yarım armudun üzerinden kadınınkilerle birleşmiş bir halde arka kapıdan çıktığında bile kadın hâlâ kalabalığın sesini duyabiliyordu.

Amfi tiyatronun arkasında, atların sıraya sokulduğu, binicilerin kostümlerini son kez düzletip büyük finale hazırlandıkları arı kovanını andıran bir koşturmaca sürüyordu ama kadının kolları hâlâ Alec'in boynuna asılı bir şekilde dururken Katherine olanların hiçbirini fark etmemişti.

Adam armudu bir kez daha ikiye bölerek ısırdı. Katherine kendi çeyreğini yiyip yutarken o da gözleri parlayarak kendi çeyreğini yiyordu. Adamın bakışı kadının yutkunuşunu izliyordu, sonra gözleri kısıldı ve daha hiçbir şey düşünemeden adamın dudakları kadınınkilerle birleşti; derin, ılık...bütünüyle bir öpücük.

Kadının umurunda değildi. Sahnedeki telaş ve adamla tiyatro oynamış olmanın heyecanıyla kalbi hala hızla atıyordu. Adama doğru asılarak neredeyse maskesini düşürecek kadar arzuyla öpücüğe karşılık verdi. Adamın dilindeki armut tadını hissetti ve böylece kadın dilini en derin tatlar için döndürürken öpücüklerini daha da lezzetli bir hale soktu.

Etraflarındaki oyuncuları önemsemeden, adam da kadının ağzında gezinen dilini onun diline dolayan ve kadının başını döndüren bariz bir âşık gibi öpüyordu...

"Pardon efendim ama at bize lazım."

Tam da kadının hissettiği gibi, adam da sersemlemiş görünürken birbirlerinden ayrıldılar. Sonra ikisi de aşağıya bakıp Alec'in oturduğu yerdeki dizginleri kuvvetlice çeken damada baktılar.

Damat onlara bakıp sırıttı. "Final için. At bize lazım."

Katherine kızıp kıpkırmızı olduğunda Alec yerinden indi ve ellerini uzatıp inmesine yardım etti.

Damat atı alıp gittikten sonra bile Alec ellerini kadının belinde tutmaya devam ediyordu. "İyi misin? Sahnedeyken canını acıtmadım ya…"

"Hayır," diye fısıldadı, öpücük yüzünden nefessiz kalan sesiyle.

Adamın dudaklarında silik bir gülümseme belirdi. "Armudu kılıcımla şişleyeceğim için telaşlı olduğunu gördüm ve ben de doğaçlama yaptım."

Kadın tek kaşını havaya kaldırdı. "Öpücük hakkındaki kurallarımı çiğnedin."

Adamın gözleri alandaki ışıkların altında parıldıyordu. "Bana kurallar koyarsan olacağı budur." Sırıtarak kadını kuvvetlice yakınına çekip kafasını aşağı eğdi. "Kuralları çiğneyerek yoluma devam ederim ben."

Bir kahkaha atan kadın, adamın kollarından ayrılıp daha önce üstünü değiştirdiği ek binaya doğru ilerledi. "Biraz aleni oldu ama, değil mi?"

Arkasından onu yakalayan adam, sahiplenircesine kadının sırtına dokundu. "Orada başka insanlar da mı vardı? Ben hiç fark etmedim."

Kadın bir kahkaha daha patlattı. "Sen gerçekten adam olmazsın."

"Ve sen de muhteşemsin."

Nefesi boğazında sıkışıp kaldı. "Öyle miyim?" diye sordu nazlı bir tavırla.

Nesi vardı böyle? Hiçbir zaman nazlı olmamıştı. Bu lanet kostüm yüzünden olmalıydı; onu başkası gibi hissettiriyor, adamın gözlerindeki daveti kabul edebilmesine sebep oluyordu. Maskesini çıkarmak için uzandı ama sonra kalmasının daha iyi olacağını düşündü. Etraftaki insanlar, onun Lord Iversley'yle gelen bayan olduğunu anlayabilirdi.

"Oyunculuğa bu kadar çabuk ayak uydurabilecek başka bir kadın tanımıyorum," dedi Alec. "Çok iyiydin. Ve seyirciler sana bayıldı, sana öylece teslim olan sadece ben değildim."

Kadın ona kuşkuyla baktı. "Benim küçük pandomim gösterim, senin muhteşem biniciliğinle karşılaştırılamaz. Wellington'ın, süvarilerini eğitmek için seni istemesine şaşırmamak gerek." Maskesini düzeltti. "Ben de öyle ata binebilmeyi çok isterdim."

Eli kadının sırtında ilerledi. "Sana öğretirim derken ciddiydim. Sen iyi bir binicisin. Kolay numaraları hiç zorlanmadan yapabilirsin."

"Eğer uygun bir atım olsaydı," diye iç çekti. "Olsaydı bile annem asla izin vermezdi. Bunun için heveslenmiş olabilirim, bunu gerçekleştirmem ise çok zor."

"Ama her zaman annenin kontrolü altında olmayacaksın. Eğer benimle evlenirsen, istediğini yapabilirsin."

Katherine, birden başından vurulmuşa döndü ve bakışları adamınkilere kilitlendi. Karanlık bir gülümsemeyle kolunu kadının beline sardı ama daha fazlasına kalkışamadan Katherine'i daha önce giydiren hizmetçi yakındaki ek binadan onlara doğru yaklaşmaya başlamıştı. "Affedersiniz hanımefendi ama şu anda giyinmeniz için size yardımcı olamam. Final için diğerlerine yardım etmem gerekiyor."

"Önemi yok," dedi Katherine. "Ben kendim hallederim."

Hizmetçi Alec'e döndü. "Ve beni affedin beyefendi ama üniformanıza ihtiyacım var. Pantolon ve bu bezler olmadan yapabiliriz ama…"

"Sorun değil." Alec tüylü şapkayı kaldırdı, sonra mavi ceketini, siyah kabzasını ve ağır süvarilere özgü kırmızı ve altın renkli kuşağını çıkardı. "Senhora Encantador tiyatrodaki gereksinimlere alışkındır, öyle değil mi bir tanem?" Üniformayı hizmetçiye uzattı.

"Elbette," diyebildi ancak; adamı, sadece üzerindeki gömlekle görmüş olmak nefesini kesmişti. "Ama bunun içinde çok da gösterişli görünüyorsun."

"Üniforma içindeki her adam gösterişli görünür," diye karşılık verdi.

Ama başka hiçbir erkek, üniformalı ya da üniformasız, Alec gibi görünemezdi. Hizmetçi hızla koşarak uzaklaştığında bile adamın keten gömleği, üstüne oturan beyaz pantolonu ve göğsündeki birkaç tüyü gösterebilecek kadar açık yakasıyla, Katherine gözlerini ona bakmaktan alamıyordu.

Tanrım, o ideal bir erkek figürüydü. Ceketinde vatka yoktu ve gömleğinin altında babasının kalın belini saklamak için giydiği türden bir korse varmış gibi de görünmüyordu. Bu adam sadece Alec'ti.

Saf, yakışıklı ve baştan çıkarıcı Alec.

O hergele kadını ne hale soktuğunun farkındaydı. Kadın onu süzerken, adamın yüzünden de şehvet okunuyordu. Ek binaya açılan kapıyı açarak kadını içeri çekti ve kapıyı arkalarından kapattı. Kısık yanan lambanın ışığı, tamamıyla ıssız görünen giyinme odasını aydınlatıyordu.

Onlar dışında herkes finaldeydi. Alec ve Katherine yapayalnızdı.

Alec onu kollarına aldığında kalbi duracak gibi oldu ve sonra adam maskesine uzandı.

"Hayır," diye fısıldadı Katherine adamın elini tutarak. "Bir süre daha Senhora Encantador olmama izin ver." Senhora Encantador adamı tereddüt etmeden öpebilirdi ama Bayan Merivale bunu yapamazdı. "Bu arada sahne adımı kim seçti?"

"Ben seçtim." Kadının başını ellerinin arasına aldı. "Bir Portekiz adı."

Adam dudaklarını ona doğru uzatırken kadının nabzı hızlandı. "Ne anlama geliyor?"

"Büyülü," dedi buğulu bir fısıltıyla. "Anlamı 'büyülü'."

Sonra kendi dudaklarıyla kadınınkileri mühürledi.

Kadın karşı koymadan öpücüğe karşılık verdi. O bir süvariydi ve kadın da cesur kesimli bir kostüm giyen ve bir adamı herkesin önünde öpen umursamaz Senhora Encantador'du.

Ayrıca, şiirden nefret ettiğini itiraf etmesine rağmen ona "büyülü" diye hitap eden bir adama kim karşı koyabilirdi ki? Hem de sanki bu öpücük onun hak ettiği bir şeymiş gibi kadının dudaklarına hükmeden bir adama. Dudaklarını durmadan talan ediyordu; önce hafifçe, sonra şevkle, vahşice; ta ki kadın hiçbir şey düşünemez hale gelip kollarını adamın beline doladıktan sonra onu kendine doğru çekene kadar.

Armut tadı, atların ve derinin verdiği kokuyla kadının tüm duyularına hitap ediyordu. Kapının arkasından gelen oyuncuların kısık sesli konuşmaları bile kadının keyfini kaçıramıyordu.

Katherine sonunda kendini geriye çektiğinde adamın maskesine uzanmış olduğunu fark edemeyecek kadar sersemlemişti. "Yüzünü görmek istiyorum, bir tanem," diye mırıldandı maskeyi alıp yakında duran üzeri şapka, tarak ve başka kadın eşyalarıyla dolu masaya fırlatırken. "Ama seni Senhora Encantador olarak sevdiğimi itiraf etmeliyim. Hatta Bayan Black olarak daha da çok sevdim."

"Annem bu söylediğini duymasın," dedi soğukkanlılıkla. "Ya Leydi Iversley ya da hiç."

Adamın bakışındaki derinlik kadının kalbini yerinden fırlatacak gibiydi. "O zaman Leydi Iversley olsun."

Adam kafasını tekrar ona doğru eğdiğinde kadın bazı cevaplar almaya kararlı bir şekilde onu geri itti. "Sen ciddi misin?"

"Neden bana inanmıyorsun?"

Dışarıdaki grup sahneye çıkarlarken, atların çıkardığı toynak sesleriyle aynı anda kadının da nabzı hızlandı. "Neden bir hafta önce bana eşlik etme sebebinin sadece Sydney için olduğunu söyledin?"

"Beni kulağımdan tutup fırlatmaya hazırdın ve ben de sana yakın kalabilmenin başka bir yolunu bulamadım." Gözleri mavi alevler gibi ışıldıyordu. "Neden Londra'ya geldiğimi sanıyorsun ki? Bir eş bulabilmek için. İnan bana, tanıştığımız geceden beri tek istediğim evlenmek."

"Beni baştan çıkarmak istedin," dedi soluk soluğa, bu söylediğinden her dakika daha da az emin olmasına rağmen.

Adam gülümsedi. "İkisini de istiyordum. Çünkü ellerimi bedeninden uzak tutamıyorum." Bunu kanıtlamak için ellerini kadının darmadağınık saçlarının arasında dolaştırdı.

Kadın, belinin aşağılarında bir yerde ahlaksız bir sıcaklık hissetti. "S-sen gitmelisin. Üstümü değiştirmeliyim. Annem burada neden o kadar uzun kaldığımızı merak edecektir."

Boynuna bir öpücük kondurmak için başını eğdi. "Ona finali sahne arkasından izlemeye karar verdiğimizi söyleriz." Kadının kulak memesini emdi. "Gel hadi, güzel saçlı utanmaz Senhora Encantador nerde?"

Kadın adama şüpheci bir bakış attı. "Annem saçlarıma 'talihsiz' diyor. Ve Sydney de çok göze çarptıkları için onları eşarpla örtmem gerektiğini düşünüyor."

"Sakın böyle bir şey yapma." Kadının asi lülelerini okşadı; gözlerindeki acemilikten yalan söylemediği belliydi. "Seninle ilk tanıştığımızdan beri saçlarını böyle açık görmek istiyordum. Ona dokunmak, parmaklarımı arasından geçirmek…"

Tam da söylediğini yaparken içini bir mutluluk ürpertisi sardı. Saçından bir tutamı eline dolayıp öptü ve sonra yavaş, tatlı bir öpücüğü dudaklarına kondurabilmek için saçıyla beraber kadını da kendine doğru çekti.

Sonra dudaklarını kadının yanağına dokundurdu ve kadını sımsıkı tutabilmek için iki elini de saçlarına doladı. "Saçların hakkındaki tek kötü şey, onları toplamak zorunda kalman." Kadının yanaklarına kondurduğu sıcak öpücükler kulağına doğru ilerledi. "Biz evlendikten sonra onları istediğin kadar açık bırakabilirsin."

"Henüz seninle evlenmeyi kabul etmedim farkındaysan," diye fısıldadı.

"Neden?"

"Çünkü seni o kadar da…tanımıyorum."

"Beni yeterince tanıyorsun." Diliyle kadının kulağını yaladı.

Kadın kendinden geçti. "Bu geceye kadar seni hiç tanımıyordum." Adama bakabilmek için kendini geri çekti. "Neden şeytani olduğunu düşünmeme izin verdin?"

Adamın aç bakışları kadına yöneldi. "Hatırladığım kadarıyla sana tersi olduğunu anlatmaya çalıştım. Sen bana inanmayı reddettin." Dudaklarında çapkın bir gülümseme belirdi. "Ayrıca, ben *şeytaniyim*. En azından konu seninle ilgili olunca."

Elini kadının çıplak omzunu kavrayabilmek içi korsajının köşesinden içeri soktu ve fısıldadı, "Ve sen de şeytanisin; konu benimle ilgili olunca...Senhora Encantador." Adam boynunu öpmeye devam ederken kadının nabzı çılgınlar gibi atmaya başladı.

"Senhora Encantador...yok oldu...sen onun maskesini çıkardığında," dedi zar zor.

"Emin misin?" Hâlâ boynunu öpmeye devam ederken elbisesini omzundan sıyırdı. "Yoksa görgülü Bayan Merivale'in arkasına mı saklanıyor?"

Adam kadının omzunu öpüyordu, beynini bulandırıp hiçbir erkeğin dokunmaya cüret edemeyeceği bir yeri dudaklarıyla okşuyor ve kadının başını döndürüyordu. "Sanırım daha önce birçok senhorayla birlikte olmuştun?"

"Diğer centilmenlerin olduğundan daha fazlasıyla değil. Süvari kampında çok da kadın olmuyor." Parmaklarından birini kadının boynundan aşağıya; göğüslerinin arasındaki vadiye doğru kaydırdı. "Ve kesinlikle hiçbiri Senhora Encantador kadar merak uyandırıcı değildi."

Parmağı korsajının altına yerleştiğinde kadın nefesini tuttu. "İstediğin gerçekten bu mu, senhora mı?"

"Ben Bayan Merivale'i istiyorum ama o benimle umursamaz ve şeytani olmayı reddediyor. Belki de senhora ona ne yapması gerektiğini gösterebilir?"

Bu fikir kadında merak uyandırıp onu heyecanlandırdı. Adam köprücük kemiğinden aşağıya, korsajına ve göğüslerine öpücükler konduruyordu. Orayı da öpecek miydi? *Baştan Çıkarma Sanatı*'ndaki resimlerdeki gibi mi? Okuma günündeki okşayışlarından daha da güzel olabilir miydi?

Düşüncesi bile kadının içinde bir yangın çıkmasına neden oldu. "Senhorayla...yalnız olduğunu varsay. O şeytani yaratıkla neler yapardın? Farazi olarak soruyorum tabii ki."

Kafasını kaldırdı; gözleri kısık ışıkta parıldadı. "Farazi olarak?"

Kadın konuşmayı başaramayarak başıyla onayladı.

Adam kadını şoka sokarak onu kucağına aldı.

"Ne yaptığını sanıyorsun sen?" Alec, masaların arasından terzinin kumaşlarla örtülmüş mankenlerini geçip ek binanın arka kısmına doğru onu taşırken Katherine de onun boynuna sarıldı.

Kadına haylazlık dolu bir gülücük attı. "Senhorayı daha rahat olabileceğimiz bir yere götürüyorum."

Kadın bir kahkaha patlattı. "Bu farazilikten çıkmaya başladı."

"Kurgulama yapabilmek için....doğru mekânda olmam gerekiyor." Kadını kostümlerin ve pelerinlerin olduğu bir yığının üstüne yatırdı ve sonra yanına uzandı. "Şimdi, nerede kalmıştık? Evet, şu umursamaz dişi Senhora Encantador'a ne yapacağıma karar veriyordum." Başını kollarından birine yaslayıp diğer kolunu da kadının beline sararken sırıtıyordu. "Farazi olarak tabii ki."

"Elbette," diye fısıldadı kadın.

Elbisesi bir omzundan düşmüş sallanırken adam kadının kombinezonunu çıkarıp fırlattı. "Önce bunu yapardım," diye mırıldandı kadının göğsü şaşırtıcı bir şekilde dışarı fırlarken. "Sonra da bunu…" Kadının çıplak memesini sıcak avucuyla kavradı.

Tanrı aklını korusun, tam da kadının hatırladığı gibi, her anı muhteşem, ahlaksız ve heyecan vericiydi. İşte tam da bu yüzden adamı durdurması gerekiyordu. "Senhora…bu tarz özgürlüklere…karşı koymaz mıydı?"

"Hiç de değil. Böyle bir şeyi son âşığından da beklerdi."

"Peki ya sen onun ilk âşığıysan?"

Yüzünden vahşi bir arzu okunuyordu. "O zaman ona daha özenli davranmam gerekir, bundan nasıl keyif alabileceğini bulmam gerekirdi. Farazi olarak söylüyorum tabii ki."

"Tabii ki," diye fısıldadı ve adam baş parmağıyla meme ucuyla oynadığında nefesini tuttu; bu tüm sinirlerinde gezinen bir heyecan dalgasına sebep olmuştu. Kadın parmaklarını adamın gömleğinin içine soktu. "Senhora şeytani biri, değil mi?"

"Meraklı," diye düzeltti kadını. "Maceracı. Binicilikle ilgili bir sergiye rahatsızlık duymadan katılacak bir kadın."

Bu sözcükler, daha fazla macera için iştahını açmıştı. Bu adamla. O da bunun farkındaydı. Yoksa neden başını eğip meme ucunu ağzına götürürdü ki…

Ahhhhh, evet…böyle devam et…Tanrım, ne güzel bir duygu…

Adamın meme ucunda gezinen dili, onu sıkılaştırıp acı veren bir ihtiyaca sebep oluyordu. Orda kalmasını sağlamak için kadın elleriyle gece karanlığı gibi saçlarından tuttu. Adamın dudakları iştahlanarak daha da sert emerek kadını kıvrandırıyor, bu hissi başka yerlerinde – ahlaksız resimlerdeki gibi – daha edepsiz yerlerinde tatmak istemesine sebep oluyordu…

O da adam kadar kötüydü…ve umurunda bile değildi. Bu başına gelen en heyecan verici şeydi.

Saf kasaba kızı usanmış zamparanın ağzında güzel bir tat değişimi sağlayabilir.

Zamparanın baştan çıkarma sanatı'ndaki bu çirkin sözcükler kadının aklına geldiğinde, onları hemen bastırdı. Alec bir zampara değildi, onunla evlenmek istiyordu. Bunu net bir şekilde söylemişti.

"Tadın o kadar güzel ki," diye mırıldandı kafasını kaldırdığında. "Ve çoktandır seni böyle tadıp sana dokunmak istiyordum."

Sonra birden, Katherine'in de ağzından sözcükler dökülüverdi. "Peki ben ne zaman seni tadıp sana dokunacağım?" Adamın "usanmış ağız tadı" için istediği bir kasaba kızı *değildi* o. *Değildi.*

Kadının cesur sözlerine karşı Alec aniden tepki verdi; ayağa kalktığında başına ateş vurmuştu. "Siz ne zaman isterseniz, senhora." Gömleğini o kadar hızlı çıkardı ki, kol düğmeleri bir anda fırlayıverdi. "İsterseniz *şimdi.*"

Katherine'in ağzı kurudu. Tanrı onu korusun, resimlerdeki adamlar kadar yakışıklıydı; kaslı ve düzgün vücutlu.

Adam uzanıp kadının elini göğsüne yerleştirdiğinde kadın hâlâ onun çıplak göğsünün inanılmaz görüntüsünü izliyordu. "Bana dokunmanı sağlamak için bir krala istenen fidyeyi bile öderdim."

Adamın yüzünden okunan arzu kadını ikna etmeye yetmişti.

İleri uzanarak göğsüne bir öpücük kondurduğunda adamın içine çektiği derin nefesi bırakmasına neden oldu. Memesinde adamın ağzını hissetmenin ne kadar güzel olduğunu hatırlayarak dilini adamın düz erkeksi meme ucunda gezdirdi. "Peki sizi tatmam için bana ne verirsiniz, Kaptan Black?" diye dalga geçti.

Homurdanarak kadının başını göğsüne bastırdı ve gözlerini kapadı. "Ne istersen onu bir tanem. Ne istersen."

Daha da yüreklenen Katherine adamın göğsünde gezinmek için acele etmeden diliyle ilerlerken ya da parmaklarını üstünde gezdirirken adamın göğsünün sert kadifemsi yüzeyinin mucizevî bir halde nasıl da kasılıp büküldüğünü izliyordu.

Senhora kadını ele geçirmişti ve onunla savaşmak da istemiyordu. Bütün gece uzun bir rüya gibi geçmişti ve adamın tenindeki talaş tozu ve deri kokusu kadının gerçek dışı hayatını sürdürmesine yardım ediyordu. Amfi tiyatrodan gelen boğuk davul sesleri bile kadını bu sarhoş edici büyüden çıkarmaya yetmiyordu.

Ta ki adam kadının elbisesinin kenarından tutup belden aşağısını çıplak bırakmak için onu çekene kadar... Panikleyerek kendine gelen kadın, kafasını adamın göğsünden kaldırdı.

"Alec bunu yapmamalısın…"

"Sadece sana dokunmak istiyorum." Sıcak mavi bakışları kadını ateşliyordu. "Sadece biraz dokunacağım, hepsi bu." Elini kaydırıp bacaklarının arasından kalçasını tutması kadını soluksuz bıraktı. "Senhora Encantador'a daha sonra neler yapacağımı görmek istemiyor musun? Farazi olarak?"

Çılgınca karşı koymak istiyordu. Ama derisi sanki bedenine dar geliyormuş gibi hissederken bunu yapmak kolay değildi, her yanı adamın inanılmaz okşamalarıyla canlı ve uyarılmış bir haldeydi. "Bu...farazilikten çok öte."

Eli amansız bir şekilde yukarı doğru ilerliyordu. "O zaman buna örnek diyelim. Ne yapacağımın bir örneği." Afacan bir şekilde gülümserken parmakları kadının iç çamaşırından içeri daldı. "Kendini senhoranın yerine koy ve bu örneği beğenip beğenmeyeceğini söyle."

Bir kahkaha atmak üzere olsa da, adamın haylaz davranışlarını cesaretlendirmemek için kahkahasını bastırdı. "Örnek demek. Bu tam bir baştan çıkarma sanatı."

"Eğer öyle diyorsan." Elini kadının iç çamaşırında kaydırdı. "Bunları bilen sensin. Ben basit zevkleri olan, basit bir adamım."

"Bunun basit olan bir tarafı yok…" Sanki kadının nereye dokunması için yalvardığını bilirmiş gibi adamın eli kadının bacaklarının arasındaki sıcak yeri kavradı. "Ahhh…bu…gerçekten de…ahlaksız…"

"Sence senhora bunu beğenir miydi?" Parmakları utanmaz bir şekilde kadını okşuyordu.

Amfi tiyatrodaki davullar daha da güçlü çalmaya başladığında, adam kadının özel bir noktasına dokunarak damarlarındaki kanın gümbürdemesine ve onu nefessiz bırakmasına sebep olmuştu. "Bu mutlaka… senhoranın…hoşuna giderdi."

Şeytani bir gülümsemeyle onu memesinden öpmek için başını eğdi. "Emin misin? Alt üst olmuşa benziyorsun."

"Çünkü…ahhh, bana…ne yapıyorsun?"

"Sana senhoraya nasıl dokunurdum, onu gösteriyorum."

Katherine, şaşırmış bir halde adamın kolunu tuttu. "Alec!"

"Evet senhora? Örneğimi beğendiniz mi?" Kolunu tutmasını umursamayarak tahrik edici hareketlerine devam etti. Kadın inlediğinde ona bilmiş bilmiş gülüyordu. "Çıkardığın bu sesler beğendiğini gösteriyor." Ustaca kadını okşuyordu. "Bu hoşuna gidiyor mu?"

"Evet." Bedeninin yanıp tutuşmasına sebep oluyordu. Adamın bu utanmaz ve coşturucu dokunuşlarına hiç son vermemesini istiyordu.

"Sen daha…senhora daha çok…ister miydi?" diye sordu boğuk bir sesle.

"Lütfen Alec…lütfen…" dedi zar zor, güçlükle elinin adamın kolundan düşmüş olduğunu fark ederek.

"Lütfen ne? Lütfen durayım mı? Ya da lütfen daha fazlasını mı yapayım?"

Lütfen dur. "Lütfen…daha fazla," diye fısıldadı.

Adam bu cevapla tatmin olmuş bir halde dudaklarını uzun bir öpücük için uzattığında artık kadın nefes nefese kalmış şehvetle titremekteydi.

"İşte böyle bir tanem." Kadının sıcak yanağına fısıldamak için dudaklarını ondan ayırdı. "Zevk almaya bak. Zevk seni bekliyor. Rahatla ve kendini bırak."

Katherine, adamın söylediklerini zar zor duyabiliyordu. Muhtaçlık ve şehvetle onu arzulamaya devam ediyordu.

Bir sıcaklık patlamasıyla dudaklarından inlemeyle karışık bir çığlık duyuldu. Bu alev patlaması kadını bitirdi ve sonra için için yanan bir kora dönüştü; kostümlerden oluşan yuvasında eriyip gitmişti. Kadın bu ahlaksız sıcaklığın son demlerini hissederken gözleri kendinden geçmiş bir memnuniyetle kapanmıştı.

Amfi tiyatroda hâlâ sahte bir savaş coşkusu sahneleniyordu ama burada, kadının içini rahat bir huzur kaplamıştı. "Bana…bana…ne yaptın öyle?" diye fısıldadı.

"Sana zevki yaşattım, hepsi bu."

Eğer kadın karşı koyarsa, onu öyle mutlu edin ki, yatağınıza kendi isteğiyle gelsin.

İrkilerek keyfini kaçırdığı için *Zamparanın baştan çıkarma sanatı*'na lanet etti. Alec'in yüzünü görebilmek için gözlerini açtı.

236

"Peki bana yapmak istediklerinin…hepsi bu muydu?" diye soramadan edemedi.

İhtiyatlı bir şekilde elini kadının bacak arasından çekip elbisesini aşağı indirdi. "Şimdilik." Göğsünü öpmek için o kadar hassas davrandı ki, kadının kalbi yerinden fırlayacak gibi oldu. "Ama evlendikten sonra…"

Havada ateşli bir beklentiyi asılı bırakarak lafını tamamlamadı. Kocası olursa elde edeceği özgürlükle yapabileceklerini düşünmek kadının içini ısıttı.

Heyecanını dikkatlice dindirdi. Bu kendini kaybetmemesi gereken bir andı. Bedeni tedbiri elden bırakmaya ne kadar gönüllü olsa da tartıştıkları bu konular ciddi konulardı.

Yerinden doğrularak kombinezonuyla göğüslerini kapadı. "Hâlâ seninle evlenmeyi kabul etmedim. Zaten bana gerçckten de teklif etmedin."

Adam da yerinden doğruldu; ciddi ve son derece samimi görünüyordu. "Tamam, sana şimdi teklif ediyorum. Benimle evlenir misin, Katherine?"

Gerçekten o sözcükleri duymuş olan kalbi yerinden fırladı ve mantıklı bir cevap verebilmek için kendisini zorladı. "Neden seninle evlenmemi istiyorsun ki?"

Bu onu afallatmışa benziyordu ama bakışları kadınınkilere kilitlenmişti. "Çünkü evlenmeyi hayal edebileceğim tek kadın sensin."

Kadın yutkundu. Adam daha önce hiç aşktan bahsetmemişti ama kadın da bahsetmemişti. Onu sevdiğini söyleyip başka türlü davranan Sydney'yle, kelimeleri söylemeden bunu hareketleriyle anlatan Alec arasında seçim yapacak olsa, Alec'i tercih etmesi daha iyi olurdu.

Onu doğru düzgün tanımıyorsun, diye uyardı mantıklı hisleri. *Onun kişiliğinden bile emin değilsin.*

Ama bütün bunlar onunlayken yok olup gidiyordu; onu öpüp okşadığında, safkan bir atın üstünde armut parçasına kılıcını saplaması gerekirken onu incitme riskine girmeyişinde ya da baştan çıkmasına rağmen daha ileriye gitmediğinde.

"Evet," diye fısıldadı henüz pişman olmaya zamanı kalmadan. "Evet seninle evlenirim."

"İyi." Söylediği tek şey buydu ama bunu noktalamak için uzanıp dudaklarına kondurduğu uzun, yakıcı öpücük kadının içini tekrar ısıttı.

Kollarını adamın beline doladığında, adam homurdanıp geri çekildi. "Buna bir son vermeliyiz." Başını kapıya doğru uzattı. "Dinle."

Final gösterisinin sonlandığını anlamalarını sağlayan yükselen bir gürültü duydular.

"Her an buraya girmeye çalışabilirler," dedi. "Bizi bu şekilde bulmalarını istemezsin değil mi?"

Hem bu ihtimali, hem de böyle bir şeyi ilk adamın düşünmüş olmasını fark edince yüzü kızardı. "Elbette hayır."

Meydandaki gürültü daha da yükseldi ve adam yavaşça yerinden kalktı. "Tanrı'ya şükür, ön kapıyı kilitlemiştim." Gömleğini kafasına geçirip yardım etmek için elini kadına uzattı. "Sen kombinezonunla dur burada, ben de arka kapıdan çıkacağım. Yardımsız bir halde kostümünü çıkardığını ama elbiseni giyemediğini zannederler."

İşe yaramazlık ve yoksunluk hissiyle, yanlış olan bir şey olup olmadığını ve ahlaksız buluşmalarından bir iz kalıp kalmadığını kontrol ederek adamın uzun adımlarla yürümesini izledi.

"Bu gece annenle konuşacağım," diye devam etti. "Yarın da duyuruyu gazetelere vereceğim. Özel bir lisans alabili…"

"Alec," diye araya girdi. "Bu gece annemle evlilikle ilgili konuşma."

Dondu ve dikkatlice kadına baktı. "Neden?"

"Ben önce Sydney'ye söylemek istiyorum."

Kadına doğru yürürken gözleri tehlikeli tehlikeli parlıyordu. "Ona bir mektup yaz. Hatta daha da iyisi, bırak gazetelerden öğrensin. O bir şair, bana onların *çok* okuduğunu söylemişlerdi."

Gülmemek için kendini tuttu. "Hayatımın büyük bölümünde onunla yarı nişanlı gibiydim. En azından nişanlanmamı benden duyma nezaketini hak ediyor."

"Anlıyorum." Gözleri başka bir yere bakarken çenesi sinirle oynuyordu. "Peki beni ne kadar bekleteceksin? O şimdi ülkenin bir yerinde kalıyor ve ne zaman buraya döneceğini de bilmiyorsun."

"Lord Napier'in malikânesi Londra'dan kısa bir mesafe uzaklıkta. Yolu öğrenmek için yarın

Sydney'nin annesine uğrarım, sonra da onu görmek istediğimi belirten bir mesaj yollarım. Eğer birkaç gün içinde gelmezse, o zaman evliliğimizi duyurmakta özgür oluruz."

Adam kaşlarını çattı. "Biz *özgürüz*. Tersi olduğunu söyleyen sensin."

Bütün bu olanlar hakkında o kadar tatlı bir huysuzluğu vardı ki, kadın gülümsemeden edemedi. "Biliyorsun ya, kıskanç olduğunda çok tapınılası oluyorsun."

Yakınıp durmasına rağmen yüzündeki sertlik yavaşça yumuşamıştı. "Ben tapınılası mıyım? Bir dahaki sefere de tatlı olduğumu söylersin."

"*Tatlısın*." Elini adamın koluna koydu. "Çoğunlukla."

Onu yakınına çekerek, kabaca, utanmazca ve sanki söylediğini kanıtlarcasına kadını öptü. Adam onu geri ittiğinde kadının kalbi hızla atıyordu.

"Ya kalan diğer zamanda?" diye sordu. "O zamanlar nasılım?"

"Evlenmeyi hayal edebileceğim tek erkeksin."

Kadının alt dudağını öptüğünde gözlerindeki rahatlamayı fark etti. "Tanrı aşkına, seni benim yapmak için evlenmemizi nasıl bekleyeceğim? Şu anda bile seni zar zor bırakıyorum."

Sesindeki içtenlik kadının kalbini ısıtarak onu güldürüp adama yaslanmasını sağladı. İç çekerek başını tekrar kadının dudaklarına doğru eğdi ama kapıdan gelen tıkırtı ve arkasından gelen vurma sesi birden onu bırakmasına sebep oldu.

"Lanet olsun. Gitmek zorundayım. Eğer önden giremezlerse arka kapıdan gelirler ve ben de kapana kısılmış olurum."

Kapı tekrar tıkırdadı. "Hanımefendi?" diye telaşlı bir ses geldi. "Orda mısınız?"

"Buradayım!" Katherine kapıya doğru dönüp bağırdı. "Geliyorum."

Alec'e dışarıda görüşeceklerini söylemek için arkasını döndüğünde adam çoktan gitmişti.

Bölüm 16

Bir zampara, işinin zevkinin önüne geçmesine izin ver-
mez. Tabii, eğer tek eğlencesinin nasıl mısır ekileceğiyle ilgili
dersler olmasını istemiyorsa.
— Anonim, *Zamparanın baştan çıkarma sanatı*

$\mathcal{A}$lec, at arabası eve doğru ilerlerken Bayan
Merivale'in onun *gözü pek marifetleriyle* ilgili
durmadan çene çalmasına aldırış etmedi. Tek düşün-
düğü Katherine'di, tek gördüğü üzerinde ağırbaşlı el-
bisesiyle tam karşısında oturan Katherine'di.

Bu elbise artık ondan hiçbir şey saklamıyordu.
Çünkü artık onun güzel göğüslerinin tabakalarca fab-
rikasyonun altında aslında nasıl göründüğünü, teni-
nin ne kadar dokunulası olduğunu…o kontrol altında
tuttuğu tavrının arkasında ne kadar umursamaz bir
doğası olduğunu biliyordu.

Müstakbel eşi, bir kadının uyguladığı, herkese ve
her şeye göz kulak olma içgüdüsünü taşımasının yanı
sıra şehvetle baştan çıkabiliyordu.

Peki seni ne zaman tadıp sana ne zaman dokunacağım?
Dudaklarının göğsünde olduğu anı düşününce adama
ter bastı.

Tanrım, düğün gecesine kadar nasıl bekleyebilecekti? Özellikle de kadın artık onun fiziksel ilerlemelerine karşı koymazken. Kadının tepkisini görmek için annesinden uzakta kalan ayağını, karanlığın ve eteğinin bu hareketini saklamasını sağlayarak havaya kaldırdı.

Kadının fal taşı gibi açılan gözleri şehvetle doldu. Annesine sinsi bir bakış attıktan sonra adamın okşayışına kendi ayakkabısıyla karşılık verdi.

Adamın bedenindeki tüm kaslar sertleşti. Müstakbel annesinin karşısında oturduğu için, böyle bir hareket pek de akıllıca olmamıştı.

Şehvetini uysallaştırmaya çalıştı. Bir kadını hiç bu kadar yoğun bir şekilde arzulamış mıydı? Öyle bile olsa, artık hatırlamıyordu. Ama Katherine sıradan bir kadın değildi. Başka kim tahrik edici beraberliklerini böyle bir performansla atlatabilirdi ki?

Adamın açığa çıkan sırlarını birçok kadının korkunç bulacak olmasını söylemeye gerek bile yoktu. Ama Katherine öyle yapmadı; hayır asla. O sadece bunu merak uyandırıcı bulmuştu.

Tanrı'ya şükür sırların en kötüsünü bilmiyor. Evlendikten sonrasına kadar, öğrenmemesi için elinden gelen her şeyi yapmalıydı.

Ama sonra ne olacaktı? Evlenip adamın malikânesine geldiklerinde onun ne kadar yoksul olduğunu öğrenmek zorunda kalacaktı. Zekâsına da bakılacak olursa, büyük ihtimalle adamın ilgisini çeken ilk şeyin serveti olduğunu düşünecekti.

Bu kadının hiç hoşuna gitmeyecekti. Ve kadının hor göreceği bir durum olan zamparanın piçi olduğu gerçeği anlaşıldığında...

Üstündeki huzursuzluğu dağıtmaya çalıştı. Kadının ne düşüneceği önemli değildi. Bütün sırları öğrenene kadar her şey için çok geç olacak, kadın da evlilikten feragat edecekti.

Katherine'in onun karısı olarak evlilikten feragat edip dava tarafı olacağı fikri kanını dondurdu ama bunun onu rahatsız etmesini engellemeye çalıştı. Uzun süre dargın kalmazdı, adam buna engel olmalıydı. Katherine'in ahlaksız tarafını ona karşı kullanıp yatakta ona o kadar sık ve güzel zevkler yaşatacaktı ki, sonunda o da, adamın yalanlarını affedecekti.

Dudaklarında bir gülümseme belirdi. Bu tam da sabırsızlıkla beklediği bir şeydi zaten.

Ama önce bunu elde etmesi gerekiyordu. Onu o kadar meşgul tutmalıydı ki, adamın malvarlığına daha yakından bakacak zamanı kalmamalıydı.

Bayan Merivale nefes almak için konuşmasına ara verdiğinde, adam da Katherine'le konuşabilmek için bir şans yakalamıştı. "Henüz parkta ata binme şansımız olamadı. Belki de yarın tekrar denemeliyiz."

Kadının gülümsemesi yok oldu. "Olmaz. Daha önemli bir görüşmem var, hatırladınız mı?"

Evet, Lovelace. Lovelace'in annesini görmeye gidecekti. Lanet olası şair ve kadının üzerinde bıraktığı bu etki. "Üzgünüm, unutmuşum. Peki ya yarın akşam için Holland House'taki eğlence?"

Katherine iç geçirdi. "Biz davet edilmedik. Annem ve ben sizinle aynı yerlere gidemiyoruz."

Bayan Merivale kızına dönüp kaşlarını çattı. "Davet *edildik*. Biliyorsun ki, sen tüm davetiyeleri görmüyorsun." Katherine tek kaşını havaya kaldırdığında annesi kendi eteklerini düzeltmekle meşguldü. "Ben daveti geri çevirdim, hepsi bu. Leydi Holland kızıma eşlik edebilmek için fazlasıyla ahlaksız bir kadın. Düşünsenize, bir boşanma!"

"Boşanmak, Londra'da çok yaygın olan bir şey, anne. O daveti hiçbir zaman geri çevirmemeliydin." Katherine hüzünlü bir şekilde Alec'e gülümsedi. "Açıkçası annem, düşük sosyal sınıfımız nedeniyle 'ahlaksız' bir kadın olan Leydi Holland'ın bile bizi partisine çağırmadığını sizin bilmenizi istemiyor."

"Katherine gerçekten!"

"Önemi yok, Bayan Merivale," dedi Alec kıkırdamasını bastırarak. "Ben sosyal bağlantıları sebebiyle kızınıza eşlik eden biri değilim, bundan emin olun."

Bu açıklama üzerine Katherine onu sıcak bir gülümsemeyle ödüllendirdiğinde adamın kanı bedeninden çıkacak gibi oldu.

"Eğer davetli değilseniz," diye devam etti, "ben de gitmem." Katherine'e göz kırptı. "Benim gibi saygıdeğer bir adam için fazlasıyla şaşırtıcı bir parti olur sanırım."

Annesinin yüzü aydınlandı. "Duyuyor musun, meleğim? Lord hazretleri ne kadar da münasebetli bir insan?"

Katherine'in dudağı seyirdi. "Evet anne. Hepimiz onun bu hakiki emsalini takip etmeliyiz."

"Ve bir de, onun kaba insanlardan olduğunu düşünüyordun," dedi annesi.

"Tabii ki hayır," diye karşılık verdi Alec sahte bir ayıplamayla. "Bayan Merivale, benim hakkımda adaletsiz düşünceleriniz mi vardı?"

"Hiç sanmıyorum lordum," dedi Katherine tatlılıkla. "Ama hâlâ gerçek kişiliğinizin nasıl olduğunu anlamaya çalışıyorum."

Bu söz adamı endişelendirmişti. Onunla evlenmeyi kabul etmişti...ama hâlâ ona tam olarak güvenmiyordu. Tedbirli davranmalıydı.

"Eğer yarın akşam için başka bir programınız yoksa," dedi annesi, "bizimle yemek yemelisiniz."

"Bu benim için bir onurdur," diye yanıtladı. "Bir sonraki akşam da, size Leydi Purefoy'un doğum gününde eşlik etmek isterim. Ve eğer davetli değilseniz…"

"Oraya davet *edilmiştik*," dedi Katherine rahatlamış bir gülümsemeyle. "Leydi Purefoy ve annem gençken beraber gezerlerdi, o zamandan beri de arkadaşlar."

"Ah, evet," deyiverdi Bayan Merivale. "Evlenmeden önce bir kaptaki üç bezelye gibiydik; ben, Leydi Purefoy ve Leydi Lovelace…" diye lafını kesti. "Tabii Leydi Lovelace ve ben artık görüşmüyoruz. O geceye katılacağını bile bilmi…"

"Önemi yok anne," diye araya girdi Katherine. "Lord hazretleri bir centilmen. Böyle şeyleri anlar."

Alec yüzünü buruşturdu. Başka bir deyişle kadının eski sevgilisi orada olabilirdi ve kadın ikisinin de centilmen gibi davranmasını bekleyecekti. Ne kadar da lanet olası bir beklentiydi bu. "O zaman tamam. Bir sonraki akşam sizi almak için sekizde gelirim."

"Ve siz de yarın akşam yemeğe geleceksiniz," dedi Bayan Merivale.

"Evet. Yarın akşam."

İki akşam üst üste Katherine'e eşlik edecek olması bile moralini düzeltmeye yetmedi. Onun Sydney Lovelace'in yakınında bir yerde olması fikri keyfini kaçırıyordu.

Ya o şatafatlı pislik onun fikrini değiştirirse? Hatta daha da kötüsü onu tekrar öpmeye kalkarsa? Bunun ihtimali bile midesini bulandırdı.

Tanrı aşkına, nesi vardı onun böyle? Eski metresi bile hiçbir zaman içinde bu kıskançlık duygusunu uyandırmamıştı. Neden yanında sakin, mantıklı ve lanet olası bir centilmen olması gerektiği Katherine'leyken ortaya çıkmıştı bu duygu?

Ama adamın içinde oluşturduğu bu çılgın sahiplenme duygusu, anne babasının evliliğine de yeni bir ışık tutmuştu. Bir adamın, görmezden geldiği karısının zevki başka birinde yakalamış olması üzerine ona nasıl kötü davranabildiğini hiçbir zaman anlamamıştı.

Şimdi anlıyordu. Kötü muameleyi değil; bunun bir özrü olamazdı. Ama kıskançlığın gücü tahmin ettiğinden daha da güçlüydü. Sanki, yaşlı kont gibi, kişiliksiz bir adammış gibi davranması, öfkeyle ortaya çıkan bir zarara sebep oluyordu.

Öfkesiyle ortaya bir zarar çıkarmasına engel olmalıydı. Artık Katherine'i vardı, bunu tehlikeye atamazdı. Kurallara uy. *Tutkunun seni amacından yıldırmasına izin verme.*

Bayanlara evlerine doğru eşlik ederken, kendi söylediğine şaşırdı, "Bayan Merivale, kızınızla özel olarak konuşabilir miyim?"

Kadının gözleri, adamdan Katherine'e doğru dönerken şüpheci görünüyordu. "Bu akşam kızımla yeterince özel zaman geçirdiğinizi söyleyebilirim." Kadın gülümsedi. "Ama sanırım birkaç dakikanın daha zararı olmaz."

Kadın holden aşağıya ilerlerken Alec de Katherine'i salona yönlendirdi. İçeriye girer girmez Katherine'i kollarına çekip sıcak ve tatlı dudaklarında bir rahatlama ararcasına derin derin öptü.

Adam geri çekildiğinde, kadın hayretle ona bakıyordu. "Alec? Ne…"

"Bu Lovelace'i gördüğün zaman beni hatırlaman için. Seni baştan çıkarıp kendi tarafına çekmek için benim taktiklerimi uygular belki diye."

Kadının gözleri haylazlıkla parıldadı. "Başka erkeklerin öpücüklerini denemem için beni yüreklendiren adama ne oldu? Hatta karşılaştırmak için daha fazlasına ihtiyacım olduğunu söyleyen adama? Belki de haklısın, eğer Sydney beni tekrar öperse düzgün bir karşılaştırma…"

Adam onun lafını öyle uzun ve derin bir öpücükle kesti ki, kadın kollarında tamamen eridi. Kadının kapalı gözlerini, hızlı soluğunu ve sallanan bedenini görmek için onu geri ittiğinde içindeki sinir sonunda hafiflemişti.

Ona bakmak için kadın gözlerini açtığında adam homurdandı, "Ve bu da, küstah ve şımarık bir şekilde benimle eğlenmiş olduğun içindi."

"Sen bir de evlenince gör," diye dalga geçti kadın, adamın hırçın tavrına aldırmayarak.

"Eğer etrafta Lovelace'i görmeye devam edersek, o zamana kadar bekleyebileceğimi zannetmiyorum," diye somurttu.

Kadın ona göz ucuyla baktı. "Leydi Purefoy'un yemeğinde ona medeni davranacağına söz ver."

Kaşlarını çattı. "Çok medeni olacağım. Eğer seni öpmeye kalkışırsa, onu diğer kasabaya fırlatmak için tüm medeni gücümü kullanacağım."

Kadının yüzü asıldı. "Alec, lütfen asla…"

"Hayır." Tüm gücüyle içindeki kuvvetli duyguları dizginledi. "Sadece şaka yapıyordum." Kadının iki kaşı da havaya kalktığında adam pişmanlık duyarcasına ekledi, "Yarı şaka yapıyorum işte. Ama seni utandırmayacağıma söz veriyorum."

"Peki biz evlendikten sonra? O zaman beni utandırmamaktan feragat mı edeceksin?"

"Demek istediğin buysa, fazla kıskanç bir koca olmamaya çalışacağım."

Kadın alt dudağını ısırdı. "Peki sen…şey…beni kıskandıracak bir şey yapacak mısın? Birçok beyefendinin başkalarıyla cilveleştiğini biliyorum ama…"

Parmağıyla dudaklarını kapadı. "Ben diğer beyefendilere benzemem. Ve evlendikten sonra yatağımı sadece bir kadınla paylaşmaya niyetliyim." Sadakatsiz bir evin çocuğu olarak, geçmişi tekrarlamak istemiyordu. "Benim gibi bazı beyefendiler sadakate inanırlar."

"Umarım öyledir. Çünkü orda öylece durup uysal uysal sadakatsizliğe katlanacak değilim, ben de diğer hanımefendilere benzemem."

Adam gülmemek için kendini zor tuttu. "Seninle ilk tanıştığımda bunu hemen fark etmiştim bir tanem. Sende sevdiğim şey de bu."

Kadının yüz hatları rahatlamış görünüyordu. "Birbirimizi anladık sanıyorum."

Holden gelen bir boğaz temizleme sesi adamın homurdanmasına sebep oldu. "Annen inzivama çekilmem için işaret veriyor."

Katherine iç geçirdi. "Annem çok kurnazdır." Adam arkasını döndü ama kadın elini bırakmadı. "Sadece bilmeni istiyorum; okuma günü Sydney'nin öpücüğü için söylediklerinde haklıydın, beklentilerime uygun değildi."

"Bunu fark etmiştim."

Kadın ciddileşti. "Kendinden fazlasıyla eminsin, öyle değil mi?"

"Eğer Sydney'yle öpüşmek hoşuna gitseydi, sana eşlik etmemi asla kabul etmezdin," dedi kısa ve öz bir şekilde. "Aramızda geçenler de seni hiç eğlendirmezdi."

"O zaman neden senin planını kabul ettim?"

"Çünkü derinlerde bir yerde benimle evlenmek *istiyordun* ve bu planla benimle zaman geçirmek için bir bahanen oldu." Sırıtarak kadının, kolunun üzerinde duran eline baktı. "Ve çünkü ellerini üzerimden çekemiyorsun, benim de senin üstünden çekemediğim gibi."

Burun kıvıran kadın elini çekti ama adam elini tutup dudaklarına götürdü; eldivenli avucuna ve parmak uçlarına, kadının bakışları yumuşayıp gülümseyene kadar öpücükler kondurdu. Ancak o zaman kadının elini bıraktı.

"İyi uykular, bir tanem. Çünkü evlendikten *sonra* fazla uyumayacağız."

Adam gittiğinde hâlâ yüzü kırmızıydı. Adamın istediği tek şey, arabacıya "gidelim" demek yerine kadını arabaya atıp Gretna Green'e götürmekti.

Fakat bu pek de akıllıca olmazdı. Daha önce, kadın varisleri kaçırdığı için asılan erkekler olmuştu. Bu yüzden gelecekteki düğün gecelerini düşünürken birkaç huzursuz geceye daha katlanması gerekiyordu.

Bu güzel düşünceleri, otele vardığında lobide onu bekleyen sürpriz bir ziyaretçiyle son buldu.

"Emson!" diye haykırdı yaşlı uşağı ona yaklaşırken. "Londra'da ne yapıyorsun?"

Diğer birçok hizmetçisi onu terk ederken, Emson Edenmore'da kalmıştı. Diğerleri, malikâne o kadar uzun süre bakımsız kaldıktan sonra Alec'in dönmeyeceğini düşünüp korkmuşlardı. "Bay Dawes beni sizi eve götürmem için yolladı."

Dawes yeni kâhyaydı. Alec'in içini bir korku sardı. "Sorun ne?"

Lobide dolanıp duran diğer adamları gören Emson, onu dışarı çıkardı. "Şu Ipswich'teki lanet Bay Harris. İskoçya'daki gezisini kız kardeşini görebilmek için erken sonlandırdı. Bay Dawes arpa ekimi için ısmarladığınız sürgün aletleri ve sabanları alabilmek için dün oraya gitti ama Harris parasını peşin istediğini, yoksa malları vermeyeceğini söylemiş."

"Ama oğlu onları borç karşılığında alabileceğimi söylemişti."

"Oluyor böyle şeyler, Bay Harris, artık kimsenin malikâneden veresiye bir şey alamayacağı konusunda katı emirler vermiş ama genç Efendi Harris diyor ki…"

"Dediğim gibi onunla bu konuda anlaştığımı söylemiş olması gerek. Harris'in oğlu, bir adamın başına gelebilecek bu gibi zorlukları anlayışla karşılar." İç çekti. "Peki o zaman, bir varisle evleneceğimi bildiren bir mektup yazayım şimdi. Eğer parası için birazcık daha beklerse…"

"Bir mektup onu ikna etmez lordum. Kendiniz gelmelisiniz. Tek yolu bu. Bay Dawes diyor ki, eğer yeni fidanları almazsanız…"

"Biliyorum, o zaman yeni soydan gelen arpaları boş arazime ekemem. Ve benim yapabildiğimi görmezlerse, kiracılar da böyle bir şeye kalkışmazlar. Eğer tarlaları genişletip gelirimizi artırmak istiyorsam, onların da ürünlerini geliştirmem gerekiyor."

"Bay Dawes diyor ki, tohumun şu anda toprak altına girmesi gerekiyormuş, yoksa bunu yapmak için bir yıl daha beklemek gerekirmiş."

"O sürgün aletleri olmadan toprağı asla karıştıramazlar. Lanet olsun, lanet olsun, binlerce kez lanet olsun." Belki de ileri görüşlü fikirleri olan yeni bir kâhyayı işe almasa daha iyi olurdu.

Ama ne yapabilirdi ki? Alec, "babasının" eski kâhyasının sürekli bir şeyler çaldığını, mâlikaneyi devraldıktan hemen iki gün sonra fark etmişti. Ve kiracılar da artan kira paraları ve zayıf kalmış tarlaların yüküyle yeni bir şey deneyecek durumda değillerdi. Artık hayatlarını idame ettirebildikleri için kendilerini şanslı görür olmuşlardı.

Yeni kâhya tüm bunları değiştirmeye çalışıyordu ama kiracılar eski kâhyadan nefret etseler de, henüz yenisine de güvenmiyorlardı. Ve bu nedenle Alec'e de. Ve Harris'in yaptıklarına bakılırsa bu konuda yalnız da değillerdi.

Alec parmaklarını saçlarının arasından geçirdi. Lanet olsun, şimdi ne yapacaktı ki? Eğer mâlikanenin yakınındaki Fenbridge Kasabası'ndan alet edevatı ısmarlayabilirse, belki de lordlara has etkisini, tüccarın gözünü korkutup istediğini yapması için kullanabilirdi ama kasaba bu gibi şeyleri tedarik edebilmesi için fazla küçüktü.

Maalesef Ipswich'teki Harris'in İyi Tarımsal Araçları bu etkiye bağışıklık kazanmıştı. Suffolk'taki mülk sahiplerinin yarısına mal satıyorlardı. Bu yüzden de eğer fakirleşmiş bir kont onunla iş yapmaktan vazgeçerse, bundan şikayet etmiyorlardı.

"Kimse bana imkân vermezse malikânemi nasıl iyileştirebilirim?" dedi Alec. "Harris bana güvenmiyor, kendi kiracılarım bana güvenmiyor…"

"Bu o kadar da doğru sayılmaz, lordum. Ama anlamalısınız ki, sizin orada olmayışınız, bazı kiracıların kafasında…"

"Benim de aynı 'babam' gibi olduğumu düşünüyorlar. Ama başka şansım yok. Evlenmek zorundayım, tek çözüm bu. Bu da demek oluyor ki, şu anda Londra'da kalmak zorundayım."

"Eğer sabanlarınızı istiyorsanız kalamazsınız lordum." Yaşlı Emson her zaman düşündüğünü söyler ve hiçbir zaman sebepsiz konuşmazdı. Yıllar önce evlendikten sonra hizmeti bırakmıştı. Ama onun yerine geçen kişi de işi bırakınca, yaşlı kont, Edenmore'da işler düzelinceye kadar dönmesi için Emson'a yalvarmıştı. O zamandan beri ordaydı ve sadece parasını daha sonra alacağı sözüyle çalıştığı için de ne düşündüğünü söylemekten çekinmiyordu.

Alec iç çekti. "Peki tamam, geleceğim."

"Bir günden fazla zamanınızı almaz. Sonra Londra'ya dönebilirsiniz. Eğer gece yola çıkarsak, öğlene doğru varmış oluruz."

"Evet." Ve Harris'le uğraşmayı bitirince, yarından sonraki gün, Katherine'i Purefoy balosuna götürmek için yeterince zamanı olurdu. Ama yarın onunla akşam yemeği fırsatını kaçıracaktı, lanet olsun. "At ara-

254

basını alalım. Daha hızlı olur ve ayrıca, yarın Harris'le karşılaşmadan biraz uyumuş da olurum."

"Artık at arabaları alıyoruz öyle mi?" dedi Emson tepkisiz bir şekilde. "Bakın hele, nasıl da değişmiş dünya."

Alec bir kaşını kaldırdı. "Bilgin olsun diye söylüyorum, bu arabayı bir...şey...iş arkadaşımdan *ödünç aldım.*"

Emson, onu hâlâ hiçbir işi beceremeyen, zor ve alt üst olmuş on altı yaşında bir çocuk gibi görüyordu. Yaşlı uşağın fikrini değiştirmek zaman alacaktı ve Alec de sadece birkaç haftadır efendisiydi.

"Varisime eşlik edebilmem için arabaya ihtiyacım vardı," diye devam etti Alec. "Umarım Lord Draker arabayı şehirden ne kadar uzağa götürdüğümü fark etmez."

Bu Emson'ın dinginliğini bozmuştu. "Arabayı Ejderha Vikont'tan mı aldınız? Aman Tanrım."

Alec, Emson'a hüzünlü bir şekilde gülümsedi. "Zor zamanlardayız." Ahırları işaret etti. "Birkaç giysiyi çantaya koyup nişanlıma not yazmam için bana birkaç dakika ver. Sonra hazır olurum."

Emson başını salladı. "Ben de atlara bakayım."

Alec, lobiye döner dönmez hemen kâğıt istedi. Katherine'e bir açıklama yazdı ve komilerden birine verdi. "Bunu doğrudan üzerinde yazılı olan adrese götürdüğünden emin ol, tamam mı?"

"Evet, lordum."

"Kapıyı açan erkek hizmetçiye ver ve Bayan Merivale için olduğunu söyleyip oradan ayrıl. Sakın oyalanma." Durakladı. "Hatta daha da iyisi, öğleden sonra git, bayanlar sosyal görüşmelerini yaparken. O saatte evde bile olmaz."

"Tamam lordum," diye cevap verdi çocuk, Alec'in talimatları karşısında kafası allak bullak olmuştu.

"Evdeki kimseye nereden geldiğini söyleme. Sadece notu hizmetçiye bırakıp git. Adam kapının önünde benimle ilgili bir şey sormayı aklından geçirmez ve eğer şans eseri Bayan Merivale ya da kızı *evdeyse*, sen gittikten sonra sana soru soramazlar nasıl olsa. Anlaşıldı mı?"

"Evet lordum, anladım."

"İyi." İhtiyacı olan son şey, Katherine'in, hatta daha da kötüsü Bayan Merivale'in, onun bir otelde yaşamak zorunda olduğunu bilmeleriydi. Bu kesinlikle şüphelerini çekerdi.

Başarı bu kadar yakınındayken ortaya çıkabilecek bir engeli tüm gücüyle engellemek zorundaydı.

Bölüm 17

Eğer başarılı bir zampara olmak istiyorsanız,
aldatma sanatını öğrenmeniz gerekir.
Aldanan olacağınıza aldatan olmanız daha iyidir.
- Anonim, Zamparanın baştan çıkarma sanatı

*B*ir sonraki sabah, Katherine'in Leydi
Lovelace'e ziyareti beklediği gibi geçti. Önce
leydi hazretleri, Katherine'den Sydney'ye olabilecek
herhangi bir mesajı kendi göndermek için ısrar etti.
Ama Katherine kendi göndermek istemesi kararına sa-
dık kaldı. En sonunda kadın Sydney'nin aslında Lord
Napier'in malikânesinde olduğunu söyledi. Kadından
adresi alabilmesi için daha da fazla dil dökmesi gerekti
ama sonunda Katherine Lovelaceler'in evinden başa-
rıyla ayrıldı.

Eve dönüp mesajını Sydney'ye gönderdikten sonra
bir şeylerin hâlâ eksik olduğunu hissediyordu. Yarım
düzine şiir okuduktan sonra onları da bir kenara fırla-
tıp rahatsız bir şekilde salonda aşağı yukarı yürümeye
başladı.

Tanrı aşkına neyi vardı onun böyle? Şiir genellikle

aklını dağıtmasına yardımcı olurdu ama bugün öyle olmamıştı. Süslü üsluplu mısralar ona Alec'in yaptığı yorumları hatırlatıyor ve gülmesine sebep oluyordu. Ve aşk şiirlerinin, yakut rengi dudaklar ve güzel öpücükleri anlatması, onun Alec'e dokunmakla ilgili hayaller kurmasına neden oluyordu…

Derin derin nefes alırken lanet etti ona. Hepsi onun suçuydu. Dün gece yaptığı şeyler, ona umut verdiği, yapacağını söylediği şeyler kadının bütün duygularını karmakarışık hale getirmişti. Hiçbir zaman duyguları arasında böyle çılgınca bocalamamıştı ve bu onu korkutuyordu. Bu tam da kaçınmaya çalıştığı bir hortum gibiydi; önce onu sersemleten bir keyif ve sonraki gün korkunç bir endişe.

Ama yine de onunla evlenmeyi kabul etmiş olmasından pişman değildi. Onun hakkındaki düşüncelerini değiştirmiş ve onu, tutku dolu bir yaşamın o kadar da kötü olmayacağına ikna etmişti. Belki de bir kadın, hem tutkulu, hem de sorumlu, eğlenceli ve güvenilebilir bir kocaya sahip *olabilirdi*.

Onunla evlenme fikri her dakika daha da çekici gelmeye başlamıştı. Onun bir sonraki öpücüğü, beraberlikleri, yeminlerini edip o gece yapacakları şeyler için sabırsızlanıyordu.

"Beni bırak, sana söyledim, size bir cevap verebilmem için burada kalmamı istemedi!" Holden tanıdık olmayan bir ses yükselmişti.

Hızla dışarı çıktığında Thomas'ın üniformalı bir

komiyi ona doğru sürükleyip azarladığını gördü. "Şimdi gördün mü seni küçük küstah, bunu kurallara uygun yapacaksın, efendinin söylediği gibi ve vazifeden kaçarak dönüş yolunda parkta aylak aylak gezemeyeceksin…"

"Ben vazifemden kaçmıyorum! Lord hazretleri bana dedi ki…" Katherine'i merakla onları izlerken görünce sesi azalarak yok oldu.

"Burada neler oluyor?" diye sordu.

Thomas çocuğu kuvvetle çekip durdurdu. "Bu genç delikanlı size lord hazretlerinden bir mektup getirmiş." Kadının aptal kalbi hızla atmaya başladığında Thomas da çocuğa sert sert bakıyordu. "Ama bunu uygun bir şekilde teslim etmeden hızla kaçmaya çalışıyor."

Katherine gülmemek için kendini tuttu. Taşradaki yaşlı bir adam olan Thomas, hoşnutsuzluklarını şehirdeki hizmetçilere özgü umursamaz tavırlarla gösterirdi.

Çocuk hızlıca selam verdi. "Özrünüzü diliyorum hanımefendi ama lord hazretlerine mektubu hizmetçinize verip…şey…sizi rahatsız etmeden gideceğime söz verdim." Thomas'a kaşlarını çatarak baktı.

"Anlıyorum," dedi kadın; fakat aslında hiçbir şey anlamamıştı. "Ve bu mektup…"

"İşte burada." Çocuk kıvrılmış bir kâğıt parçasını ona uzattı. "Şimdi size vermiş oldum." Kapıya döndü. "Eğer izin verirseniz, ben gideyim hanımefendi…"

"O kadar da çabuk değil, çocuk." Thomas genç delikanlıyı geri çekti. "Hanımefendi okuyana kadar bekle. *Sonra* gidebilirsin."

Kominin ısrarlı tavrı kafalarında soru işaretleri oluşturmuştu. "Lord hazretlerinin şehirdeki evinden geldin, değil mi?" diye sordu kadın.

"Hayır hanımefendi."

Çocuk daha fazla açıklama yapmayınca kadın tek kaşını havaya kaldırdı ama çocuk oracıkta duruyor, gözleri önüne ve arkasına bakıp duruyordu. Her dakika daha da meraklanan kadın mektubu açıp okudu:

Sevgili Katherine,

Beni affet ama malikâneyle ilgili acil bir iş sebebiyle Suffolk'a gitmem gerekiyor ve bu yüzden sen ve annenle olan akşam yemeğine gelemeyeceğim. Ama yine de, sizi Purefoy davetine götürmek için yarın akşam dönmüş olacağım. Annene en derin özürlerimi ilet ve sizin eşsiz beraberliğinizde yemek yemeyi Edenmore'daki acil işlerle uğraşmaya bin kat daha yeğleyeceğimi söyle.

Sevgiyle,
Alec

Düş kırıklığını dindirerek mektubu katladı. Alec'in böyle sorumluluk sahibi bir karakteri olduğu için sevinmeliydi. Çoğu lord, böyle sorunlarla ilgilenmek için malikânelerine koşturmazdı. Bunları halletmeleri için kâhyalarına güvenirlerdi.

Öyle yaparlardı, değil mi?

Gözlerini kısmış, komiye bakıyordu. "Lord hazretlerinin şehirdeki evinden gelmiyorum demekle ne kast ettin? Sen onun hizmetçisi değil misin?"

"Hayır, hanımefendi."

İçindeki huzursuzluğu umursamamaya çalışarak çocuğun daha çok şey anlatmasını bekledi ama bir şey söylemeyince, "O zaman sen kimin hizmetçisisin?" diye sordu.

Çocuk telaşla yerinde sallanıyordu. "Ben…şey… söylememeyi tercih ederim hanımefendi."

İçindeki huzursuzluk, midesinde oluşan bir rahatsızlık hissine dönüştü. "Nedenmiş?"

"Söylemem gerekiyor da ondan."

"Peki sana bu emri kim verdi?"

Çocuk iç çekti. "Lord hazretleri söylemememi istedi, hanımefendi."

Kadın yutkundu. "Anlıyorum. Peki, başını derde sokmak istemem. Gidebilirsin ve efendine, ya da lord hazretlerine, mektupla ilgili emirleri yerine getirdiğini söyleyebilirsin."

Çocuğun yüzü aydınlandı. "Sağ olun hanımefendi, çok kibarsınız efendim," diye geveledi birkaç kez arka arkaya eğilip selam verirken.

Hızla ön kapıdan çıktığında, Katherine Thomas'a dönüp kısık bir sesle, "Onu takip et. Kimin için çalıştığını ve Lord Iversley'yi nerden tanıdığını öğren. Ama sakın seni görmesine izin verme," dedi.

Thomas başıyla onayladı. "Sizi düş kırıklığına uğratmayacağım, hanımefendi."

Thomas çocuğun hemen arkasından çıktıktan

261

sonra kadın da salona döndü. Alec'in onu kandırmaya çalıştığını düşünmekle fazla aceleci mi davranıyordu? Thomas'ı bir casus gibi göndermek saçmaydı, gerçekten de. Alec nerede zaman geçirdiğini öğrenmesini istemiyorsa ne olacaktı ki? Bazı erkekler, özel hayatlarını korumak isteyebilirlerdi.

Babası ve onun "şehirdeki özel toplantıları" gibi. Genellikle bir tüccarın karısıyla ya da bir meyhane garsonuyla olan toplantılar...

Kafasını sallayıp midesindeki ani çalkalanmayı umursamamaya çalıştı. Alec, ona başka bir kadının evinden mektup yazabilecek kadar düşüncesiz olamazdı. Peki o zaman neden mektubu yolladığında nerde olduğunu gizlemeye çalışıyordu?

Sonraki bir saat boyunca bu gibi düşüncelerle kendine işkence etti; olayı bu kadar büyüttüğü için, sonra da Alec gibi tatlı dilli bir adama hemen güvenecek kadar aptal olduğu için.

Thomas salona girdiğinde artık midesi iyice düğümlenmişti. "Evet?" diye sordu adama. "Delikanlının işvereni kimmiş?"

"Stephens Otel, hanımefendi."

Bu beklediği bir cevap değildi. Kaşlarını çattı. "Orayı hiç duymamıştım."

"Mayfair'de; en lüks otel değil ama ordudan gelen adamlar için oldukça moda bir yer sayılabilir. Duyduğum kadarıyla birçok süvari memuru orada yemek yemeyi seviyormuş."

İçini huzur sardı. Elbette. Endişelenmekle aptallık etmişti. Alec gibi bir adam başka nerde yemek yerdi ki?

Peki eğer sebebi bu kadar zararsızsa, neden saklamıştı ki bunu?

Yutkundu. "Lord Iversley hakkında bir şey sordun mu?"

Thomas taş kesilmiş gibi önüne bakıyordu. "Evet, hanımefendi. Bizzat sahibiyle görüştüm. Lord hazretlerini tanımadığını ve hakkında da hiçbir şey bilmediğini söyledi."

Kadının kalp atışları hızlandı. "Ama ona inanmadın."

Thomas'ın yüz ifadesi acı bir hal almaya başladı. "Sorum adamı bayağı telaşlandırdı. Diğer bütün hizmetçilerin de ağzı sıkıydı. Sanki şey gibi..."

"Bir şeyler saklıyorlarmış gibi mi?" Boğazındaki düğümlemeye rağmen acıyla fısıldadı.

"Belki de." Zorla gülümsedi. "Ya da, belki de benimle konuşmak için fazlasıyla meşgullerdi. O otele gidip gelen birçok bey var, hepsini hatırlamaları oldukça zor olsa gerek."

Bu yine de Alec'in neden çocuğa bunun bir sır olduğunu söylediğini açıklamıyordu. "Ya bayanlar? Gidip gelen bayanlar da var mıydı?"

Thomas'ın gözleri fal taşı gibi açıldı. "Ah, hayır hanımefendi, *o tarz* otellerden biri değildi. Yani demek istediğim, evet bayanlar vardı, her otelde bayanlar vardır ama..."

"Yani orada bir bayanla buluşmuş olabilir. Ve sahibi de bu yüzden bir şey söylememiştir."

Thomas'ın yüzü ifadesizleşti. "Ben böyle bir şeyi bilemem, hanımefendi."

Kadın dişlerini gıcırdattı. Thomas'ın bu yanıtı, daha önce babasıyla ilgili sorular için de kullandığı standart bir cevaptı. Sadakat söz konusu olunca neden istisnasız bütün erkekler birbirlerini desteklerlerdi? Birbirlerinin aldatmalarını, hayran olunabilecek bir şekilde asaletle saklıyorlardı.

Thomas kadının yüzüne baktı ve aceleyle ekledi, "Tahminimce lord hazretleri oraya bir defalığına yemek yemek için gitti ve onlar da onu hatırlayamadı."

Aklından geçen sert cevabı içinde sakladı. Thomas haklıydı, şüphelerini dayandırdığı tek şey bir kominin sözleriydi. Alec'in emirlerini yanlış anlamış olabilirdi. Ya da Alec arkadaşlarıyla alem yaptığını öğrenmesini istememiş olabilirdi. Onunla konuşmadan herhangi bir sonuca varması doğru değildi.

Alec ona evlenme teklif ettikten hemen sonra geceyi bir fahişeyle geçirmek için doğrudan otele gitmiş olabilir miydi?

Buna inanmak istemedi. Erkekler isterlerse çok da inandırıcı yalanlar söyleyebilirlerdi ama kadının yüzüne bakarak sadakat sözü verdikten sonra arkasını dönüp onu aldatmış olamazdı ya. Olabilir miydi?

"Teşekkürler, Thomas. Bu konudaki yardımların için sağ ol. Ve eğer anneme bu konuyu anlatmama inceliğini gösterirsen çok müteşekkir olurum."

"Tabii ki hanımefendi."

Tüm hizmetçiler, uzun zamandır evi annesinin değil, Katherine'in idare ettiğinin farkındaydı. Yani eğer para kazanmak istiyorlarsa, Katherine'in söylediklerini yapıyorlardı. Maalesef komiyle ilgili olayı annesinden saklayabilse de, Alec'in ona yazdığı notun içeriğini söylemesi gerekiyordu. Bunu söyleyip kurtulmak en iyisi olacaktı.

Annesini yatak odasında, yatağının üzerinde birçok yelpazeyle çevrelenmiş olarak buldu. Annesi ona, yelpazeleri kullandığı yerlere göre ayırdığını söylüyordu. Biri "kısa görüşmeler" kümesi, diğeri "önemli sosyal etkinlikler" kümesi ve bir diğeri de "kontes olunca kızımın vereceği partiler" kümesi. Alec'in ona verdiği, son kümenin en üstünde duruyordu. Annesi yemeğe gelmeyeceğini duyunca o yelpazenin rütbesi düşer miydi acaba?

Şaşırmaya gerek kalmadan annesi duyduklarını kötü karşıladı. "Suffolk'a malikâne işi için gidiyormuş demekle ne kast ediyorsun?" Annesi alt rütbeden bir yelpazeyi alıp hızla sallamaya başladı. "Bu çok aptalca. Kimse, bir ev partisi vermediği sürece sezonun ortasında malikânesine dönmez."

"Sanırım acil bir durum oldu. Yarın gece burada olmaya söz vermiş."

Annesi ona kaşlarını çatarak baktı. "O malikânesine gitmedi, görürsün sen. O Leydi Holland'a gitti, olan şey bu."

Katherine gözlerini kırpıştırdı. "Bundan hiç de emin değilim, anne."

"Sana söylüyorum, bu gece oraya gitti. Ve hepsi de senin suçun. Davet edilmediğimizi ona söylemek zorundaydın sanki, değil mi?" Kafasını salladı. "Beni hiç dinlemiyorsun ama ben de bazı şeylerden anlıyorum. Bunlardan biri de bir konta asla bir yerde hoş karşılanmadığını söylememen gerektiği. Ya adamla evlenmek istiyorsundur ya da istemiyorsundur. Eğer istiyorsan, kesinlikle yanlış yolda ilerliyorsun."

Katherine dişlerini gıcırdattı; şiddetle Alec'in ona çoktan evlenme teklif ettiğini ve onun da kabul ettiğini söylemek istiyordu. Ama bir şeyler onu durdurdu.

Durduran şeylerden biri de, annesinin o henüz Sydney'yle konuşamadan tüm Londra'ya bu haberleri borazanla duyuracak olmasıydı. Ve durduran diğer bir şey de...

Korku; saf ve basit. Alec'e güvenmekle hata ettiğini düşünmenin korkusu. Onun teklifini kabul etmiş olmanın korkusu. Onun hakkında çok kötü bir şey öğrenip sonunda onunla evlenmekten vazgeçmek zorunda kalma korkusu. İşte o zaman annesi sürekli konuşup duracaktı.

"Leydi Holland'ın partisine gitmeyecek," dedi Katherine ciddi bir havayla. "Sence gerçekten de o kadar aptal olabilir mi? Bizim kulağımıza geleceğini bilip böyle bir şey hakkında neden yalan söylesin ki? Toplumun yarısı onu orda görecek, büyük ihtimalle bu eğlence yarın gazetelerde de yerini bulacak. Yani gerçekten de, bu gece Leydi Holland'ın eğlencesinde olacağından şüpheliyim."

Acaba gerçekten de başka bir kadının eğlencesinde olabilir miydi? Bu soruya kendi de cevap veremedi.

O akşam Alec, yine ödünç at arabasında sürgünler ve sabanlar için Ipswich'teki Harris'i sonuçsuz bir şekilde biraz daha kredi vermeye ikna etmeye çalıştığı yorucu bir öğleden sonranın ardından Hertfordshire'a doğru yola koyulmuştu.

Adam ciddiyetini bozmamıştı; beş yüz poundunu istiyor, yoksa hiçbir şey yapamayacağını söylüyordu. Ama Alec'in Katherine'le evlenene kadar beş yüz poundu olmayacaktı.

Maalesef paraya hemen ihtiyacı vardı. Harris araçları başka bir müşteriye satmakla tehdit etmişti. Eğer satarsa, Alec'in onları alması haftaları bulacak ve ekimi yapmaları için artık çok geç olacaktı.

Bir şekilde ona iki gün daha tanıması için Harris'i ikna etti. Bu da Alec'e tek bir seçenek bırakıyordu: parayı ödünç almak zorundaydı. Daha da kötüsü parayı Draker'dan ödünç almak zorundaydı. Byrne, Bath'e gitmişti ve hiçbir banka Alec'e yeterince hızlı kredi veremezdi. Draker tek umuduydu.

Alec, ertesi sabahın erken saatlerinde kendini Castlemaine'de, Draker'ın çalışma odasında huzursuz bir halde sağa sola yürürken buldu. Gözleri uykusuzluktan ağrıyor ve yanıyor, midesi gurulduyor ve bedeninin her yanı sanki çökecekmiş gibi hissettiriyordu.

Vikontun gelmesi için oturduğu yerde bekleyemiyordu. Hertfordshire'a yaptığı uzun yolculuk belki de hiçbir şey içindi. Ya Draker onu görmeyi reddederse? Ya adamın daha varlığını yeni öğrendiği üvey kardeşine yardım etmekle ilgili şüpheleri varsa?

Ya sadece Alec'in suratına gülüp geçerse?

Alec ellerini yumruk yaptı. Hiçbir zaman yapmayacağına yemin ettiği bir şeyi yapmak için buraya gelmiş olmaktan nefret ediyordu.

Kapı açıldı, Alec'in de hissettiği gibi huzursuz görünen Draker içeri girdi. "İyi bir şey için geldiysen sevinirim Iversley. Hizmetçi beni bulduğunda kuzeydeki merada, dışarıdaydım. Yeni bir koyun sürüsü aldım, anlarsın ya."

Alec adama şaşkın şaşkın baktı. "Dışarı çıkmak için biraz erken değil mi?"

"Hayır benim için değil. Ben sizin gibi şehirli değilim; bütün gece dans edip sonraki gün öğlene kadar uyumam. Ben zenginliğimi dürüstçe kazandım. Erken kalkan yol alır, hepsi bu." Gözlerini Alec'in yorgun yüzüne ve buruşmuş giysisine dikti. "Ve açıkça söylemek gerekirse erken kalkıp yol alırken senin gibi biriyle karşılaşmayı beklemiyordum."

"Biliyorum." Alec bu benzetme üzerine ortaya çıkan kızgınlığını yatıştırdı.

Draker'ın masasındaki sandalyeye oturmak üzere ilerledi. Kirli ve dağınık giysisiyle vahşi sakalı olmasaydı yalvaran bir adamı ağırlayan zengin mülk sahibi görüntüsü üzerine tam oturacaktı. Kesinlikle buna uygun, kendini üstün gören bir tavrı vardı.

Dirseklerini masasının üstüne koyarak parmaklarını havaya dikti ve Alec'e hor gören gözlerle baktı. "Evet? Neden geldin?"

Alec derin bir nefes aldı. "Beş yüz pound borç almam gerekiyor."

Draker'ın yüzünden hiçbir tepki okunmuyordu. "Servet avcılığı işi çok iyi gitmiyor ha?"

"Aslında Bayan Merivale'i benimle evlenmeye ikna ettim. Ve Byrne'ın dediğine göre, evliliğiyle birlikte kadına yüz bin pound miras kalacak."

Draker kaşlarını çattı. "Yerinde olsam Byrne'a güvenmezdim."

"Başka şansım yok." Alec, Draker'a kederli kederli gülümsedi. "Merivaleler ona da borçlu oldukları için bu konuyu çok iyi biliyor."

"Peki beş yüz pound ne için lazım sana?"

Bu durumu açıklamak zorunda kalmasının kızgınlığını bastırarak, Alec, kendisi, kiracıları çiftçiler ve Harris'le olan tüm durumu anlattı.

Bitirdiğinde Draker'ın lord havasındaki tavrı yumuşamıştı. "Anlıyorum. Görünüşe göre, Bay Dawes'in orda iyi bir kâhyan var. O arpalar sana yüksek gelir sağlar. Eğer adam ekmeni tavsiye ediyorsa, omuzlarının üzerinde çok da akıllı bir beyin taşıyor demektir." Alec tek kaşını havaya kaldırdığında Draker omuz silkti. "Kiracılarımın yarısı onu üç yıldan beri ekiyorlar ve sonuçlar muhteşem."

"Dawes'in bana verdiği kitapları okudum ve anlaşılan o ki, özellikle Suffolk'un toprağında yaşayabilecek bir ürün. Ama kil o kadar sert oluyor ki, o sürgünlere ihtiyacımız var ve yakında Suffolk'un kuvvetli atlarında da almam…"

"Onları duymuştum. Bir çeşit yük beygiri değil mi? Sadece Suffolk'ta yetiştiriliyor. Burada da işe yararlar mı diye düşünüyorum aslında."

"Onlardan aldığım ilk tayı sana yollarım," diye önerdi Alec, "eğer bana o beş yüz poundu borç vermenin bir yolunu bulabilirsen."

Draker'ın yüzü ifadesizleşti. "Neden Byrne'dan borç almadın? Şu varisle evlenerek ona bir iyilik yapmış oluyorsun."

"Byrne şu anda Bath'te ve yarın geceye kadar parayı bulmam lazım."

"Yani sadece sana beş yüz poundu vermem gerekiyor, o kadar mı?"

"Karşılık olarak önereceğim bir şeyim var." Buraya gelirken sürekli sorununu düşünüp durmuş ve önermekten nefret etse de, sadece bir ayartma yöntemi bulabilmişti.

Draker tek kaşını havaya kaldırdı. "Aa?"

Kendini hazırlamıştı. "Atım."

Draker'ın gözlerinden ilgilendiği anlaşılıyordu. "Senin atın mı?"

"O müthiş bir soydan gelen Lusitona'dır; değeri bin poundun üzerinde."

"O zaman *sen nasıl* aldın?"

"General Beresford onu bir savaşta almış ve süvarilere olan hizmetime karşılık bana vermişti."

Draker gözlerini kıstı. "Evet, Byrne bana gerçekte son on yılını nasıl geçirmiş olduğunu anlattı."

Bu Alec'i şaşırtmıştı. Oteldeki o geceden sonra kardeşlerinin onun hakkında konuştuklarını bilmiyordu.

"Diyor ki," diye devam etti Draker, "at üzerinde inanılmaz numaralar yapabiliyormuşsun. Bir malikâneyi tekrar işletmeye çalışan bir adam için işe yarar bir yetenek değil."

Alec dişlerini gıcırdattı. "Ben doğru yetenekleri öğrenmeye hazırım. Sadece yardıma ihtiyacım var."

"Beş yüz poundluk bir yardıma."

"Bu paranın iki katı değerinde olan atımı karşılık olarak verdiğim bir yardım. Eğer Portekiz'deki işimi biliyorsan, bir atın değerini ölçebileceğimi de bilmen gerekir. Beleza'nın niteliklerini abartmıyorum."

"Abartıyor olabilirsin. At tüccarları bunu hep yapar. "

Alec içinden lanet etti. "Ama ben iyi karakterli bir beyefendiyim; bir at tüccarı değil."

"Öyle görünüyor." Draker arkasına yaslandı. "Eğer çok güzel bir atsa neden karşılık olarak Bay Harris'e önermedin?"

"Denedim. Babamla birçok kez mal alışverişi yapan biri olduğu için, artık ailemden para dışında hiçbir şey kabul etmiyor. Bunu çok net belirtti."

"Şu atı beraberinde getirdin mi?"

"Hayır. Direk Suffolk'tan geliyorum."

"Benim at arabamla," dedi Draker.

Alec adama baktı. "Evet. Hızlı olmam gerekiyordu." Kızgınlığını dindirmeye çalıştı. "Ama eğer Beleza'yı görmek istiyorsan, benimle yarın sabah otelde buluş ve atıma bak. O zaman bana parayı borç verip vermeyeceğine karar verirsin."

Draker uzun bir süre Alec'in teklifini tartarmış gibi göründü. "O zaman neden atı satmıyorsun?"

"Yapabilirsem onu elimde tutmak istiyorum," dedi Alec homurdanarak. "Ve borcu sadece birkaç haftalığına evlenene kadar istediğim için de…"

"*Eğer* evlenirsen. Ya varisinle işler yolunda gitmezse? Yine de borç yerine atı bana vermiş olacak mısın?"

Sanki biri kalbini çıkarmak için elini içine sokmuş gibi hisseden Alec, "Evet," dedi.

"Ve sen hangi atı kullanacaksın?"

"Bir yaşlı beygiri," diye karşılık verdi Alec. "Şimdi bana parayı borç verecek misin, vermeyecek misin?"

Draker ona kuşkuyla baktı. "Bak sana ne diyeceğim. Ben düşünürken sana malikânemi göstereyim. Arpalar hakkında kiracılarımla konuşabilirsin. Hatta kâhyamla çiftçilik hakkında da konuşabilirsin. Sonra ben de sana cevabımı veririm."

Alec kızgın bir karşılık vermemek için kendini tuttu. Bu bir sınavdı. Draker Alec'in işleyen bir malikâne yaratmak için yeterli olup olmadığını anlamaya çalışıyordu.

Alec adamın kuşkulanması yüzünden onu suçlamasa da, zamanı daralıyordu. Draker'ın masasındaki saate baktı. Purefoy'un partisi için Katherine'i ve Bayan Merivale'i almaya gitmesine sadece on saat kalmıştı, ayrıca Londra'ya dönmesi ve bir saatini de giyinmeye harcaması gerekecekti. Partiyi kaçıramazdı,

Katherine'in sonunda Sydney'le konuşmuş olmasını ve böylece nişanlılıklarını resmiyete dökebileceğini umuyordu.

Ama hâlâ zamanı vardı. Ve eğer parayı istiyorsa Draker'ın oyununu oynamaktan başka hiçbir şansı da yoktu. "Tamam," dedi Alec üvey kardeşine. "Gidelim."

Bölüm 18

Gerçek bir zamparanın kalbi yoktur.
Göğsünün içinde atan tek şey zevk için olan arzusudur.
- Anonim, Zamparanın baştan çıkarma sanatı

Aynı şeyler yine tekrarlanıyordu. Bundan önce Katherine annesiyle oturup babasını onları daha önce söz verdiği şehirde bir toplantıya götürmesi için kaç kez beklemişti ve o da kravatı bozulmuş ve bira kokuları saçan bir halde sendeleyerek içeri girmişti?

Daha önce kaç kere onun arabanın bozulan dingili ya da hasta bir atla ilgili yalanlarını dinlerken annesinin sonradan bağırışlara dönüşen öfkesini izlemişti? Bütün bunlar olurken o da her zaman derinlerde bir yerde sakladığı hiddetini zapt etmeye çalışırdı çünkü ailede en azından *birinin* kafasının sağlam kalması gerekiyordu.

Ama bu gece, nedeni belirsiz bir sessizliğe bürünerek patlak vermeye hazır bekleyen kişi kendisiydi.

Katherine buna daha fazla dayanmayı reddediyordu. Çantasını toparlayıp ayağa kalktı ve salonun kapısına ilerlemeye başladı.

274

"Katherine Merivale, nereye gittiğini zannediyorsun?" diye sordu annesi.

"Yukarı." Katherine saate baktı. "Bir buçuk saat geç kaldı. Sen de gelmeyeceğini kabullenebilirsin artık. Ve at arabamız olmadığına ve Leydi Purefoy'un bizim için bir tane gönderme teklifini de reddettiğimize göre kendi başımıza gitme şansımız da yok. Thomas'ın bütün bu partiler olup biterken bize bu saatte kiralık bir araba bulma imkânı da yok."

Kendini rahatlatmaya çalışarak nefes aldı; kızgınlığını göstermemeye çalışıyordu. "Bu yüzden ben de yukarı çıkıp üstümü değiştirip kitap okuyacağım. En azından böylece kafamı...her şeyden uzaklaştırmış olurum."

"Bak Katherine, belki de malikânesinde işi..."

"Malikânesine gittiğine inanmadığını söyleyen sendin." Annesinin çatık kaşları sadece Katherine'in sinirini arttırmaya yaradı. "Öyle olmuş olsa bile ve gittiğinde de parti için buraya dönemeyeceğini fark ettiyse de, Suffolk'tan bize bir mektup göndermek için bayağı zamanı vardı. Bugünlerde postalar hızlandı."

"Biliyorsun ki yollarda başına bir kaza gelmiş olabilir. Böyle şeyler oluyor. Ve haydutlar da var."

Bu onun bir an durmasına sebep oldu. Tanrım, ya başına çok kötü bir şey *gelmişse*? Bir hendekte Alec'in öyle yatıyor olabileceği fikri...

Hayır, böyle bir şeye inanamazdı. Tün insanlar bir yana, Alec, adamlarını ve at arabasını en iyi şekilde tutar ve en iyi arabacıyı işe alırdı. Ve hızla dört nala giderken armudu ikiye bölebilen bir adamla karşılaşan haydutlar da çoktan yenilmiş sayılabilirdi.

Stephens Oteli hakkındaki kaçamak yanıtları Alec'in onu bir konuda aldattığını gösteriyordu ve şu anki yokluğu da bunun bir parçasıydı. Böyle olduğunu hissediyordu.

"Ben lord hazretlerinin bir kaza geçirdiğinden ciddi anlamda şüpheliyim. Aşağılık bir adam gibi davranma hakkı olduğunun provasını yapıyor sadece çünkü artık kabul ettim…" Annesinin bunu fark etmediğini umarak lafını bitirmedi.

Ama annesi belli konularda çok da akıllı olabiliyordu. "Neyi kabul ettin Katherine?"

Katherine iç geçirdi. "Evlenme teklifini. Astley'deki o akşam bana evlenme teklif etti ve ben de kabul ettim."

Annesinin yüzü aydınlandı. "Benim biricik kızım, bu muhteşem!" Ellerini kalbinin olduğu yere bastırdı. "Kızım benim, kontesim…ahh, böyle olacağını biliyordum, biliyordum! Lord hazretlerinin sana bakışları, sana olan saygısı…"

"Söz verdiği halde beni partiye götürmek için gelmemesinde olduğu gibi mi?"

"Sus, olur böyle şeyler." Omuz silkti. "Evlendikten sonra ne demek istediğimi anlayacaksın."

Zaten Katherine'i endişelendiren de tam olarak buydu.

Annesi kaşlarını çattı. "Ama neden bunu bana daha önce söylemedin? Ve neden o benimle bu konuda görüşmedi?"

"İstedi ama...şey...ona ben Sydney'ye söyleyene kadar beklemesini söyledim."

"*Ne?*" Annesi ayağa fırladı ve el hareketleriyle konuşarak yürümeye başladı. "Akıllı bir kız için bazen fazlasıyla aptal olabiliyorsun. Bir adam sana evlenme teklif ettiğinde, senin durumundaki bir kız adamı ipte sallanır halde tutamaz. Eğer erkekler talimatlar bekliyor olsaydı olabilirdi ama beklemiyorlar. Sör Sydney Lovelace bile seni bıraktı. Ve sen de kontu oyalıyorsun ha? Deli misin sen? Adamın seni ekmesine şaşmamak lazım."

"Ben öyle düşünmemiş..."

"Evet, sen aslında hiç düşünmüyorsun ki! Ona o kadar ilgisiz davrandın ki, Lord Iversley sana olan ilgisiyle dalga geçtiğini düşünmüş olmalı. Sonra ona bir de Leydi Holland'ın evine davetli olmadığımızı söyledin. Artık adamın şüpheleri vardır; kuşkusuz ki öyledir, zaten bu yüzden malikânesinde...ya da her nerdeyse vakit öldürüyordur."

"Eğer sen haklıysan ondan iyi ki de kurtulmuşuz." Katherine dökülmeye hazır gözyaşlarını tutarak yutkundu. "Bizim sosyal sınıfımızdan ya da benim bir arkadaşımla aramı iyi tutmaya çalışmamdan korkan bir adamla evlenmek istemiyorum."

Ama eğer neredeyse inanmaya başladığı tarzda bir adam olsaydı, oraya gelmiş olurdu. Ya da en azından bir mektup yazardı. Kadının onun kaprisini çekip bekleyeceğini düşünüyorsa yanılıyordu. Ondan bir şeyler saklayıp sanki gerçekte olmadığı biri gibi, gerçeğinin de nasıl olduğu belli değildi ya, davranmamalıydı.

277

Omuzlarını dikleştirdi. "Ben yukarı çıkıyorum, anne. Eğer gelirse beni çağırırsın." O zaman adama aklını başına toplamasını söyleyecek ve bu sefer öpücükler de kadının dikkatini dağıtmaya yetmeyecekti.

Son birkaç günde kadın, adamın söylediği tüm şeylerin aslında mantıklı olduğunu ispatlamasına izin vermişti. Alışılmışın dışındaki geçmişini kabul edilebilir bir sebeple saklamıştı, tabi yine de hikayelerinde mağaralar kadar büyük boşluklar da vardı. Ama son iki gün bunları tartıp biçmek için yeterince zamanı olmuştu.

Çocukluğundaki bir olay babasıyla aralarının böyle açılmasına nasıl yetebilmişti? Evine dönüp işinin başına geçmesini istemek yerine babası niye tek varisinin savaşla cebelleşen bir ülkede yaşamasına izin vermişti? Bu fazlasıyla büyük bir ara açılması gibi görünüyordu ve Alec bunu hak etmek için gerçekten çok fena bir şey yapmış olmalıydı.

Ve bütün bunlarla amcasının ne ilgisi vardı? Tabii ki, Alec'in vasisi olarak Alec'in süvari birliğindeki işini onaylamamıştı. Eğer onu ata binip süvari numaraları yaparken görmüş olmasaydı, Alec'in bütün hikâyesini sorgulardı. İnsan böyle bir şeyi bir gecede öğrenemezdi. Ama ondan bir şey saklıyordu; kadın bundan emindi. Tabii bir de Stephens Oteli hakkındaki gizem vardı.

Odasına girip çantasını yatağa fırlattı ve aynanın önünden geçerken, özellikle Alec için taktığı, hareli broş dikkatini çekti.

Boğazı düğümlenmişti. Ya yaka iğnesi için yalan söylediyse ve aslında annesine değil de, başka bir kadına almışsa? Böyle bir şey neden İngiltere'ye dönmediğini açıklayabilirdi, bir Portekiz güzeli kalbini çalmış olabilirdi.

Hatta belki de o kadınla beraber olmak için amcasının evini terk etmişti. Bu da neden para kazanması gerektiğini açıklardı. Böyle bir kadınla evlenmemesi gerektiğini bilecek kadar bilinçli olmasına rağmen kadını metresi yapabilirdi...ve kendisi eşi olmayı kaldırabilecek, kabul gören bir İngiliz eş ararken onu Stephens Oteli gibi bir yerde tutabilirdi.

Katherine homurdandı. Tanımaya başladığı Alec'in yapabileceği bir şeydi bu. Babasının yaptığı gibi fahişelerle olmazdı ama kabul görmeyecek bir kadına âşık olabilirdi...bu onun kişiliğine uyardı.

Böyle bir şeyi düşünmek bile fazlasıyla acı vericiydi. Katherine'i öpüp okşarken Alec'in başka bir kadına âşık olması...bu düşünce bile midesini bulandırmaya yetti.

Sızlayan şakaklarını ovdu. Hali gülünçtü, kendini hayallerine kaptırmış gidiyordu. Adam hâlâ görüştüğü Portekiz metresine aldığı bir yaka iğnesini Katherine'e vermezdi ki. Ayrıca böyle ikili bir yaşam sürüyor olsaydı, zamanında olması gereken yere gelmemek yerine, Katherine'in şüphelerini yatıştırmak daha doğru olmaz mıydı?

Büyük ihtimalle malikânede işi uzamıştı. Ama gerçek ortadaydı ve gelmemesinin sebebi ne olursa olsun, bu durum, *tam da* bu yüzden Sydney'yle evlenip kurtulmak istediği bir durumdu, kadının elini kolunu bağlıyordu. Alec'le duygusal karmaşayla dolu bir ömür mü istiyordu gerçekten de?

Sonra tekrar düşündü, başka ne seçeneği vardı ki? Sydney birden ortadan kalkmıştı ve belki de tekrar dönmeyecekti. Kendisine göre başka bir koca bulabilir miydi?

Kendini yatağa attı ve sonra poposuna batan bir şey fark etti. *Zamparanın baştan çıkarma sanatı.* Daha önce, Stephens Oteli'yle ilgili endişe nöbeti sırasında okumuştu.

Olduğu yerden çıkardığı kitabın "Evli Zampara" başlıklı bölümünü açtı. Daha önce okumaya cesaret edememişti ama şimdi bir cümle gözüne takılıvermişti: "Eğer bir zampara sonunda görevini tamamlamak için evlenmek zorunda olduğunu biliyorsa, zevk arayışlarını dünyadan saklaması gerekir. Zampara ne kadar tedbirli olursa, evlilikten sonra faaliyetlerini sürdürmesi de o kadar kolay olur."

Bedenini bir ürperti sardı. Alec tedbirli mi olmaya çalışıyordu? Sadakatli olacağına dair onu teskin mi ediyordu? Ama sonra düşündü, o zaman neden *onu* seçmişti? Neden daha az şüpheci bir kadın bulmamıştı?

Evin ön tarafında duran at arabasının sesi onu ayaklandırmaya yetmişti. Sonunda gelmişti işte! Her şeyi açıklayacaktı ve her şey iyi olacaktı. *Eğer* kadın bu açıklamalara inanırsa.

Çantasını alıp merdivenleri o kadar hızlı yarılamıştı ki, elinde hâlâ *Zamparanın baştan çıkarma sanatı*'nı tuttuğunu fark etti. Tam, bunu tekrar odama götürsem mi, diye düşünürken merdivenlerin sonunda bir adam belirdi.

Sydney.

Donmuştu. Mektubunu almış olmalıydı. Ama neden şimdi geliyordu ki? El kitabını çantasına tıkıştırıp onu karşılamak için dikkatle merdivenlerden aşağı indi.

"Siz gelmeyince Leydi Purefoy, seni ve anneni almamı rica etti," dedi kısık bir sesle. "Ben de, seninle konuşabilmek için bunu hemen kabul ettim. Tabii sen de izin verirsen."

"Neden izin vermeyeyim? Mektubumu almadın mı?"

Kaşlarını çattı. "Ne mektubu?"

"Lord Napier'in malikânesine, senin buraya gelmeni rica ettiğim bir mektup yolladım. Annene uğradığımda bana oraya gitmiş olduğunu söyledi."

Kıpkırmızı kesilip gözlerini başka yöne çevirdi. "Evet düşünmeye ihtiyacım vardı. Ve Ju-...Napier... bunu evinde yapabileceğimi söyledi." Üzgün ve dertli bakışları kadına döndü. "Ama dün oradan ayrıldım ve Londra'ya geldim. Annem ziyaretinden bahsetmedi ve Napier de...yani...biz kavga ettikten sonra oradan ayrıldım, yani sanırım senin mektubunu vermeyecek kadar dar kafalılık etmiştir."

Annesi hole girdi. "Sanırım bir ses..." Yüzünden

şaşkınlık okunarak lafını bitiremeden kesti. "Ah, merhaba Sör Sydney. Burada ne yapıyorsunuz?"

Sydney her zamanki beyefendi selamını verdi. "Sizi Leydi Purefoy'un partisine götürmeye geldim. Görünen o ki, bir yanlış anlaşılma olmuş. Ona at arabası yollamamasını söylemişsiniz."

"Öyle söylemiştik," dedi Katherine. "Lord Iversley bizi götüreceğine dair söz vermişti ama gelmedi."

"Malikânesinde bir işi çıkmış," dedi annesi aceleyle. "Yine de birkaç dakika içinde burada olacaktır."

Katherine omuzlarını düzeltip son birkaç basamağı da indi. "Bunu anlamak için bekleyemeyeceğim. Eğer Leydi Purefoy bizi aldırmak için birini gönderecek kadar incelik göstermişse, yapabileceğimiz tek şey gitmek olacaktır."

Sonunda annesi de arkadaşının doğum günü partisini kaçırma ihtimaline dayanamadı ve Sydney'nin onları götürmesine izin verdi.

Katherine, Sydney'nin yoldaki garip davranışlarına ne anlam vereceğini bilemedi. Kadına ciddi bakışlar fırlatıyor, kravatıyla oynuyor ve genel olarak çok rahatsız görünüyordu. Onunla ne hakkında konuşmak istiyordu ki? Lord Napier'le neden kavga etmişti? Geç olsa da, ona kaba davranışını tekrar gözden geçiriyor olabilir miydi?

Ve ona Alec'le nişanlanma haberlerini nasıl söyleyecekti? Ya da Alec'ten kendi bile bu kadar emin değilken bunu yapmalı mıydı?

Leydi Purefoy'un evine vardıklarında, içeri girer girmez Leydi Purefoy'un annesine el koyması üzerine

Katherine, Sydney'yle yalnız kalmış olmasına rahatlamalı mı, rahatsız mı olmalıydı, bilemiyordu.

Birden vals başladı ve Sydney elini uzattı. "Bu dansla beni onurlandırır mısın, Kit?"

Başını sallayarak onayladı. Şu anda, en zor zamanlarında hep yanında bulunan Sydney'yle olmanın durgun rahatlığına ihtiyacı vardı.

Ama dans ederlerken bu durgun rahatlık gidiverdi. Onunla olmak sanki...alışmadığı bir şeydi. Garip. Ve hayatında daha önce Sydney'yleyken hiçbir zaman kendisini böylesine garip hissetmemişti.

"Seninle olan tüm şansımı kaybettim mi, Kit?" diye sordu Sydney kısık bir sesle.

İlk önce adamın endişeli yüzüne baktı. Tanrı aşkına, acaba aklını mı okumuştu? "Ne demek istiyorsun?"

"Duyduğuma göre Iversley sana eşlik ediyormuş. Ve eğer o gün okumadaki öpüşmenizden bu durumu değerlendirmem gerekirse, sen de...bu ilgiye karşılıksız değilsin."

"Sydney..."

"Hayır, bırak önce ben söyleyeyim. Benimle mutsuz olduğunu biliyorum ama gönlünü alabilirim. Eğer benimle evlenmeye razı olursan, anneme şimdi gidip söylerim bunu. Hatta ona söylemeden önce, hemen bu partideki herkese duyururum; eğer istediğin buysa?"

Hayretle adama baktı. Alec'in küçük planı, ne kadar yalan olsa da, işe yaramıştı. Sydney gerçekten de evlenme teklif ediyordu.

"Neden?" diye sordu. "Benimle bir haftadır konuşmazken birden seni evliliğe iten nedir?"

"Benim için neyin iyi olduğunu sonunda anladım. Ve sen benim için iyisin."

Bir kaşını havaya kaldırdı. "Düzenli yemek yemek ve spor yapmak gibi mi yani?"

"Hayır...bu...sen, benim aptalca ya da umursamazca bir şeyler yapmamı engellersin."

Zorla gülümsedi. "Sen zaten istesen de aptalca ya da umursamazca bir şey yapamazsın."

Yutkundu ve başka yöne baktı. "Bundan asla emin olamazsın." Gözlerini tekrar kadına çevirdi. "Yani yapacak mısın? Demek istediğim, benimle evlenecek misin?"

Kelimeler ağzına gelemeden bir süre öylece adama baktı. Sydney, her zaman tanıdığı aynı adamdı, yıllardır evlenmeyi hayal ettiği aynı adam; kibar, ilgili, zeki bir şair. Aynı yakışıklı ve aristokrat tipli, ince sivri çeneli ve düzgün bukleli arkadaşıydı.

Ama onu Alec gibi tutkuyla öptüğünü ya da kalbini yerinden çıkacak kadar hızlı attırdığını hayal etmeye çalıştığında bunu yapamadı. Olmuyordu.

Yine de, aslında bu iyi bir şeydi, değil mi? Sydney'yleyken, son iki gündür hissettiği o derin acıyı, zalim belirsizliği, gecenin bir vaktinde ansızın gelen vahşi arzuları hissetmeyecekti.

Her şey saygılı, sessiz ve barışçıl olacaktı.

Bana biraz sıkıcı gibi geldi.

Kulağında Alec'in sözcükleri yankılandı. Lanet

olası, küstah, aşağılık herif. Düşüncelerini istila etmek tam da ona göre bir şeydi. Ona ne yaptığına baksana. Onun için Sydney'yi bile hiç etmişti. Kendi gibi Katherine'i de kötü biri haline çevirmişti; heyecan için daima hazır ama sessiz bir hayatla tatmin olmayacak birine.

Ve bir kural çiğneyici.

Sydney kadının yüzündeki acıyı izliyordu. "Sessizliğin 'hayır' anlamına mı geliyor?"

"Şu anda benimle mutlu olamazsın." Ne kadar Alec'e kızgın olsa da, Katherine'in kafasını ne kadar karıştırmış olsa da, Sydney'nin onun için doğru adam olmadığını biliyordu.

Gerildi. "*Onun* yüzünden değil mi? Seni bana karşı doldurdu."

"Pek de sayılmaz…"

"Artık *benimle* olmayı istemesen de," dedi Sydney ciddi bir tavırla, "en azından yerime Iversley'den daha iyi birini seç."

"Senin düşündüğün kadar kötü biri değil o."

"Sizi partiye götürmek için gelmedi ama, değil mi?"

"Annemin söylediği gibi, malikânesinde bir işi çıktı."

Sydney surat astı. "Güzel bir hikâye. Malikânesini önemsediğinden bile şüpheliyim."

Alec'in Edenmore'u anlatırkenki hararetini düşünüp kafasını iki yana salladı. "Bence yanılıyorsun."

"Neden onu koruyorsun?"

Gözlerini kırpıştırdı. "Bilmiyorum."

"Şu anda kimsenin bilmediği bir yerde, kimsenin bilmediği bir şeyler yapıp sözünü tutmuyor ve sen de buna katlanıyor…"

"Ah, hayır, buna katlanmak zorunda değilim, inan bana. Ama onun içinde iyilik olduğuna inanıyorum."

Bunu, o an söyleyene kadar kendisi de fark etmemişti. Ama bu gerçekti. Çok derinlere gömülmüş olabilirdi ama içinde iyilik *vardı*.

"Onun hakkında yanılıyorsun, Kit. O ancak şairlerle dalga geçerek eğlenen bir muzip olabilir." Katherine gözlerini dikmiş ona bakarken Sydney ekledi, "Evet, okuma sırasındaki bütün maskaralıklarını fark ettim. Harrow'da da tam olarak aynı şeyi yapardı. Hiçbir şeyi ciddiye almazdı."

Öbür yanda da her şeyi fazlasıyla ciddiye alıp evlilik hakkında karar bile veremeyen Sydney vardı.

"Daha da kötüsü," diye devam etti Sydney, "o kadınları kirleten ikiyüzlünün biri."

"Peki sen onun hakkında bunları nereden biliyorsun?"

"Böyle bir tip hemen fark edilir; yakışıklı, hazır cevap, baştan çıkarmada yetenekli ve tamamen ahlaksız."

"Başka bir deyişle, bunu bildiğini söylüyorsun çünkü öyle tahmin ediyorsun. Kadınları kirlettiği ya da kandırdığı hakkında bir kanıtın olduğu için değil."

Sydney öfkeyle sessizleşti. "Harrow'dayken hizmetçileri öpebilmek için onlara iltifatlar yağdırırdı."

İçinden kıkırdamak geliyordu. On altı yaşındaki Alec'i enerji dolu bir halde oda hizmetçilerinden öpücük alabilmek için onlarla flört ederken kolaylıkla hayal edebiliyordu. Bu tam da ona göre bir şeydi. "Öyle olsa bile, eminim birçoğunu öpmüştür. Alec'in cazibesine dayanabilecek fazla hizmetçi olduğunu sanmam."

"Sen beni dinlemiyorsun..."

"Neden dinleyeyim ki? Eğer İngiltere'ye geldiğinden beri yaptığı alçakça bir şeyi bana gösterebilmiş olsaydın anlardım ama Harrow'daki günlerinden anlattığın bu saçmalıklar...Tanrım, böyle şeyleri herkes yapar."

"*Ben* yapmadım."

"Eminim arkadaşın Lord Napier yapmıştır. Onun da öyle bir tipi var."

Sydney garip bir kahkaha attı. "Sana tek bir şeyden emin olduğumu söyleyebilirim, o da, Napier'in hayatında bir oda hizmetçisini bile öpmeye çalışmadığıdır."

"Eğer öyle diyorsan. Ama bütün genç erkekler bazen aptalca davranır. Bir adamın karakterini gençliğinde yaptığı eşek şakalarına göre değerlendiremezsin." Özellikle de babası tarafından uzaklaştırılıp savaşın ortasına yurtdışına yollanan bir adamı.

Kafasında birden bir düşünce belirdi. "Söylesene Sydney, Alec okuldan atılmak için tam olarak ne yapmıştı?" Bu Alec'in dudaklarının mühürlü olduğu konulardan biriydi.

Sydney kaşlarını çattı. "Aptal arkadaşları, eğer Iversley Galler Prensi olursa, onların da soylu adamlar gibi yapıp gezineceklerini söylemişler. Komşu bir kasabada daha önce hiç gitmedikleri bir yere girip pahalı bir yemek ısmarlamışlar. Mekânın sahibi onlara karşı çıksa da bunlar kaçmış ama adam olayı Harrow'a şikâyet edip hepsini teşhis etmiş."

Katherine dikkatle onu dinliyordu. "Hepsi bu mu? Onun Portekiz'e gitmesine sebep olan korkunç olay *bu* mu?"

"Portekiz'i bilemem ama Harrow'dan atılmasına sebep olmuştu."

Kadın kahkaha attı. Gülmekten kendini alamıyordu. Hayal ettiği onca korkunç suçu düşününce, bu kadar aptalca bir şey olmasını hiç beklemiyordu.

Sydney kaşlarını çatmaya devam ediyordu. "Farkındaysan, bu o kadar da komik değil. Bu olay üzerine büyük bir sansasyon olmuştu. Bütün çocukların başı belaya girdi ve Iversley'nin babası onu eve dönünce bir güzel döveceğini söylemişti."

Ciddileşti. Alec'in annesi hakkında konuşurken ses tonunda fark edilen özleme bakılacak olursa, babası ona dövmekten çok daha beter şeyler yapmıştı.

Vals bitmek üzere olduğundan Sydney kadının elini tutup onu pistin kenarına yönlendirdi. "Bana Iversley'yle ilgili aceleci kararlar vermeyeceğine dair söz ver Kit."

İç çekti. Adamla evlenmeyi kabul ettiğini söylemenin zamanı gelmişti. Ama tepkisinden hoşlanmayacaktı.

Sonra birden Leydi Purefoy'un, yeni gelen birini duyuran baş kâhyasının sesi duyuldu, "Onurlu Iversley Kontu."

Etrafındaki kalabalık mırıldanmaya başlayınca kafasını döndürüp baktı.

Merdivenleri inen adam bir kont gibi hatta bir lord gibi bile görünmüyordu. Alec, gece kıyafeti yerine zeytin yeşili buruşuk bir frak, güderi pantolon ve çamurla kaplı botlar giymişti. Simsiyah saçları birbirine girmişti ve çenesi de günlerdir ustura görmemiş gibiydi.

Böyle beyefendilik dışı bir giriş her yerde çeşitli yorumlara sebep olurdu ama Leydi Purefoy'unki gibi şık bir partide yüksek sesli bir itiraza neden olmuştu.

Alec, herkesi susturan kötü bakışlarıyla balo salonuna girerken bu durumu umursamıyordu. Sonunda bakışı kadında kilitlenince, Katherine aniden korkudan titredi. Çünkü balo salonundaki diğer kimse bunu fark etmese de, Alec çok kızgındı.

Ve bakışının yöneldiği yerden anlaşılacak olursa, kızgınlığı onaydı.

Bölüm 19

*Bazen, bir zampara sadece içgüdülerine göre
hareket etmelidir.*
- Anonim, *Zamparanın baştan çıkarma sanatı*

*A*lec, Katherine'i Lovelace'in kolunda gördüğünde gözünü kan bürüdü. Hiçbir mantıklı düşünce artan öfkesini dindirmeye yetmeyecekti.

Üvey abisinin inanılmaz malikânesini gezip zamanın geçmesine izin verenin *kendisi* olması umurunda değildi. Kadının kimle isterse onunla dans etmeye hakkı olması da umurunda değildi.

Katherine'in erkek hizmetçisinin söylediğine göre, Katherine, *Lovelace'in* onu ve annesini buraya getirmesine izin vermişti. Lovelace şimdi kadının etrafında, sanki kavalyesiymiş gibi geziniyordu, sanki Alec yokmuş gibi…sanki sadece iki gün önce kadın onunla evlenmeyi kabul etmemiş gibi.

Buna dayanamazdı.

Onlara yaklaşırken Lovelace de, ikisinin arasına geçip adamı açık açık küçümseyerek incelemeye başladı. "Demek sonunda debelendiğin delikten kendini çıka-

290

rabildin? Bayan Merivale'i böyle mahcup ettiğin için kendinden utanmalısın."

Katherine Lovelace'in arkasından öne çıktığında oldukça rahatsız görünüyordu. "Bu kadarı yeter, Sydney."

"Evet 'Sydney'," diye tekrarladı Alec küçümser bir tavırla. "Neden bu işin dışında kalmıyorsun? Bu, ben ve nişanlım arasında."

"N-nişanlın mı?" Lovelace kekeledi.

Alec'in gözleri Katherine'e dönüp kısıldı; kadının yüzündeki kızarıklık Lovelace'in neden kafasının karıştığını açıklıyordu. Alec'in siniri tepesine çıkmıştı. "Evet. Bayan Merivale benimle evlenmeyi kabul etti fakat görünen o ki, size söylemeyi unutmuş."

Katherine ona baktı. "Tam da söylemek üzereydim, lordum."

"Sizi bunca dertten kurtardığım için mutlu değil misiniz?" Kaşlarını çatarak kolunu uzattı. "Ve şimdi madam, sizinle biraz konuşmam gerekiyor."

"Ama şimdi.." diye başladı Lovelace.

"Tamam Sydney." Çenesi titreyen Katherine, Alec'in kolunu tuttu. "Ben de lord hazretleriyle biraz konuşmak istiyordum."

İnsanlar etraflarında onlara bakıp fısıldaşırken balo salonunda ilerlemeye başladılar. Lanet olsun. O ve Katherine'in burada baş başa kalabilecekleri bir yer yoktu. Ve bu küçük konuşma için baş başa kalmak istiyordu.

"Alec…" diye başladı kadın.

"Henüz değil," diye mırıldandı. "Hadi bahçeye çıkalım, orada yalnız kalabiliriz."

Kadın elini adamın kolundan çekmeye başladı. "Seninle şu anda yalnız kalmak istediğimi sanmıyorum."

Kadını dışarı açılan kapıya yönlendirirken elini tekrar yakaladı. "Başka şansın yok...tabii, eğer dönüp Lovelace'i en yakın kasabaya fırlatmamı istemiyorsan."

Ona telaşlı bir bakış fırlattı. "Bunu yapamazsın."

"Hemen yapabilirim."

Katherine, hiç şikâyet etmeden kapıdan dışarı çıktı. Ama bahçeye girer girmez Alec'in elinden kurtuldu. "Yaptıkların hiç de mantıklı değil. Gelmiyorsun, mektup göndermiyorsun ve sonra da ben Sydney'yle dans ettiğim için kızıyorsun?"

"Benim öfkemi azdıran senin Sydney'le dans etmiş olman değildi bir tanem. Ona bizim evleneceğimizi söylememiş olmandı."

Geriye çekilip başını salladı. "Bunu bilmeden önce bile kızgındın sen."

"Peki sen, iki çılgın gün boyunca bir acil durumla uğraşıp döndüğünde nişanlını başka bir adamın kollarında bulsan nasıl tepki verirdin?"

Gözleri kısıldı. "Herhalde sana evlenme teklif ettikten sonra bir otele gittiğini duyduğun adama, aynı senin gibi tepki verirdim. Ve üstelik senin de bunu bilmeni istemiyorsa."

İşte bu sözler, Alec'in içinde bir dalgalanmaya se-

bep olmuştu. Ancak şimdi kadının gözlerinde parılda-
yan yaşları ve çenesinin titremesini fark edebilmişti.
Lanet olsun, lanet olsun, binlerce kez lanet olsun.

Arkasından gelen bir ses, balkondan onları izleyen
insanları fark etmesine sebep oldu. Katherine de onun
baktığı yere baktı ve içinden lanet okudu.

İzleyenlere kötü bakışlar attıktan sonra teker teker
balo salonuna dönmelerini sağladı. Yolun sonunda bir
sera olduğunu fark edince kadının kolunu tuttu ve
çekti.

"Ne yapıyorsun?" diye tersledi kolunu adamdan
kurtarmaya çalışırken.

"Bu tartışmayı herkesin önünde mi yapmak isti-
yorsun gerçekten?"

"Gittiler zaten."

"Geri dönerler, bundan emin olabilirsin. Kimse
toplum içindeki bir tartışmayı kaçırmak istemez."

Bu sözler kadını da ikna ettiği için adamın onu se-
raya götürmesine izin verdi. Karşı tarafın sonundaki
pencereler de olmasa, mekân aysız bir gecede barut
kadar siyahtı. Adam eldivenlerini çıkardı ve duvarda
asılı lambayı ve yanındaki çakmaktaşı kutusunu bula-
na kadar elini gezdirdi.

Lambayı yaktığında, ışık çok sinirlenmiş ve onu tam
da saklayamadığı sabırsızlığıyla izleyen Katherine'in
yüzünü aydınlattı. "Evet? Benim Sydney'yle dans et-
mek için iyi bir sebebim vardı. Senin Stephens Oteli'ne
gidip bunu benden saklamanın sebebi nedir?"

Katherine'in o lanet kominin ağzından lafı tatlılıkla

alabileceğini tahmin etmesi gerekirdi. Ama ne kadarını öğrenmişti acaba? Müstakbel eşinin umursamaz tavırlarla onun bir yalanını yakalamaya çalışması, tam da kendisininki gibi bir zekânın ürünü olabilirdi.

Bu konuda dürüst olmak en iyisiydi. "Ben orada yaşıyorum."

Kadının yüzündeki şaşkınlıktan *bunu* öğrenmemiş olduğu anlaşılıyordu. "S-sen ne yapıyorsun?"

Artık elindeki tüm kozları açık edecekti. "Şehirdeyken Stephens Oteli'nde kalıyorum. Babam toplum arasına karışamayacak kadar hasta olduğunda şehirdeki evimizi satmıştı ve benim de yeni bir tane alacak zamanım olmadı." Ya da bir ev kiralayacak parası.

Kaşlarının şeklinden kafasının karıştığı anlaşılıyordu. "Ama neden benim bunu öğrenmemi istemedin?"

"Stephens Oteli'nde bir konta yakışacak büyük odalar yok. Clarendon'a da gidebilirdim ama Stephens'ın sahibi bir arkadaşım." Ve Clarendon'a gücü de yetmezdi.

Ona şüpheyle baktı. "O zaman 'arkadaşın' neden senin hakkında hiçbir şey bilmediğini söylemiş?"

Birden panikledi. "Ne yaptın sen, onu bir ayakçıya sorguya mı çektirdin?"

Zarif güzelliğiyle kıpkırmızı olmuştu. "Hayır, ama…aslında, yolladığın komi nerde çalıştığını söylemeyince, ben de…Thomas'ın onu takip etmesini söyledim. Seni tanıdığını inkâr eden otel sahibiyle Thomas konuştu."

Alec omuz silkti. "Ben Jack'ten bu konuyu kimseye anlatmamasını istedim. Şehirden neden evim olmadığı hakkındaki sorularla uğraşmak istemedim."

"Biliyorsun ki, ben böyle bir şeyi umursamazdım."

"Ama annen umursardı. Stephens Oteli'nde kalışımla onu etkileyebileceğimi zannetmiyorum."

Katherine'e bir adım yaklaştı ama kadın hâlâ tedbirli olduğundan bir adım geriledi. "Annemin senin hakkında ne düşündüğü o kadar önemli mi?"

"Evlenmemiz için onun da onayını istiyorsun değil mi?"

"Onaylayacağını çok da iyi biliyorsun." Kaşını havaya kaldırdı. "Senin bir kont olman, onu aşırı derecede sevindiriyor."

"Ama seni *sevindirmiyor*. Sen şair Sör Sydney'yi tercih edersin," dedi kıskançlığını saklayamadan dokunaklı bir sesle.

"Ben güvenebileceğim bir adamı tercih ederdim. Bu kişinin sen olduğundan o kadar da emin değilim."

Maalesef Katherine adamın dayanaksız bahanelerine kanmayacak kadar akıllıydı, yani mantıklı bir tartışma yürütmek boşunaydı. Onun üzerinde işe yarayan tek bir taktik vardı.

Katherine'e yaklaştı. "Bana güveniyorsun." Gözü broşunun üzerine kaymıştı. "Yoksa hediyemi takmazdın. Sana doğru bir kılıçla at sürüp sana zarar vermeyeceğime güvenmiştin. Astley'deyken evlenmeden namusuna gölge düşürmeyeceğime güvenmiştin…"

"O farklı bir şey," dedi geriye çekilerek. "O zaman ne yaptığını anlatmadan ve özür dilemeden şehir dışında iki gün boyunca oradan oraya gezmemiştin…"

"Şimdi senden özür diliyorum."

"Beni öpmeye çalışmak özür dilemek demek değil."

"Olabilir ama." Kadını yakalayacak gibi oldu.

Dayanıksız görünümüne rağmen şaşırtıcı derecede ağır olan çantasıyla adamın eline vurdu.

"Ah! Bu ne içindi şimdi?"

"Beni öpücüklerle kandırabileceğini sandığın için." Kadın aralarında bir mesafe bıraktı. "Şimdi orda dur. Neden buraya bu kadar geç geldiğini ve mektup yollayamadığını öğrenmek istiyorum."

Sızlayan elini sinirle ovalıyordu. "Çünkü işleri bitirmenin beklediğimden daha fazla zaman alacağını anladığımda mektup göndermek için çok geç kalmıştım."

"Ne işleri?" diye ısrar etti.

"Malikâneyle ilgili, sana söylemiştim."

"Şunu doğru düzgün anlat, Alec. Malikâneyle ilgili hangi işler?"

Adam kaşlarını çattı. "Eğer hapşırdığında bile karısına haber veren kocalardan olacağımı düşünüyorsan, yanılıyorsun."

"Eğer bana cevap vermezsen, hiçbir zaman kocam olamayacaksın."

Portakal kokulu havayı ciğerlerine çekti. Lanet olası kadın. Fazlasıyla meraklıydı. Ve adam da çürük bir temele basıyordu. "Bahar ekiminde kullanacağımız bazı saban ve sürgünlerin teslimatını sağlamak için malikâneye dönmem gerekti. İşte bu, mutlu musun şimdi?"

"Neden bunu kâhyan yapamadı?"

"Çünkü babamın hırsız kâhyasını kovmuştum ve ne kiracılarım ne de yerel tüccarlar yeni kâhyayı ona güvenebilecek kadar tanıyorlar." Kafasıyla diklendi. "Sana daha önce açıklama yapmadığım için beni affet ama malikâne işletmenin hobilerin arasında olduğunu bilmiyordum."

Kollarını göğsünde kavuşturarak adamın alaycılığını görmezden geldi. " 'Teslimatı sağlamak' iki gününü mü aldı?"

Adam dişlerini gıcırdattı. "Tüccar kendi oğlunun daha önce verdiği sözü onurlandırmayınca alıyor. Teslimatı yapmadı, o zaman ben de başka şeyler ayarlamak zorunda kaldım ve bu da Hertfordshire'daki bir arkadaşımın malikânesine uğramama sebep oldu."

Adam yalan söylemeden her şeyi anlattığı için kendini kutluyordu ki kadın, "Ne gibi başka şeyler ayarladın?"

"Malikânemdeki tüm işleri sana anlatacak havamda değilim," diye homurdandı tekrar kadına yaklaşırken. "İnatçı tüccarlarla, şüpheci kiracılarla ve endişeli bir kâhyayla iki gün boyunca uğraştıktan sonra sadece bir tek şey için havamdayım, nişanlıma nasıl bir adamla evlenmeyi kabul ettiğini hatırlatmak için. Onun kolayca unutmuş gibi göründüğü bir şeyi."

297

Tekrar geriye çekilirken gözleri fal taşı gibi açıldı. "Unutmadım. B-ben tam da ona söylemeye çalışıyordum ki…"

"Onunla dans ederken. Onun kolunda gezinirken."

Biraz daha geriye gittiğinde bir portakal ağacına o kadar sert çarptı ki, elbisesine ve saçına yapraklar düştü. Çantasını bir silah gibi eline alarak adama baktı. "Geri çekil yoksa sana tekrar vururum."

"Hadi vur." Kadına yaklaştı. "Sana meydan okuyorum."

Adama çantasıyla vurmaya çalıştığında adam kolayca onu elinden alıverdi. Tam yan tarafına fırlatacakken ağırlığını fark edince duraksadı. "Ne taşıyorsun bunun içinde, gülle mi?"

Kadının yüzünden paniklediği anlaşılıyordu. "Geri ver onu!"

Başını iki yana sallayarak çantayı açtı. İçindeki kitabı görünce merakı öfkeye dönüştü. "Herhalde arkadaşından sana şiirler."

Kitabı çıkardı ve lambaya doğru yaklaştı. Kitabın adını görünce inanamadı. Kaşlarını çatarak kitabı kadına doğru salladı. "Sana *bunu* Lovelace mi verdi?"

Kadın başını iki yana salladı. "Ben…şey…bu…babamındı."

Bu adamı daha da çok şaşırtmıştı. "Ve sana bunu *o mu* verdi?"

"Hayır!" Lambanın loş ışığı altında bile kadının kıpkırmızı kesildiğini fark edebiliyordu. "Öldükten sonra bunu çalışma odasında buldum."

Gözlerini kısarak uyduruk kitabı gözden geçirirken bölüm başlıklarını fark etti: "Baştan Çıkarma İçin En İyi Hediye", "Zamparanın Aldatmaları", "Bir Kadının Zayıflığını Bulmak"…

Öfkesi iyice alevlendi. Kitabı kadına doğru salladı. "Bana *bu yüzden mi* güvenmiyorsun, bu yüzden mi sana yaklaşmama engel olmaya çalışıyorsun? Bu zırvalıkları okuduğun için mi…"

"Aslında tam da zırvalık sayılmaz," dedi acıyla. "Babam bütün talimatları uygulamış anlaşılan."

"O zaman o bir aptalmış."

"Doğru. Ama onu neyin bir aptala dönüştürdüğünü bilmek istedim. Ve neden *bazı* erkeklerin eğlence için kadınları baştan çıkardığını."

"Sanırım *beni de* o gruba dâhil ediyorsun. Nasıl olur da beni lanet babanla karşılaştırırsın? Onun gibi olduğumu düşünmen için sana hiçbir neden vermedim ben."

"Vermedin mi?"

Birden yanan ışık onları aydınlattı. "Stephens Oteli'nde yaptığımı sandığın şey buydu, başka bir kadınla görüştüğümü sandın."

"Öğrenmemem için elinden geleni yapmışsın."

"Lanet olsun, Katherine. Böyle bir şeyi sana yapabileceğimi nasıl düşünebilirsin? Bana o kadar da mı güvenmiyorsun?"

Kadının gözleri adamınkilere kitlendi, açık ve tedbirliydiler. "Senin hakkında ne düşüneceğimi bilemiyorum. Hiçbir zaman da bilmedim."

Kitabı savurdu. "Yani kafanı bu saçmalıklarla doldurdun, sonra da birkaç dedikodu ve Lovelace'in kinine dayanarak bir zampara olduğuma karar verdin."

Zar zor konuştu. "Ve davranışlarına dayanarak."

"Yani seni öpmemi mi kast ediyorsun?" Sesini alçaltmıştı. "Seni mutlu etmemi mi?"

"Bana yalan söyleyerek…"

"Sana hiçbir zaman yalan söylemedim." Fakat söylemişti. Küçük yalanlar, kaçamak yanıtlar, minik aldatmalar…ve en büyük aldatma hâlâ devam ediyordu.

Ama yine de hak ettiğinden daha büyük suçları adama yüklemeye hakkı yoktu. "Bana güvensizliğinin sana yaptığım hiçbir şeyle ilgisi yok. Ne yaparsam yapayım, ne söylersem söyleyeyim, sen yine de beni ahlaksızlığın ve zamparalığın timsali olarak göreceksin."

"Ama kabul etmelisin ki…"

"Hiçbir şeyi kabul etmek zorunda değilim." Kadına doğru yürüdü. "Ben bir zamparayım, yalancıyım ve dolandırıcıyım; kadınları zevk için aldatan bir adamım. Ben…bir düşüneyim…" Kitabı açıp rasgele bir şey okudu. "Baştan çıkarmanın efendisiyim."

Kadına tekrar bakarken gözlerini kıstı. "Evet aynen öyle. Baştan çıkarmanın efendisi. Ve bunca zaman boyunca, ben kendimi sadece evlenmek istediği kadına eşlik eden bir adam olarak görmüştüm." Kitabı kenara fırlatıp ceketini çıkardı ve sonra yeleğinin düğmelerini açmaya başladı. "Ne kadar az şey biliyormuşum."

Kadının gözleri fal taşı gibi açılmıştı. "Şimdi, Alec, sen şey yapmayacaksın…"

"Sus bir tanem." Yeleğini çıkarıp kadını kendisine çekti. "Bırak da usta işine baksın."

Siniri tepesindeyken kadının dudaklarını amansız bir kararlılıkla tuttu. Öyle ya da böyle müstakbel eşine efendilik yapacağını gösterme zamanı gelmişti. Ve eğer bunu onu baştan çıkararak yapması gerekiyorsa, öyle de olacaktı.

Bölüm 20

Bazı kadınlar baştan çıkarmak için fazlasıyla akıllıdırlar.
- Anonim, *Zamparanın baştan çıkarma sanatı*

Adam çıldırmıştı! Hep kadını ikna edebileceğini düşünüyordu; onu öperek...dizlerinin bağını çözerek...belinde ılık bir ateş hissetmesine neden olarak...

Hayır! Katherine geri çekildi. "Ne yaptığını sanıyorsun sen?"

Öfke, Alec'in her yanını sarmıştı; adam kravatını çıkarırken gördüğü parıldayan gözlerinden bunu anlayabiliyordu. "İki gece önce yapmış olmam gereken şeyi, evliliğimizi kesinleştiriyorum."

Sözleri kadının içinde bir dehşet duygusu uyandırdı. "Beni baştan çıkararak."

"Yapmam gereken de bu değil mi?" Süratle konuşuyordu. Tek eliyle gömleğinin düğmelerini açarken kadına baktı. "Biz zamparalar bunun için yaşarız, genç masumları baştan çıkarmak için."

Gömleğini başının üzerinden zorla çıkardı. Çıplak bedenini görünce Katherine donakaldı. Bir anlığına

302

tartışmalarını ve adamın öfkesini unutuverdi. Sadece adamın çıplak göğsüne bakıyordu; ışığın altında gördüğü düzgün kasları ve fidan gibi beli, ona Astley'deki muhteşem geceyi hatırlatıyordu...

Kendine geldi. "Senin bir zampara olmadığını biliyorum."

"Gerçekten mi?" Kadını kollarına aldı. "O yüzden mi o kitabı bir uğur gibi el çantanda taşıyorsun?"

"O sadece...bir..."

Kadının verdiği zayıf karşılık, adamın sıcak ve öfkeli öpücüğüyle kesintiye uğradı. Bir anlığına adamın onu öpmesine izin verdi. Öfkesinden dolayı onu suçlayamazdı; açıklamaları gayet makûldü. Ve geç kalmasına *aşırı tepki* göstermişti. Ayrıca nişanlılıklarını Sydney'ye söylememişti.

Ama yine de, ona hâlâ tam olarak güvenmiyordu. Bir şeyler saklıyordu; bunu bazı soruları atlatmaya çalışmasından hissedebiliyordu.

Adamın kollarının arasından çıkıp portakal ağacından sıyrıldı ve ilerdeki yola doğru uzaklaştı. "Beni baştan çıkaramazsın."

İnsafsız bir savaşçı gibi kadının arkasından sinsice yaklaştı. "İstediğimi yaparım. Ben bir zamparayım, hatırladın mı?"

"Bunu söyleyip durmayı keser misin?" Bir sulama kabına takılıp düşecekken dengesini tekrar kazanıp daha da geriledi. "Demek istediğin bu değil. Sadece kitabım yüzünden kızgınsın."

"Hissettiklerim artık öfkenin çok ötesinde, bundan emin olabilirsin."

Adamın ısrarla onun peşinden gelişi, kadının ilik-lerine kadar titremesine yol açtı. Maalesef bu titreme korkudan değildi. "Bunu yapamazsın. İnsanlar göre-bilir."

"Pencerelerden uzak olan bu köşede göremezler."

Tanrım, çok ciddiydi. "Ama herkes ne yaptığımızı tahmin eder." Yolunun üstündeki bir sandalyeye tu-tundu.

Adam onu kenara fırlattı. "*Eğer* burada olduğumu-zu tahmin ederlerse. Balkona geri dönen herkes bah-çenin boş olduğunu görüp bizim eve döndüğümüzü sanacaktır. Eğer öyle zannetmezlerse de sorun değil. O zaman benimle evlenmek *zorunda* kalırsın."

Kadının etrafını, arkasında minderli bir bank olan oyuğa doğru çepeçevre sardı. Ve sonra atağa geçti; amacı onu kollarına çekmek değildi. Bunun yerine düğmelerini açmak için kadını ters çevirdi.

Sadece parmaklarının elbisesine değmesi bile için-de umursamamaya çalıştığı pervasız bir zevk hisset-mesine sebep oluyordu. "Bunu yapamayız."

"Yapabiliriz." Dudaklarını kadının boynunda, saç-larında ve santim santim çıplak bıraktığı sırtında gez-diriyordu.

Baştan çıkarmalardan aklını uzaklaştırabilecek tek şey buydu. "Biz daha evlenmedik."

"Evleneceğiz." Adam kadının elbisesini indirmeye başladı. Elbise beline kadar düştüğünde sadece korsesi ve kombinezonuyla kalmıştı. Korsesini o kadar kolay açabilmiş olması kadını kızdırdı.

"Bir kadını nasıl soyacağını gerçekten de çok iyi biliyorsun."

"Birkaç kadını soymuşumdur şimdiye kadar," diye itiraf etti korseyi kenara fırlatırken. "Ama senin sandığın kadar çok değil. Ve uzun zamandır da böyle bir şey olmuyor." Kadının arkasından, ince kumaşla örtülü göğüslerini avuçladı. "Seni endişelendiren bu mu, seni elde edip seninle evlenmeyecek kadar ahlaksız olabilmem mi?"

"Ben senin ahlaksız olduğunu hiç…"

"Kitabın evlenen zamparalar hakkında ne diyor? Yoksa evlenemezler mi?"

Adam göğüslerini okşarken bunları düşünmek o kadar da kolay değildi ama yine de cevap vermek için doğruldu. "Diyor ki…evli zamparalar…tedbirli olmalılar."

"Lanet şey. O lanet şeyi yakmak zorunda kalacağım."

"Ya da oradaki talimatlara uymayı bırak."

Onunla göz göze gelmek için kadını çevirdi; adamın yüzü alevler içindeydi. "Ben *hiçbir zaman…*"

"Biliyorum." Elini adamın dudaklarının üzerine bastırdı. "Bılıyorum." Öfkesi azalınca kadın da elini çekti. "Ama kitapta yazanlara bakılırsa, zamparalar ve saygıdeğer adamlar av peşinde koşarken aynı şekilde düşünüyorlar."

Kadına dikkatle baktı. "Ne anlamda?"

"Beni baştan çıkarmaya çalışıyorsun, değil mi?"

Adam durakladı ve sonra başını salladı. "Ben seninle sevişmeye çalışıyorum. Aynı şey değil ki."

"Değil mi?"

"Baştan çıkarma, ancak bir adam kadını onunla aynı yatağı paylaşmaya evet dedirtmek için zorlarsa olur." Kadını yakınına çekti ve fısıldamak için eğildi. "Sevişmek ise, kadın sadece orda olmak istediği için evet derse olur."

Bu kesinlikle *Zamparanın baştan çıkarma sanatı*'nda yoktu. Bu anonim yazarın kadınlara fazla seçim hakkı bırakmadığını bilecek kadar çok okumuştu kitabı.

"Peki ben neden evet diyeyim?" Sözcükleri söyler söylemez neyle karşı karşıya kaldığını anladı. Çünkü o da bunu düşünüyordu, istiyordu...

"Çünkü benim sana ihtiyacım olduğu kadar senin de bana ihtiyacın var." Kadını tekrar öptü; ne istediğini bilen, kadının da kendinden daha çok ne istediğini bilen, ağır alevlerle yanan bir öpücük. "Bana güvenini göster, bir tanem." Parmağını kadının dudaklarında gezdirdi. "Seni hayal kırıklığına uğrattığımda hemen Lovelace'e koşmayacağını göster bana. Benimle evlenmek istediğini göster."

Şimdi kızgınlığı da geçtiği için, durum Katherine için daha da tehlikeli bir hale gelmişti. "Seninle evlenmek istiyorum ama...bazı kurallar olmak zorunda."

"Kural yok." Yüzü bir demir gibi sert görünüyordu.

"Ama..."

"Hayır," diye homurdandı, kadının kombinezonunu başından çıkarıp kenara fırlatırken.

Katherine iç çamaşırı giymemişti. Bunu gören Alec'in gözleri arzuyla açıldı. Katherine bunu fark ederek bedenini elleriyle örttü ama adam onu çoktan yakalamıştı.

Kadına öfkeli bir bakış fırlattı. "Çok fazla kuralın var, bir tanem. Toplum içine karıştığımızda benden istediğini yapmamı emredebilirsin ama yalnızken sadece tek bir kural olacak."

"Ne-ne kuralıymış bu?"

"Âşıkların kuralı: Önemli olan tek şey birbirimizi mutlu etmemiz."

"Peki ben daha fazlasını istersem? Ya istersem…" Ne? Aşk mı? Adama daha önce aşka inanmadığını söylemişti. "Karşılıklı bağlılık istersem? Duygularıma özen gösterilmesini istersem?"

"Bunu da alacaksın," dedi ama kadını daha da kendine yaklaştırırken bakışlarında tekin olmayan bir gölge oluşmuştu. "Alacaksın, söz veriyorum."

Bu çılgınlıktı ama ona inanmıştı. "Peki. O zaman evet."

Elleri, Katherine'i belinden sıkı sıkı tutuyordu. "Neye evet?"

Dudaklarını vahşice onunkilerle birleştirdiğinde kadını egemenliğine almıştı. Katherine heyecan ve arzuyla titriyordu.

Bedenleri birbirine temas ettiğinde *Zamparanın baştan çıkarma sanatı*'nda gördüğü resimleri anımsadı.

Alec, "Sen de bana dokun…lütfen…" dedi.

Adamın sesindeki boğuk yalvarış kadının hoşuna

gitmişti. Alec daha önce hiçbir şey için ona yalvarma-
mıştı; böyle bir şey için fazlasıyla kendine güvenen bir
karaktere sahipti.

Alec'e dokunmasının ona zevk verdiğini görünce
sevinmişti.

Kadına zevk veren hep o olmuştu. şimdi aynı şeyi
kendinin yapıyor olması çok heyecanlandırıcıydı ve
onu çılgınca özgür kılıyordu.

Alec, "Seni mutlu ediyor muyum?" diye homur-
dandı.

"Biliyorsun ki…evet," dedi nefessiz kalarak. "Ben
seni mutlu ediyor muyum?"

"Hem de çok."

Sonra arzuyla Katherine'i minderlerin üstüne ya-
tırdı.

"Artık benimsin, Katherine Merivale. Lovelace'in
değil, *benim*."

"Evet," dedi kollarını adamın boynuna dolarken.

"Benimle evleneceksin," diye emretti. "En kısa za-
manda."

"Evet. Nasıl istersen."

Kadına baktı. "Bunun nasıl yapıldığını biliyorsun,
değil mi?"

Katherine kıkırdadı. "Eğer bilmiyorsam, yakında
büyük bir sürprizle karşılaşacağım demektir."

"Katherine…"

"Evet nasıl yapıldığını biliyorum. Ben bir kasaba
kızıyım, hatırladın mı?" Ayrıca aylardır o resimlere
baktığını söylemesine gerek de yoktu.

"Canını acıtmak istemiyorum," dedi kadının üzerinde gezinirken.

"Bundan kaçış yok." Alec'in kolunu öpmek için başını çevirdi. "Yani durmayı düşünmüyorsan…"

"Hayır," diye homurdandı. "Artık durmak yok."

Gözlerini kapadı. Ne kadar da…ilginçti. Sıcak ve heyecan vericiydi. Hiçbir zaman hayal etmediği gibi onu ısıtması…

Katherine kıkırdadı. Bu kadar vahşice koruduğu iffeti *bu muydu*? Bu kadar kolay üstesinden gelinebilen bir engel miydi?

Kadının kulağına doğru fısıldadı, "Bu kadar komik olan ne?"

Ona bakmak için gözlerini açtı. Endişeli görünüyordu. "Bu benim…beklediğim gibi bir şey değildi, o kadar."

Bir kaşını kaldırdı. "Ne bekliyordun?"

"Gökyüzünün tepeme düşmesini ve yeryüzünün titremesini." Ve hepsi de iffetini evlenmeden bir adama verdiği içindi.

Laubali bir şekilde gülümsedi ve dudaklarını onunkilere sürttü. "Sadece bekle," dedi söz verir bir ses tonuyla.

Sonra deliler gibi sevişmeye başladılar.

Alec, zorlanan ve yorgun düşmüş nefesiyle Katherine'e bakabilecek kadar kendini geri çektiğinde yüzünden tatmin okunuyordu. "Bunu hatırla… Bunu benimle…yaşadığını…Lovelace'le olmadığını…hatırla."

Katherine sadece başını sallayabiliyordu çünkü ona hissettirdiği heyecan, konuşmasını … düşünmesini… her şeyi zorlaştırıyordu.

"Benimsin artık. Sadece benim."

Ve sonra yeryüzü sarsıldı ve gökyüzü tepelerine düştü… Katherine'in dudaklarından bir mutluluk çığlığı yükseldi.

Adam dudaklarıyla kadının çığlığını durdurdu, böylece seradaki varlıklarını açığa çıkarmış olmayacaklardı.

Katherine, zihninde sürekli adamın sözcüklerini tekrarlıyordu. *Benim. Artık benimsin. Sadece benim.*

Bölüm 21

Eğer bir kadın, siz onu iğfal ettikten sonra daha da sa-
hiplenici olursa ve eğer huzur istiyorsanız,
beklentilerinin önünü hiç başlamadan kesin.
- Anonim, Zamparanın baştan çıkarma sanatı

*A*lec'in balo salonuna dönmek için acelesi yok-
tu. Serada, çırılçıplak, sere serpe, kucağında
Katherine'le sıcacık uzanıyordu.

Tek soğuk şey duvardı. Sera, baharın belirsiz soğuk-
luğunu kırmış, onları kozasıyla örtüp nemli bir ortam
sağlamıştı. Gece onları meraklı gözlerden korurken
sanki kendi cennetlerindeymiş gibi hissediyordu.

Burada, endişelenecek bir Edenmore, saklanacak
yalanlar ve suçluluk duygusu yoktu. Burada sadece o
ve Katherine vardı.

Katherine'le az önce yaşadıklarını düşünmek, bo-
ğazının düğümlenmesine neden oluyordu. Ne kadar
vahşi, tatlı bir sevgili. Ne kadar cesur ve tamamıyla
onun. Onu sahiplenircesine kollarını kadına doladı.
Artık aralarına hiçbir şeyin girmesine izin vermeye-
cekti.

Katherine, Alec'in göğsüne sokuldu, nefesini teninde hissediyordu. "Burayı sevdim."

Kıkırdayarak kadının karışmış saçlarına bir öpücük kondurdu. "Ben de burayı sevdim bir tanem. Edenmore'a bir sera inşa etmem gerekecek."

"İçeri dönmek zorunda olmamız ne kötü."

"Zorunda mıyız?"

"Gitmek zorunda olduğumuzu biliyorsun. Annem yakında beni aramaya gelir."

"İyi, biz de bizi bulana kadar burada kalırız. O zaman tamamen durumu açıklamış olursun." Kadının çenesini tutup kendisine doğru çevirdi. "Artık benimle evlenmek zorunda olduğunu biliyorsun, bir tanem."

Alec, Katherine'in gözlerinden mutluluk okunurken yine de kadının bir yanının hâlâ adamın sadece onu baştan çıkarmak istediğinden korktuğunu fark etti. Bunun moralini bozmasına izin vermeyerek ekledi, "Aslında olabildiğince çabuk evlenmeliyiz."

"Öyle mi?" diye dalga geçti.

"Evet öyle," dedi ciddiyetle.

Cesur bir gülümsemeyle adamın kucağından sıyrılıp ayağa kalktı ve bir kedi gibi gerindi. Adamın gözlerini göğüslerine diktiğini fark edince kıpkırmızı oldu ve üstünü kapamak için kombinezonunu aldı.

Alec, tam kadını banka yatırıp onunla tekrar sevişebilir miyim, diye düşünürken, Katherine geri çekildi. Alec ağır ağır nefes alıp vererek kadının kombinezonunu giymesini izledi.

Sonra kadın gülümsedi. "Biliyorsun ya, *Zamparanın baştan çıkarma sanatı*'nda resimler de var."

"Ne tür resimler?"

"Ahlaksız resimler. Zamparaların kadınlarla olan resimleri."

Kadının bu şekilde konuşması, adamın nefesini kesiyordu. Katherine'in umursamaz bir tarafı olduğunu biliyordu ama onu açığa çıkarmanın kadını böyle güzel bir ahlaksıza döndüreceğini nerden bilebilirdi ki?

Tekrar yatağa atmak için bekleyemediği bir ahlaksız.

Homurdanarak kadını yakaladı. "Şimdi o resimlerde gördüklerini sana hatırlatmam gerekiyor." Kadının boynuna bir öpücük kondurmak emmek için kafasını eğdi ve sırtını tutup yumuşak göğüslerini kendi göğsüne bastırdı.

Katherine onu geriye itti ve elbisesini aramak için etrafta gezinmeye başladı.

Alec kaşlarını çattı. "O kadar çabuk değil, senhora." Arkasından yürüyüp elini yakalamaya çalıştı. "Beni bu kadar arzulandırdıktan sonra olmaz."

"Kiminle evleneceğini unutmamalısın."

Kendi laflarına ona karşı kullanmasına lanet ediyordu. Gülmesi mi lazımdı yoksa onu omzuna alıp banka geri mi taşısaydı bilemedi. "Sanki senin çıplak halini düşünürken bunu unutabilirmişim gibi," diye homurdandı.

Kadının melodili kahkahası sadece onu kızdırmaya yaradı. "İyi. Evlenene kadar o düşünceyi aklında tutmaya devam et."

"Evlenene kadar beklememizi boş ver. Ben seninle şimdi sevişmek istiyorum."

Ona doğru bir kez daha hamle yaptığında, kadın gülümsedi ve adama iç çamaşırını fırlattı. "Bunu yapamazsın ve sen de bunu biliyorsun. Yani bizi kimse bulmadan önce giyinmene bak."

Yüzünde kurnaz bir gülümseme, elinde de iç çamaşırıyla kadına doğru yanaştı. "Bir öpücük, tek istediğim bu. Evlendiğimiz geceye kadar idare etmesi için."

Adama kuşkuyla baktı. "Sence tek bir öpücükle durabilecek misin?"

Tabii ki duramazdı. Kadın da duramazdı. Zaten sorun da buydu. "Neden deneyip görmüyoruz?"

"Aa, hayır, deneyemezsin." Portakal ağaçlarını, oturma alanından ayıran kısa duvarın arkasına fırladı. "Bu fikir sana şu anda ne kadar çekici gelse de, kollarında çıplak bir halde bulunmayı *istemiyorum*."

Homurdandı. "Görgü kurallarına uymana lanet olsun. Bunu içinden çıkardığımı sanıyordum."

"Henüz çıkaramadın." Alay eder bir başka gülümsemeyle elbisesini giyindi. "Ama denemekte serbestsin. Evlendikten *sonra*."

Evlendikten sonra onu bir hafta yatakta tutacağını söylemek için ağzını açtı ama bahçeden gelen yüksek sesler sesini çıkarmamasına neden oldu.

"Onu burada gördüğüne emin misin?" diyen Bayan Merivale'in sesi duyuldu.

Cevabı duyamadı ama zaten duymasına da gerek

yoktu. Davetsiz misafirlerin sesi hâlâ uzaktaymış-
lar gibi gelse de çok yakında seraya varacaklardı. Ve
Katherine'in paniklemiş yüzünden böyle yakalanmak
istemediği anlaşılıyordu.

Pekâlâ, kadının görgü kurallarına uyacaktı. Şimdi-
lik.

Yavaşça giyiniyorlardı, elleri sessiz bir çılgınlıkla
hareket halindeydi. Kadının korsesini bağladı ve elbi-
sesini sıkılaştırdı; kadın da kravatını bağlamasına yar-
dım etti. Tanrı'ya şükür, zaten davete geldiğinde her
yeri buruşuk görünüyordu, böylece dağınık giysisi
daha fazla yoruma sebep olmayacaktı.

Kadının görünüşü de nerdeyse öyleydi ama bera-
berce kadını düzgün bir hale sokmayı başardılar. Ses-
ler iyice yaklaştığında adam artık kadının saçını dü-
zeltmesine yardım ediyordu.

Sera kapısı açılıp mum ışıklarının ardından ev sa-
hibeleri ve Bayan Merivale içeri girdiğinde Katherine
son saç tokasını yeni takmıştı.

Leydi Purefoy, mumları odadaki duvarın üstüne
yerleştirirken Alec'in gözüne yerde duran *Zamparanın
baştan çıkarma sanatı* ilişti. Işık oraya henüz vurmadan
kitabın önüne gidip durdu. Saniyeler sonra o ve Kat-
herine tamamıyla aydınlatılmıştı.

Bayan Merivale, onları tamamen giyinik ve saygılı
bir şekilde mesafeli bulduğu için hayal kırıklığına uğ-
ramış gibiydi ama bu yine de söyleyeceklerini durdur-
mamıştı. "Lordum! Nasıl böyle bir şey yaparsınız.."

"İyi akşamlar, hanımlar," dedi Alec sakince. "Tam

zamanında geldiniz. Bayan Merivale gelinim olmayı sonunda kabul etti."

İki kadın gözlerini kırpıştırdılar. Ve her şey birden değişti.

Bayan Merivale kızını kucaklamak için ileriye atıldı. "Ah, meleğim, senin adına çok mutluyum. Sonunda buna karar vermen ne kadar güzel!"

Leydi Purefoy'un şoku, ukala bir kendini kutlamaya dönüştü. "Ben sana söylememiş miydim, Totty?" dedi barones, Bayan Merivale'e. "Lord hazretlerinin, iyi bir sebebi olmadan evime böyle utanç verici bir kıyafetle gelmeyeceğini biliyordum. Ve bu eşleşmenin benim partimde gerçekleşmesi! Ne güzel bir kutlama!"

Sanki bu lanet kadının konuyla bir ilgisi varmış gibi, diye düşündü Alec duygusuzca.

"Böyle araya girdiğim için kusuruma bakmayın, Leydi Purefoy, ama Bayan Merivale'e evlenme teklif etmek için bir dakika bile beklemek istemiyordum." Katherine'in elini tutarak, kadının gülen yüzüne bakıyordu.

"Özür dilemeye gerek yok." Leydi Purefoy, Bayan Merivale'e göz kırptı. "Biz evli ve yaşlı kadınlar, aşkı bulan genç beyefendilerin ne kadar düşüncesiz hareket edebileceklerini unutacak kadar yaşlanmadık."

İki kadın güldü ama Katherine, gülümsemesi kaybolarak öylece kalakalmıştı.

Alec içinden lanet etti. Ona her kadının sevgilisinden duymak isteyeceği aşk sözcükleri söylemeden sormuştu, adeta evlenmeyi *emretmişti*.

Ama yine de aşka inanmadığını söyleyen o değil miydi? Bu evlilik birbirini arzulayan iki insan arasındaydı, başka da bir şey değildi. Bunu kadının da anlaması gerekiyordu ve eğer anlamıyorsa adama böyle duygular beslemeye başlamadan önce duruma açıklık getirmek iyi olurdu.

Alec, Katherine'in ona böyle duygular beslemesini *istemeden* önce. Hayır, hayatını, annesi gibi, elde edemeyeceği bir şey için yalvararak geçirmeyecekti. Katherine'i arzulayabilirdi, evet. Onun beraberliğinden keyif alabilirdi, tabii ki. Ama aşkı için yalvarmak?

Bu yola girerse felakete yol açabilirdi.

"Korkarım ki hepimizin balo salonuna girmesi gerekiyor," dedi Leydi Purefoy, "insanlar burada neler olup bittiğini konuşmaya başlamadan önce."

"Elbette," dedi Alec. "Ayrıca nişanlımla da dans etmek isterim."

İki kadın birbirlerine bilmiş bilmiş baktıktan sonra kapıya yöneldiler. Arkalarını döner dönmez, Katherine ahlaksız kitabı almak için yere eğildi. Alec görmemiş olduğunu ümit ediyordu ama böyle bir şansı yoktu.

El çantasına kitabı tıkıştırmaya başladığında Alec kitabı elinden aldı. "Bu bende kalacak," diye mırıldandı frakının ceket cebine koyarken.

Kadın kaşlarını kaldırdı. "Neden?"

"İçinde ahlaksız resimler olduğunu söylemiştin, değil mi?"

"Alec..." diye başladı ikaz eden bir ses tonuyla.

"Rahat ol, bir tanem." Kolunu alarak kadını kapıya

317

geçirdi. "Evlenir evlenmez geri vereceğim. O zamana kadar, daha önceki beraberliklerimizde bana olan itirazlarını hatırlatan bir şeyin olmasını istemiyorum."

"Şimdi anlıyor musun, benim küstah Lord Iversley'im, ben hiçbir zaman…"

"Siz ikiniz geliyor musunuz?" diye sordu Bayan Merivale başını seraya çevirerek. "Duyurmamız gereken bir nişan var."

"Evet bir tanem," diye alay etti Alec, "neden oyalanıyorsun ki?" Katherine önce ona, sonra da annesine kaşlarını çattığında, Alec gülümsüyordu.

Ve Bayan Merivale orda durup kapıdan çıkana kadar onları beklerken, adam, girişken bir kayınvalidesi olmasının hoşuna gidebileceğini düşündü. Özellikle de açıkça *kendi* tarafında olunca.

Katherine hiçbir zaman balonun gözde kadını olmamış ya da bu yüksek mertebeye nasıl yükselebileceğini bilememişti. Fakat şimdi biliyordu. Bir kadının çekici ve arzulanan bir konttan evlenme teklifi alması yeterliydi. Haberler Leydi Purefoy'un konukları arasında yayıldıktan sonra, Katherine birden oradaki en gözde insan oluverdi.

Ne kadar da saçma. Haftalardır Londra'daydı, haftalardır! Ama Alec'le tanışana kadar, ona Sydney dışında dans etmeyi teklif edenler sadece Sydney'nin şair arkadaşları ve rasgele şaşı gözlü yaşlı beyefendiler olmuştu. "Talihsiz saçları", annesinin geveziliği ve babasının hoyrat bir adam olarak edindiği namı arasında hiçbir şansı olmamıştı.

Hâlâ aynı kişiydi ama artık adamları etrafından def edemeyecekti. Kadına o an eşlik eden adama, yakışıklı ama bir şekilde aptal vikonta, Alec'in kaşlarını nasıl çattığına bakılacak olursa, Alec bunu yapabilmeyi isterdi.

İçinden güldü. Katherine başka bir saygıdeğer beyefendiyle dans ederken, adam da annesiyle uzadıkça uzayan bir konuşmaya mahkûm olmuştu. Hah! *Zampara*'yı çalmasının cezasını almıştı işte.

Vikont kadını geri getirdiğinde, Alec de artık nasıl bir öç alacağını bulmuştu. Onlar yaklaşırken, Alec dumanlı gözlerini kadının bedeninde gezdiriyordu.

Neyse ki vikont gevezelikle meşgul olduğu için bunu fark etmedi. Alec'in bakışı öyle erotikti ki, kadın vikontun dans hakkındaki yorumuna karşılık verebilmekte zorlandı. Onu adeta gözleriyle soyuyordu, gözleriyle kadına *sahip oluyordu* lanet olasıca.

Çok da etkiliydi. Kadın ve vikont, Alec'le annesinin yanına geldiklerinde, Katherine müstakbel kocasına kendini atıp oracıkta tekrar onunla birlikte olmak için yalvarmaya hazırdı.

Vikontun gidişini fark etmemişti bile.

Panter gibi gülümsemesiyle Alec ona bir adım daha yaklaştı. "Size biraz panç getireyim mi, Bayan Merivale? Sıcaktan bunalmış gibi görünüyorsunuz."

Annesi, Alec'e cevap vermeden önce, ancak tek kaşını kaldıracak kadar zamanı olabilmişti. "Ah, evet, ikimize de panç getirin lütfen. Sizin yaklaşan *mésalliance*'ınızı konuşmaktan sesim kısıldı."

Alec kahkahasını bir öksürükle gizledi ama Katherine sadece iç geçirdi. Yakın bir zamanda annesinin Fransızca konuşma denemeleri onun ölümü olacaktı. "Anne lütfen herkese bizim 'kötü bir eşleşme' olduğumuzu anlatmadığını söyle."

"Ne? Tabii ki hayır! Müthiş bir *mésalliance*, Leydi Winthrop'a da bunu söylüyordum. Aslında kabul etmeliyim ki, bunu duyduğuna biraz şaşırmış görünüyordu."

Katherine kendini yere atıp ölmek istiyordu ama Alec ona göz kırptı. "Leydi Winthrop'u umursamayın, madam. Pançı almaya giderken ben ona…şey…durumu daha net bir şekilde açıklarım."

Omuzları kahkahayla titreyerek gitmişti ki, annesi, "Ne kadar iyi bir adam, sen de öyle düşünmüyor musun?"

"Hoşgörülü de aynı zamanda," dedi Katherine gülümsemesini bastırarak.

"Beni çok mutlu ettin canım. Bu gece geldiğinde seni affettiğini tahmin etmiştim."

Kaşlarını çattı. "Ne içinmiş o, lütfen söyle?"

"Önce Sör Sydney'yle konuşabilmen için duyuruyu erteleme olayı." Annesi yanından geçen birine kaşlarını çatarak baktı. "Ve tam Sör Sydney'den bahsederken, işte o da buraya geliyor."

Ağırbaşlı, savunmasız ve biraz da üzgün görünen Sydney yanlarına varmadan önce Katherine'in aldığı tek uyarı buydu.

İkisine de selam verdi. "Size tebriklerimi iletmeye

geldim. Umarım sen ve Iversley beraber çok mutlu olursunuz, Kit."

Katherine uzatılan zeytin dalını fark etti. "Teşekkürler."

"Eğer annem burada olsaydı, eminim o da tebriklerini iletirdi."

Annesi adama kaşlarını çattı. "Kızımın tam olarak kiminle evleniyor olduğunu söylediğinizden emin olun. Katherine bir baronete az gelebilir ama anlaşılan bir kont için yeterince yukarda."

Sydney kıpkırmızı kesildi.

"Anne lütfen…" diye başladı Katherine.

"Hayır canım benim," diye sözünü kesti annesi, "bunun söylenmesi gerekiyor. Bana sorarsanız, Leydi Lovelace'in burnu fazlasıyla havada. Ve bunu bilmesinin zamanı da geldi. Dahası…"

"Affedersin anne, ama Sydney'yle konuşmam lazım, yalnız." Görgü kurallarını umursamadan Sydney'yi kolundan çekti.

Duyulamayacakları kadar uzaklaştıklarında, kadın mırıldandı, "Bunun için üzgünüm. Annemi bilirsin, ağzına gelen her şeyi söyleyiverir."

"Ve Iversley de bunu umursamıyor sanırım."

Saçma bir şekilde bu doğruydu. "Sanırım Lord Iversley annemi eğlenceli buluyor."

"Ah. Birçok şeyi eğlendirici bulabiliyor o zaman, değil mi?"

Sözlerinde saklı kalan aşağılamayı görmezden gelerek gülümsedi. "Sanırım artık biraz eğlenebilmemin zamanı gelmişti."

Sydney kadına içten gözlerle baktı. "Senin mutlu olmanı istememle ilgili söylediklerimde ciddiydim. Umarım beni arkadaşın olarak görmeye devam edersin."

"Elbette." Ama arkadaşlıklarının şekli değişecekti. İngiltere'nin diğer ucuna gidecek olmasa da, saygıdeğer bir hanımefendi, bir erkek arkadaşıyla saatlerce şiir konuşup zaman geçiremezdi. Tabii eğer çıkabilecek dedikodulara engel olmak istiyorsa.

İç geçirdi. Yaptıkları sohbetleri özleyecekti. Yine de bu fedakarlığın başka karşılıkları olacaktı; kendi evi, onu güldürebilen kocası, çocukları.

Çocuklar! Bunu hiç düşünmemişti bile. Ah, Alec'in çocuklarına sahip olmak müthiş olacaktı.

Sydney kaşlarını çatmış kadını izliyordu. "Onu seviyorsun, değil mi?"

"Ne? Hayır! B-ben…bilmiyorum…ben…"

"Seni tanıyorum, Kit. Âşık olmadığın bir adamla evlenmezsin sen."

"Doğru," diye mırıldandı. Alec'le ona âşık olduğu için evlenmiyordu. Hiçbir zaman o kadar aptal olmamıştı. Sadece onunla beraber olmaktan zevk alma ve bu birlikteliğin avantajlarını görme meselesiydi bu.

Ve bir de onu katlanılmaz bir şekilde arzulaması vardı.

Kızardı. Eğer aşk evlenmek için aptalca bir nedense, tutku, daha da aptalcaydı. Bu sadece bir kocayla baş etmesini sağlayacak mantıklı bir yöntemdi. Ve en etkileyici yöntem olması da sadece bir tesadüftü.

"Bana bir şey için söz ver." Sydney ona duyarlı gözlerle baktı. "Bana ihtiyacın olursa, eğer Iversley sana kötü davranırsa, evlenmeden önce ya da evlendikten sonra, bana geleceğine söz ver."

Evlendikten *sonra* mı? Ona dikkatle baktı. "Kocama sadık kalmak isterim."

Adamın kızgın bakışları onu kendine getirdi. "Öyle umuyorum zaten! Öyle demek istemedim...hiçbir zaman bir adam ve eşinin arasına girmem, adam... bir..."

"Aşağılık bir herif olsa bile mi?" diye güldü. Bu Sydney'yi hiç özlemeyecekti; onun ciddi görüşlerini ve şiire olan aşkını paylaşmayan insanları onaylamayan Sydney'yi. "Ben onunlayken iyi olacağım, biliyorsun. Endişelenmene gerek yok. Ayrıca, sen etrafımda olmayacaksın. Lord Napier'le Yunanistan'a gidiyorsun."

Balo salonunun diğer tarafına baktı. "Aslında gitmiyorum. Ben...biz tartıştık. Onunla gitmeyeceğimi söyledim."

"Ah, ama *gitmelisin*." Şimdi kendisi mutlu olduğu için Sydney'yi de mutlu görmek istiyordu ve yakın bir arkadaşıyla egzotik bir yere yapacağı gezi bunu sağlayabilirdi. "Sen kendin eğlenirsin."

"Tam da bu yüzden gitmemem gerekiyor." Bu anlaşılmaz açıklama hakkında soru soramadan önce, adam konuyu değiştirdi. "Düğün ne zaman?" diye sordu sanki olayları örtbas etmek istercesine, fazla neşeli bir yüzle.

"Olabildiğince çabuk diye umuyorum," diye yanıtladı Alec arkalarından geldiğinde.

Sydney korkarak o kadar hızlı döndü ki, neredeyse adamın tuttuğu panç bardağını döküyordu. Annesi onaylamadığını gösterircesine kaşlarını çatmış adamın arkasında duruyordu ama Alec'in yüz ifadesi hiçbir şeyi ele vermiyordu.

Ama yine de güzel mavi gözleri mum ışığında kadının anlayamadığı bir duyguyla parıldıyordu. Öfke? Kıskançlık? Belki biraz. Ama orda başka bir şey daha vardı. Saçma bir şekilde korkuya benzeyen bir duygu.

"İyi akşamlar, Iversley," dedi Sydney. "Ben de tam…müstakbel eşine nişan duyurunuz üzerine tebriklerimi sunuyordum."

"Ne kadar kibarsınız." Alec Katherine'e pançını uzattı. "Sizi düğüne çağıramayacağımız için üzgünüm. Özel bir gün olacak, sadece Katherine'in ailesiyle. Önümüzdeki bir hafta içinde özel izinle evleneceğiz."

Katherine nerdeyse panç bardağını döküyordu. "Öyle mi…öyle mi yapacağız?"

Alec'in gözleri kadına döndü. "Sizin de en kısa zamanda evlenmek istediğinizi sanıyordum. Ne de olsa Bay Byrne'ı düşünmek gerek."

"Bay Byrne da kim?" diye sordu Sydney.

"Önemli biri değil." Anlaşılan Katherine, Sydney'nin, babasının ne kadar büyük bir borca battığını bilmesini istemiyordu. "Yani özel izinle evleneceğiz? Sanırım bana göre bir elbise de seçmişsinizdir?"

Kadının aksi ses tonu Alec'in kaşını havaya kaldırmasına sebep oldu. "Kusuruma bakma bir tanem, bunun seni mutlu edeceğini sanmıştım. Eğer davetiyeleri yollayıp sizin Heath's End'deki evinizde evlenmemizi istersen söyle."

"Saçmalamayın," diye karşı çıktı annesi. "Eğer sıradan insanlar gibi evlenirseniz insanlar ne düşünür?" Ellerini göğsüne koyup hayal kurarcasına iç geçirdi.

Sydney, Katherine'e bakarak sordu, "Ne aceleniz var?"

"Ben beklemek için bir sebep görmüyorum." Alec Katherine'e sıcak bir gülücük attı. "Ben Londra'ya bir eş bulmak için gelmiştim ve şimdi onu bulduğuma göre onunla Suffolk'taki evimize gidip beraber geçireceğimiz hayatımıza başlamak istiyorum."

Katherine erimişti. O zaman annesi bu konuda da yanılmıştı, Alec "gösterişli bir evlilik" istemiyordu. Sadece *onu* istiyordu.

Bu annesine uygun gelmedi. "Ne? Ev mi? Ama sezonun tam ortasındayız! En azından şehirdeki evinizde bir balo düzenlemeliyiz."

"Buna hiç gerek yok," dedi Katherine, Alec'in yüzünün buruşmasını saklamak için.

"Elbette var! Evliliğinizi kutlamak için partiler ve kahvaltılar vermelisiniz...şimdi şehirden kaçmakla ne demek istiyorsunuz, lordum? İnsanlar bir şeylerin ters gittiğini düşünecekler."

"İnsanların ne düşündüğü umurumuzda değil." Katherine Alec'in tarafına geçip boşta kalan elini adamın koluna koydu. Adam da kendi elini onunkinin üstüne götürüp tuttu.

Acele bir düğün için ortalıkta dolaşan bütün itirazları etraflarından def ettiler. Zaten Katherine'in istediği şey de buydu; iki insanın dünyaya karşı birleşmesi, saçmalayan annelere ve olumsuz görüşlü Sydneylere karşı dayanıklı kalabilmeleri. Birbirlerini anlayabilen iki insan.

Sydney birlikte duran ellerine bakınca dudakları buruştu. "Evet, ben bu samimi aile tablosunu daha fazla rahatsız etmeyeyim." Alec'in kızgın yüzüne baktı. "Sanıyorum bayanlara bu gece eve dönüşlerinde siz eşlik edeceksiniz?"

Alec kısa ve öz bir şekilde başıyla onayladı.

Sydney Katherine'e döndü. "Unutma, bir şeye ihtiyacın olursa..."

"Evet, teşekkürler," diye lafını kesti Alec'in elinin kasıldığını fark edince.

Baronet giderken Alec arkasından öfkeyle bakıyordu. Neyse ki annesi kendi emrini tekrarlamadan önce, Alec'in Sydney'nin son sözlerinin ne anlama geldiğini soracak vakti olmamıştı. "Lütfen anlayın lordum, kızımı bu şekilde şehirden alıp götüremezsiniz."

Bu, *Londra'da olmamın tek bahanesini elimden alamazsınız,* demek oluyordu.

Katherine'in içinde sapıkça bir haylazlık uyandı. "Evlendikten sonra benimle istediğini yapabilir diye düşünüyorum anne."

Alec Katherine'e dönüp kaşını havaya kaldırdı ve ekledi, "Üzgünüm, şu an Londra'da kalamam. Babam yıllarca Edenmore'u ihmal etti ve işleri düzeltmek için orda olmam gerekiyor. Ama tabii ki Katherine burada kalmak isterse…"

"İstemiyorum," dedi. "Malikânenizi görmek için sabırsızlanıyorum."

Alec önce ona sonra da annesine gülümsedi. "İstediğiniz zaman bizimle kalmanız için kapımız size her zaman açık, Bayan Merivale; tabii, eğer işçiler ve kiracılar sizi rahatsız etmeyecekse."

"Hayır istemem," dedi annesi aceleyle. "Eğer sizin için uygunsa, burada, Londra'da kalmalıyım."

Katherine'in içinde aynı haylazlık tekrar belirdi. "Artık ben bu işi yapmayacağıma göre birinin Merivale Malikânesi'ne göz kulak olması gerekiyor anne. Tabii sen benim mektup yazma işlerimi devralmak istemiyorsan?"

Annesinin yüzündeki acılı ifade, neredeyse kadının yüksek sesli bir kahkaha patlatmasına sebep olacaktı. Annesi mektup yazmaktan, toplanıp şehirden taşınmaktan iğrendiği kadar çok iğreniyordu.

Katherine neredeyse onun için üzülecekti. Neredeyse.

Ama aslında böyle olmasını annesi sağlamıştı. Kontla beraberliğini teşvik ettiğinde büyük ihtimalle Katherine'in işletme yeteneğini kaybedeceğini fark etmemişti. Diğer taraftan eğer Katherine Sydney'le evlenseydi, işlerine yakındaki Lovelace Malikânesi'nden devam edebilirdi.

Tanrı'ya şükür Alec'le evleniyordu.

Bölüm 22

*En akıllı zampara bile planlarının sırasıyla işlemesini
garanti edemez. Esnek olmayı öğrenin.*
- Anonim, *Zamparanın baştan çıkarma sanatı*

$\mathcal{A}$ lec ve Bayan Merivaleler at arabasını bek-
lerlerken, *Nerdeyse başardın*, dedi Alec kendi
kendine, gecenin ilerleyen saatlerinde. *En fazla bir haf-
ta daha ve sonra güvendesin.*

Biraz zor olmasına rağmen bu sürede adamın mal-
varlığını öğrenmezlerse tabii.

Tabii Katherine'i Edenmore'a götürdüğünde bü-
yük bir bedel ödemesi gerekecekti. Ama o zaman ka-
dının evlilikten kaçması için çok geç olacaktı ve cidden
onun kaçmak istememesini sağlayabilmeyi diliyordu.

Leydi Purefoy'un uşağı kaşlarını çatarak onlara
yaklaştı. "Lordum arabacınızı uyandırmayı başarama-
dım. Eğer bir şey önerebilirseniz…"

"Önemli değil." Alec ne kadar az verdiğini görme-
diklerini umarak adamın eline birkaç kuruş sıkıştırdı.
"Ben kendim hallederim."

Bayan Merivale adama dehşetle baktı. "Kendi uşağınızı getirmediniz mi lordum? Arabacıyı o uyandıramaz mı?"

"Uşağımı sizin evinizde bıraktım," diye açıkladı Alec, "eğer ben sizi yakalayamadan dönerseniz diye. Ama önemli bir şey yok. Ben adamı uyandırırım."

"*Biz* uyandırırız," diye araya girdi Katherine.

Bayan Merivale, dans ayakkabılarının çamurlanmaması için takunyalarını giymek zorunda kalmasının ne kadar küçük düşürücü olduğunu düşünse de, Purefoy evinin yakınında park edilmiş at arabasına kadar onlarla yürüdü.

"John, uyan," dedi Alec sertçe oraya yaklaşırlarken.

Aldığı tek cevap, arabacının gürültülü horultusu olmuştu.

"John!" dedi Alec daha yüksek bir sesle, emrini arabacının bacağını çekiştirerek noktalarken.

John yattığı yerde pozisyonunu değiştirerek horlamasına devam etti. Geçirdiği günden sonra Alec adamı suçlayamazdı.

"Lanet olsun John," diye homurdandı Alec adamı iteklemeye başladığında.

O kadar sert iteklemişti ki, adam bir arpa çuvalı gibi diğer taraftan yere düştü. En azından bu onu uyandırmıştı. "Hırsızlar! Haydutlar! Eşkıyalar!" diye bağırmaya başladı kendine gelince.

Sonra efendisini gördü. Yüzünün rengi atarak hızla yanlarına geldi. "Ah, lordum, affınızı diliyorum, uyuklamak istememiştim... Bir daha böyle bir şey olmayacak, yemin ederim."

"Önemi yok John," dedi Alec.

"Gerçekten lordum…" Katherine'i ve Bayan Merivale'i görmüştü. "Tanrım, hanımlar da sizinleymiş. Lütfen beni affedin. Günlerdir yolda olduğumuz için böyle oldu, hele Lord Draker'ın Hertfordshire'daki evinden yaptığımız son yolculuk delicesine hızlıydı."

"Lord Draker mı?" Katherine Alec'e baktı. "Şu şey dedikleri adam değil mi…"

"Ejderha Vikont, evet," dedi Alec sinirli bir şekilde. "Tanrı aşkına, kimse bu adamın gerçek adını kullanmıyor mu?"

Kadın gözlerini kırpıştırdı. "Özür dilerim, sizin arkadaşınız olduğunu bilmiyordum."

"Evet, öyle. Hadi, arabaya binelim." Alec John'a baktı. "Koltukta bir daha uyuyakalmadan bizi eve götürebilir misin?"

"Evet lordum." Bayanlar onu izlediği için, John başını daha da hızlı bir şekilde aşağı yukarı sallamıştı.

Arabaya yerleşir yerleşmez Katherine Alec'e meraklı meraklı bakmaya başladı. "Lord Draker'ı nerden tanıyorsunuz? Bildiğim kadarıyla topluma karışan biri değil."

"Eski bir aile dostu," diye söylendi Alec. Eğer gerçeği bilse ne derdi acaba? Bu onu rahatsız eder miydi? "Eğer isterseniz, sizi onunla tanıştırabilirim."

"Tanrı aşkına, hayır!" diye karşı çıktı Bayan Merivale. "O bizim görüşmek isteyeceğimiz türden bir adam değil."

"Düzgün bir malikânesi, mutlu kiracıları ve hoşnut hizmetçileri olan bir adam mı?" diye tersledi. "*Bu türden* bir adamdan mı kaçınıyorsunuz?"

Bayan Merivale burnundan soludu ama Katherine sadece kısık bir sesle, "Anne, lord hazretlerinin arkadaşından söz ediyoruz. Adam hakkında dedikodudan başka bir şey bilmiyoruz, o yüzden belki de onu bu kadar çabuk yargılamamalıyız," diyebildi. Adama tatlı tatlı gülümsediğinde neden Londra'da tanışmış olduğu diğer kadınlar yerine bu kadını tercih ettiğini hatırladı.

"Teşekkürler," diye yanıtladı.

En azından Katherine, Draker'ın derinlere gömülmüş iyi özelliklerini takdir edebilmişti. Bayan Merivale ve onun cinsinden insanlar bu özellikleri asla takdir etmezlerdi, onlar sadece görüntüye bakarlardı. Kendini zengin gibi gösteren bir servet avcısı hemen kabul görür ama Tanrı korusun Draker gibi yıllar önce birkaç hata yapmış saygıdeğer, sorumlu bir beyefendi toplumdan kapı dışarı edilirdi.

Alec bunun gibi ikiyüzlülüklerden kurtulmak için toplum hakkında onun görüşlerini paylaşan güzel eşiyle şehirden gitmek için sabırsızlanıyordu.

"Farkındaysanız lordum," dedi Katherine, "Bay França dışında ilk defa arkadaşlarınız hakkında bir şey duymuş oldum. Ve aileniz hakkında da pek bir şey söylemediniz. Anne babanızın görünüşlerini bile bilmiyorum. Annenizin de saçları koyu renk miydi? Yoksa rengini babanızdan mı almışsınız?"

"Belli bir dereceye kadar babama benzerim aslında," diyebildi sesindeki ironiyi belli etmemeye çalışarak. Tanrı'ya şükür evlenene kadar babasının bir resmini göremeyecekti. "Saçım dışında. Saçımı annemden almışım."

Kadın özlem dolu gözlerle baktı. "Keşke onlarla tanışabilseydim."

"Annem sizi severdi. O çekingen bir kadın olduğu için aklındakini söyleyebilen kadınlara hayrandı."

Belki Prinny'ye aklından geçenleri anlatmış olsaydı, adamın baştan çıkarmalarına teslim olmaz ve piçini de taşımak zorunda kalmazdı. Ama o zaman da Alec doğmamış olurdu.

Arabada yüksek sesli bir horlama yankılandı. Şekerleme yapan annesine bakan Katherine, adama hoşnutsuz bir gülücük attı. "Çekingen olduğu için anneni çok severdim. Tanrı biliyor ya, ben de bu zıt duruma yıllardır hayranımdır."

"Bu bana bir şey hatırlattı, daha önce mektup yazma işlerinizden bahsetmiştiniz. Tam olarak ne demek istemiştiniz?"

Omuz silkti. "Merivale Malikânesi'nde, kâhya kadınla çocuklar hakkında görüşen kişi benim. Yetersiz paramızın nereye paylaştırılacağına karar veren, harcamaları ve hizmetçilerin ailelerini görmelerini ya da başka bir şey için izin alma isteklerini onaylayan benim."

"Başka bir deyişle evi sen idare ediyorsun?"

"Evet tam olarak öyle."

"Anneniz böyle şeyler için sürekli endişelendiğinizi söylediğinde, bunu yapan *tek kişi* olduğunuzu fark etmemiştim."

Bir kaşını havaya kaldırdı. "Annemin bunlarla uğraşacağını mı sandınız? Pek olası değil."

"Ama eminim siz çocukken bu işleri *başka* birileri yapmak zorundaydı."

Başıyla onayladı. "Dedem. Altı yıl önce ölene kadar o yapıyordu."

"İkiniz birbirinize çok yakındınız herhalde."

Dışarıya, bahar yağmurlarıyla ıslanmış sokaklara bakıyordu. "Ailemde beni anlayan tek kişi oydu."

Bu da adamın neden bütün servetini ona bıraktığını açıklıyordu. Ama kadının işgücünden yararlanacak olan yer Edenmore'du; ailesine kalması planlanan servetten kâr edecek yer Edenmore'du. "Ev işleri hoşunuza gidiyor olmalı yoksa hiç yapmazdınız zaten."

"Aslında, bütün bunları geride bırakmak için can atıyorum." Adamın kaşlarını çattığını görünce ekledi, "Malikânenizde bir eş olarak üzerime düşen görevleri yerine getirmeyeceğimden değil…"

"*Bizim* malikânemiz," diye kadını düzeltti.

Gülümsedi. "Evet tabii. Ama etrafta yapılacak binlerce şey olduğu için bir ekibi idare etmek, hizmetçilerin yarısının işlerini yapmalarını sağlamaktan çok daha zor. Ve bir de ailemizin borçlarla ilgili bitmeyen dertleri…*bu konu* hakkında endişelenmeme gerek kalmayacağı için çok mutluyum."

"Öyle mi?" dedi zorla. Endişelerini ve aşırı çalışmasını geride bırakmayacaktı. Tam tersine, Edenmore'u hizaya getirene kadar daha da çok işi olacaktı. Çünkü kadının servetiyle bile, her şeyi halledebilmek için evin çok dikkatli bir şekilde işletilmesi gerekecekti.

"Neden bu kadar çok şiir okuyorum sanıyorsunuz? Hayatımdaki gerçeklerden beynimi uzaklaştırabilmek için." Adama dalga geçercesine gülümsedi. "Ama artık mutlu olabilirsiniz çünkü böyle şeyler için endişelenmeme gerek kalmayacağı için, iğrendiğiniz o şeyleri okumama gerek kalmayacak."

Tam tersine şimdi koca bir yığın dolusu kitabın üzerine yatsa daha iyiydi. Adamın onu kandırdığını öğrenince, kadının öfkesini azaltmak için buna ihtiyacı olacaktı.

Lanet olsun, lanet olsun, lanet olsun.

Kaprisli annesinden ve aşırı ciddi, geri zekâlı Sydney'den kurtulacağı için kadının ona minnettar olacağını sanmıştı. Onunla evlenmenin, sadece bir hapishaneden başka bir hapishaneye geçiş olacağını anladığında, o kadar da minnettar olmayacaktı. Sydney'nin parası, hizmetçileri ve kolay hayatını kaybettiği için pişmanlık duyacaktı belki de.

Pek de tanıdık olmayan bu suçluluk duygusunu bastırdı. Tamam, günleri belki beklediği gibi geçmeyecekti ama en azından geceleri Sydney'nin yapabileceğinden çok daha iyi olacaktı. İşte bundan emindi.

Araba Merivaleler'in evinin önünde durunca annesi de sarsıntıyla uyandı. Bayan Merivale gözlerini kırpıştırıp etrafına baktı. "Katherine...biz...ah. Kusuruma bakmayın uyuyakalmış olmalıyım." Adama

334

ışıldayarak gülümsedi. "İçeri girip bir şeyler yersiniz değil mi Lord Iversley? Leydi Purefoy'un kötü yemek listesi, bir adamın karnını doyurmak için neredeyse yersizdi diyebilirim."

"Kulağa ne kadar cazip gelse de, içeri sadece birkaç dakika için girebilirim," dedi, kendi uşağı kapılarını açmak için merdivenlerden aşağı aceleyle koşarken.

"Saçmalık, duymamış olayım. Katherine aşçıya dönüşümüz için birkaç soğuk yemek hazırlamasını söylemişti ve bu durumda Thomas'ın masayı hazırlayıp şarabı açması sadece birkaç dakikasını alacaktır."

Alec at arabasından aşağı inip iki bayanın inmesine yardımcı oldu. Kötü haberi vermek için daha fazla beklemesine gerek yoktu. "Aslında şafak sökmeden uyanmam gerekiyor. Yarın gece Suffolk'a dönmüş olmalıyım."

"Yarın mı!" diye bağırdı Katherine. Kaşlarını çatarak adamın ona uzattığı kolunu tuttu. "Ama daha yeni döndünüz!"

Annesi adamın diğer kolunu tuttuktan sonra, adam ikisini de merdivenlerden yukarı çıkardı. "Hâlâ sürgünlerle ilgili sorunumun devam ettiğini unutuyorsunuz, bu işi bitirmem gerekiyor. Ekibimi hazırlayıp Edenmore'un gelişinize uygun hale getirilmesi hazırlıklarından bahsetmiyorum bile."

"Benim için yaygara koparmanıza gerek yok," diye karşı çıktı Katherine.

"Yaygara değil, inanın bana. Evlendikten sonra sizi hemen eve götürüp orda rahat etmenizi sağlamak istiyorum."

"Bir balayı gezisi yapmayacak mısınız önce?" diye sordu Bayan Merivale eve girerlerken.

"Büyük ihtimalle bahar ekimi bittikten sonra ama şu anda değil. Şu anda, düğünümüz için bir hafta içinde tekrar Londra'ya döneceğim zamanı bile ancak ayarlayabiliyorum."

"Bir hafta düğün planlamak için yeterli bir süre değil lordum," diye somurttu Bayan Merivale, Alec şapkasını ve ceketini Thomas'a uzatırken. "Küçük bir tören dediğinizde gerçekten bunu kast ettiğinizi düşünmemiştim. Tanrı aşkına, siz bir kontsunuz. En azından…"

"Ben sadece bizim olmamızı tercih ederim. Neyse ki özel izini aldım bile, yani ben Suffolk'tan döner dönmez evlenebiliriz." Şansına, başpiskoposun oğlu süvari birliğinde Alec'e övgüler yağdıranlardan biriydi. Adam Katherine'e baktı. "Bu sizin için de uygun mu?"

Adam nefesini tutmuştu. Heath's End'in yerine büyük bir düğünü tercih edecek olursa, o zamana kadar böyle görünmeye devam edip gerçek malvarlığını ateşli nişanlısından saklayabileceğinden emin değildi.

"Büyük bir düğünümüz olup olmaması çok da umurumda değil." Thomas ceketini alırken Katherine rahatsız bakışını adama yöneltmişti. "Ama bir hafta, özellikle de siz şehir dışında olacaksanız, çok kısa bir süre. Siz ve annemin daha babamın avukatıyla konuşup evlilik işlerini halletmeniz gerekecek…"

"Sadece bir formalite, lordum," deyiverdi annesi. "Ama yapılması gerekiyor. Ve siz de Katherine'in neleri olduğunu öğrendiğinizde sevineceksiniz…"

"...küçük bir çeyizim olduğunu," dedi Katherine annesine kötü kötü bakarak.

Adam sertleşti. Demek hâlâ servetinden bahsedecek kadar ona güvenmiyordu. Bu arada kendi malvarlığıyla ilgili sorulardan kaçınması gerekecekti.

Bayan Merivale ve avukat, durumunu çok da önemsemeyeceklerdi, buna rağmen Katherine'e belli bir miktar harçlık vermeye ve ondan önce vefat edip kadını dul bırakırsa diye yeterli bir gelir bağlamaya söz vermesi gerekecekti. İkincisine rahatlıkla söz verebilirdi. Öldüğü zamana kadar yeterli bir geliri olmasını planlıyordu.

Harçlığa gelince, Katherine'e ona kalacak servetin iyi bir bölümünü vermeyi planlıyordu. Hatta annesinin işbirliğini sağlamak için, karşılık olarak ona da belli bir miktar vermeye gönüllüydü. Böylece malvarlığıyla ilgili fazla bir şeyi açığa çıkarmadan avukatla olan görüşmeyi atlatabilirdi.

"Elbette babanızın avukatıyla görüşeceğim ve bu da benim dönüşümde ayarlanabilir. Birkaç saatten fazla sürmeyecektir zaten. Sonra burada küçük bir tören yapıp..."

"Hayır, hayır lordum, nasıl böyle bir şey düşünebilirsiniz?" Bayan Merivale sinirli sinirli iç geçirdi. "Ama bir adam açken bu tür şeylerden bahsetmenin faydası yok." Kadın Thomas'a döndü. "Yiyecekler yemek odasına yerleştirildi mi?"

"Evet madam. Sizin geldiğinizi duyar duymaz yerleştirdim."

Kadın kibarca eliyle yemek odasını işaret etti. "Katherine, lord hazretlerini al ve ben şarabı getirirken onun karnını doyur. Ve nişanlına planının ne kadar olanaksız olduğunu açıkla. Eğer bu şekilde yaparsak, düğün gazetelere bile çıkmaz."

Bayan Merivale uzaklaşırken onlara Thomas'ı yemek odasına doğru takip etmekten başka seçenek bırakmamıştı. Ama içeri girdiklerinde Katherine hizmetçiye döndü. "Şimdilik bu kadarı yeterli Thomas. Eğer sana ihtiyacım olursa zili çalarım."

"Peki hanımefendi," diye mırıldandı.

Adam çıkınca, Katherine gözlerini Alec'e dikti. "Suffolk'a bu kadar çabuk dönmek zorunda mısın?"

Bu soru onu hazırlıksız yakalamıştı. Küçük düğün hakkında itirazlar bekliyordu. "İnan bana, evlenene kadar seninle kalmayı tercih ederim ama işim var." Bunu daha fazla tartışmak istemeyerek odaya göz gezdirdi. "Belki de gitmeden önce bir şeyler *yemeliyim*." Büfeye ilerlerken kadına ahlaksızca gülümsedi. "Birden iştahım çok açıldı, bizim daha önceki...şey...hareketli etkinliğimiz sayesinde."

Yüzü kızarmasına rağmen adamın imasını umursamayarak arkasından yaklaştı. "Ya annem ve ben de seninle Suffolk'a gelirsek?"

Eline bir tabak alırken donakalmıştı. Lanet olsun. "Bu çok da mantıklı olmaz."

"Neden olmasın? İkimiz senin malikânende evlenebiliriz. Sen küçük bir düğün istiyorsun, o ne düşünürse düşünsün, ben ve annemse acele bir düğün istiyoruz. Bay Byrne'ı düşünmemiz gerekiyor. Eğer

338

Edenmore'da evlenirsek, her şey hallolur. Ve ayrı kalmak zorunda da kalmayız."

Hayır, eğer malikânenin durumunu görürse kesinlikle ayrı kalacaklardı ve düğün bile olmayacaktı.

İyi değil, hem de hiç iyi değil. İştahı birden kaçmasına rağmen kendine soğuk bir biftek parçası aldı. "Suffolk'ta evlenmemiz mantıklı olmaz. Bay Byrne'a borcunuzu ödemek için Londra'ya dönmek zorunda kalacağız zaten ve bir de şu konuşmamız gereken avukat var…"

"Bunu yarın sabah gitmeden halledebilirsin. Ve özel izni de aldığını söyledin. O zaman neden düğünü *senin* evinde yapmayalım ki?"

"Üzgünüm bir tanem ama Edenmore şu anda bir düğün için uygun değil. Ve gitmeden önce avukatla görüşecek zamanım da yok."

"Peki o zaman, seninle gelmemize izin ver. Sonra işin bitince düğün için hep birlikte Londra'ya dönebiliriz. Annem ve ben malikâneni görüp hizmetçilerinle tanışmış…"

"Hayır," dedi aceleyle.

Katherine dişlerini gıcırdattı. İstediği şey son derece mantıklıydı, bu yüzden kusursuz bir cevap vermesi gerekiyordu. "Sizinle vakit geçirecek zamanım olmayacak…"

"Bizim için endişelenmene gerek yok, biz kendimizi idare ederiz."

Kadının yüzündeki düş kırıklığından rahatsız olduğu için başını başka tarafa çevirdi. Mekanik hareketlerle, ne koyduğunu bile bilmeden tabağına yemek dolduruyordu. Kadına yalan söylemek her dakika daha da zorlaşıyordu.

Ama bu aldatmacaya devam etmek zorundaydı. "Üzgünüm ama bu benim için fazla dikkat dağıtıcı olur. Sen kendi başının çaresine bakarsın ama annen sıkılacaktır. Ve benim de bahar ekimiyle ilgilenmem gerekiyor. Şu anda misafirlerle uğraşamam."

Buz gibi bir sessizlik oldu. Biraz sonra artık adam buna dayanamaz olmuştu. Tabağını bırakarak kadının yüzüne baktı. "Anlıyorsun beni, değil mi?"

Gözleri doğal olmayacak kadar parlaktı. "Alec, aramızda kurallar olmasını istemediğini biliyorum ama en azından bir kuralı kabul etmelisin."

Konunun birdenbire değişmesi, Alec'in kafasındaki alarm zillerini çaldırmıştı. "Ve bu da neymiş?"

"Birbirimize her zaman dürüst olmamız gerektiği kuralı."

Lanet olsun. "Ben sana karşı *dürüstüm*."

Katherine tek kaşını havaya kaldırarak adamın yüzüne baktığında, adam da bu bakışı cesurca karşılamaya çalıştı. En azından bu konu hakkında gerçekten de *dürüsttü*. Annesi ve o adamın dikkatini dağıtırlardı ve onlarla ilgilenecek zamanı yoktu.

Ve hiç parası olmadığını öğrenirlerdi.

Belki de gerçeği söylemeliydi. Yalanlar söyleyip bahaneler uydurmaktan, kadının zekâsının bir adım ilersinde olmaya çalışmaktan yorulmuştu. Belki de durumu ona anlatırsa adamın başka seçeneği olmadığını anlar ve yalanlar da sona ererdi.

340

Ya da onunla evlenmekten vazgeçerdi.

Bunu riske atmaya cesareti yoktu. "Biliyorsun ki, Edenmore'u çok yakında göreceksin. Acele etmeye gerek yok."

Kadının yüzünü inatçı bir ifade kapladı. "Alec söz vermen gerekiyor. Evlendikten sonra bana dürüst davranacağına ve benden bir şey saklamayacağına söz verebilir misin?"

Buna söz verebilirdi. Çünkü evlendikten sonra bir şey saklamasına gerek kalmayacaktı, tabii yine de her şeyin açığa çıkmasıyla gelecek olan fırtınayı dört gözle beklediği de söylenemezdi.

"Evet söz veriyorum," dedi vakur bir şekilde. "Annemin mezarı üzerine yemin ederim ki, evlendikten sonra sana karşı her zaman dürüst olacağım ve senden hiçbir şey saklamayacağım."

Duruşundaki ciddiyet biraz dağılmıştı. "Teşekkürler."

"Rica ederim." Neden cevabının kadını yeterince tatmin etmediğinden şüpheleniyordu? "Zorla kabul etmemi istediğin başka bir kural var mı? Akşam yemeğinde pamuklu kadife giymeme, yatakta sigara içmeme ya da bu gibi bir şey üzerine bir anlaşma?"

Kadının dudaklarında bir gülümseme belirdi. "Hayır, dürüstlük olayı fazlasıyla yeterli." Başka tarafa baktı. "Ve birbirimize dürüst olduğumuza göre Sydney'nin bu akşam bana evlenme teklif ettiğini söylemem gerekir. Eğer onunla evlenmeyi kabul edersem, annesine söylemeye falan da söz verdi."

Boğazı düğümlenmişti. "Öyle mi yaptı?"

341

"Evet. Sen partiye gelmeden önce."

Sözcüklerini itinayla seçti. "Ve sen ona ne cevap verdin?"

Gözlerini adama dikti. "Şu an seninle buradayım, değil mi?"

Neden bunu ona anlatıyordu ki? Başka seçenekleri olduğunu ona hatırlatmak için mi? Ya da onunla olmak için ne kadar çok şeyden vazgeçtiğini göstermek için mi?

Sonuncusuna inanmayı tercih etti. Onu yanına yaklaştırıp ışıldayan çilleri, titreyen dudakları ve hassas gözlerine tek tek göz gezdirdi. "Beni dinle, Katherine, iyi dinle. Seçiminden pişman olmamanı sağlamak için elimden geleni yapacağım. Sana iyi bir koca olacağıma söz veriyorum. Bundan korkmana gerek yok."

Adamın yüzüne baktı. "Ben de iyi bir eş olacağıma söz veriyorum. Tek umudum, ikimizin bunun ne anlama geldiği konusunda anlaşması."

"Eminim ki anlaşıyoruz," dedi kadını kollarının arasına alırken.

Onu kollarında tutmasına izin vermesine rağmen adam kadını ikna edip etmediğinden emin değildi.

Önemi yoktu. Sadece onu mihrabın altına götürene kadar hoşnut tutmak zorundaydı ve bu da bir hafta içinde gerçekleşecekti.

Yarışın son parkurundaydı. Doğal afetler dışında hiçbir şey final çizgisini geçmesine engel olamazdı.

Bölüm 23

Kadınların öngörülemez olduklarını unutmayın.
Onları avucunuzun içine aldığınızı sandığınız anda
en beklenmedik yerden size görünüverirler.
- Anonim, Zamparanın baştan çıkarma sanatı

"Aklını kaybettiğinin farkındasın, değil mi?"
dedi Katherine'in annesi kiralık bir at araba-
sında Edenmore'a doğru giderlerken.

"Biliyorum."

Gerçekten de aklını yitirmişti. Fenbridge adındaki
küçük kasabaya yaklaştıklarında bu yolculuk daha da
delice görünmeye başlamıştı. Ama yine de bunu yap-
mak zorundaydı. Alec'in ondan ne sakladığını bulmak
zorundaydı.

Çünkü bir şeyler sakladığını *biliyordu*. Suffolk'a
gelmelerine izin vermemesinin başka ne sebebi ola-
bilirdi ki?

Her kilometrede midesi daha da sancılanıyor, or-
manı izleyerek sancısını unutmaya çalışıyordu. Ada-
mın isteksizliğinin hiçbir mantıklı yanı yoktu. Eğer
gerçekten de, Katherine'i evine getirip birlikte yaşa-

mak için bu kadar gönüllüyse, neden bunu bir kerede halletmemişti?

Tabii eğer Suffolk'a yolculuğunun bahar ekimiyle bir ilgisi yoksa o zaman durum başkaydı.

Devamlı olarak onu rahatsız eden bu düşünceyi aklından çıkarmaya çalışıyordu. Daha önce de henüz bir şey bilmeden sonuçlar çıkarma hatasını yapmıştı ve bir daha bunu yapmayacaktı. Ama henüz güvenemediği bir adamla neşeli bir şekilde evlenmeyecekti de. Bütün sırlarını bildiğinden emin olana kadar onunla evlenmeyecekti. Ve bunu yapmanın tek yolu evine gidip neyi saklama konusunda bu kadar kararlı olduğunu bulmaktı.

"Gerçekten meleğim," dedi annesi rahatsız koltuktan havaya zıplarken, "bunu neden yaptığını anlamıyorum. Önce dün Stephens Oteli'ndeki adamı görmemiz konusunda ısrar ettin. Sonra yetersiz paramızı bir at arabası kiralamak için kullanıp beni gün doğmadan uyandırdın ve iki şehir arasındaki bu yolculuğa sürükledin...ve hepsi de davet edilmediğin bir malikâneye gidebilmek için. Neredeyse lord hazretleriyle evlenmek *istemediğini* düşüneceğim."

"Tabii ki onunla evlenmek istiyorum," dedi soğuk bir sesle. "Sadece kiminle evlendiğimden emin olmak istiyorum."

"Iversley Kontu'yla elbette. Eminim bu konuda kafan karışık değildir."

"Kafamı karıştıran onun unvanı değil anne." Katherine sürekli aynı konu hakkında konuşup durmaktan yorulmuştu. "Onun kişiliği."

"Kişilik mişilik...sen karakterle kafayı bozmuşsun. Birçok kız on iki bin dönümlük araziye kurulmuş olan malikânesi olan bir kontla evlenmek için can atardı. Ama sen atmazsın, yo hayır. Seni orda istese de istemese de, onu evine kadar takip etmek zorundasın. Artık onunla olan tüm şansını kaybedeceksin."

"Bu riski almak zorundayım."

Alec'in onu bir öpücük ve bir hafta içinde döneceği sözüyle bıraktığı geceden beri, adamın bu garip davranışından dolayı kaygılanıyordu. Özellikle de, ertesi gün Stephens Oteli'nin sahibiyle konuşmaya gittikten sonra.

Katherine Alec'in o işletmede yaşadığını bildiğini açıkladıktan sonra "Jack" Alec'e övgüler yağdırmaya başlamıştı. Ama onun Alec'in nişanlısı olduğunu bildiğini açıklasa da, "kadının verdiği ama adamın iade etmeyi unuttuğu" kitap için Alec'in odasını aramasını kibarca reddetti. Ve ona bir mektup yazmak için Alec'in adresini sorduğunda da yerini söylemeyi kesinlikle reddetmişti.

Bu da sadece kadının şüphelerinin artmasına sebep olmuştu. Alec de ona adresini vermemişti, ya ona ulaşması gerekseydi? Görünüşe bakılırsa Katherine'in onun nerde olduğunu bilmesini istemiyordu.

Bütün bunlar, onunla gitme teklifi üzerine Alec'in verdiği tuhaf tepki ve malikâne işlerini özellikle kendinin idare etmesi konusundaki garip ısrarıyla birleşince, araştırma yapmak için yeterli sebebi olmuştu.

Dün tüm öğleden sonrası Alec'in tam olarak nereye gittiğini öğrenmek için oteldeki görevliye tatlı tatlı dil dökmekle geçmiş ve sadece yakındaki bir kasabanın adını alabilmişti. Ama eğer annesinin düşündüğü kadar tanınmış bir mal sahibiyse, oradaki birileri nereye gideceklerini söyleyebilirdi.

Öyle ya da böyle malikânesine gidip Alec'i şaşkına çevirmeye niyetliydi.

"Tam olarak ne öğreneceğini sanıyorsun?" diye sordu annesi huysuzlanarak.

"Bilmiyorum."

"Eğer bir adamı kendi evinde şaşırtacaksan, neyle karşılaşacağına da hazırlıklı olsan iyi olur. Biliyorsun ki erkekler metreslerini evlenmeden hemen önce kovarlar."

Biliyordu. Ve eğer adam bir metresi kovmakla uğraşıyorsa bu onu rahatsız etmemeliydi. Evlendikten sonra metresi tutmaya devam etmesinden iyiydi. Ama rahatsız oluyordu ve bu gelecekteki hayatlarının çok da hoş olmayacağını gösteriyordu. Babasının ahlakına sahip bir adamla evlenmeyi istemiyordu.

Tabii tamamen ilgisiz bir şeyi saklıyor da olabilirdi. Ya da belki de yine boş yere tedbirli davranıyordu. Hayır, hiç de öyle zannetmiyordu. Ona böyle bir sürpriz yaparak risk aldığını biliyor ve beklediğinden daha fazlasıyla karşılaşmamak için dua ediyordu.

Dişbudak ağaçları ve karaağaçlarla kaplı kil toprakla örtülü ormanları olan tepelere ulaşana ve güneş ufukta batana kadar sessizce yolculuğa devam ettiler. Katherine, FERNBRIDGE–1 KM yazılı tabelayı gördüğünde neredeyse alacakaranlık bastırmıştı.

346

Kalbi hızla atmaya başladı. "Çok uzakta olamayız," dedi annesine.

"Londra'ya dönmek için çok da geç kalmış sayılmayız," diye çıkıştı annesi. "Kaybedecek bu kadar çok şeyin varken neden riske giriyorsun?"

"Çünkü girmek zorundayım."

Önlerinde yük arabasıyla giden bir çiftçi gördü. Yanına geldiklerinde kiralık arabacıya durmasını emretti.

Fazlasıyla geniş alınlı ve uzun parmaklı yıpranmış çiftçi kuşkulu bakışlarla Katherine ve annesine baktı. "Kayıp mı oldunuz?"

Katherine açık pencereden adama gülümsedi. "Evet. Lord Iversley'nin malikânesini arıyoruz, Edenmore'daki."

Adam başıyla yolun kenarına uzanan çiftliği işaret etti. "Zaten bir süredir yanından gidiyorsunuz. Evi yolun sonunda yukarıda görebilirsiniz, büyük bir ev."

"Teşekkürler," dedi ve adama bir kuruş verdi.

Adam alaycı bir homurdanmayla başını çevirdi ve yola devam etmesi için garip görünüşlü atına ıslık çaldı.

Katherine adamın bahsettiği temiz araziye baktı ve içinde bir huzursuzluk hissetti. Üç adam az önce gördüğüne benzeyen tuhaf atlarla – kısa, fıçı gibi vücutlu ve yük beygirleri gibi kalın tüylerden yoksun atlar – çalışıyorlardı. Toprağı güzelleştiriyor ve kürekliyorlardı...parlayan yeni aletlerle.

Ya Alec gerçeği *söylediyse*? Annesinin korktuğu gibi

kadının güvensizliği üzerine öfkelenip onu bir kenara atabilir miydi?

O zaman ne yapacaktı? Sydney'ye dönemezdi, iffetsiz bir şekilde bunu yapamazdı. Ve Sydney onu kabul etse bile, onun kendisi için doğru insan olmadığını çoktan fark etmişti zaten. Hiçbir erkeğin ona Alec'in hissettirdiği gibi duygular hissettiremeyeceğinden korkuyordu.

Ama Alec için ne *hissediyordu*? Adam bir odaya girdiğinde içinde hissettiği sersemlemeye bir isim vermeye cesareti var mıydı? Muzipliklerinin kadının gününü nasıl aydınlattığına? Alec, ona hiçbir şey söylemesine gerek kalmadan her şeyi anlıyordu.

O zaman neden Alec'e güvenmiyordu? Neden kalbinin bir kısmını hâlâ ondan uzak tutuyordu?

Tam Londra'ya dönmeli miyim diye düşünürken, çiftçinin anlattığı evi gördü ve kalbi yerinden çıkacakmış gibi oldu.

Burası onun evi olacaktı; kırmızı tuğladan yapılmış, şimdi geçtikleri karaağaçlarla süslenmiş bir giriş yolu, neredeyse yüz tane penceresi olan ve balık havuzlarıyla, çiçeklerle süslü bahçeli ve uzun çimenli...

Ama bahçelerdeki çiçekler aşırı büyümüştü ve etraf ayrık otlarıyla kaplıydı. Ve balık havuzu da kalın bir pislik tabakasıyla örtülmüştü. Ve yüz pencerenin üçte biri, tahta çakılarak kapatılmış ve güzel evi yamalanmış bir kocakarıya çevirmişti.

"Ev bir düğün için uygun değil derken yalan söylemiyormuş," dedi annesi.

Katherine baktığında annesi kaşlarını çatmış dikkatle etrafı inceliyordu. "Hatırlamıyor musun anne? Babasının yıllardır evi ihmal ettiğini söylemişti. Bu yüzden Londra yerine burada kalmak istiyor."

Alec'in evi hakkında neden o kadar ters davrandığına şaşırmamak lazımdı. Babası böyle güzel eski bir binayı bir harabeye dönüştürecek kadar vicdansız bir adam mıydı?

"Bu ihmalkârlıktan daha da fazlası kızım," dedi annesi. "Bu bana hiç iyi görünmedi, hem de hiç."

Girişe ilerlerlerken Katherine annesini duymazdan geldi. Tabii ki iyi görünmüyordu; bir adam kendine düşen işi yapmazsa olacağı buydu. Ve zaten Alec'in de her şeyi düzeltecek zamanı olamamıştı.

Yine de garipti. Alec işçilerden bahsetmişti ama etrafta hiç işçi yoktu. Kimse eğilmiş saçakları onarmıyor, gül çalıları arasında büyümüş yabani otları temizlemiyordu ve onlar yaklaşırken karşılamak için bir seyis de gelmiyordu.

Hatta indikten sonra ön kapıyı çaldıklarında bile cevap almaları birkaç dakika sürmüştü. Sonunda kapı açıldığında onları karşılayan yaşlı adam şaşırmışa benziyordu. "Size nasıl yardımcı olabilirim?"

Katherine zorla gülümsese de huzursuzluğu her dakika artıyordu. "Ben Lord Iversley'nin nişanlısıyım, Bayan Katherine Merivale. Annem ve ben onu görmeye geldik."

Adamın dehşetinde bir gariplik yoktu. "Ta Londra'dan buraya mı geldiniz?"

"Evet. Şimdi geldiğimizi haber verirseniz…"

"Beni affedin hanımefendi ama lord hazretleri şu anda burada değil."

Kadının gözleri kısıldı. "Nerde peki?"

"O…şey…kasabaya indi. Yani daha sonra gelmeniz gerekecek." Kapıyı kapamaya başlamıştı bile ama adama göre fazla hızlı olan Katherine bunu engellemek için araya ayağını sokmuştu bile.

"O zaman içeri girmemize izin verin ve biz de o gelene kadar bekleyelim," dedi.

"Ah, hayır hanımefendi." Adam bunu çok sert bir ses tonuyla söylemişti. "İçeri girmemelisiniz. Ama eğer arabanızda bekleme nezaketini gösterirseniz…"

"Böyle bir şey yapmayacağız." Adamın yanından geçerek içeri girdi. Haklıydı, Alec *bir şeyler* saklıyordu. Yıpranmış halıları ve dağınık mobilyaları fark ettiğinde adama dönüp kötü kötü baktı. "Şimdi söyle bakalım, tam olarak nereye gitti?"

"Burada bekleyin, hemen ona haber yollayayım."

İstediği son şey buydu; adamın Alec'i uyarması. "Önemi yok.."

Sonra yukarıdan gelen sesler üzerine merdivenlere yöneldi. Annesi de arkasından onu takip ediyordu.

Ve can sıkıcı hizmetçi de. "Size yalvarıyorum hanımefendi," diyebildi adam onlara yetişmeye çalışırken güçlükle nefes alarak, "yukarı çıkmayın. Lord hazretleri siz burada beklerken onu çağırmamı tercih eder…"

"Ah, eminim eder," diye tersledi Katherine. Yukarı çıktıkça adımları daha da kararlı bir hal alıyordu.

Eğer sinirleri o kadar bozulmuş olmasaydı, adamın yardımına gelmesi gereken diğer hizmetçilerin yokluğunu ya da sallanan tırabzanların açıkça onarıma ihtiyaçları olduğunu fark edebilirdi. Ama tüm ilgisi yukarıdan gelen kahkaha sesine yönelmişti. Çünkü bu sesi tanıyordu. Alec ordaydı, hem de bir kadınla birlikte. Bu erkeksi kahkahanın yanında kadınsı bir kıkırdama da duyuluyordu.

Bir sonraki kata çıktığında açık kapıların ardındaki yatakları gördü. Yatak odaları buradaydı ve kahkahalar da holün sonundan, büyük ihtimalle ana yatak odasından, geliyordu.

Kadın kahkahayı takip ederken her an daha da midesi bulanır olmuştu. Kaç kere babasını almaya gittiğinde hizmetçi diye yutturmaya çalıştığı bir fahişeyle yakalamıştı? Kaç kere ona yalan söylemeyi bile beceremeyip kadının ona sırtını dönmesine sebep olmuştu?

Artık sesleri daha net duyabiliyordu ve bu onu sadece daha çok teşvik etmeye yaramıştı.

"Ne düşünüyorsun?" dedi kesinlikle Alec olduğunu anladığı ses. "Fazla mı muzip?"

Kadının tekrar kıkırdadığını duydu. "Ana yatak odası için değil efendim."

Bir gıcırtı geldi. "Böyle iyi mi?"

"Evet iyi."

"Bence bu buraya olmadı."

"Biraz daha geriye koyarsanız olur."

"Çıplak bir kadın asla arka tarafta durmamalı."

Bu söylediğini duyan kadını kahkahaya boğmuştu.

"Siz devam edin hadi. Kendinizden utanmalısınız lordum." Gelen diğer sesler sadece daha fazla gıcırtı ve inlemeden ibaretti.

Katherine holün sonuna çıkan son merdivenleri de çıktı. O aşağılık herifin kendinden utanmasını sağlayacaktı.

Katherine açık kapıdan girip, "Burada neler oluyor?" diye bağırdı.

Tamamıyla giyinik olan Alec yerinden zıpladı ve ağır maun konsolun üzerinden kaldırdığı iki metrelik mermer heykel elinden düştü ve yere düşerken hafifçe Alec'in kafasına da çarptı. Alec de heykelle birlikte yeri boylamıştı.

"Alec!" diye çığlık atarak yanına koştu.

Yanına Alec'den en az iki kat daha yaşlı tombul bir kadın koşturdu. "Ah Tanrım, efendim...efendim iyi misiniz?"

Katherine adamın başını ellerinin arasına almak için eğildi; aptal olduğu için kendine lanet okuyup duruyordu. "Tanrı bizi korusun, öldü. Onu öldürdüm!"

"Ölmedi," dedi yaşlı kadın rahatlatıcı bir sesle. Adamın elini alıp bileğine parmağını bastırdı. "Nabzı düzgün ve güçlü atıyor."

"Ama bakın, kanıyor!" Adamın yüzünün yanından damlayan ince kan sızıntısı Katherine'in kalbini acıyla doldurmuştu. "Çok kötü yaralanmış."

"Pek sanmıyorum hanımefendi," dedi kadın. "Sadece bayıldı o kadar. Ona biraz zaman verin. Lord hazretlerinin sağlam bir kafası vardır, iyileşecektir."

Ama kadının sesinde bir gariplik vardı ve Katherine göstermeye çalıştığı kadar iyimser olmadığını tahmin edebiliyordu. "Siz nişanlısı olmalısınız," diye ekledi kadın. "Ben Bayan Brown, kâhyayım."

"Ben Katherine Merivale," diyebildi sadece. *Neredeyse efendinizi öldüren budala.* Gözlerinden yaşlar süzüldü. "Tanışmak için iyi bir zamanlama, değil mi?" Katherine adamın alnındaki saçları geriye iterek derin yarasına bakarken, kâhya kadın da adamın hissiz parmaklarını ovuyordu.

Katherine birden annesini hatırlayıp kafasını kaldırdığında, annesinin şüpheyle etrafı incelediğini gördü. "Şuradaki de annem." Bayan Brown'a yalvaran gözlerle baktı. "Onu yerden kaldırıp daha rahat ettiremez miyiz?"

"Şimdilik en iyisi hiç kıpırdatmamak," dedi kadın. "Normal nefes alıyor ve yanaklarına renk gelmeye de başladı. Galiba kendine gelecek."

"Hepsi benim suçum. Böyle içeriye girmemeliydim." Katherine, at üstündeki kadın heykeline baktı. Leydi Godiva... Çıplak kadın.

Gözyaşları gözlerini yakıyordu. "Ne yapmaya çalışıyordu?"

Bayan Brown omuzlarını silkti. "Sizin için odayı güzelleştirmek istiyordu ve tavan arasında da babasının bu eski heykeli ve kimsenin almayacağı birkaç tablo dışında fazla bir şey kalmamıştı. Ona tek başına bunu o kadar yükseğe koymamasını söyledim ama bir türlü gidip merdiveni almadı."

"Uşaklardan biri ya da başka biri ona yardım etmeliydi…"

"Bizim uşağımız yok, hanımefendi." Sonra birden hatasını fark etti. "Onlar…şey…hepsi …şey…şehirdeler."

Bayan Brown baş uşak kadar kötü bir yalancıydı. Ve birden anladı. Hizmetçilerin yokluğu, soluk halılar, harap merdivenler ve bakımsız bahçeler… Annesinin de söylediği gibi, bu, ihmalkârlıktan da öteydi. Katherine yoksulluğu gördüğü yeri hemen tanırdı. Babası öldüğünden beri fakirliği tanımak için yeterince zamanı olmuştu.

Bayan Brown'a baktı. "Hiç parası yok, değil mi? Lord hazretlerinin parası yok."

Yaşlı kadının yüzünün rengi gitti ve başını salladı.

Alec bu yüzden bir otelde kalıyordu. Çünkü paraya ihtiyacı vardı. Ve tüm diğer sırları ve bahaneleri de bu yüzdendi.

Yerini acıya bırakan ağırlık yüreğinden kalkmıştı. Alec yoksuldu! Böyle bir şeyin onu mutlu edebileceği aklının ucundan bile geçmezdi. Buraya gelmek istemesini reddedişi, bir metresle birlikte olmayı ya da son bir çılgın eğlenceyi arzulamasından, bir sürü gayrimeşru çocuğunu saklamaya çalışmasından ya da son birkaç gündür onu geceler boyu uykusuz tutup rahatsız eden diğer bütün delice ihtimallerden kaynaklanmıyordu.

Hayır, bunu ondan saklamıştı çünkü utanıyordu.

Ayrıca kendi yoksulluğuna ve Katherine de ona parası olduğunu söylememiş olmasına rağmen onunla evlenmeyi istemişti. Bir varis bulabilirdi ama bunu yapmak yerine kadının servetini bilmemesine rağmen onun peşine düşmüştü. Alec'in ona önem verdiğini anlamak için daha ne kadar kanıt istiyordu?

Ve şimdi onu öldürmüştü işte. Ufak bir hıçkırıkla adamın kafasını göğsüne dayadı. Adam inledi.

"Alec!" diye çığlık attı. "Konuş benimle canım. Beni duyabiliyor musun?"

Alec, gözleri hâlâ kapalı, kadının göğsüne dayalı bir halde kaşlarını çatıp mırıldandı, "Katherine…bu bir rüya…olmalı…"

"Rüya görmüyorsun," diye fısıldadı.

"Mmmm," diye mırıldandı yüzünü kadının göğüslerine çevirirken. "Güzel. Yumuşak."

Katherine kahkahasını tutmaya çalıştı. "Uyan, seni şapşal yoksa kendimi asla affetmeyeceğim." Elleriyle yüzünü tuttu. "Ah, lütfen Alec, uyan."

Gözleri yavaşça açıldığında kaşlarını çatarak kadına baktı. "Katherine? Burada ne yapıyorsun sen?" Sanki kendine gelmek istermişçesine başını salladı ve sonra etrafına baktı. "Ve Tanrı aşkına, ben niye yerde yatıyorum?"

Ufak bir çığlıkla adamın başını göğsüne dayadı. "İyisin," diye mırıldandı. "Tanrı'ya şükür iyisin."

"Başım ağrıyor," diye mırıldandı göğüslerine doğru.

"Biliyorum canım." İçine tekrar suçluluk duygusu doldu. "Ama buradayım ve her şey düzelecek."

"Buradasın..." diye sertleşti ve yüzünde dehşetle doğrulmaya çalıştı. "Buradasın! Burada ne yaptığını sanıyorsun?"

"Önemli değil," dedi hemen, adamın dehşetinin nedenini tahmin ederek. "Artık her şeyi biliyorum. Yoksul olduğunu biliyorum."

Adam kaşlarını çattı. "Yaralanmaya bir de aşağılama eklesene, neden eklemiyorsun?"

Rahatlamış bir kahkaha attı. "Önemli değil, benim için değil. Şimdi sen iyi olduğuna göre sorun yok."

"İyi hissetmiyorum," diye yakındı başını ovarken. "Deli gibi başım ağrıyor."

"Sanırım bir süreliğine böyle devam edecek," dedi Bayan Brown.

Doğruldu ve ayağa kalkmaya çalıştı. Katherine birden ayağa fırladı. "Hayır, dinlenmelisin!"

Sonra adamın kolunu omuzlarına yerleştirdi. "Gel o zaman, seni yatağa götürelim." Bayan Brown'u çağırdı, "Biraz ılık su getirebilir misiniz? Ve yarasını temizlemek için bir bez."

"Hemen hanımefendi," dedi kâhya neşeli bir şekilde, belli ki işe yaramak onu sevindirmişti.

"Katherine seninle konuşmam gerekiyor," diye araya girdi annesi.

"Şimdi değil anne," diye cevap verdi Alec'in yatağa gitmesine yardım ederken.

"Ama meleğim..."

"Bayan Brown," diye kâhyaya seslendi. "Annemi de beraberinizde götürür müsünüz? Uzun bir yoldan geldik, biraz çay ve yiyecek bir şeyler isteyebilir."

356

"Tabii hanımefendi," dedi yaşlı hizmetçi cıvıltıyla, "size ve lord hazretlerine de bir şeyler getiririm."

"Ona fazla ağır bir şey getirmeyin!" diye bağırdı Katherine yaşlı hizmetçi annesini biraz sert bir tavırla oradan götürürken.

Alec şaşkın gözlerle Katherine'e bakıyordu. "Hemen kontrolü eline alıyorsun, değil mi?"

"Biri almalı." Yatağa oturmasına yardım etti. "Bu olayın sorumlusu ben olduğuma göre..."

"Bu bir kazaydı." Yanına oturması için kadını çekti. "Yine de hâlâ neden buraya geldiğini anlayabilmiş değilim." Sesinde bariz bir gerginlik vardı.

"Bunun bir önemi yok," dedi hemen. "Önemli olan beraber olmamız ve senin hakkındaki gerçeği biliyor olmam."

Duraksadı. "Ama kızgın...değil misin?"

"Yoksul olduğun için mi?" Bu cesur tabirin ardından adamın dudakları büzüştüğünde kadın aceleyle ekledi, "Utanılacak bir şey yok, canım. Babanın yaptıklarına engel olamazsın."

Alec ona bakakalmıştı. "Sydney'yle evlenebilirdin ama onun yerine seni benimle evlenmen için ikna ettim."

"Evet ve öyle yaptığın için de çok mutluyum! *Mutluyum*, bunu anlıyor musun?" Adama bir şey olmamış olmasının iç huzuruyla sersemlemişti. Ve karakterli bir adam olup malikânesine önem vermesi ve işleri düzeltmeye çalışması da onu sevindirmişti. "Ama bana daha önce söylemeliydin, Alec. Tanrı aşkına, bu durumu anlayabilecek kişilerin en başında ben geliyorum."

Hâlâ şaşkın görünüyordu. "Bilseydin, benimle evlenmeyi reddederdin diye düşünmüştüm."

"Hiç de değil! Böyle bir şeyi nasıl düşünürsün? Sence bunlar benim umurumda olabilir mi?" Anıları gözünün önüne geliyordu. "Ah, demek bu yüzden Sydney'le parası için evlenip evlenmediğimi sormuştun çünkü benim için önemli olduğunu sanmıştın. Ama hiç önemi yok. Aslında bu sana bir şeyler verebileceğim anlamına geliyor. Bana dedemden kalan bir servetim var! Buna ne diyeceksin? Artık Edenmore'u istediğimiz gibi eski haline getirebiliriz. Bu muhteşem, değil mi?"

Bölüm 24

Bir zampara her zaman baştan çıkarma eğiliminde olabilir.
- Anonim, *Zamparanın baştan çıkarma sanatı*

*A*lec'in başındaki fırtına, sersemlemiş beyni ikiyle ikiyi toplayıp yüz bini elde edecek kadar şiddetlenmişti. Net söylemek gerekirse, yüz bin pound. Katherine'in onun bilmediğini sandığı bir servet.

Her şeye lanet olsun. Neden kızmadığını şimdi anlıyordu, onunla bu servet yüzünden beraber olduğunu henüz anlamamıştı.

Katherine bu küçük kaza için hâlâ suçluluk duyarken ona gerçeği söylemeliydi. Ona durumu anlatıp tüm yalanları için onu affetmesini dilemeli ve aşağılık davranışlarına rağmen kadını onunla evlenmesi için ikna etmeliydi. Çünkü sonra, bu rahatlık içinde olmadığı bir anda, her şeyin farkına varabilirdi. Ve o zaman adam için çok daha kötü olurdu.

Ama belki de anlamazdı. En azından belki evlenene kadar.

"Alec? Beni duydun mu?" diye sordu. "Bir servetim var benim."

"Özür dilerim bir tanem," diye bocaladı, "hâlâ başım dönüyor ve…"

"Ah, evet tabii ki!" Yataktan fırladı. "Bayan Brown nerde, su getirecekti?" Tam Emson elinde bir tepsi ve kolunda asılı havlularla içeri girerken o da kapıya doğru koşmuştu.

Baş kâhyası tepsiyi bıraktığında, kadın bezi ılık suya sokup Alec'in yanına döndü ve kurumakta olan kanı hafifçe silmeye başladı. "En azından kanama durmuş."

"Öyle mi?" dedi boğuk bir sesle. Tanrı aşkına ne yapacaktı şimdi? Bunun bitmesini istemiyordu ve eğer gerçeği anlatırsa kesinlikle bitecekti. Üzerine titremesi hoşuna gitmişti. Yıllardır hiçbir kadın üzerine titrememişti; tabii eğer Bayan Brown'ın kötü yemeklerini ona sürekli zorla yedirme çabalarını saymazsa.

Katherine bezle yaraya dokundu ve kan beynine sıçrayan adam birden küfretti.

Kadının vicdan azabı yüzünden belli oluyordu. "Üzgünüm. Canını acıtmak istemedim…"

Daha fazla küfretmeden kendini durdurdu. "Önemi yok bir tanem."

Emson dikkatle onları izliyordu.

"Bakması için bir doktor çağıralım," dedi. Adam karşı çıkmaya başlayınca da ekledi, "Parasını umursamana gerek yok, anlıyor musun? Sana söyledim, ben karşılayabilirim. En azından evlenince karşılayabileceğim."

360

Gerçeği söylemenin zamanı gelmişti ama bundan çok da emin değildi.

Ama başka şansı yoktu. Hizmetçileri ve kiracıları ona güveniyorlardı. Emson onu şimdi bile izliyor, ne yapacağına bakıyor, Edenmore'un gelecekteki şansını mahvetmeyeceğini umuyordu.

Lanet olsun. "Evet, sen bir...servet hakkında bir şeyler söylüyordun. Ama bana daha önce hiç paran olmadığını söylemiştin."

Yalan söylediği her an kendinden daha çok tiksiniyordu. Ona gerçeği söylemekten kaçması başka bir şeydi ama bu yaptığı daha kasıtlı bir aldatmaydı. Kadın ona böyle güvenirken ve hatta durumunu da kabullenirken, ona nasıl bu kadar kötü yalanlar söyleyebiliyordu?

Çünkü eğer gerçeği bilseydi, onunla asla evlenmezdi. Bundan emindi.

"Görünenin aksine," dedi kirlenmiş bez parçasını kenara atıp yenisini alırken, "evliliğimle beraber elde edeceğim yüz bin poundluk bir servetim var. Bana bunu dedem miras bıraktı."

"Gerçekten mi?" Alec'in kadının servetini bilmiyormuş gibi davranması üzerine Emson da rahatladı. "Şimdi gidebilirsin Emson," dedi adamın onu yalan söylerken izlemesine dayanamayarak.

Emson her şeyin iyi gitmesinden tatmin olmuş bir halde çıktı.

Her şey iyi değildi. Adam Katherine'i tanımıyordu, o yüzden de Alec'in ona yalan söylemiş olması umurunda değildi. Ama Alec her yalanın aralarına evlendikten sonra yıkması gereken duvarlar ördüğünün farkındaydı. Her aldatma er ya da geç kadının kalbine saplanacak bir bıçaktı.

Buna değer miydi? Öyle umuyordu. Çünkü artık bu yola baş koymuştu.

"Bu gerçek." Kalan kurumuş kanı da siliverdi. "Mutlu olmadın mı? Sanki olmamış gibi görünüyorsun."

"Elbette mutlu oldum. Sadece…başım, hepsi bu. Hâlâ biraz dönüyor." Kadının yüzü asılınca hemen ekledi, "Ama bana itinayla baktığın için kendimi şimdi çok daha iyi hissediyorum." *Beni affet bir tanem, eğer yapabilirsen.*

"Buna ben sebep oldum," dedi kederle.

"Bu sadece bir kazaydı. Ayrıca senin burada olmana değer."

Ben bir şeytan gibi yalan söylerken. Düğüne kadar bu aldatmacaya nasıl devam edecekti?

Devam etmek için kendini zorladı. "Ama neden buraya gelmeye karar verdiğini hiç anlatmadın. Ben Londra'da kalmanız hakkında anlaştığımızı sanıyordum."

Başını öne eğdi ve adamın kravatını açmakla uğraşmaya başladı. "Al bakalım, seni biraz rahat ettirelim."

"Ben iyiyim," deyiverdi. "Gerçekten böyle iyi."

"Hâlâ başının döndüğünü söylemiştin." Dizlerinin üstüne çöktü ve adamın ayakkabılarını teker teker çıkardı.

Tanrım, şimdiden yalanlarını yakalamaya başlamıştı bile. Ayakkabılarını ve sonra da ceketini çıkarmasına izin verip hiçbir tartışmaya girmedi. Ama kadın yelek düğmelerine geçince, elini tuttu. "Teşekkürler, şimdi çok daha iyi. Ama hâlâ neden geldiğinizi bilmek istiyorum."

Utancından yanakları al al olmuştu. "B-ben bir şeyler sakladığını biliyordum, hepsi bu. Bizim seni ziyaret etmemizi istememen hiç de mantıklı gelmemişti."

"Ve siz de ta Londra'dan buraya geldiniz?"

Omuz silkti. "Stephens Oteli'ndeki arkadaşın tüm sorularıma aynı senin yaptığın gibi kaçamak cevaplar vermiş olmasaydı, orda kalabilirdim."

Çünkü Jack, Alec'in maddi durumunu ve bir varisle evlenmeye ihtiyacı olduğunu biliyordu.

"Sen benim…şey…az param olmasını umursamadığını söyledin. Ama buraya girip neler olup bittiğini öğrenmeyi emrettiğini hatırlar gibiyim."

"Ben…eee…o anlama gelecek bir şey söylemiş olabilirim." Ayağa kalktı. "Şimdi gerçekten uzanmalısın…"

"Buraya girdiğinde ne olduğunu sandığını bilmek istiyorum," diye ısrar etti.

Derin bir nefes aldı. "Bu sadece…şey, ben bir kadın kıkırdaması, muziplikle ve çıplak bir kadınla ilgili konuşmalar duydum…"

Kadının sesi azalırken, adam ne olduğunu anlamıştı. "Sen benim birisiyle 'oynaştığımı' sandın," dedi sinirli bir şekilde. "Ben odayı ayarlamaya…"

"Biliyorum, biliyorum." Parmaklarını adamın dudaklarına bastırdı ve sonra gözlerini Leydi Godiva heykeline çevirdi. "Sanat zevkin…şey…biraz…"

"Ahlaksız, evet. Senin kitaplardaki zevkin gibi. Ama ben odalara dalıp *senin gibi* sürprizler yapmıyorum." Şartlar göz önünde bulundurulursa kadının güvensizliği onu rahatsız etmemeliydi; ama yine de ediyordu.

"Üzgünüm. Benim deli olduğumu düşünüyor olmalısın. Seni nedensiz yere tekrar tekrar yanlış değerlendirdim."

Aniden kızgınlığı suçluluğa dönüştü. "Önemli değil. Şüphelerin anlaşılabilir türdendi."

Kadın başını iki yana salladı. "Kişiliğinle ilgili korkularımın beni ele geçirmesine izin verdim ve bunu yapmamalıydım. Şimdi daha iyi anlıyorum. Bana sürekli iyi bir adam olduğunu gösterdin ama ben yine de …"

"Bu kadarı yeter bir tanem, özre gerek yok," dedi boğuk bir sesle. "Unuttum gitti."

"Ben unutmadım. Ama senin gönlünü alacağım. Benim servetimle Edenmore'u görüp görebileceğin en güzel ev haline getirebiliriz."

Suçluluk duygusu onu neredeyse boğacaktı. "Bütün malikâne sorumluluklarını arkanda bırakmaktan mutlu olacağını söylemiştin. Sana iş yüklemekten nefret ediyorum."

"Paran olduğunda bunlar yükümlülük olmazlar," dedi berrak sesiyle. Yatak odasında gezinmeye başladı. "Sadece buraya neler yapabileceğimizi düşün. Dağılmış kornişleri onardığımızı, duvar kâğıdını değiştirdiğimizi; hatta halıyı ve belki de kalın perdeleri de... Muhteşem olacak." Elini odada gezdirirken gözleri parlıyordu, adama baktı. "Mobilyaların tekrar cilalanması gerekiyor gerçi ama gerçekten de güzeller ve şu muhteşem şömine de zaten şimdiden mükemmel görünüyor."

"Yani sen...burayı sevdin."

"Evi mi? Ah, evet gördüklerimin hepsini sevdim. İçeri girdikten sonraki kısa gezintimde bile buranın sağlam olarak inşa edildiğini görebildim."

"Burayı inşa eden beşinci kont, en iyi kaliteden meşe kerestesiyle en güzel tuğlaları kullanmış. Ve her odanın şömine çerçevesi aynı bunun gibi İtalyan mermeriyle döşenmiş. Benim...şey...babam neyse ki hiçbir zaman bunları söküp satacak kadar kötü duruma düşmedi."

Kadının yüzü buruştu. "Güzel eviniz nasıl böyle bir değişime uğrayabildi?"

"Uzun hikâye," diyebildi sadece, gerçeği bir sürü yalanla örtbas etmek zorunda kalmaya niyeti yoktu.

"Uzun hikâyeleri severim." Adamın yanına geri dönerek elini hassasça onun bacağının üzerine koydu.

Başka ne yapabilirdi ki? İç geçirerek "babasının" kötü yönetimini, üçkâğıtçı kâhyayı, işe yaramaz yatırımları...ona söylemeye cesaret edebileceği her şeyi anlattı. Tam malikânenin o küçükken nasıl göründüğünü anlatmaya başladığında Bayan Brown elinde çay ve belli ki içinde yemek olması gereken tabağa konmuş kahverengi bir yığınla hızla içeri girdi.

"Bu kadar uzun sürdüğü için üzgünüm," dedi kadın kâhya neşeyle. "Anneniz evle ilgili sorabileceği her şeyi sordu hanımefendi."

"Hayal edebiliyorum," dedi Katherine.

"Ben çayı yaparken onu ön taraftaki salonda bıraktım." Bayan Brown tepsiyi yatağın yanına bıraktı. "Ama döndüğümde, zavallı çoktan uyuyakalmıştı. Tam oracıkta, sandalyenin üstünde."

"Çok uzun bir yolculuk geçirdik." Katherine çay koyduğu bardağı Alec'e uzattı. "Ve çok erken uyanmıştık."

Bayan Brown ellerini önlüğüne sildi. "Üzerine bir şal örttüm, böylece üşütmez." Kadın ikisine birden tekrar baktı. "Daha iyi olduğunuzu görüyorum lordum. Ama isterseniz yaranız için lapa yapabilirim…"

"Gerek yok. Bayan Merivale bana iyi bakıyor."

"En iyisi bir şeyler yiyin."

Aslında iyileşmeye *devam etmek* istemiyordu. "Şimdilik bu kadar, Bayan Brown."

Dudaklarını büzerek ciddi bir tavırla, "Peki o zaman. O zaman ben akşam yemeğine bakayım."

Kadın gittikten sonra, Katherine adama ders verir bir havayla baktı. "İyi hissetmediğini biliyorum ama kaba olmana gerek yoktu."

"Ya öyle yapacaktım ya da oradakileri yiyecektim." Duran yığını gösterdi. "Ölürüm daha iyi."

Adama şüpheyle baktı. "Aptal olma, ne kadar kötü olabilirler ki?"

"Bayan Brown yıllardır kâhyamızdır ama aşçımızı da kaybedene kadar hiçbir zaman yemek pişirmemişti. Bu konuda çok iyi değildir."

"*O kadar da* fena olamaz," dedi ve yığından bir parça alıp ısırdı. Ya da daha doğrusu ısırmaya çabaladı. Bu daha çok köpeklerin kemik üzerinden etleri kopardığı gibi dişleriyle parçalama çabasını andırıyordu. Çiğnerken geri kalan parçayı dikkatlice tabağa bıraktı. "Ben...hımm...ne demeye çalıştığını anladım. Tanrı aşkına, bu da ne böyle?"

"Baharatlanmış çamur gibi mi tadı? Ve kıvamı da kösele gibi mi?"

Katherine gözlerini devirerek başıyla onayladı.

"Zencefilli kek o. Elma tartına göre daha katlanılabilir bir şey aslında. 'Tart' kısmını fazla ciddiye alıyor."

"Tanrım, hemen bir aşçı işe almamız gerekecek."

"Eğer yaşamamı istiyorsan almalısın."

Kahkaha attı. "Bayan Brown ve Bay Emson'dan başka hizmetçin var mı?"

"Yok denebilir. John var, tanıştığın arabacı ve Bayan Brown'ın iki kızı da ev işlerine bakıyor. Kocası da av alanı bekçisi. Karısının kötü yemekleri yüzünden kilerin her zaman taze etle dolu olmasını sağlıyor. Daha çok işçiye ihtiyacım var."

Katherine göz kırptı. "Kesinlikle öyle. Bizim de Merivale Malikânesi'nde nerdeyse bu kadar hizmetçimiz var ama burası nerdeyse oranın dört katı büyüklükte." Etrafına göz attı. "Ah canım, annemin ve benim bu gece burada kalmamız size zorluk çıkartır mı?"

"Lanet olsun, " diye yerinden kalktı başındaki ağrıyla irkilerek. "Bayan Brown'a sizin için birkaç oda ayarlamasını söylemeyi unuttum…"

"Kalkma!" Adamı tekrar yatağa yerleştirdi. "Ben gidip ona söylerim. Sen uzanıp dinlen."

"Dinlenmek istemiyorum." Kadının daha önce çıkarmış olduğu ayakkabılarına uzandı.

Katherine ceketiyle birlikte ayakkabılarını da elinden aldı. "Şimdi, şu anda bunların hiçbirini almayacaksın. Uzan. Ben birazdan dönerim."

Kadını elinde giysileriyle giderken izlediğinde, bu aşırı korumacılıktan rahatsız mı olması yoksa duygulanması mı gerektiğini bilemiyordu.

Ya da sadece suçluluk duymalıydı. Ama gerçeği öğrenmek onu yıkardı. Ona yardım edebildiği için çok mutlu görünüyordu; kendi parasını Edenmore'u tekrar düzenlemeye harcayacağı için çok heyecanlıydı.

Tamam, Alec bahaneler uyduruyordu. İşin doğrusu onu kaybetmek istemiyordu. Eğer evlenene kadar onu mutlu kılmaya devam edebilirse…

Lanet olsun, özel izni Londra'dan beraberinde getirmiş miydi? Eğer getirmediyse, bu her şeyin daha da çok ertelenmesine sebep olacaktı.

Yataktan çıktı, biraz sallandıktan sonra kendini doğrultmayı başardı. Emson belgeleri nereye koymuştu acaba? Ah, evet aşağıdaki çalışma odasına. Katherine'in götürdüğünü sonradan hatırladığı ayakkabılarını aradı ve dolabında başka bir çift ayakkabı aramaya başladı. Etrafı alt üst ederken kadının arkasından geldiğini duydu.

"Ne yapıyorsun seni inatçı adam? Şimdi hemen yatağına dön!"

Bir çift ayakkabı alıp kadına döndü. "Sana söylemiştim, iyiyim ben."

"İyi *değilsin*." Adamın kolunu tuttu. "Şimdi yatağa dön ve…"

"Hayır." Kadının elinden kurtularak ayakkabılarını giydi. "Çalışma odamda bir şeye bakmam gerekiyor. Birazdan dönerim." O izni bulmak zorunda ve kadın gerçeği anlamadan önce onunla evlenmeyi garantilemeliydi.

Ne yaptığını bilen bir tavırla kapıya yöneldi. Kadının arkasından onu takip ettiğini fark etti ve merdivenlere doğru attığı adımlarını hızlandırdı.

"Bekle!" diye bağırdı.

Eli tırabzanı tutarken bir an durdu. "Ne oldu Katherine?"

Sesi boğazından gelen bir mırıldanmaya dönüştü. "Seni yatakta tutmanın yolunu biliyorum."

Adamın kalbi hızla atmaya başladı. Yüzünde baştan çıkarıcı bir gülümsemeyle kapının önünde duran kadına baktı. Anladığı şeyi kast etmiş olamazdı herhalde. Olabilir miydi?

Adam onu izlerken saçındaki tokaları çıkarmaya başladı ve yaramazlık yaptığının farkında olan bir kadının afacan bakışlarıyla saçlarını savurdu. "Yatağa dön Alec. Sana söz veriyorum buna değecek."

Adamın ağzı kurudu. Lanet olası kadın. İki uzun gün geçmişti ona dokunmayalı; onun tatlı yumuşaklığını altında hissetmediği iki uzun gece.

369

"Hayır, sen buraya gel," diye emretti kontrolünü tamamen kaybetmeden.

Hiçbir şey söylemeden saçlarını savurup odadan içeri girdi.

"Her şeye lanet olsun." Kadının istediği şeyi yapamazdı ama bunun sebebi zonklayan başı değildi. Aralarındaki bu yalan hâlâ süregelirken onunla sevişmek her şeyi zehirleyecekti. Evlenir evlenmez ona doğruyu söyleyince her şey farklı olacaktı ama şu anda onunla sevişerek yalanını pekiştiremezdi.

Belki de aşağıya inip akşam yemeğine kadar orda kalmalıydı. Ama kadın yatak odasının kapısını açık bırakmıştı ve Emson'ın ya da başka bir hizmetçinin onu öyle sere serpe bir halde görebilecek olma düşüncesi...

Bu sere serpe halini düşünmek bile uyarılmasına neden olmuştu. Kendinden geçmiş bir halde yatak odasına geri döndü. Aklı tereddüt ediyor olsa da, bedeni kesinlikle ne istediğini biliyordu.

Açık kapıya yaklaşırken kendini her şeye hazırlamıştı; ama yine de kapıdan gördüğü manzaraya hazırlıklı değildi; sadece kombinezonunu ve uzun çoraplarını giymiş Katherine. Saçları özgürce azıcık kumaşla örtülmüş omuzlarına düşen Katherine.

Çikolata kahverengisi gözleri için için yanan Katherine karyola direğine yaslanmış ayakkabılarını çıkarıyordu. "İçeri gir ve kapıyı kapat Alec," dedi buğulu sesi. Alec tamamen kendinden geçmişti.

Kıpırdayamıyordu. Tek yapabildiği, kadının yarı şeffaf kumaşın altında görünen bedenini süzmekti.

370

Bu şimdiye kadar yapılmış en ince kombinezon olmalıydı.

"Hayır," diye homurdandı kendini kontrol edebilmek için son gücünü kullanarak.

"Yatağa yatıp dinlenmen gerekiyor."

"Eğer sen böyle giyinmişken seninle yatağa girersem, dinlenemeyeceğim."

Kadın tek kaşını kaldırdı. "Merdivenlerden inip evin içinde başıboş gezersen, bayılıp kendini daha kötü yaralayabilirsin. En azından yatakta kendine zarar veremezsin."

"Bundan çok da emin olmazdım." Kadının giysilerini geri giymesini sağlamak için umudu kalmadığından taktiklerini değiştirdi. "Ayrıca uyandığında annen bizi aramaya başlayacak. Onu böyle şaşırtmak istemezsin, değil mi?"

"Annem uyuyakaldığında kimse onu rahatsız etmezse saatlerce uyur; özellikle de yolculuklardan sonra."

"Evet, ama ya hizmetçilerden biri onu uyandırırsa."

"O zaman bu göze almamız gereken bir risk demektir. Kural yıkıcı Alec'e ne oldu; görgü kurallarını umursamayan zampara Alec nerde? Buraya gel, Büyük İskender... Benimle kuralları yık."

Adama şehvetli bir gülücük atarak kombinezonunu omuzlarından çıkardı ve muhteşem göğüslerini çıplak bırakacak şekilde beline kadar indirdi. "Eğer daha fazlasını görmek istersen buraya gelmen gerekecek."

Tanrı aşkına, daha fazlasını görmek mi? Artık dayanamıyordu.

Vicdanı ve iyi niyetlerinin cehenneme kadar yolu vardı. Bu *onun* Katherine'iydi, *onun* yatak odasında *onun* yatağında adamı baştan çıkaran. O sadece kadını arzulayan bir adamdı. Kapıdan uzun adımlarla geçerek kapıyı arkasından itip kapadı ve sonra ayakkabılarını fırlatıp kendinden geçmiş bir halde kadına yöneldi.

Ama ona yaklaştığında, kadın kombinezonunu tekrar giyip yatağın öbür ucuna atladı. Tepki veremeden önce koşup kapıyı kilitlemişti bile. "İşte," dedi zafer dolu bir tavırla, anahtarı kapının altından uzanamayacakları bir yere fırlatırken. "Artık yatakta kalmak *zorundasın*."

Yani oyunu buydu şimdi, öyle mi? Kurnaz kadın. "Bayan Brown'ı çağırabilirim."

"Ve o da sana benim söylediğim şeyi söyleyecektir, şu yatağa gir."

"Sensiz olmaz." Kadına dönüp gömleğini çıkarmaya ve pantolonunun düğmelerini açmaya başladı. "Madem başlattın, bitirsen çok iyi edersin."

"Daha fazla yaklaşma Alec," diye uyardı kapıdan uzaklaşıp adama engel olmaya çalışırken, "başından kötü bir şekilde yaralandın. Gerçekten dinlenmen gerekiyor."

Pantolonunu çıkarıp kenara fırlattı. "Kombinezonunu çıkar ve şu yatağa gir."

"Böyle dinlenemeyeceğini söylemiştin."

Lanet olsun, bütün günleri bu şekilde geçebilirdi

ve adam oyalanma havasında değildi. Yatağa doğru ilerlerken sendelermiş gibi yaptı. Telaşlanıp çığlık atan kadın hemen adamın yanına koştu. O da kadını yakalayıp yatağa fırlattı.

"Alec, başın…"

"Yatağa girmemi istemiştin, değil mi?" diye mırıldandı kadının bedenini kendisininkiyle sararken.

Telaşla adama bakıyordu. "Dinlenmeni istiyorum."

"Eğer beni yatağa girmem için ayartıp sonra terk etmenin bunu sağlayacağını zannettiysen, erkekler hakkında fazla bir şey bilmiyorsun demektir, bir tanem." Onu öpmek için başını eğdi ama kadın yüzünü yana çevirdi; böylece adam da onun yanaklarına ve ılık ipeksi boynuna öpücükler kondurmaya başladı.

Adamın altında güçsüz kalan Katherine kollarını onun boynuna sardı. "Sabaha bayılıp yere düşersen beni suçlama."

"Bu senin fikrindi." Kulağına ateşli bir öpücük kondurdu.

"Ben…seni başka türlü nasıl yatağa sokacağımı… bilemedim."

"Bu gerçekten de işe yaradı."

"Ama Alec…"

"Şışşt, bir tanem." Kulak memesini öpmeye devam ediyordu. " Şu an 'dinlenmekle' meşgulüm."

Katherine kıkırdamasına engel olamadı. "Ah Alec, seni ve şakalarını çok özledim. Sen de beni özledin mi?"

"Gittiğimden beri günün her saati özledim." Sonra kadının dudaklarını kendisininkilerle kapladı.

Acaba hiç Katherine'den bıkabilir miydi, bundan bıkabilir miydi?

Hiç şüphesiz daha sonra bundan pişman olacaktı ama şu anda nefes almaktan vazgeçemeyeceği gibi, kadını da daha fazla reddetme imkânı yoktu.

Onunla olduğu zamanlarda tüm günahlarını unutuyordu…sadece mantık dışı bir şekilde onu isteyip ona ihtiyaç duyma günahı dışında. Adamın aldatmaları yüzünden kadının onu cezalandıracağı zamanlar için zevk biriktiriyordu adeta.

Dudaklarını kadınınkilerden uzaklaştırmak için kendini geriye çekebildiği anda ikisi de nefes nefese kalmışlardı.

"Evet," diye fısıldadı kadın gözleri parıldayarak, "sanırım beni özlemişsin."

Kombinezonunu yukarı kaldırıp kadını arzuyla öpmeye devam edince Katherine inledi. "Görünüşe bakılırsa sen de beni özlemişsin."

"Sadece sen gittiğinden beri, günün her saati. Buraya gelmemin asıl sebebi de bu biliyorsun ki."

Kadının sözlerinden etkilenmek istemiyordu ama etkileniyordu da. Onu arzulamayı arzulayacak kadar kendine uygun bir eş bulacağını hiç düşünmemişti… ona *ihtiyacı olan* bir eş. Onun bariz sevgisi adamı daha da alçakgönüllü bir hale getirmişti.

Ve inanılmaz derecede korkutmuştu. Çünkü sonunda istediği şeyin *bu* olduğunu anlamıştı: her şeye rağmen ona ihtiyaç duyan bir Katherine, gerçekte olduğu kişiyi isteyen Katherine.

Sadece gerçekte nasıl olduğunu aslında bilmiyordu. Belki onu sevmeyecek ve görüntüde bir evlilikten daha fazlasını istemeyecekti ama o güvenebileceği bir koca istiyordu. Ve adam şimdiden onu bundan mahrum bırakmıştı. Bir kere gerçeği öğrenince...

Hayır, onu kaybedemezdi. Yapamazdı. "Artık burada olduğuna göre hemen evlenebiliriz. İstersen bu gece bile olur." Eğer Londra'dan o izni getirdiyse. Eminim Ipswich'teki papaz yardım ettiği için mutlu olacaktır. Ona hemen bir haber yollayabiliriz." Yaklaşan felaket duygusunu aklından çıkaramıyordu...eğer hemen kadını garantiye alamazsa onu sonsuza kadar kaybedecekti.

Tutkuyla parlayan gözleriyle adama baktı. "Evlilik öncesi...beraberliğimiz yüzünden vicdanının rahatsız olduğunu söyleme bana. Bu hiç sana göre değil."

"Benim olmanı istiyorum sadece, hepsi bu."

Adamın başını kendine çekti. "Ben şimdiden seninim zaten."

Eğer gerçeği öğrenirsen, olmayacaksın, diye düşündü onu tekrar öperken. Ve bu adamın ahlaksız duygularını daha da ateşledi.

İç çamaşırını çıkarmak için hareketlendiğinde kadının kombinezonuna işaret etti. "Eğer yatağa gelirsem daha fazlasını görebileceğimi söylemiştin. Çıkar şunu bir tanem. Geçen sefer sera seni doğru düzgün görebilmem için fazla karanlıktı."

Yutkundu. "B-beni doğru düzgün görmeni isteyip istemediğimi bilmiyorum. Çok zayıf ve çilliyim."

"Buna inanmıyorum." Güzel sözcükler bulmak için lanet şair arkadaşının yeteneği onda yoktu ama kesinlikle kadını rahatlatmayı biliyordu. "Hadi ama seni görmeme izin ver."

Kombinezonu başının üstünden çıkardı, yatağa uzandığında o kadar savunmasız görünüyordu ki, bu durum adama acı verdi.

Yumuşak bembeyaz tenini görünce Alec'in kalp atışları hızlandı. "Tanrım Katherine, mükemmelsin, kesinlikle mükemmel," dedi boğuk bir sesle.

Kaşlarını çatarak tekrar kombinezonunu aldı. "Eğer dalga geçeceksen, bana bakamazsın."

Kombinezonu kadının elinden kaptığı gibi yere fırlattı. "Ne kadar güzel olduğunun hiç mi farkında değilsin?"

Adama şüpheyle baktı. "Böyle düşünen ilk kişi sensin."

"O zaman geri kalanların hepsi kör." Tekrar yatağa çıkarak kadının yanına uzandı ve yatak örtüsünün üzerine düşmüş lülelerini öptü. "Saçının ne kadar güzel olduğunu nasıl fark edemezler?"

"Saçım *kızıl* Alec."

"Biliyorum. Bana denizi hatırlatıyor."

Kadın tek kaşını havaya kaldırdı. "Son gördüğümde deniz mavi ya da yeşildi. Kesinlikle kırmızı değildi."

"Güneşin doğuşu ve batışı dışındaki zamanlarda." Lülelerden birini parmağıyla çevirdi. "Suffolk kıyısında, güneş denizden doğar. Oraya çocukken tatile gittiğimde, denizi nasıl alevlendirdiğini izlerdim. Ve ateş karaya vuran suyun köpüklerinde sona ererdi." Kadının birbirine girmiş lülelerini parmaklarıyla tarıyordu. "Aynı saçın gibi, vahşi ve karman çorman."

Kadının dudaklarında bir gülümseme belirdi. "Ve bir de şairler gibi güzel sözcükler bulamayacağını söylüyordun."

"Bunu bana sen yapıyorsun, beni bir şaire çeviriyorsun." Elini kadının yüzünün yanından çenesine, oradan da göğsünün üstünde tenini saran çillere indirirken, kıkırdamaları iç geçirmelere dönüşmüştü. "Ve çiller hakkında ne söylediklerini bilirsin, onlar perilere özgü aşk ısırıklarıdır."

Kadın gözlerini kıstı. "Kim söylüyormuş bunu?"

Öfkelendi. "Biri söylemiş olmalı. Öyle görünmüyorlar mı?"

Bir kahkaha patlattı. "Bilmem. Aşk ısırığı nedir ki?"

Başını eğip omzunu hafifçe emdi. "Aşk ısırığı budur."

"Ah," diye fısıldayıp omzuna baktı.

"Görüyor musun?" dedi kadının çillerini öperken. "Her yerinde perilere özgü aşk ısırıkları var."

Bu tatlı iltifatlardan sonra Alec, ateşli bir şekilde Katherine'le sevişmeye başladı. Katherine adeta kendinden geçmişti.

Bedenleri arzuyla titriyor, alev alev yanıyordu.

En nihayetinde Alec, bitmiş ve doymuş bir halde

hâlâ onu isteyerek kadının üzerine yığıldığında, Katherine fısıldayarak kulağına, "Seni seviyorum Alec," dedi.

İşte o zaman Alec daha fazla yalan söylemeyeceğini biliyordu.

Bölüm 25

*K*atherine o sözcükleri söylemek istememişti, hatta o ana kadar öyle hissettiğini fark etmemişti bile. Ama artık söz ağızdan çıkmıştı ve bundan pişman değildi.

Ta ki adam bariz bir korkuyla ona bakmak için kendini geriye çekene kadar. "Bana aşka inanmadığını söylemiştin."

Kalbi fenalaşırken adama bakarak gözlerini kırpıştırdı. "Fikrimi değiştirdim."

"Sevemezsin. Sevmemelisin."

Kadının beklediği tepki bu değildi. "Neden?" diye fısıldadı, birleşmelerinden duyduğu haz yavaşça yok olurken.

Homurdanarak kadının üzerinden yana kayıp delinmiş cibinlikten tavana bakarak sırtüstü uzandı.

Fazla çıplak hisseden kadın, yatağın ayakucunda

katlanmış olarak duran battaniyeyi alıp üstünü örttü. "Ne var Alec? Sorun ne?"

"Beni sevemezsin." Bu acı sözler kadının hassas kalbine mızrak gibi saplanmıştı. "Beni sevmemelisin."

"Bu açıp kapayabileceğim bir duygu değil. Böyle hissediyorum." İçinde yükselen korkuyu engellemek için yutkundu. "Ama sen öyle hissetmiyorsan…"

"Benim nasıl hissettiğimin bununla bir ilgisi yok." Sonunda ona bakmış ve adamın gözlerindeki mücadeleyi okuyabilmişti. "Tanrım, benden çok nefret edeceksin."

"Saçmalama," dedi korkusu gittikçe artarken. "Daha demin seni sevdiğimi söylerken senden nasıl nefret edebilirim?"

"Çok da zor olmayacak. Güven bana. Benim söylemem gereken…"

Daha fazlasını söylemeye fırsatı olmadan biri kapıyı açmaya çalışıp yumruklamaya başladı.

"Gidin buradan!" diye bağırdı Alec. "Hastayım!"

Yumruklama kesilince, kadın rahatladı…ta ki kilidin açıldığını duyana kadar. Birisi kapının altından attığı anahtarı bulmuş olmalıydı.

Katherine, kapı sonuna kadar açılıp annesi şaşırtıcı derecede dehşete düşmüş görüntüsüyle kapıda belirmeden önce üstündekileri çenesine kadar çekmişti.

Küfreden Alec yerine oturdu. "Merhaba Bayan Merivale."

"Bana merhaba deme, seni…seni şeytan!"

"O şeytan değil!" diye karşı çıktı Katherine.

Annesinin öfkeli bakışları kızına dönmüştü. "Seni küçük aptal!" diye haykırdı. "Zekâsıyla övünen bir kadın için bazen fazlasıyla aptal olabiliyorsun."

Alec annesine baktı. "Bunun için onu suçlamayın, benim hatam. Hepsi benim hatam."

"Emin ol bunun farkındayım," diye tersledi annesi. "Onun seninle evlenmesini garantiye aldın, değil mi? Hâlâ Sör Sydney'yle şansı vardı ama sen kızımı mahvetmek zorundaydın, seni…şeytan!"

Katherine her dakika daha da afallıyordu. Neden annesi birden Sydney'nin tarafına geçmişti ki? Doğrulup battaniyeyi sıkıca göğüslerine kadar çekti. "Ben Alec'le evlenmek *istiyorum* anne. Bunu biliyorsun. Zaten bir iki güne kadar evlenecektik; neden bu kadar kızdığını anlamıyorum."

"Anlamıyor musun? Tanrım nasıl bu kadar kör olabilirsin?" Annesini, babasını ahırda sütçü kızlardan biriyle yakaladığından beri hiç bu kadar sinirli görmemişti. "Eğer yukarda onunla bu işi yapıyor olduğunu düşünseydim…yemin ederim seni onunla bir dakika bile yalnız bırakmazdım."

"Aa, lütfen," dedi Katherine burnundan soluyarak, "Alec'le tanıştığımızdan beri aramızı yapmaya çalışan sendin."

"Buraya gelip onun bir servet avcısı olduğunu anladıktan sonra değil."

"Saçmalama. Alec öyle değil…" Adamın kendisini korumadığını fark edince sözünü yarıda kesti fakat Alec'in yüzündeki dehşeti görünce onun da kanı donmuştu. "Söyle ona Alec. Servetimden haberin olma-dığını söyle."

"Açıklayabilirim, Katherine…"

"Onun hiç parası yok ve sen de evlenmenle bir-likte bir servete sahip olacaksın," diye adamın lafını kesti annesi. "Bunun sadece bir tesadüf olduğunu mu sanıyorsun?"

"Belki de," diye fısıldadı annesinin ne demek iste-diğini anlamaya başlasa da. Özellikle de Alec ona kor-kuyla gözlerini dikmişken. "Ama kimseye söylemedim demiştin anne. O zaman nasıl haberi olabilir ki?"

"Ah, bilmiyorum kızım," dedi annesi sabırsızca. "Belki babanın avukatıyla konuşmuştur ya da alacaklı-lardan biri ya da…"

"Bay Byrne." Her şeyi anladığında Katherine'in kalbi ezilmişti. Holde Alec'in Bay Byrne'la özel olarak konuştuğunu hatırladı, adam ona o zaman söylemiş olabilir miydi?

"Evet!" diye bağırdı annesi. "Hatırlasana, biz Leydi Jenner'ın partisindeyken onları konuşurken görmüş-tüm. Ben de erkeklerin arasındaki kriket, savaş ya da başka bir saçmalıkla ilgili muhabbet ettiklerini san-mıştım."

"Onu o zaman da mı tanıyordun?" diye sordu Kat-herine Alec'e. Her şey daha da kötüye gidiyordu. Eğer Alec onunla tanıştığı ilk geceden beri Bay Byrne'ı ta-nıyorsa… "Onu bizim evde karşılaşmanızdan önce de tanıyordun ve tanışmıyormuşsunuz gibi mi yaptın?"

İrkildi. "Evet."

Bütün o güzel sözler ve flörtleri para için miydi? *Onun* parası için mi?

"Yani…yani sen ve Bay Byrne bunu başından beri planlıyordunuz. Ah, tabii ki öyle yapıyordunuz." Ve annesinin söylediği kadar aptaldı işte. "O kendi parasını istiyordu; sen de bir servet istiyordun. Herkesi mutlu eden bir ittifak."

"Öyle olmadı," diye karşı çıktı.

"Aa?" Bütün umutları adamın her sözüyle paramparça oluyordu. "Benimle servetim için flört etmiyor muydun?"

"Hayır! Tam olarak değil. Bu da bir nedendi ama…"

"Ben de öyle düşünmüştüm," diye fısıldadı.

Adamın üzerinden battaniyeyi çekip vücuduna sardı ve yataktan çıkmaya başladı ama adam tamamen çıplak haliyle onu kolundan yakalamak için dizlerinin üzerine kalkmıştı.

"Bekle…" diye başladı.

Annesinin çığlığı adamın sözünü kesti. "Tanrım lütfen!"

Kadına nefret dolu gözlerle baktı. "Çıkın dışarı. Kızınızla yalnız konuşmak istiyorum."

"Beni iyi dinle…" diye başladı annesi parmaklarının arasından adama bakarken.

"Dışarı! Şimdi! Yoksa yemin ederim sizi kendim dışarı atacağım!"

"Gidiyorum, gidiyorum." Kadının yüzü kıpkırmızı olmasına rağmen Katherine annesinin kaybolmadan önce Alec'in çıplak haline son bir kez baktığını görmüştü.

Dudaklarından isterik kahkahalar çıkıyordu. Yine *her şeyi* fark eden annesi olmuştu.

Kendisi daha fazla dikkat etmeliydi. Ne kadar da kördü. Ona yalan söylediğini tahmin etmişti ama sadakatini o kadar fazla önemsemişti ki, yalanları için başka sebep olabileceğini düşünmemişti.

Ama şimdi her şeyi teker teker anlıyordu; hediyelerini, Astley'deki özel locayı ve büyük ihtimalle kiralık olan güzel at arabasını. Zenginmiş gibi yapması için hiçbir sebep yoktu...tek sebep kadının şüphelerini yatıştırmak olabilirdi. Çünkü bir serveti olduğunu biliyor ve bunu bildiğini fark etmesini istemiyordu.

Ah Tanrım, buna nasıl katlanacaktı? O sadece âşık olduğunu sandığı Sydney değildi. O Alec'ti, *onun* Alec'i. Bir servet avcısı, yalancı, kalpsiz bir adam.

Gözlerinden süzülen yaşları sildi. *Kafasına tekrar heykelle vurmalıyım onun, ona lanet etmeliyim.*

"Katherine..." diye başladı.

"Neden ben?"

"Ne?"

Battaniyeyi göğsüne çekip yataktan çıktı ve adama dönüp boğazının düğümlenmesine sebep olan şeyleri yüzüne söyledi. "Neden beni seçtin? Eminim daha güzel varisler vardır."

Gözleri parladı. "Ben seni istedim. Seni ilk gördüğümde..."

"Şöyle düşündün; 'Bir serveti olduğu sürece kırmızı saçlarına ve kıvrımsız vücuduna katlanmayı öğrenebilirim'."

"Lanet olsun, öyle olmadı!" diye haykırdı kadının arkasından. "Evet, seni Byrne önerdi ve evet, servetine ihtiyacım vardı ama senin Sydney'yle olan konuşmanı duyunca istedim seni. Sen çok….çok…"

"Acınası mı?" diye fısıldadı kalbinde açılan delikler onu çürütürken.

"Merak uyandırıcıydın," dedi hiddetle. "Tutkulu ve ilgi çekici ve…hayat doluydun. Aklına geleni söylemen, Lovelace'in bahanelerini görebilecek kadar zeki olman hoşuma gitmişti; gerçektin, başka kimsenin olmadığı kadar…"

"Özellikle de senin olamadığın kadar."

Acısı yüzünden okunuyordu. "Lütfen bana inan, bir tanem. Byrne'ı tanımadığım hakkındaki yalan, malvarlığım ve servetini bilmem hakkında seni aldatmam dışında sana başka yalan söylememek için elimden geleni yaptım. Geri kalanlar tamamıyla gerçekti. Seni gördüğüm andan beri istiyordum."

"Sen servetimi istiyordun."

"Seni istiyordum. Servetine ise ihtiyacım vardı. Bu ikisi aynı şey değil."

"Nasıl ayırabilirsin ki bunları?"

"Anlamıyor musun? Başka şansım yoktu…" diye başladı kadının kolunu yakalamak için uzanırken.

Katherine kolunu sinirle geri çekti. "Bana dokunma! Bana bir daha sakın dokunma!"

Adam felakete uğramış gibi görünüyordu. "Evlendikten sonra bunu yapmam çok zor olacak."

Katherine ağzı açık bakakaldı. "Hâlâ evleneceğimizi mi sanıyorsun? Eğer seninle hâlâ evleneceğimi zannediyorsan, başına düşündüğümden daha da kötü bir darbe almış olmalısın." "Mantıklı ol." İç çamaşırını giymek için yataktan çıktı. "Şimdiye kadar bazı şeylerden fedakârlık ettin ve benim kadar senin de o paraya ihtiyacın var. Kızgın olduğunu biliyorum ama zamanla…"

"Eğer bu olanlardan sonra seninle bir gün bile geçireceğimi sanıyorsan, beni zerre kadar tanımamışsın demektir."

Kadınla yüz yüze geldiğinde adamın beti benzi atmıştı. "Böyle söylemek istemedin."

"Tam olarak öyle söylemek istedim."

"Peki, babanın borçları ne olacak ya da…"

"Bunların hiçbirini umursamıyorum anlamıyor musun? Beni önemsediğini zannettiğim ama tek istediği param olan bir adamla kalacağıma, borçluların tıkıldığı bir hapishanede çürürüm daha iyi…" Ağlarken çıkardığı hıçkırıkla lafını bitiremeden gözyaşlarını görmemesi için kafasını başka yöne çevirdi. Ağlamasını durdurmak için çaba sarf ederken kombinezonunu ve ardında da elbisesini üstüne geçirdi.

"Lütfen bir tanem, tabii ki önemsiyorum," dedi boğuk bir sesle. Adamın arkasından yaklaştığını fark etmişti ama adam kollarını beline dolayınca onu geri itti.

"Buna inanmadığını biliyorum," diye devam etti zar zor fısıldayarak, "ama senin dışında başka kimseyi karım olarak hayal edemeyeceğimi söylerken ciddiydim. Seni tanıştığımız günden beri istiyorum. Ve yemin ederim eğer gereken buysa, tüm evliliğimiz boyunca gönlünü almaya çalışırım."

"Biz *evlenmiyoruz!*" diye adama döndü; öfkesi o kadar yoğundu ki, adamın güzel yüzünü görmek onu daha da yoğunlaştırdı. "Ve sözlerin ve…ve yalanların *bu sefer* işe yaramayacak." Elbisesini çekiştirerek el yordamıyla bağlarını aradı. "Aramızda olabilecek evliliği unutabilirsin."

"Aramızda olanları böylece kenara atamazsın," dedi Alec.

Adamın yüzündeki katıksız acı dolu ifade kadını bir an durdurdu. Ama artık onun söylediği hiçbir şeye inanmaması gerektiğini çok iyi biliyordu. "Peki, aramızda tam olarak ne var ki?" Aceleyle ayakkabılarını giydi. "Yalanlar ve aldatmalar, hepsi bu."

"Katherine, hiçbir zaman seni böyle kırmak istememiştim."

Adamın pişmanlık dolu bakışı sadece kadını daha fazla kızdırmaya yaramıştı. "Hayır, sen evleneceğimizi ve sonra da eğer sen ve Byrne'in ne planlamış olduğunu öğrenirsem, öfkemi baştan çıkarmalarınla savurabileceğini zannetmiştin." Adamın suçluluk dolu gözleri kadına çok da doğru şeyler söylediğini fark ettirince, daha da soğuk bir tavırla devam etti, "Servetimi isteyen tek insan olmaman senin için ne kadar kötü oldu. Ama en azından annem istedikleri konusunda dürüsttü."

Ciddileşti. "Yani ne yapacaksın şimdi? Sydney'yle mi evleneceksin? Senin için savaşmayan, annesi seni onaylamayan ve..."

"Ne yapacağımı bilmiyorum," diye tersledi adamın acımasız sözlerini başından savabilmek için. "Ama senin gibi bir adamla evleneceğime dürüst servet avcısının biriyle aptal mantık evliliklerinden birini yaparım daha iyi."

Adamın gözleri buz gibi oldu. "Benim gibi derken malikânesini elinde tutabilmek, kiracılarını korumak ve hizmetçilerini yoksulluktan kurtarmak için yapmak zorunda olduğunu yapacak bir adamdan mı bahsediyorsun?"

Bu geçerli sebebi umursamamak için kendini zorladı. "Bana bu konuda yalan söylemene gerek yoktu. Bir servete ihtiyacın olduğu için evlenmek istediğini söyleyebilirdin..."

"Ve sen de o zaman can atarak kollarıma mı atlardın?" diye homurdandı. "Bunu sen, lanet baban yüzünden hiçbir erkeğe güvenmeyen sen mi yapacaktın?"

"Bu doğru değil! Ben Sydney'ye güveniyordum..."

"Çünkü sana hiçbir zaman ona güvenmemeni sağlayabilecek kadar yakın olmadı da ondan. Onunla her zaman aranda mesafe bırakabilirsin. Ondan hoşlanmanın sebebi de zaten seni hiçbir zaman incitmeyeceğini bilmen. Ama sana yaklaşamaz ya da karşı koyamaz ya da..."

"Sydney'yi bu konunun dışında bırak!" diye bağırdı adamın onu bu kadar iyi tanımasından nefret ederek.

"Neden? O senin mükemmel erkek tanımına uygun değil mi? Sen zaten beraberliklerin nasıl yürütüleceği ve bir kocanın nasıl olması gerektiği hakkındaki lanet kurallarını yıkan bir adam için kalbini asla tehlikeye atamazsın."

"Sakın kuralları yıkmanın ne kadar güzel ve onlara uyduğum için ne kadar sıkıcı bir hayatım olduğuyla ilgili saçmalıklardan bahsetmeye *cesaret etme*." Elbisesini iliklemeyi bitirmişti ve kollarını birbirine kavuşturdu. "Senin kuralları çiğnemen umurumda değil. Bazen bunu yaptığın için sana hayranlık bile duyuyorum."

Boğazında düğümlenen gözyaşlarını tutmaya çalışıyordu. "Ama kuralları çiğnemekle kalpleri kırmak tamamen farklı şeylerdir. Sen istediğini alabilmek için benim kalbimi kırdın ve bu yüzden seni affetmem de mümkün olamaz."

Kavgaları adamı tüketmiş gibi görünüyordu. "Her şeyi yanlış yaptım," diye kabul etti kısık bir sesle. "Ama bunu idare etmenin en iyi yolu bu diye düşündüm. Annem ve babamın evlenme sebebi annemin parasıydı ve hiçbir zaman gerçek anlamda bir evlilikleri olmadı çünkü bu durum hep aralarını bozan bir etken oldu. Eğer önce ikimiz birbirimizi tanırsak, sen sonra öğrensen de..."

"Önemi olmayacağını mı sandın? Canımı acıtmayacağını mı? Anlamıyor musun? Beni kazanmak için söylediklerinle paramı kazanmak için söylediklerini nasıl ayırabilirim ki? Bunu *senin* bile yapabileceğinden şüpheliyim. Ve bu bir evliliğin temelini oluşturamaz."

"Peki ya aşkımızın temeli ne olacak?" deyiverdi. "Beni sevdiğini söylemiştin."

"O senin kim olduğunu bildiğimi sandığım zamandı. Ama aslında hakkında hiçbir şey bilmiyormuşum."

Kapıya yöneldiği sırada Alec hızla yanına gidip kolunu tuttu. "Bunu yapmana izin veremem," dedi öfkeyle. "Benimle evlenmeyi kabul ettin ve ben de vazgeçmene izin vermeyeceğim. Lanet olsun, hayatımdan bu kadar kolay bir şekilde çıkmana izin vermeyeceğim."

Yine de, hâlâ diğerlerinden değerli bulduğu adamın yüzüne baktığında ne hissettiğinin kararını bir nebze bile değiştirmeyeceğini biliyordu. "Nasıl istersen öyle yap. Tüm dünyaya senin yatağına girdiğimi söyle. Bana sözleşmenin ihlali sebebiyle dava aç, böylece ihtiyacın olan servetimin bir kısmını alabilirsin. Ama benim seninle evlenmemi hiçbir zaman sağlayamayacaksın."

Bu sefer onun elinden kurtulduğunda, adam gitmesine izin verdi. Ama adamın yüzündeki şaşkın ifade, kadın holde ilerlemeye başladığında bile aklından çıkmamıştı.

Adamın yüzünde gördüğü o son bakış, annesinin gidemeyeceklerileyle ilgili ona karşı çıkıp kontla evlenmek zorunda olduğunu söylemesi sırasında bile kadına işkence eder olmuştu. Ve annesi giyinmesine yardım edip Katherine onu Edenmore'dan ayrılmaya ikna ettikten sonra at arabalarıyla oradan ayrılırlarken bile Alec'in yaralı yüzünü hâlâ aklından çıkaramamıştı.

Özellikle de, tozu dumana katıp hızla uzaklaşırlarken Edenmore'a son kez bakma hatasını yaptıktan sonra. Yukarı kattaki pencerelerden birinde çok net bir şekilde onların gidişini izleyen Alec'i görmüştü.

Başka bir direniş göstermiyor ya da onların arkasından Beleza'ya gelmiyordu.

Tüm olanlardan sonra kadının gitmesine izin veriyordu işte. Ve bu, daha da çok ağlamak istemesine sebep oluyordu.

Çünkü kalbinin küçük bir kısmı, adamın servetini değil de, gerçekten *onu* arzuladığına inanmak istiyordu. Gerçekten onsuz yaşayamayacağına.

"Onu yatağına aldığın için tam bir aptalsın," diye ters ters konuştu annesi, "ama artık aldığına göre, kesinlikle onunla evlenmek zorundasın."

"Bu konuda hiçbir söz hakkın yok anne." Annesine sert bir ifadeyle baktı. "Bundan sonra evlilik planlarım hakkında hiçbir söz hakkın yok. Eğer dedemin servetinden bir şeyler almak istiyorsan, ilişkilerimde istediğimi yapmam konusunda beni rahat bırakacaksın."

Annesi kızına hayretle baktı. "A-ama meleğim…"

"Hayatın hakkında hayıflanıp sana itaat etmemi sağladıktan sonra beni mükemmel olduğunu düşündüğün erkeklerin üzerine atmana izin vermekten bıktım. O parayı istiyor musun? İyi. Evlilik hakkında kendim karar almama izin ver ve *bu işe karışma*. Yoksa yemin ederim para elime geçer geçmez hepsini hayır kurumuna bağışlarım."

Annesi gözlerini kırpıp öfkeyle burnunu büktükten sonra Katherine yükselen zaferini hissetti. Sydney sonra da Alec yoluyla kaçmaya çalışacağına ayaklarını çok daha önce yere basmalıydı.

Alec tek bir konuda haklıydı; bu *onun* hayatıydı ve nasıl yönlendireceğine karar verecek kişi de kendisiydi. Ailevi zorunluluklar da bir yere kadardı, özellikle de ailesi o henüz kendini bilir yaşa gelmeden her şeyi berbat ettiği için.

Aynı Alec'inki gibi.

Amansızca bu düşünceyi kafasından attı. O canavara sempati duymayacaktı, kesinlikle duymayacaktı. Onlar evlenene kadar gözlerinin önüne set çekmeye çalışacağına, gerçeği söylemeliydi.

Ve sen de o zaman can atarak kollarıma mı atlardın? Bunu sen, lanet baban yüzünden hiçbir erkeğe güvenmeyen sen mi yapacaktın?

Yutkundu. Eğer ona söylemiş olsaydı, onu dinler miydi ki? Yoksa ondan ayrılır mıydı?

Hıçkıra hıçkıra ağlıyordu. Önemi yoktu.

Onu kandırmak yerine, kendi servetiyle bir kontun evlenmesinden mutluluk duyacak bir kadın bulmalıydı. Neden öyle yapmamıştı?

İlk gördüğüm andan beri seni istiyorum.

Saçma sapan laflar! Onu seçmesinin nedeni arkadaşı Byrne'dı. Pis bir anlaşma yaptıklarına şüphe yoktu. Alec, Merivaleler'in borçlarını ödemesini garanti altına alsın diye Byrne ona borç para verecekti.

Yanaklarına düşen gözyaşlarını öfkeyle sildi. İkisine de lanet olsun. Londra'ya gider gitmez Bay Byrne'a ağzına geleni söyleyecekti. Sonra da o hain Iversley Kontu'nu ve ikiyüzlü oyunlarını unutacaktı.

Bunu yapmak ömrünün yarısını alacak olsa bile.

Bölüm 26

*Eğer hayatınızı sefahatle geçirmek istiyorsanız, asla âşık
olmayın.*
- Anonim, *Zamparanın baştan çıkarma sanatı*

Alec'in, Merivaleler'in kiralık arabasının gecede kayboluşunu izlediği akşamdan sonra, adam kafatasına yediği darbeden çok, gece üzüntülerini gömdüğü ucuz konyak sebebiyle başı dönerek uyandı.

Görünüşe bakılırsa acısını yeterince azaltamamıştı. Çünkü Katherine'in kalbini söküp çıkardığı yerde oluşan boşluğu hâlâ hissedebiliyordu. Ona tatlı, masum sesiyle "Seni seviyorum," diyene kadar bir kalbi olduğunu da bilmiyordu zaten. Tam annesi gelip de dünyasını başına yıkmadan biraz önce.

Homurdanarak yüzünü çarşaflara gömüp küfretmeye başladı. Hâlâ üzerlerindeki gülsuyu kokusunu ve bir de diğer kokuyu…

Yanmış kahve mi?

Kafasını kaldırdı.

Emson, Bayan Brown'ın muhtemelen makûl bir kahvaltı olarak gördüğü şeyi tepside taşıyarak kapıdan içeri giriyordu.

En azından zehir onu bu zavallılığından kurtarabilirdi.

"Bayan Brown onun kahvesini sevmediğinizi biliyor ama size enerji vereceğini söylüyor ve ben de buna katılıyorum. Bir şeyler yemelisiniz, lordum. Dün gece yemek yemediniz. Eğer hâlâ bugün Londra'ya dönmeyi planlıyorsanız, gıdaya ihtiyacınız olacak."

Kredi verenlere birkaç kere daha yalvaracak, borç ayarlayacak...başka bir varisle flört etmeye başlayacaktı. Düşüncesi bile midesini bulandırıyordu ama ya bunları yapacak ya da Edenmore'dan tamamen vazgeçecekti.

Ya da Katherine'i geri kazanacaktı.

Hayır, o veda sözcüklerinden sonra bu imkânsızdı. O ana kadar kadının neden bunları yaptığını ve gerçekten ona önem verdiğini anlamasını sağlayabileceğini sanmıştı.

Ama onun iffeti hakkında pis dedikodular yayabilecek ya da sözünden döndüğü için ona dava açabilecek kadar duygusuz olduğunu zannediyorsa, gerçekten de haklıydı; onu hiç tanıyamamıştı. Onun hakkında böyle hastalıklı şeyler düşünürken onu geri alması için kadına yalvarırsa, lanet edilecek bir adam olacaktı.

Üzülmekte haklıydı ama onun da yaptıkları için

geçerli bir sebebi vardı. Neden bunu göremiyordu ki?

Emson tepsiyi adamın sevdiği gibi yazı masasına bıraktı ve sonra kahvesini getirdi. Alec çirkin kahveyi yudumlarken Emson cebinden bir kitap çıkardı. "Bunu paltonuzda buldum, lordum. İsteyebileceğinizi düşündüm."

Kaşlarını çatan Alec kitabı adamdan aldı. *Zamparanın baştan çıkarma sanatı*. Bu lanet kitabı tamamen unutmuştu.

Emson onun giysilerini yerleştirirken Alec kitapta göz gezdiriyor, orda burada gözüne ilişen satırlar sinirlerini tepesine çıkarıyordu. Onun hakkında bu kadar kötü düşünmesine şaşırmamalıydı. Bu saçmalıkları okuyan bir kadın nasıl bir erkeğe güven duyabilirdi ki?

Eğer istediğinizi almak istiyorsanız, bir kadına asla gerçeği söylemeyin.

İrkildi. Peki, ama zaten gerçeği kadından sakladığı için başına bunlar gelmişti. Lanet olsun, bir kadının bedenini kullanmak için yapması gereken her şeyi yapacak zevk düşkünü bir zampara değildi o.

Hayır, sadece bir kadının parasını kullanmak için.

Kahve fincanını dudaklarına götürerek bir sayfa çevirip okumaya başlayacaktı ki…sıcak kahveyi çıplak göğsüne döktü.

"Tanrım, lanet olsun!" diye bağırarak fincanı yatağının başucundaki masaya koydu ve çarşafla üstündeki kahveyi silmeye başladı.

Emson koşarak geldi. "Tanrım, iyi misiniz lordum?" Cebinden İrlanda büyüklüğünde bir mendil çıkarıp Alec'in göğsünü kurulamaya başladı.

Alec onu eliyle geri itti. "Önemi yok, Emson. Ben sadece…şey…"

Çok geçti. Emson, Alec ve Katherine'in dün gece yaptıklarını yapan ve hâlâ açık bir şekilde duran kitaptaki kadın ve adam resmine bakıyordu. Sadece bu insanlar biraz daha…yaratıcı bir pozisyondaydı.

"Sizi bir değişiklik yaparak kendinizi aydınlatıcı şeyler okurken görmek çok güzel," dedi Emson imalı bir şekilde.

Kaşlarını çatan Alec kitabı hızla kapattı. "Bu benim değil. Yanlışlıkla elime geçti."

"Tabii ki, lordum," dedi Emson sakince kahveden ıslanmış mendilini tekrar cebine sokuştururken. Sonra özenle kitabı kaldırıp yatak ucundaki masanın çekmecesine koydu. "Belki hizmetçilerin ve Bayan Brown'ın bunu görmelerine mani olsak iyi olur."

Küstah şeytan. "Teşekkürler, Emson." Katherine kitapta resimler olduğunu söylemişti ama, Tanrım, onunla serada sevişirken kadının ondan ne beklediğini biliyor olmasına şaşırmamak lazımdı.

Kadının kitabı babasının kişisel eşyaları arasında bulup adamın alışkanlıkları hakkında ne anlattığını fark etmiş olması düşüncesi Alec'in cesaretini kırdı. Erkekler hakkında bu kadar şüpheci olduğu için onu suçlayabilir miydi? Özellikle de onun servetini istediğini itiraf eden bir erkek hakkında.

"Şimdi biraz kahvaltı edecek misiniz lordum?" diye sordu Emson.

"Sanırım." Aslında bir daha iştahlı olabileceğinden bile emin değildi. Sadece tek bir güzellik için iştahı olabilirdi, ateş saçlı varis...

Hayır, o gitmişti. Bunu kalın kafasına sokmalıydı artık.

İçindeki umutsuzluğun etkisiyle yazı masasına gitmek için yataktan çıktı ve kahvaltı tepsisine baktı. Bir elma, iki haşlanmış yumurta ve aslında talaş tozunun tuğlaya çevrilmiş halinden çok gerçek bir ekmek olduğu şüpheli bir dilim ekmek bulunuyordu tepside.

"Zehirli bitkiler yok mu?" diye sordu dokunaklı bir sesle.

"Bayan Emson her sabah sinsice bana kahvaltı gönderir ve bunun sizin daha çok hoşunuza gideceğini düşündüm. Sadece kahve Bayan Brown'dan."

Alec'in annesinin vefatına kadar Emson'ın karısı kadının hizmetçisi olmuştu. Sonra kadın, önce uşak sonra da baş uşak olan ve ona her zaman tapmış olan Emson'la evlendi. İkisi de işlerini bırakmışlardı ve büyük ihtimalle adam bir daha dönmeyi de hiç düşünmemişti. Ama hâlâ ordaydı işte, Edenmore başka bir baş uşağın parasını ödeyebilinceye kadar beklemedeydi.

Alec iç geçirdi. Yaşlı adamın biraz daha beklemesi gerekebilirdi. Tepsiyi kenara koydu. Canı bu güzel yemekleri bile istememişti. "Bana zehirli otlar versen herkes için daha iyi olabilir."

"Saçmalık. Hanımefendinin sadece durumu mantıklı bir şekilde tartması için zamana ihtiyacı var. Sonra kesinlikle dönecektir."

Alec acı bir kahkaha patlattı. "Dönmeyecek. Onu tanımıyorsun. Belli prensipleri var ve bunları kimse içinde değiştirmez. Hele de benim gibi bir piç için değiştirmeyeceği kesin."

"Piç" kelimesini öylesine kullanmıştı ama uzun bir sessizlik bunu takip edip Alec ağarmış saçlı hizmetçinin ona garip garip baktığını görünce, içi ürperdi. "Biliyor muydun? Benim…"

Emson başıyla onayladı. "Babanız için kırk yıl hizmet ettim, lordum."

Alec soğuk terler döküyordu. "Başka kim biliyor?"

"Sadece ben ve eşim. Efendimiz annenizle aylardır yatağa girmemiş olmamasına rağmen hanımefendinin birden bir çocukla karşımıza çıkması fark edilmeyecek bir durum değildi."

Alec iç geçirdi. Hizmetçiler her şeyi herkesten önce bilirdi zaten. "Sanırım gerçek babamın kim olduğunu da biliyorsun."

"Anneniz, Bayan Emson'a onun… asıl bir kişi olduğunu söylemiş."

"Bana da aynı şeyi söyledi." Bu da Katherine'e söylemediği şeylerden biriydi ve kesinlikle öğrenmeyi hak ediyordu. "Garip değil mi? Kont benim babam bile değildi ama onun hatalarından kaçınmak için harcadığım onca çabaya rağmen buradayım işte, tam da onun olduğu yerde. En azından o para için evlendiği kadını elinde tutmayı başarmış."

Emson şaşırmış görünüyordu. "Kont annenizle parası için evlenmemişti. O zamanlar onu seviyordu. Güneşin onunla doğup onunla battığını zannediyordu."

Alec sırıttı. "Evet, ona nasıl davrandığından da anlaşılıyor zaten."

"Ama flört ederlerken öyle değildi. Anneniz lord hazretlerini çok çekici buluyordu ve o da annenizin çok tatlı olduğunu düşünüyordu. Evet, bir serveti vardı ama bu sadece ekstra bir şeydi. Anneniz genç ve güzeldi ve onu güldürmeyi başarıyordu; bu onun için pek de olağan değildi. O yüzden evlenirlerse anneniz onun sorunlarını çözmesine yardım edecek kişi olacağından emindi."

Alec şaşkın şaşkın adama baktı. "Ne sorunu?"

Emson ciddileşti. "Affınızı diliyorum. Bildiğinizi sanıyordum. Gerisini bildiğinize göre, birinin bunu da size söylediğini sanıyor…"

"Neyi söylediğini?"

Emson kıpkırmızı oldu. Alec adamın bembeyaz yanaklarının pembeleştiğini görebileceğini hiç düşünmemişti. "Yaşlı kont…" – *Zamparanın Baştan Çıkarma Sanatı*'nın bulunduğu çekmeceyi işaret etti, "okuduğunuz kitapta canlandırılan faaliyetleri gerçekleştirebilecek fiziksel duruma sahip değildi."

Alec ağzı açık, hayretle adama bakıyordu. "İktidarsız mıydı?"

"Sanırım bunun için kullanılan terim bu lordum," diye mırıldandı Emson.

"Tanrı aşkına onun hakkında böyle bir şeyi nerden biliyorsun ki?"

"Hatırlarsanız onun gençlik zamanlarındaki uşağı bendim. Yıllarca odasının yanındaki odada yattım. Ve ne zaman…şey…odasına bayanlar getirse, onlara… ödemelerini yapan kişi ben olurdum. Duruma göre yaptıkları ya da yapmadıkları şeyler için. Ayrıca eşimin, annenizin…"

"Yeter." Adamın işe aldığı bütün uşaklara neler anlattığını dinlemek zorunda kalacaktı. "Yani kontun annemle evli olduğu onca yıl boyunca, onlar hiç…"

"Annenizin eşime söylediğine göre hiçbir zaman."

Alec yazı masasından uzaklaşırken bu durumu zar zor hazmetmeye çalışıyordu. Gerçeğin kendisi bu kadar karışıkken, o yıllar boyunca kontu insan şekline girmiş bir şeytan gibi görmüştü.

Birden aklına bir şey geldi. "Bu yüzden yaşlı kont bütün parasını üfürükçülere harcadı, değil mi?"

Emson başını salladı. "Bir oğul sahibi olmayı çok istemişti."

"Kendi oğlu," deyiverdi Alec. "Başka bir adamın piçini değil."

"Olay sadece bu değildi. Annenizi o kadar çok sevmişti ki…"

"Sevgi mi? O aptalın aşkın ne olduğundan haberi bile yoktu. Annem gecelerini ağlayarak geçirirken ona her zaman bayağı ya da soğuk derdi."

"Sanırım annenizi suçlamak onun kendi gururu açısından daha uygundu." Emson adama gizli bir bakış attı. "Bazıları, erkek kendi görevlerini yerine getiremiyorsa bu kadının suçudur der. O yüzden kendi durumunun da aynen böyle olduğuna kendini ikna etmiş olabilir."

Alec sinirlendi. "Annem dünyadaki en tatlı, en…"

"Ne inandıklarının ne de yaptıklarının doğru olduğunu söylüyorum lordum. Anladığım kadarıyla ileriki yıllarda suçun kendinde olduğunu kabul etti, yoksa şifa aramazdı. Ben sadece bir adamın karısını tatmin edememesinin çok acı bir yük olduğunu söylüyorum."

"Sanırım bu doğru." Derin bir nefes aldı. "Ve büyük ihtimalle kadın için de acı bir yük olmalı."

"Evet. Maalesef kont ve anneniz evlenip, kont onun…derdine deva olmadığını anlayınca, acısını annenizden çıkardı. Bu da onun duygularını incitip kontun etrafındayken huzursuz olmasına sebep oldu ve böylece kont da gittikçe daha da acımasız birine dönüştü. Ve daha da kötü oldu, özellikle de sonraki olayla…"

"Galler Prensi'yle beraber olmasına izin verince."

Emson başıyla onayladı. "Ve sonra da evlilikleri sizin de bildiğiniz hale dönüştü."

"Kontun onu her zaman azarlaması ve onun da

hiçbir değeri olmadığına inanmasına dönüştü." Çenesi kasılmıştı. "Ve kendisini, oğlunun da hiçbir zaman onun adına yakışamayacak hiçbir şeyi beceremeyen umursamazın teki olduğuna inandırdı."

Alec uzaklara baktı. Emson'la bu konu hakkında konuştuğuna inanamıyordu. Ama başka kiminle konuşabilirdi ki? Bu durumu anlayabilecek kişiler sadece üvey kardeşleri olabilirdi ve onlarda etrafta yoktu ve bir de...

Katherine. Orda kalmış olsaydı, ona anlatabilirdi. O "yoksul" olduğu için haline üzülen kadın, babası iktidarsız olduğu için onun gizli bir piç olduğu gerçeğini söyleyemeyecek kadar gururlu olmasını da anlardı. Bunu anlar ve kabul ederdi; aynı adam hakkındaki diğer şeyler de yaptığı gibi; neden atlarla çalıştığı, neden geçmişini sakladığı...neden kuralları yıkmak istediği gibi.

Ama o Katherine'i kendisinden uzaklaştırmıştı. Ve hepsi de gerçeği ona başından söyleyemeyecek kadar korkak olduğu içindi.

Aynı yaşlı kont gibi.

Alec boş gözlerle uşağına bakıyordu. "Ben onların yakın olamamasının sebebinin annemin serveti olduğunu sanıyordum. Adam her zaman, eğer neden bu olmasaydı onunla hiçbir şekilde evlenmeyeceğini söyleyip dururdu."

Emson başını salladı. "Efendimiz her zaman kendi iyiliği için inatçı ve fazlasıyla gururlu olmuştu. Sorun şuydu, onunki gibi bir gururun aşkta yeri olamaz. Bir erkek, sevdiği kadının güvenini kazanmak istiyorsa, kendini iyisiyle ve kötüsüyle, tamamen gösterebilmek için yeterince alçakgönüllü olmalıdır."

"Ben de bunu yapmadım işte," dedi Alec.

Emson omuz silkti. "Siz aşk için evlenmiyordunuz. Para için evleniyordunuz. Bu aynı şey değil."

"Ben sadece para için evlenmiyor…" Sözünü tamamlamadı. Para için evleniyordu. Yalanları ve kur yapmaları hep Katherine'in servetini kaybetme riskini azaltmak içindi.

Hiçbiri onun aşkını kaybetme riskini azaltmak için değildi. Ve şimdi ikisini de kaybedince, tüm ilgisini yanlış yere odakladığını fark etti. Çünkü onun servetini kaybetmek Edenmore'u kaybetmek anlamına gelmiyordu. Her zaman başka bir varis bulabilir ya da daha çok borç alabilirdi. Tabii bunlar Katherine'in insanlara onun hakkında bir şey anlatmaması varsayımına dayanıyordu ve bir şekilde bunu yapmayacağından da emindi.

Ama o başka bir varis *istemiyordu*. Sadece Katherine'i istiyordu. Yani onun aşkını kaybetmek her şeyi kaybetmek demekti; çünkü onun aşkı olmadan…

Neler yapmış olduğunu anlaması kefene girmiş gibi hissetmesine neden oldu. Ah Tanrım, onsuz nasıl yaşayabilirdi ki? Paylaşacağı bir Katherine'i olmadıktan sonra Edenmore'u düzeltip güzel ve verimli bir malikâneye çevirmesinin ne anlamı vardı?

Onun aptal şakalarına gülecek bir Katherine'i olmadan, üzerine titreyen bir Katherine'i olmadan, seveceği bir Katherine'i olmadan.

Homurdandı. Ona âşıktı. Aptal gibi gidip kendi kuralını çiğnemişti; varisine âşık olmuştu.

Ama şimdi kadın ondan iğreniyordu. Ve geç olsa da ona ne söylemeye çalıştığını anlamıştı. *Beni kazanmak için söylediklerinle paramı kazanmak için söylediklerini nasıl ayırabilirim ki?*

Olayı hiç bu şekilde düşünmemişti. Tek bir yalanının, ona söylediği her şeyin yalan olduğunu düşünmesine sebep olacağını anlamak için fazla meşguldü.

Öyle olmamış olsa da.

Ama kadına gerçek halini göstermeden bunu nasıl bilebilirdi ki? Onu aldatmak için kendisiyle ilgili belli şeyleri saklayıp dururken onun neyin gerçek neyin yalan olduğunu ayırt etmesini nasıl bekleyebilirdi ki?

Bekleyemezdi. O lanet servet hep aralarında olur ve kadını, gerçekte hiçbir zaman onu önemsememiş olduğuna ikna ederdi.

Tabii eğer servetten vazgeçmezse.

Bu fikir adamın kafasına bir binicinin atındayken kafasına çarpan alçak bir dal gibi dank etti. Eğer evlilik anlaşmasında servetten vazgeçip her şeyin kadının ailesine gitmesine karar verilirse, ona engel olması ve güvenmemesi için hiçbir sebebi de kalmayacaktı. Adamın her sözünü ciddi ciddi söylediğine inanmak zorundaydı.

Ve o da Edenmore'u eski haline döndürme şansını sonsuza kadar kaybetmiş olacaktı.

Ancak ikisinden birine sahip olabilirdi: Katherine ya da Edenmore. Bir şekilde doğru kararı verecek gücü bulmak zorundaydı.

Bölüm 27

*Bir zampara bazen istediği şeyi elde edebilmek için
risk almak zorundadır.*
- Anonim, Zamparanın baştan çıkarma sanatı

$\mathcal{L}$ondra'ya döndükleri öğleden sonra, Katherine
annesini aramaya koyuldu. Salona yaklaştığın-
da Suffolk'tan ayrılırken bulduğu kutsal huzur yavaş
yavaş yok olmaya başlamış ve içinde derin acılar duy-
maya başlamıştı.

Edenmore'dan döndüklerinden beri o ve annesi
neredeyse hiç konuşmamışlardı. Maalesef hayatlarına
böyle devam edemezlerdi.

Salona giren Katherine, annesini ateşi izlerken
buldu. İçinde duyduğu acıma duygusunu amansızca
kovdu. Bu güç duruma girip hiçbir zaman aklından
bile geçirmemesi gereken bir adamın evlenme teklifi-
ni kabul etmesi annesinin suçuydu.

Sadece annenin suçu değil, dedi vicdanı.

Umursamadı. "Avukatla konuştum anne," dedi
ciddi bir ses tonuyla. "Dediğine göre, Lord Iversley
evlilik teklifini kabul etmem için bana yalanlar söy-

lediğinden bize sözleşmenin ihlali nedeniyle dava açması çok zormuş."

O lanet lord hazretlerinin kullandığı tek şey yalanlar değildi. Kadının omzunda bıraktığı "aşk ısırığı" da bunun kanıtıydı. Bu düşünce kadının sinirini tepesine çıkardı. Nasıl olur da onunla bu kadar ilgiliymiş gibi görünmeyi başarmıştı? Onu öptüğünde ve yakalayıp "senhora" dediğinde…

Gözlerini yakmaya başlayan gözyaşlarını tutuyordu. Tanrı yardımcısı olsun, onu her düşündüğünde ağlamaktan ne zaman kurtulacaktı?

Annesi üzgün üzgün kaşlarını çatarak ona baktı. "Katherine, meleğim, hâlâ lord hazretlerinin bir servet avcısı olmasının çok kötü bir şey olduğunu mu düşünüyorsun? Belki de ona bir şans daha vermelisin."

Katherine'in öfkesi yenilenmişti. "Böyle bir fikrin senden geliyor olması biraz garip değil mi? Evleneceğim adamla servetimi paylaşmak istemeyen sensin."

Günlerdir ilk defa öfkelenen bu kez annesiydi. "Dinle bakalım küçük Bayan Doğrucu. Sen hiçbir zaman parayla yaşamadın. Ben *yaşadım*. Ben küçük bir kızken durumumuz çok iyiydi. Babam istediğimiz hiçbir şeyi geri çevirmezdi."

"Ta ki senin beklediğin gibi parasını sana bırakmadan ölene kadar."

Annesi gözlerinden kıvılcımlar çıkarak ayağa kalktı. "Beni suçlayabilir misin? Dedenin beni yetersiz eş seçimim hakkında eleştirip durmasına kaç yıl dayandım biliyor musun? Onun canından çok sevdiği kızından bir hayal kırıklığına dönüştüm. Yani evet, karşılığında *bir şeyler* bekliyordum." Gözleri kısıldı. "Ve senin için de daha iyi şeyler istiyordum, buna inansan da inanmasan da. Seni utandırmayacak, babanın bana davrandığından çok daha iyi davranacak bir koca istiyordum senin için."

"Ve benim için müthiş bir seçim de yaptın," dedi acıyla.

"Kontu ben seçmedim hanımefendi. Ayrıca kesinlikle onunla yatağa girmen için seni zorlamadım. Sen kendi kendine onun yatağına atladın."

Katherine yutkundu. Bu gerçekten de doğruydu.

"Leydi Jenner'ın beni inandırdığının aksine adamın zengin olmamasından memnun değilim." Kaşlarını çattı. "Belli ki o da Bay Byrne'ın aşağılık arkadaşlarından biri."

"Hiç şüphem yok."

"Ama şu an bunların hiçbiri önemli değil. Bunlar oldu, bitti. Hayal kırıklıklarımızla yaşamayı öğrenmeliyiz. Ve eğer bu malikânesini düzeltmek için senin servetini kullanmak isteyen bir adamla evlenmen gerektiği anlamına geliyorsa, o zaman öyle olsun. Herhalde senin diğer seçeneği tercih edeceğini tahmin etmem zor olmaz; yaşlı bir hizmetçi olarak yoksulluk içinde ölmeyi. Elindeki ihtimaller hiçbir zaman çok iyi olmadı ama Leydi Purefoy tarafından onurunu tehlikeye atacak bir pozisyonda serada yakalandığın için, ihtimaller oldukça kötü."

Katherine'in çenesi titredi. "Eminim etrafta bunları umursamayacak servet avcıları vardır. Onlardan biriyle anlaşabiliriz."

"Tanıdığın ve hoşlandığın bir adamla evlenmek yerine hiç tanımadığın biriyle evlenmeyi mi tercih ediyorsun?"

"Evet. İşin içine duygularımın girmesine izin verince nerelere geldim bak. Güzel sözler ve tatlı bakışlara kapılacağıma mantıklı olmalıydım. Ve şimdi de bunun cezasını çekiyorum. Benimle ilgilenmeyen tanımadığım bir adamla evlenmem son derece mantıklı olacaktır."

"Ama o seni mutlu edebilir mi?"

"Bana…*yalan söyleyen* bir adamdan daha çok mutlu edebilir. Tek istediği servetimken, beni ben olduğum için istediğine inandıran bir adamdan daha çok."

"Ama meleğim, senin Sydney'ye yaptığın da tam olarak bu değil miydi?"

Katherine diklendi. "Hayır değildi!"

"Onu kendi olduğu için istediğini düşünmesini sağladın. Gerçekte istediğin ise servetine kavuşabilmekti."

"Bu doğru değil! Ben Sydney'yi *seviyordum*."

"Öyle mi? O zaman Lord Iversley'nin seninle flört etmesine neden izin verdin? Neden evlenme teklifini kabul edip seninle yatağa girmesine izin verdin? Eğer Lord Iversley'nin ilgisi yüzünden onu kenara atabildiysen, Sydney'ye olan sevgin çok da güçlü değil demektir."

Yapmak istediği ilk şey onu böyle ışık altında sorguladığı için annesine karşı çıkmaktı. "Onu kenara attım çünkü hemen evlenmemi istiyordun ve Sydney de evlilik için…yani, çok da istekli görünmüyordu ve…" Annesinin söylediklerinin gerçekliğini anladığında sesi gittikçe azalarak yok olmuştu. "Hayır, bu doğru değil. Yani demek istediğim…doğru ama Sydney bana partide evlenme teklif etti. Ve ben reddettim."

Kendisine annesinin gözlerinden bakınca utandı. Sydney'yi kullanmıştı. Alec'e âşık olmadan çok önce Sydney'yi onunla evlenmesi konusunda kışkırtmak için onu Alec'e hissettikleri hakkında kandırmıştı. Aynı Alec'in onunla evlenmek için kendi gerçek duyguları hakkında onu kandırmış olması gibi.

Ve bunu ne için yapmıştı? Beladan uzak durmak için. Bu yaptığının Alec'inkinden ne farkı vardı ki?

"Senin yanlış bir şey yaptığını söylemek istemiyorum," diye devam etti annesi. "Bizi rahat ettirmek için Sydney'yle evlenmek istiyordun. Ama bu lord hazretlerinin de bahanesiydi. O da kiracılarını ve hizmetçilerini rahat ettirmek istiyordu. O zaman neden onu suçluyorsun?"

"Çünkü…çünkü…" Çünkü ona âşıktı. Ve onun da kendisine deli gibi âşık olmasını istemişti. Söylediği ve yaptığı güzel şeylere inanmak istemişti ama artık inanamıyordu. Her lafından şüphelendiği bir adamla nasıl yaşayabilirdi ki?

Bunu yapabileceğinden emin değildi. Bildiği tek bir şey vardı; Sydney'ye çok kötü davranmıştı. O daha iyisini hak ediyordu.

Kapıya yöneldi.

"Nereye gidiyorsun?" dedi annesi.

"Onu yanılttığım için Sydney'den özür dilemeye gidiyorum."

"Sence yine de seni isteyecek mi?" diye sordu annesi umutla.

Katherine tam sert bir cevap verecekken kendisini tuttu. "İstese de fark etmez anne. Onunla artık evlenemem. Haklıydın, onu hiçbir zaman sevmedim. Ve ona Alec'in bana davrandığı kadar kötü davrandım. Ama bunun çözümü ona âşık olmadan onunla evlenmem olamaz. Böyle bir şey adil olmayacaktır."

Şimdi başka biri tarafından istenmeyi dilemenin ne kadar acı verici olduğunu bildiği için başkasının da bu acıyı çektiğini düşünmeye bile dayanamıyordu. Ve belki Sydney'nin kırık kalbi için bir çözüm bulabilirse, kendininkiyle nasıl baş edebileceğini de bulabilirdi.

Alec, Beleza'ya binmiş çılgınca Lovelaceler'in evine gidiyordu. Bu belki de Lusitanosuna son binişiydi. Eğer Draker, Alec'in daveti üzerine Londra'ya geliyorsa, yakında atı istemek için Stephens Oteli'ne varmış olurdu.

Ama eğer Alec Katherine'i geri kazanabilirse, başka hiçbir şeyin önemi olmayacaktı. Ve Londra'ya döner dönmez Sydney'ye gittiğine göre, onu kazanabileceği de çok kesin değildi.

Bayan Merivale ona Katherine'in nerde olduğunu söyleyince lanet ederek oradan hızla çıkmıştı. Âşık olduğu kadının kendini rahat ettirmek için başka bir adama gitmiş olduğunu duymak güveninin sarsılmasına neden olmuştu.

Sonunda Lovelaceler'in Mayfair'deki evlerine ulaştı. Olduğundan hafif gösterilmiş incelikte pahalı bir binayla karşılaştığına şaşırmamıştı. Eğer son bir ayı malikânesini ne kadara düzeltebileceğini hesaplamakla geçirmiş olmasaydı, bu binanın da ne kadar pahalıya mal olduğunu fark etmeyebilirdi. Ama atından inip mermer merdivenlere yöneldiğinde elle yapılmış her taşın sağlanması için harcanan muhtemel değeri ve bunları birleşme yerleri belli olmayacak ve yüzeyde bozuk bir çentik bile bırakmayacak kadar becerikli zanaatkârların yaptığının farkına varamazdı.

Katherine'in elinden almaya çalıştığı şey bu muydu? Tabiatı ona son derece uygun bir adamla kazanacağı bu kolay malvarlığı ve rahat hayat mı?

Lanet olsun ama bunu gerçekten de yapmıştı.

Sydney belli noktalarda ona uygun olabilirdi ama o adam ona âşık değildi. Ve bu gerçek Alec'in pahalı mermer merdivenlerden çıkıp, onu kapıdan uzaklaştırmaya çalışan güzel üniformalı uşağı geçmesini ve misafir odasına girene kadar ipeksi duvar kâğıtlarıyla kaplanmış duvarlı holde ilerlemesini sağlamıştı.

Molly'yi kapının önünde dururken gördüğünde ne düşüneceğini bilemedi. Katherine *oradaydı* ve anlaşılan Sydney'yle yalnızdı. Hizmetçiyi geçip misafir odasına girdi.

Odaya girdiğinde Katherine'i Sydney'nin omzunda ağlarken buldu.

Kısık sesli, istemsiz çıkardığı inilti aniden onların

dikkatini çekti. Sydney'nin düşmanca baktığından emindi ama Katherine'in tepkisini anlamak daha zordu. Baronetin kolunda ağlarken çenesi titriyordu ve burnu kızarmış, gözleri yaşlarla dolmuştu.

Daha önce gözüne hiç bu kadar sevimli görünmemişti. Kalbi burkuldu. Onun Sydney'yle olması önemli değildi. Onun gitmesine izin vermeyecekti. "Katherine, seninle yalnız konuşabilir miyim?"

Lovelace aralarına girmek için ayağa kalktı. "Yeterince kötülük yapmadın mı? Onu yalnız bırakamaz mısın artık?"

"Bunun seninle ilgisi yok," deyiverdi Alec. "İzin ver onunla konuşayım."

Katherine ayağa kalktı, bakışları tedbirliydi. "Ne istiyorsun Alec?"

"Sana söyledim, seninle özel olarak konuşmak istiyorum."

"Hayır. Biz yalnızken, sen hep... Ne söyleyeceksen Sydney'nin önünde söyleyebilirsin. O benim arkadaşım."

Alec içindeki kıskançlık krizini bastırdı; bunların hiçbiri onu kazanmasına yardımcı olmazdı. Ama tüm insanlar bir yana, bunları Sydney'nin önünde söylemek zorunda mıydı?"

Gururun aşkta yeri yoktur.

Görünüşe bakılırsa öyle yapmak zorundaydı. "Her şeyden önce özür dilemeye geldim."

"Hangi suçun için? Gerçek niyetin hakkında beni kandırdığın için mi? Arkamızdan Bay Byrne'la komplolar hazırladığın için mi? Sadece servetim için benimle evlenmek istediğin için mi?"

"Sonuncusu dışındakiler için. Seninle hiçbir zaman servetin sebebiyle evlenmek istemedim ve gerçek de bu."

"Öyle söylüyorsun," diye fısıldadı, "ama buna nasıl inanabilirim ki?"

"İnanamazsın. Bu yüzden seninle servetin olmadan evlenmek istiyorum."

Katherine gözlerini kısarak hayretle ona baktı. "Ne demek istiyorsun?"

"Neye mal olursa olsun seni istiyorum Katherine. İstediğin herhangi bir evlilik sözleşmesini imzalamaya hazırım. Servetini annene veren ya da çocuklarımız için parayı saklayacak olan, sen nasıl istersen." Boğuk bir sesle ekledi, "Sadece benimle evleneceğini söyle. Tüm istediğim bu."

Çenesini kaldırdı. "Edenmore'a ne olacak? Ve kiracılarına ve…"

"Hepsini düşündüm. Edenmore'u, miras yoluyla kalan şeylerin satılması yasak olduğu için satamam ama kiraya verebilirim. Karşılığında belli bir gelirle, başka biri kiracıların çiftliklerini de devralabilir. Ve sen ve ben kiralarla yaşayamazsak o zaman Astley'ye gidebilirim, hatta süvari birliğine katılabilirim. Eminim Wellington istersem bana bir subaylık rütbesi verecektir."

"Ne?" dedi Sydney. "Neden böyle bir şey yapsın ki?"

"Sus Sydney," diye fısıldadı Katherine gözleri Alec'e kitlenmiş bir halde. "Ya hizmetçilerin? Bayan Brown'a, Emson'a ve diğerlerine ne olacak?"

Cevabıyla cesaretlenerek ona biraz daha yaklaştı. "Genç olanlar Edenmore'u kiralayan kişiyle çalışırlar. Yaşlı olanlarınsa emeklilik maaşlarını verip çıkarmak gerekecek."

"Hangi parayla?" diye alay etti Sydney. "Var olmayan subaylık rütbenden gelen parayla mı?"

Alec adama baktı. "Bana borç verebilecek arkadaşlarım var." Ne kadar faizle olursa olsun vermeleri için dua ediyordu. "Eski kontun borçlarını ödememe de yardım edeceklerdir; ya alacaklıları daha küçük miktarlardaki aylık ödemeler yapmam için ikna edeceklerdir ya da bana borç verip Edenmore'dan gelen kiralarla ve maaşımla onlara geri ödememi kabul edeceklerdir."

"Bu durum size yaşayacak hiçbir şey bırakmayacak," diye tersledi onu Sydney.

Alec ciddileşti. "Bunun kolay bir hayat olmayacağını biliyorum ama en azından Katherine ve ben beraber olacağız."

Lovelace homurdandı ama Katherine gözlerini fal taşı gibi açarak ona yaklaştı. "Neden benim için malikânenden vazgeçeceksin ki?"

Bu alaycı bir seyircinin önünde söylemek isteyeceği tarzdan bir şey *değildi*. "Lütfen bir tanem, seninle beş dakika yalnız kalalım. Tek istediğim bu."

"Neden?" Daha kadın cevap veremeden Lovelace araya girdi. "Böylece ona gerçek karakterini görmesi için kör eden öpücükler kondurabilesin diye mi?" Katherine'e döndü. "Boş versene Katherine, ne yaptığını görmüyor musun? Bir kere seni ağına düşürünce, sen hayatlarınızın servetinle daha iyi olabileceğini itiraf edene kadar seni kandırmaya çalışacak. Sonra mihraba atacağı hızlı bir adımla istediği her şeyi elde etmiş olacak. Her zaman istediği gibi."

Alec, Katherine'in suratının bir kere daha bulanıklaştığını görünce siniri tepesine çıktı. "Lanet olsun sana Lovelace, *ona* değer verdiğin için beraberliğimize karşı gelirmiş gibi yapma. Eğer karşısına benim yerime bir başkası çıkmış olsaydı onun için savaşmayacağını ikimiz de biliyoruz. Ama senin iğrendiğin bir adamı seviyor olması sinirlerini bozuyor, değil mi? Senin servetine burun kıvırmasından nefret ediyorsun; param olmasa da onun tercih ettiği kişi *benim*."

Lovelace gözlerini kıstı. "Ve sen de sadece onun parasını istiyorsun. O zaman şimdi burada sana bir teklifte bulunacağım." Omuzlarını dikleştirdi. "Sana yirmi bin poundluk bir çek yazacağım."

"Sydney hayır!" diye araya girdi Katherine.

Lovelace onu umursamadı. "Bu umduğundan daha az bir para biliyorum ama borçlarının bir kısmını kapatacağı kesin. Ve yapman gereken, sadece burayı terk edip onu yalnız bırakmak. Sadece bu kadar."

Şimdi alay etme sırası Alec'teydi. "Kendini bir rakipten kurtarmak için onun servetinden yirmi bin poundu öylece vermen ne kadar da cömert, değil mi?"

Lovelace kibirli bir zarafetle kendine çeki düzen

verdi. "Senin aksine ben hiçbir zaman onun servetini istemedim. Eğer evlenmek istiyorsa, onunla ne yapmak isterse yapabileceğini söyledim. Ama bu hafta teklifimi ikinci kez reddettiğine göre, böyle bir şansım zaten bir daha olmayacak."

Lovelace ellerini yumruğa dönüştürdü. "Yani gördüğün üzere sorun senin olan bir şeyi istiyor olmam *değil*. Bir gün onu benimle evlenmeye ikna etmeyi umuyorum ama bunu yapamasam bile Katherine her zaman arkadaşım olacak. O yüzden evet, seni ondan uzak tutmak için her şeyi yaparım ama sadece daha iyisini hak ettiğini bildiğim için. Eğer onu mutlu etmek için sana para ödemem gerekiyorsa, o zaman yirmi bin pound işe yarayan bir yere harcanmış olacak demektir."

Alec söyleyecek bir şey bulamadan donup kalmıştı. Bu adam deli miydi? Belki de onunla hiçbir zaman evlenmeyecek bir kadın için bu kadar çok para mı harcıyordu? Bunca zaman Alec, Sydney'nin duygularının çok da derin olmadığını sanmıştı ama şimdi...

Katherine'e baktı; sanki gerçekten Lovelace'in parasını alması için umutlu gözlerle ona bakması kanını dondurmuştu. Birden kendisini onların gözünden gördü; istediğini alabilmek için her şeyi yapabilecek aşağılık bir servet avcısı; sadece ihtiyaçlarını karşılayabilmek için uzun süreli bir arkadaşlığın arasına giren ve sevdiğini iddia ettiği kadının rahatını umursamayan biri.

Ona güvenmemesine şaşırmamalıydı. Önünde

böyle iyi bir adam örneği varken nasıl güvenebilirdi ki? Ona Alec'in vermeyi umduğundan daha da fazlasını verebilecek bir adam.

Ne yapmak zorunda olduğunu anlayınca içinde yükselen acıyı bastırdı. "Beni affedin," diyebildi. "Görünüşe bakılırsa her şeyi yanlış anlamışım Lovelace. Katherine'e hak ettiği şekilde önem vermediğini düşünmüştüm. Ama şimdi bu konuda sadece sessiz kaldığını anlıyorum. Paran sende kalsın, artık ikinizi de rahatsız etmeyeceğim."

Lovelace dudaklarını büzdü. "Şimdi öyle diyorsun ama ben işimi şansa bırakmayı sevmem. Katherine'in bir davada kendisini savunmasını istemiyorum. O yüzden parayı al, başka bir varisle flört etmek için zaman kazanmış olursun."

Alec, Sydney'nin çenesine yumruğu yapıştırmamak için kendisini zar zor kontrol etti. "Başka bir varis istemiyorum. Ve bir dava açmayacağımdan da çok eminim. Bu konuda bir centilmen olarak sözüme inanmak durumundasınız. İnanın ya da inanmayın, benim hâlâ prensiplerim var."

Ona şoka girmiş bir halde bakan Katherine'e döndü. Bunun ona son bakışı olduğunu düşününce kalbi paramparça olmuştu. "Bir daha sana teklif ettiğinde onunla evlenmelisin bir tanem. Çünkü balkondaki o gece söylediklerinde haklıydın. O benden *daha iyi* bir adam. Sen İngiltere'nin en mükemmel adamını hak ediyorsun."

Arkasını dönüp odadan çıktı. En azından gerçek soyunu ona açıklamadan gururunu korumuş ve kadının onu küçümsemesine izin vermemişti. Ve neyse ki kadın ona olan tüm aşkını kaybetmişken gidip de onu sevdiğini söyleme rezaletini yapmamıştı.

Kalbi böyle ezildikten sonra gururunun bu kadar cüzi bir teselli olması ne kadar da kötüydü.

Bölüm 28

Islah olan zamparaların en iyi kocalar oldukları söylenir
ama ıslah olmuş bir zamparayı isteyecek bir kadın
var mıdır ki?
-Anonim, *Zamparanın baştan çıkarma sanatı*

*K*atherine kapıya yönelmeden önce Sydney sadece bir an için zaferinin tadını çıkarabilmişti. Tam zamanında kadını kolundan tuttu. "Tanrı aşkına, bırak gitsin. Sonunda ondan kurtuldun."

Sydney'ye üzgünce gülümsedi. "Ondan kurtulmak istemiyorum. Beni gerçekten önemsediğini biliyorum artık."

"Teklifimi reddettiği için mi? Tabii ki etti. Senin hemen ona koşacağını biliyordu ve sonra da servetini alıp…"

"Sydney, canım dostum," dedi hoşgörülü bir ses tonuyla, "o senin düşündüğün gibi bir canavar değil. Benim gördüklerimi sen de görmüş olsaydın, malikânesini düzeltmek için nasıl uğraştığını, hizmetçilerine ne kadar iyi davrandığını, ülkesine ne kadar düşkün olduğunu görseydin. Onun hakkında bilmediğin bir sürü güzel şey var."

"Tek gördüğüm onun umursamaz, aşağılık ve…"

"Evet, bazen öyle olabiliyor. Ama ona bakarsan ben de öyle olabiliyorum."

"Hiçbir zaman. Sen benim gibisin; doğru ve uygun olanın ne olduğunu biliyorsun ve onun peşinden gitmeye çalışıyorsun."

Kahkaha attı. "Bunca yıllık arkadaşlığımıza rağmen beni çok az tanıyorsun."

"Seni yeterince tanıyorum. Boş versene, seni serveti için istemiş bir adamla asla mutlu olamazsın ki."

Adamın, kolunda duran elini çekti. "Sana söylememem gereken bir şey söyleyeceğim. Ama kafanı rahatlatmak için başka bir şey düşünemiyorum." Uzağa baktı. "Alec seninle olan şansımı sonsuza kadar yok etmek isteseydi, bunu yapabilirdi. Tek yapması gereken gerçeği söylemekti; o ve benim…yakınlaştığımızı."

Sydney ağzı açık kadına bakıyordu. "Ne?"

Yüzü kızararak adama döndü. "Aslında iki kere. Görmüyor musun? İsteseydi, sana benim bakire olmadığımı söyleyebilirdi ve sen de benimle asla evlenmek istemezdin. Ama bunu yapmadı. Ve bu da bana ne kadar içten olduğunu gösterdi." Adamın elini alıp sıktı. "Umarım bu yüzden benim hakkımda da kötü düşünmezsin."

"Senin hakkında hiçbir zaman kötü düşünemem," diye yemin etti.

"İyi. Çünkü arkadaşın olarak kalmak istiyorum. Ama şimdi gitmeliyim."

"Ona," dedi acı bir sesle.

Kadın gülümsedi. "Evet. Biliyorsun işte, onu seviyorum. Seni hiçbir zaman o şekilde sevmedim. Ve herhalde sen de beni hiçbir zaman öyle sevmedin, değil mi?"

Cevap vermedi.

"Ben de öyle düşünmüştüm. Ama seni gerçekten seven birini hak ediyorsun; senin de karşılığında onu gerçekten sevebileceğin birini. Sana yemin ediyorum, gerçek aşk şiirlerden bile daha güzel."

Sydney yutkundu. "Git o zaman. Benim için endişelenme."

"Teşekkürler." Yanağına bir öpücük kondurdu. Ve sonra gitti.

O gittikten sonra Sydney amaçsızca misafir odasında dolanmaya başladı. Sevdiğinden mahrum edilmiş gibi hissetmesi gerekiyordu ama tek hissettiği rahatlamaydı. Iversley'nin parayı reddetmesi adamın kötü biri olduğu hakkındaki kesin fikrini sarsmış, Katherine'in açıklamalarıysa yıkmıştı. Haklıydı, onu tanımıyordu.

Ya da belki de hep kadının böyle olduğunun farkındaydı...ve bu onun istediği şey değildi. Hayır, tamamıyla farklı bir şey istiyordu.

Nabzı hızlanmaya başladı. Napier Malikânesi'ni terk ettiği günden beri Jules'la konuşmamıştı. Jules'un Sydney'den iki yoldan birini seçmesini istediği gündü: ya Jules'la Yunanistan'a bir yolculuk ve Jules'la geçireceği bir hayat...ya da Jules'u bir daha görmeden Katherine'i geri kazanmaya çalışması. Jules, Sydney'ye karşı farklı hisler beslerken onunla daha fazla arkadaş kalmaya katlanamayacağını söylemişti.

Sydney gitmeyi seçmişti. Çünkü kendi gerçek duygularıyla ve ahlaksızlığıyla yüzleşmekten korkuyordu.

Hâlbuki Katherine ve Iversley kendi duygularıyla yüzleşmişler, bu hayatlarının ve geleceklerinin tepetaklak olmasına sebep olacak olsa bile birlikte olmak için nerdeyse her şeyi yapmaya gönüllü olmuşlardı.

Bu onun kibrini kırmıştı. Onu etkilemişti. Ümit vermişti.

Hole çıkıp görevli hizmetliyi çağırdı. "Arabayı ön tarafa çekebilir misin? Ve anneme Lord Napier'in malikânesine gittiğimi söylersin."

Iversley bir serveti reddedebiliyor ve Katherine de aşkı için bir servet avcısıyla evlenebiliyorsa, o da kesinlikle bir risk alabilirdi.

Çünkü Katherine haklıydı. Gerçek aşk, şiirden daha *güzeldi*.

Kiralık at arabası Stephens Oteli'ne yaklaşırken Katherine'in kalbi duracak gibiydi. Ya Alec orda değilse? Ya Edenmore'a geri dönmüşse? Ya da daha da kötüsü, onun hiçbir zaman bulamayacağı bir yere gittiyse? Ama hayır, Sydney'nin uşağı onun at üstünde geldiğini söylemişti. Alec fazla uzağa gitmiş olamazdı.

Yine de Sydney'nin onu yavaşlatmasına izin vermemeliydi. Alec'in servetini reddederken söylediği o güzel sözler üzerine ona aptal aptal bakıp durmamalıydı. Ama çok şaşırmıştı. O paraya ne kadar çok ihtiyacı olduğunu biliyordu. Ve onun için bundan vazgeçmek...

Beygir titreyerek durdu. Tanrı'ya şükür! Molly'nin karşı koymalarına rağmen hizmetçisine atın yanında kalmasını emretmiş ve sonra da arabacının ona yardım etmesini beklemeden aşağıya atlamıştı. Hızla otele girdiğinde tüm gözler onun gibi yalnız bir hanımefendiye bakakaldı. Önemi yoktu. Ağzı sıkı otel sahibiyle yine tek başına baş etmesi gerekse de Alec'i bulmak zorundaydı.

Ama eğer Alec adama Katherine'in onu terk ettiğini söylemişse, adam büyük ihtimalle öncekinden daha da inatçı olabilirdi. Birden Alec şehri terk ettiğinde ona mektubu getiren uşağı gördü. İçindeki rahatlamayla aceleyle ona doğru gitti.

"Lord Iversley'yi görmem gerekiyor. Burada mı?"

"Şey...ben...aslında..."

"Bak," dedi sabırsızca. "Burada yaşadığını biliyorum, yoksul olduğunu biliyorum, şu anda nerede olduğu dışında onun hakkında bilmem gereken her şeyi biliyorum. Ve eğer bana söylemezsen, yemin ederim *biri* bana söyleyene kadar koridorlarda gezinip adını bağırırım." Şimdiden gülünç bir manzara yaratmayı başarmıştı; artık bu işi sonuna kadar götürebilirdi.

Uşak gözlerini kırpıp onu başıyla onayladı. "Bu taraftan, hanımefendi. Yemek odasında arkadaşlarıyla oturuyor."

"Arkadaşları mı?"

"Bay Byrne ve Lord Draker."

Yine o ikisi. Alec'in sadece bir değil, Prinny'nin iki piçiyle birden arkadaş olması ne kadar da garipti. Bu ne anlama geliyor olabilirdi ki?

Çocuk odaya açılan kapıyı araladı ama kadın adının geçtiğini duyunca, çocuğa sessiz olmasını işaret etti. Aralanmış kapının dışında durup konuşmalarını duymak için kendini zorladı.

"Şimdi Beleza'yı da alabilirsin," dedi Alec. "Sana borcumu ne zaman ödeyebileceğimi bilmiyorum."

"Atını almayacağım," diye cevapladı adamlardan birinin sert sesi. Bu Bay Byrne değildi; o zaman diğeri olmalıydı, Ejderha Vikont.

"Nedenmiş?" diye yanıtladı Alec. "Sürgünlerimi alabilmek için onu karşılık olarak önerdiğimde ne yaptığımın farkındaydım. Şansım yaver giderse, bu mahsul Edenmore için bana yardımcı olacaktır ve o zaman da belki bir gün atımı senden geri alabilirim."

Katherine'in kalbi sıkıştı. Beleza'dan mı vazgeçmişti yani? Ah, onun zavallı tatlı sevgilisi. Kapıyı açıp o anda bütün bunlara bir son verecekti ki, çok iyi tanıdığı diğer ses onu durdurdu.

"Neden başka bir varisle evlenemeyeceğini anlamıyorum. Kardeşinin bana borcu olan bir kadın tanıyorum..."

"Kesinlikle hayır," diye tersledi Alec. "Eğer Katherine'i elde edemezsem, başka bir kadın da istemiyorum. Benden başka bir iyilik istemen gerekecek Byrne çünkü paranı alabilmene yardım etmek için evlenmem, artık isteyebileceğim bir şey değil."

Kadının kalbi mutlulukla dolarken adamlardan biri, "Bir dakika," dedi.

Daha kadın tepki veremeden kapı ardına kadar açılınca vahşi çatık kaşları ve elleri bir vuruşta bile onu yere serebilecek gibi görünen sakallı bir devle yüz yüze geldi.

"Kim oluyorsunuz da sinsice gizlenip özel konuşmaları dinliyorsunuz?" diye homurdandı.

Bu ancak Ejderha Vikont olabilirdi. "Özrünüzü diliyorum ama ben…"

"Katherine?" dedi Alec. Lord Draker'ın arkasından yaklaşarak onu kenara itti. "Tanrı aşkına ona kaşlarını çatmaktan vazgeç. Baksana nasıl da korkuttun."

Draker kollarını iri yarı göğsünün üzerinde kavuşturdu. "Kulak misafiri oluyordu."

"Umurumda değil." Alec'in bakışları kadının yüzünü hiç terk etmemişti. "Burada ne yapıyorsun?"

Cesaretini toplayarak odaya girdi. "Soruma hiçbir zaman cevap vermedin. Eğer seninle evlenirsem neden servetimden vazgeçmeye istekli olduğun sorusuna."

Adamın yüzünde gördüğü umut ışığı kadının umudunun daha da artmasını sağladı. Sonra yüz ifadesi dertli bir hal aldı. "Ondan önce sana bir şey söylemem gerekiyor. Aramızda ne olursa olsun, senden sır saklamaktan bıktım artık."

Zorla gülümsedi. "Bu hayra alamet değil. Daha başka sırlarına dayanabilir miyim bilmiyorum."

"Affet beni bir tanem, ama bu çok önemli." Kadının arkasından kapıyı kapatıp arkadaşlarına başını salladı. "Byrne'ı tanıyorsun ve benim Draker'dan bahsettiğimi de duymuştun. Onlar…şey…"

"Senin arkadaşların. Biliyorum."

"Onlar sadece arkadaşlarım değil Katherine." Derin bir nefes aldı. "Onlar ağabeylerim. Üvey ağabeylerim."

Kadın adama hayretler içinde bakıyordu. "Ama bu demek oluyor ki…"

"Babamın Yüksek Ekselansları olması demek oluyor. Annemin Prinny'yle kısa süreli bir ilişkisi olmuş. Ben de onun sonucuyum."

Zar zor nefes aldı. "Prens bunu biliyor mu?"

"Kardeşlerim ve eski kontun iki uşağı dışında kimse bilmiyor."

Artık ona sırrını da teslim etmişti. O Prinny'nin oğluydu. Ah, tabii ki! Bu her şeyi açıklıyordu; önceki kontun neden ona kötü davrandığını, neden anne babasıyla ilgili konuşmak istemediğini…

Neden şu anda kadına dehşete düşmesini beklermiş gibi baktığını.

Adama güven verici bir şekilde gülümsedi. "Benim için önemi yok. Babanın kim olduğu umurumda değil. Arkadaşlarının ve kardeşlerinin kim olduğu da umurumda değil. Tek umurumda olan senin kim olduğun."

Alec dondu. Sonra birden seyircilerini fark edip üvey kardeşlerine baktı. Daha fazla konyak getirmeleri hakkında bir şeyler mırıldandı ve onlar da kadının yanından geçip koridora çıktılar.

Üvey kardeşlerinin ardından kapı kapanır kapanmaz, "Şimdi sorumu yanıtlayacak mısın?" dedi kadın.

Yüzü ışıldayan adam kadına yaklaştı. "Eminim cevabı biliyorsun."

"O sözleri duymam gerekiyor."

"Peki, o zaman." Ellerini kadının beline doladı. "Seni seviyorum Katherine." Onu yakınına çekti. "Seni seviyorum." Başını kadına doğru eğdi. "Seni her zaman seveceğim."

Dudakları kadınınkilerle buluştuğunda kadının kalbi uçacak gibi oldu. Öpücüğü o kadar yumuşak, o kadar sevgi doluydu ki, ondan vazgeçmeyi aklından geçirmiş olduğuna inanamadı.

Kendini geri çekince ekledi, "Sanırım bana hayatımı bir klişeye çevirecek kadar umursamaz olduğumu söylediğin anda sana âşık olmaya başlamıştım." Gözleri bulanıklaştı. "Ama dinlenmem için beni baştan çıkardığında sensiz yaşayamayacağımı anlamıştım."

Elleriyle adamın yüzünü tuttuğunda kendi yüzü de sevinçle parıldıyordu. "Ah Alec, ben de seni seviyorum. Hem de çok."

"Benimle evlenecek kadar çok mu?" diye sordu kısık bir sesle. "Şu an sana verebilecek çok şeyim yok ama Edenmore'u kiralarsak…"

"Edenmore'u kiralamıyoruz." Kollarını adamın boynuna doladı. "Servetim orayı yenilemek için yeterli olacaktır."

Kadına kaşlarını çattı. "Söylediğimde ciddiydim, paranı istemiyorum. Sana kendim bakabilirim."

"Eğer süvari birliğine katılıp kendini öldürtmene ya da Astley'nin grubunda başka güzel bir senhorayla ata binmene izin vereceğimi sanıyorsan yanılıyorsun."

Bu adamı bir an durdurdu. Sonra isyan edercesine başını iki yana sallamaya başladı. "Hayır yapamam. Lovelace servetini almak için öpücüklerimi kullandığımı ileri sürecek."

"Onun ne söyleyeceği neden umurunda ki? Benim hiç umurumda değil."

Tek kaşını havaya kaldırdı. "Onun hakkındaki fikirlerini değiştirdin mi? Bütün olanlardan sonra onun daha iyi bir adam olduğunu düşünmüyor musun?"

"Elbette o daha iyi bir adam." Alec kaşlarını çatarken kadın gülümseyerek ekledi, "Ama ben daha iyi bir adam istemiyorum. Ben umursamaz, ahlaksız ve istediği şeyi yapan, şiirin sıkıcı olduğunu ve kadınların aklına gelenleri söylemesi gerektiğini düşünen Büyük İskender'i istiyorum. *Seni* istiyorum Alec. *Ve* servetimi de. İkisine de sahip olamayacaksam seninle evlenmeyi reddediyorum."

Adam gülmeye başladı. "Ah, gerçekten de öyle mi?"

"Daha fazlasına gücümüz yetmiyor diye Bayan Brown'ın yemeklerini yemeye ve yatak odasındaki Leydi Godiva heykeline katlanmaya niyetim yok. O yüzden şimdi servetimi de kabul etmek zorundasın."

Gözleri kadına bakarken ışıldıyordu. "Peki. Ama iki şartla."

Şüpheyle adama baktı. "Neymiş?"

"Büyük bir bölümünü çocuklarımız için ayıracaksın."

Rahatlayarak adama gülümsedi. "Ve ikincisi?"

"Bazen Senhora Encantador'u da bize katılması için davet edeceksin."

Bir kahkaha patlattı. "Bilemiyorum. Senhora Encantador çok özeldir. O sadece zamparalardan hoşlanır."

"Bir zamparanın oğlu için kendini düzeltmesi gerekecek. Peki, sen ne diyorsun bu işe? Adı çıkmış bir hovardanın vahşi ve umursamaz piçini kocan olarak kabul ediyor musun?"

"Evet, benim Büyük İskender'im," diye fısıldadı başını onu öpmek için kaldırırken. "Kesinlikle evet."

Sonsöz

Bazı erkekler zampara olmak için yaratılmamıştır.
-Anonim, *Zamparanın baştan çıkarma sanatı*

E denmore'daki yenilenmiş giyinme odasında, Katherine kendini baştan aşağı görebileceği yeni ayaklı aynasına kaşlarını çatarak bakıyordu. Belki de bu aynayı ilk çocuğu doğduktan *sonra* almalıydı.

O zaman beş ayda bile, kendisini çubuğa geçirilmiş bir zeytine benzediği kombinezonun içinde görmek zorunda kalmazdı. Dokuz ay olunca neye benzeyecekti ki, şişe geçirilmiş bir kavuna mı? Böylece Alec'in onun günbegün daha da güzelleştiği konusundaki ısrarını da test etmiş olacaktı.

Ana yatak odasının kapısı açıldı ve şimdiden Edenmore'da kendi evindeymiş gibi rahat hisseden annesi içeri girdi. Ziyarete gelirken, büyük ihtimalle Katherine'in yeni hizmetçilerinin onlara bakacağını bildiği çocukları da yanında getirmişti.

Katherine gülümseyerek göbeğini okşadı. Böyle şeylerin artık hiç umurunda olmaması ne kadar komikti.

"İyi misin?" diye sordu annesi.

"İyiyim anne."

Annesi onu sandalyeye oturttu. "O zaman neden ayaktasın, meleğim? Lord hazretlerinin varis oğluna zarar gelme riskine girmemelisin."

Katherine kahkaha atmamak için kendini zor tuttu. "Biliyorsun, bir kız da olabilir."

"O zaman tekrar denersin," dedi annesi onu sakinleştirircesine.

Ne olursa olsun tekrar deneyeceklerdi zaten ve bunu çok zevk alarak yapacaklardı. "Şu anda oturamam. Giyinmem gerekiyor. Lord Draker ve kız kardeşi her an buraya gelebilirler."

Annesi gözlerini göğe doğru dikti. "Kocan ve aşağılık arkadaşları. Sanırım Lord Draker çok da kötü değil ve kız kardeşini de getirmesini önermen çok büyük incelik. Ama Bay Byrne'ı hiçbir zaman sevmeyeceğim."

"Bilmiyorum, nedense ben ondan da memnunum." Sadece kadının parasını alması için değil, ama birbirlerine yakışacaklarını düşündüğünden Alec'e onu tavsiye etmiş olduğu için bir tarafı ondan hoşlanıyordu. Elbette Bay Byrne aşağılık olarak görülmeyi tercih ettiğinden böyle bir suçlamayı anında reddederdi.

Aynı kocası gibi. Göbeğine bakarken tekrar gülümsedi.

"Evet," dedi annesi. "Lord hazretlerinin arkadaşlarına katlanmak bir kontes olmaya değer sanıyorum.

Ama kocanla sinir bozucu bir alışkanlığı olan arpa tarlalarında ata binmesi hakkında konuşmalısın. Bu bir centilmene hiç yakışmıyor."

"Şu anda orda mı?"

"Ordaydı. Az önce her yeri terlemiş bir halde yeni ahırlara doğru gidiyordu." Omuzlarını silkti. "Onu pencereden görüp seni uyarmaya geldim. Çok mutlu görünüyordu"

"Sevindim. O yeni arpa cinsi hakkında büyük umutları vardı ve buraya geldiğinde Lord Draker'a bu konuda hava atmak istiyordu."

"Eğer dikkat etmezsen, kocan tüm zamanını koyun kırpmalarında ve ekimlerde geçiren o aptal adamlardan birine dönüşecek."

Bu, babası gibi metresleriyle ve kumarıyla zaman geçirmesinden çok daha iyiydi. "Öyle olabileceğini sanmıyorum. Bay Dawes yakında malikânenin son halini teslim edecek. Ve o zaman Alec de kendi istediğini yapabilir."

"Londra sosyetesine dönmeyi mi?" diye sordu annesi umutla. Hâlâ bir kontesin annesi olarak yapmak istediği büyük sükseyi bekliyordu.

"At yetiştirecek." Lusitanolar ve Suffolk tipi atları kast ediyordu.

"Daha fazla mı at alacak? Ama zaten bir sürü atınız var," diye karşı çıktı annesi.

Katherine bir kahkaha patlattı. "Kocam insanın hiçbir zaman yeterli atı olamayacağını düşünüyor. Ve at işine bir kere başladı mı Londra'yı unutabilirsin."

Böyle olması umurunda da değildi zaten, kasabadaki hayatlarını çok seviyordu. Ve bebek doğduktan sonra Alec ona binici numaraları öğreteceğini söylemişti. Daha önceki denemelerinin sonunda at binmek yerine ahırda sevişmiş olmalarına rağmen.

Göbeğine bakıp gülümsedi. "Babanın sana ne kadar büyük bir midilli alacağını merak ediyorum küçük meleğim?" diye sesli sesli düşündü.

"Meleklerin midilliye ihtiyacı olmaz," diye dalga geçti bir erkek sesi arkalarından. "Onların kanatları olur."

Katherine'in, küçük giyinme masası aynasından gördüğü adamın yansıması kalbini sevgiyle doldurmaya yetmişti.

Odaya girerken Katherine ona bir gülücükle yanıt verdi.

"Ve burada her zamanki gibi muhteşem görünen iki melek daha var."

Annesi küçük bir kız gibi kıkırdadı. "Siz devam edin lordum." Kapıya yöneldi. "Ama istenmediğim yeri anlarım. Siz genç âşıklar hep aynısınız." Kapının önünde durakladı. "Aslında bir şey sormak istiyordum...Bridget'in yeni ayakkabılara ihtiyacı var ve bir de..."

"Elli pound sizin ve çocukların ihtiyaçlarını karşılamaya yeter mi?" diye sordu Alec bu işlerin nasıl yürüdüğünü iyi bilerek.

"Ah evet lordum, teşekkürler lordum," dedi annesi yüzünde bir gülümsemeyle odadan ayrılırken.

Katherine güldü. "Senden para koparmak çok kolay."

Ona doğru yürüyüp alnını öpmek için yaklaşırken hüzünlü görünüyordu. "Biliyorsun aslında bu senin paran."

"Şimdilik," dedi hassas bir sesle. "Ama eğer arpa ekimin göründüğü gibi iyi olursa ve at yetiştirme işin de başarılı olursa, çok yakında kendi paramız olacak."

Adamın yüzü aydınlandığında, onun gururunu okşamak için doğru sözleri söylediğini biliyordu. "Tarlaları görene kadar bekle, bir tanem. Dawes arpaların beklendiğinden daha da çok büyüdüğünü söyledi. Önümüzdeki yıl tüm tarlaları ekeceğiz ve sonra da…" Sözünü yarıda kesti. "Ama sana bunları anlatmak için gelmedim."

"Ah?"

Arkasındaki masanın altına bir şeyin düşmesiyle irkildi. Alec kadının kulağını dudaklarıyla okşamak için eğildi. "Bu sefer seçme sırası sende bir tanem. Geçen sefer ben seçmiştim."

Döndüğünde *Zamparanın baştan çıkarma sanatı*'nı gördü. "Olmaz. Lord Draker her an kız kardeşiyle gelebilir. Biliyorsun ki, onun topluma ilk tanıtılış partisini planlıyoruz."

"Bunca zaman bunun için beklemiş; birkaç dakika daha bekleyebilir."

"Birkaç dakikaymış! Son kez *Baştan Çıkarma Sanatı*'ndaki bir pozisyonu denediğimizde bu yarım saatimizi almıştı."

Yumuşak tenine dokunabilmek için elini kombinezonunun içine soktu. "Evet, ama mutluluk dolu bir yarım saatti."

Dokunuşuyla ateşlenen kadın derin bir nefes aldı. Onun çocuğunu taşıyor olması adama olan ihtirasını engellememişti. Gülümseyerek kollarını adamın boynuna dolamak için ayağa kalktı. "Sen yola gelmezsin kocacığım."

"Senden çok da farklı değilim." Gözleri parıldayarak sıcak bakışlarını kadına dikti.

Her geçen gün daha da çok sevdiği adamın yüzüne bakmak için başını kaldırdı. "Evet, ama bugünlerde bedenim bu tarz şeyler için pek müsait değil."

Alec gülümsedi. "Tamam." Kadını şaşırtarak onu giyinme masasının üzerine çıkardı. "O zaman *benim* yarattığım bir pozisyonu denememiz gerekecek."

Katherine kahkahasını durduramıyordu. "Ah, adı neymiş peki?"

Kadına sıcak hassas gözlerle baktı. "Ben buna Âşık Iversley adını koydum."